ÉCOUTEZ LE BRUIT DE CE CRIME

Paru aux éditions Prélude s :

Il est toujours minuit quelque part

Que les ombres passent aux aveux

Cedric Lalaury

ÉCOUTEZ LE BRUIT DE CE CRIME

ROMAN

PRÉLUDES

Couverture : Studio LGF. © Anatolir / Monory / Shutterstock.

Préludes est un département de la Librairie Générale Française.

ISBN : 978-2-253-08082-4 – 1re publication LGF

Écoutez-moi
Vous les mers qui bordez des terres inconnues
Écoutez-moi
Vous aussi les dieux
De cet ailleurs où vous avez fui
Écoutez le bruit de ce crime

SÉNÈQUE,
Thyeste (trad. de Florence Dupont).

Les démons existent, sans aucun doute,
mais la façon dont ils sont conçus peut être fort diverse.

Fiodor DOSTOÏEVSKI,
Les Démons (trad. d'André Markowicz).

Le temps est un cercle plat.

Rustin COHLE.

5 JUILLET 2000

Extrait de l'édition spéciale du *Deil River Chronicles* du 6 juillet 2000

[…] « Désormais, rien ne sera plus jamais comme avant. »

C'est par ces mots que Raymond Oldman, maire de Deil River, a conclu la conférence de presse improvisée qui s'est déroulée hier soir devant l'hôtel de ville. Sans trop s'avancer, on ne peut qu'abonder dans son sens : il sera à l'avenir difficile – pour ne pas dire impossible – de célébrer la fête de Deil River sans garder en mémoire les événements tragiques qui l'ont ensanglantée cette année.

C'est dans l'après-midi que le bureau du shérif a reçu un appel demeuré anonyme signalant une bagarre dans un chalet abandonné de la forêt de Deil River. En manque d'effectifs en raison de la fête, c'est le shérif Dave Dollinger en personne qui s'est rendu sur les lieux, habituellement fréquentés par des adolescents de la ville ou des marginaux. Dès son arrivée, Dave Dollinger a été abattu d'une balle en plein cœur.

Autre événement dramatique de cette journée, l'accident de voiture dans lequel une jeune fille de onze ans, Mary Beth Paige, a été grièvement blessée. Passagère d'un véhicule dont le conducteur n'a toujours pas été identifié, elle a été éjectée à travers le pare-brise de la voiture avant que celle-ci, après plusieurs tonneaux, ne s'abîme dans la Deil River. En raison des conditions météorologiques exceptionnelles, les secours n'ont pas été en mesure de pouvoir repêcher le véhicule et il nous est impossible de fournir plus de détails sur ce sujet à l'heure où nous bouclons cette édition.

« Je croyais qu'elle était avec ses copines à la fête, elle n'avait rien à faire du côté de la forêt ! » a déclaré, bouleversée, Caitlin Paige, la mère de Mary Beth.

Selon plusieurs témoins, la voiture dans laquelle se trouvait la petite fille roulait à une vitesse excessive, au beau milieu de la route qui longe la forêt et la rivière. Il s'agira désormais, pour les enquêteurs, de déterminer si le véhicule a pu ou non se trouver à proximité du chalet abandonné et si cette fuite apparente a un rapport avec le meurtre du shérif Dave Dollinger.

Mary Beth Paige a-t-elle été enlevée ? A-t-elle un lien avec ces échauffourées signalées au bureau du shérif ? Seule la fillette pourrait apporter des réponses à ces questions. Elle est, pour l'heure, hospitalisée dans un état d'urgence absolue.

Parallèlement à ce drame, il faut signaler trois disparitions inquiétantes.

Le jeune Silas Farrell, onze ans lui aussi, n'a plus donné signe de vie depuis plusieurs heures. Ses parents et sa sœur aînée dressent de lui le portrait d'un petit garçon gentil et sans histoires qui n'aurait jamais fugué. Il faut noter que la mère de Silas, Eileen Farrell, est la sœur de feu le shérif Dave Dollinger. Son époux, le révérend Farrell, a appelé les citoyens de Deil River à prier pour l'âme de son beau-frère, le rapide rétablissement de Mary Beth Paige et la sécurité de son fils, Silas.

Parmi les autres disparus, le jeune Zeke McKay, quinze ans, fils de l'ancien shérif Jon McKay. S'il est coutumier des fugues, la disparition du jeune homme prend une dimension inquiétante compte tenu des circonstances. Zeke ne répond pas au téléphone et aucun de ses amis n'a plus eu de nouvelles de lui depuis le début de l'après-midi du 5 juillet.

Enfin, Andrea Goodwin, surnommée « Tonto », vingt-six ans et affligée d'un lourd handicap mental, est également aux abonnés absents depuis hier. Andrea vit selon un emploi du temps qu'elle a toujours respecté strictement et n'est jamais rentrée chez elle après l'heure de couvre-feu imposée par sa mère. M. le Maire et le shérif adjoint désormais chargé des opérations, Cory Greenberg, ont tenu à être rassurants : « Jusqu'à preuve du contraire, rien n'indique que ces disparitions aient un lien avec le meurtre du shérif Dollinger, a déclaré Cory Greenberg, les traits tirés, et nos équipes sont sur le pied de guerre pour retrouver les disparus. » […]

Extrait du *Deil River Chronicles* du 8 juillet 2000

[…] Dès lors que l'identité du ravisseur présumé de Mary Beth Paige a été confirmée, la consternation a prédominé : Nolan Remick était un délinquant notoire de dix-neuf ans connu pour sa fréquentation assidue d'adolescents plus jeunes que lui. Une de nos sources a confirmé que la petite Mary Beth a été victime de violences sexuelles avant d'être enlevée. À ce jour, la fillette n'est toujours pas sortie du coma et le pronostic des médecins est réservé.

De plus, lorsque le véhicule que conduisait Nolan Remick a été repêché dans la Deil River, le jeune homme tenait encore à la main un revolver dont le calibre et la marque n'ont pas été divulgués. Les experts en balistique devront déterminer si cette arme est bien celle avec laquelle le shérif Dave Dollinger a été abattu mais les soupçons se portent à présent sur Nolan Remick.

Du côté des disparus, il n'y a toujours aucun signe de vie de Silas Farrell, de Zeke McKay et d'Andrea Goodwin […].

Extrait du *Deil River Chronicles* du 10 juillet 2000

[…] Plus les jours passent et plus le mystère s'épaissit autour des événements du 5 juillet. Alors qu'il est désormais établi que l'arme retrouvée dans la main de

Nolan Remick est bien celle qui a servi à tuer le shérif Dave Dollinger, c'est vers le jeune Zeke McKay que tous les regards se tournent.

L'adolescent a été retrouvé sain et sauf, mais dans un état de grande nervosité sur une aire d'autoroute du sud de la Géorgie, soit à plus de 3 500 kilomètres de chez lui. D'après les premiers éléments, Zeke a voyagé en faisant du stop et en passant d'un poids-lourd à l'autre. Dès sa prise en charge par les autorités locales, Zeke s'est réfugié dans un mutisme obstiné et n'a rien voulu dire des raisons de sa fuite. Le shérif Cory Greenberg a déclaré que Zeke McKay n'était pas considéré comme un suspect dans la disparition de Silas mais « comme un témoin potentiel » […].

Extrait du *Deil River Chronicles* du 13 juillet 2000

[…] Alors que le jeune Zeke McKay affirme n'avoir pas eu connaissance des tragiques événements ayant ensanglanté Deil River avant son retour, un palier dans le domaine de l'horreur a été franchi : Andrea Goodwin, la jeune handicapée mentale de vingt-six ans, a été retrouvée dans une cachette connue d'elle seule et de quelques rares adolescents dans la forêt de Deil River. Hystérique et armée d'un lourd tuyau, la jeune femme gardait avec elle le cadavre du petit Silas Farrell. Le garçon de onze ans est mort après une série de coups sur la tête qui l'ont rendu méconnaissable. Tout indique clairement, témoignages à l'appui, qu'Andrea Goodwin a défoncé le crâne de l'enfant après s'être disputée avec lui dans la journée du 5 juillet et qu'elle hurlait sans cesse, comme possédée : « Je voulais pas le tuer ! Je voulais pas le tuer ! Il m'avait juste demandé de le rattraper ! »

Zeke McKay est maintenant hors de cause [...].

Extrait du *Deil River Chronicles* du 12 septembre 2000

[...] Il n'y aura donc jamais de procès dans l'affaire du meurtre de Silas Farrell : Andrea Goodwin a reconnu les faits dont elle a été accusée avant d'être considérée comme irresponsable pénalement. Elle sera internée à l'Institut psychiatrique Henry Ackeley pour le restant de ses jours. Andrea Goodwin a admis avoir poursuivi Silas Farrell sur ordre de Nolan Remick, parce que le petit garçon, affirme-t-elle, « avait tout vu ». Le traitement administré à la jeune femme depuis son arrestation la rend incapable de donner plus de détails sur les circonstances du drame, sinon à répéter qu'elle ne voulait pas sa mort et n'aurait pas dû « se mettre en colère après lui comme ça ».

L'avocat de la famille Farrell a indiqué que ses clients souhaitaient faire leur deuil en paix. Le révérend Farrell a déclaré prier pour que Dieu ait pitié d'Andrea Goodwin et de l'âme de Nolan Remick.

Extrait du *Deil River Chronicles* du 6 juin 2002, rubrique nécrologique

C'est avec une vive émotion que Deil River a appris le décès brutal de l'ancien shérif Jon McKay, soixante-deux ans, et celui de son épouse, Sarah, quarante-sept ans. Jon était un homme bon et soucieux du bien-être de ses concitoyens. Sarah, quant à elle, a toujours été appréciée pour sa gentillesse, son dynamisme et son courage dans les épreuves.

Ils laissent derrière eux un fils unique, Ezekiel « Zeke » McKay, dix-sept ans.

Ce jour où les démons surgirent de l'ombre épaisse de la forêt, mêlèrent leurs cris au tumulte de la rivière fouettée par l'averse, je n'en conserve rien sinon un sentiment de sidération. Ensuite il y eut le déni, et la fuite.

Parce que je n'y ai pas cru (*n'ai pas – jamais – voulu y croire*).

Plus tôt dans la journée, il avait fait chaud et le soleil avait cogné de toutes ses forces. Soudain les nuages s'étaient accumulés, entassés les uns sur les autres, gris blancs noirs ou bleu électrique, au point de se percuter dans une fureur terrible. Tout ça donne naissance à un immense fracas, tel le feulement lointain et menaçant d'un tigre céleste dont on ignore s'il est en colère ou s'il souffre, et puis ce sont les premières gouttes, qui tombent avec un bruit mat et sourd à la surface de la rivière, si loin de moi (*tout près*), des gouttes lourdes et dures, d'abord rares et de plus en plus nombreuses, et qui claquent sur l'eau, comme une fusillade qui s'emballe.

Alors que la chaude pluie d'été imprègne peu à peu le sol brûlant et aride, assoiffé, qui aussitôt exhale un pétrichor entêtant, il y a un coup de feu, un seul, un déchirement dans la forêt muette, une détonation qui effraie les oiseaux réfugiés dans les arbres. Un coup de feu, stupéfiant, et le monde se tait pendant un temps infini avant que le silence ne vole en éclats lorsque s'élève et enfle un hurlement interdit (*un cri de douleur, un cri inhumain*), un hurlement poussé par la Mort elle-même régnant à présent sur la forêt toujours plus obscure, toujours plus grignotée par les ténèbres du ciel, de la rivière, de la nuit précoce qui déboule pour dévorer ce qui reste de la lumière du jour – cette nuit éternelle et implacable qui cavalcade pour figer à jamais le monde des vivants en un labyrinthe glacé parsemé de béances dans lesquelles je chuterai et me perdrai longtemps.

J'ai couru, je cours et je courrai jusqu'au moment où.

J'ai vu (*mais il fait sombre, si sombre, et la pluie m'enserre dans un rideau épais, lacère la réalité de ses griffes, la rend illisible, et pourtant je le vois, debout, dans ses habits de nuit, lever la main armée d'un objet long, lourd, puissant et sombre, et l'enfant à ses pieds ne croit pas ce qu'il voit, et je ne crois pas ce que je vois, et l'enfant adresse au monstre un regard suppliant, ses jambes et ses mains glissant dans la boue pour reculer, essayer de se dérober à la colère du monstre, et l'enfant se tourne vers moi, et la lueur dans ses yeux s'éteint aussitôt que l'arme, avec une violence inhumaine, s'abat sur son crâne. Jamais je n'oublierai ses lèvres, tordues par la terreur et le chagrin, entrouvertes sur un cri qui ne résonnera pas et me hantera longtemps – toujours – alors que sous la violence du choc, avec un bruit humide de fruit trop mûr qui explose, l'œil droit de l'enfant grossit hors de son orbite comme celui d'une poupée prisonnière des mains d'une petite fille violente et colérique*) et j'ai fui, l'image imprimée sur ma rétine, dans mon cerveau, mon sang et mes larmes, innommable obscénité qui se répercuterait en un écho effroyable pour les siècles des siècles dans mes songes les plus sombres. J'ai couru vite, et suis tombé, plusieurs fois, ai déchiré mon jean sur une souche, et la souche a blessé mon genou et je n'ai rien senti et j'ai continué à courir pendant que les bruits (*le bruit – ce bruit*) parvenaient encore jusqu'à moi, terribles et affolants.

J'étais trempé, et sale, enfin sorti de la forêt, impuissant à semer tous ces démons hurlants, grouillants, qui se coulaient derrière moi, jusqu'à moi, serpents furieux surgissant des rigoles creusées dans le sol par l'averse, cette pluie sans fin déferlant d'un ciel où tous les dieux qui n'existaient pas dans un monde théâtre de telles horreurs pleuraient sur ce crime inconcevable.

Et soudain ce fut comme si je m'éveillais pour de bon chez moi, haletant, dans ma grande maison pleine de silence.

Je quittai mes vêtements mouillés, déchirés, souillés de boue, de sang, les fourrai dans un sac en plastique que je mis directement à la poubelle. Je me lavai sous la douche brûlante, me frottai et me couchai, et quand papa et maman rentreraient, je leur dirais avoir eu de la fièvre et m'être senti mal, que, non, je ne sais rien de ce qui se passe en ville ni du drame dont tout le monde, peut-être, parle déjà.

J'enchaînai les gestes et, sans m'en rendre compte, je me retrouvai nu sous le drap de mon lit, nu tel un corps sans vie et anonyme dans la morgue glaciale d'un hôpital, nu mais couvert de ce tissu frais, voile magique me protégeant des ondes maléfiques qui émanaient toujours du cœur de la forêt et de la rivière.

J'hésitais à rallumer mon téléphone (*juste pour voir si j'ai un message de toi, un signe de vie, toi que là-bas je rejoignais*). Je pensais : étais-tu venu ? M'avais-tu oublié ? Est-ce que tu t'étais moqué de moi qui t'avais apporté un livre en cadeau ?

Le livre.

Je jaillis hors de mon lit et parcourus la chambre d'un regard – rien. J'allai dans la salle de bains, ne l'y trouvai pas non plus. J'enfilai un caleçon avant de courir dehors, jusqu'à la poubelle, pour éventrer le sac en plastique et fouiller mes vêtements déchirés et souillés.

Rien.

Tremblant, je rentrai à la maison, m'habillai et sortis, la peur au ventre, avec l'image du livre perdu dans la boue à quelques mètres seulement du cadavre.

Au bord de la nuit qui tombait, je partis et courus jusque là-bas, me demandant (*moi-même, je ne sais pas la moitié de ce qui s'est passé, l'horreur indicible près du chalet, l'appel anonyme au bureau du shérif parti voir sur place, le coup de feu, la mort, le cri, l'enfant qui veut s'échapper, et puis*) : Savaient-ils ? Cherchaient-ils ? Est-ce que mes parents pensaient à moi en cet instant ?

Dans ma tête rien que les battements de mon cœur, un bruit minéral, éboulement sourd près de me tuer.

Quand je pénétrai de nouveau dans la forêt maudite, je sus que tout était fini.

Partout autour de moi, à droite, à gauche, devant et derrière, tombant du ciel et surgissant des profondeurs de la terre, fusant du courant furieux de la rivière, un concert de voix qui se perdaient, se répercutaient, se répondaient en une mélopée entêtante.

Silas… Silas… Silas… Silas…

Modulé sur tous les tons, son prénom auquel il ne répondrait plus.

Silas… Silas… Silas… Silas…

Comme le nom d'Absalom scandé par le roi David à jamais inconsolable.

Et soudain.

Zeke…

Ils savaient, tous, et ils me cherchaient.

Une heure plus tard, après être retourné chez moi pour prendre quelques affaires et mes économies (*et où tu crois fuir avec cette ridicule poignée de billets*), j'étais sur la route avec mon sac à dos, courais à en perdre haleine.

Il était près de 3 heures du matin. Je longeais la nationale, ne savais pas ce que je faisais là, sinon que je voulais m'éloigner, oublier, et rien d'autre.

Les phares de quelques véhicules fusaient parfois dans l'épaisseur bleu sombre de la nuit, ignorant mon pouce levé. Toujours ils disparaissaient en laissant derrière eux une traînée de lumière fugitive qui mourait vite, absorbée par les ténèbres aveugles dans lesquelles j'avais l'impression de faire du surplace.

Un camion qui roulait vers l'est ralentit et se gara. Je me précipitai jusqu'à la portière qui venait de s'ouvrir. Au volant, un type d'une trentaine d'années plutôt sec et arborant une barbe fournie me toisa.

— Qu'est-ce que tu fous là à une heure pareille, gamin ? Tu vas quelque part ?

⋆

On se sépara sur un parking d'aire d'autoroute dans l'Indiana. Ben le routier devait rejoindre le Sud et moi la côte Est. Je n'avais plus peur de la route.

Le soleil était levé, et mon ombre se dessinait devant moi, nette. La nuit précédente avait été obscure, sans lune ni étoiles. Sans ombre. J'avais réussi à semer la mienne pour me retrouver avec celle d'un garçon qui jamais plus ne serait moi. Et le lendemain, ça recommencerait, et encore le jour d'après.

Il le fallait.

Pour oublier que quelques heures auparavant quelque chose était mort en moi. Parce que j'étais mort aussi. Moi d'abord, en un sens. Mort avec lui.

Avec eux tous.

SEPTEMBRE 2019

Longtemps, j'ai ignoré ce que l'on peut éprouver au petit matin, au réveil, en sentant une présence à ses côtés, en caressant l'épaule nue et fraîche de la personne avec qui l'on a couché la nuit précédente. Toujours après l'amour, je m'en allais, pour bien faire comprendre que ces choses-là ne comptaient pas pour moi, qu'elles me rendraient fragile, et vulnérable. On pouvait être bons copains, ça oui, aucun problème – pas plus.

Un garçon voulut construire quelque chose avec moi. C'était Liam. On s'entendait bien sur tous les plans : professionnel, relationnel, sexuel. Il y avait même ce petit truc entre nous, cette sorte de télépathie à laquelle croient les gens qui pensent être amoureux.

Liam sortit très vite de ma vie. À cause des fantômes qui ne me quittaient pas en dépit des années passées et dressaient une muraille infrangible et têtue entre nous.

Liam et moi avions fait connaissance par l'intermédiaire de Fran Gorecki, l'un des agents littéraires les plus influents de New York et une sorte de Pygmalion pour nombre de jeunes écrivains – Richard P. Kirkpatrick, Jessie Belcher et bien d'autres. Fran était d'un extérieur à la fois chic et austère, d'un goût très sûr dans tous les domaines.

Elle m'avait rencontré dans les couloirs de la maison d'édition où j'occupais un poste de lecteur depuis mon arrivée à New York. Elle me prit d'abord pour un auteur. Je la détrompai, et elle parut déçue.

— Dommage. Tu as un minois de romancier ténébreux.

Ténébreux ? J'étais grand et mince, un peu pâlot. J'avais les cheveux courts blond cendré et les yeux vert pâle. Pas de barbe ni de moustache, une vraie peau de bébé. Je le lui fis remarquer ; elle se contenta de hausser les épaules.

— Je ne sais pas… C'est peut-être cette aura noire qui flotte autour de toi qui me donne cette impression.

J'avais à peine vingt-deux ans à l'époque, et Fran quarante-deux. Toutes les fois que nous nous voyions autour d'un verre ou pour déjeuner, on discutait mecs ou bouquins et je disais beaucoup de mal des nouveautés qui paraissaient, tout en lui expliquant pourquoi c'était si mauvais. Elle m'écoutait attentivement et me demandait quand je me déciderais à en écrire, moi, de bons livres. Toujours je louvoyais.

— Pour écrire, il faut une histoire, Fran. Moi, je n'en ai pas. Je suis à peine un individu.

À ces mots, Fran riait aux éclats, ce qui ne l'empêchait pas de revenir à la charge dès notre rencontre suivante.

Un jour, le plus sérieusement du monde, elle me proposa un étrange travail, très bien rémunéré, jurait-elle.

— Tu devras aider une égérie du Tea Party à rendre son autobiographie lisible. Elle veut se présenter au poste de gouverneur dans l'État du New Hampshire. Sa vie ne manque pas de piquant mais elle, elle manque de grammaire, de vocabulaire et d'orthographe.

Bosser pour une bigote extrémiste et vaguement stupide ? Ça ne me posait pas de problème. Je travaillai sur le manuscrit de cette femme politique pendant un mois avant de rendre une copie impeccable. Fran fut épatée.

— Heureusement que je ne vis pas dans le New Hampshire, tu m'aurais presque fait voter pour elle ! C'est du bon boulot, Nat !

Cela devint mon métier.

Je réparais les manuscrits mal fichus, ou j'écrivais tout du début à la fin. J'adorais ça et pus me permettre de quitter mon poste de lecteur tant mon nouveau job était lucratif. J'avais une telle réputation chez les éditeurs et les agents littéraires que le moindre problème en apparence insoluble rencontré avec un auteur semblait trouver tout naturellement sa solution dans ces deux mots : Nathan Kendall.

Pourtant, lorsque Fran me parla de Liam et de sa panne d'écriture, je refusai net. Dans mon esprit, Liam Willer n'était qu'un petit con alcoolique et drogué dont le mariage en capilotade et les errances adultérines faisaient le bonheur de la presse à scandale et des blogs, un prétendu écrivain ayant connu le succès avec son premier et unique roman sur un coup de chance. Rien de plus. Et c'était un vrai ténébreux, lui : chevelure de jais, barbe de trois jours, et des yeux si sombres. Une sorte de mannequin dandy qui portait son mal-être chic et romantique en bandoulière tout en affichant une ambisexualité très à la mode chez les people. Il me donnait des boutons. Fran insista : je devais au moins faire l'effort de le rencontrer. Il avait enfin décidé de divorcer et s'apprêtait à entrer en cure de désintoxication. J'étais une main tendue vers lui, et je n'avais pas le droit de lui refuser ça. Surtout, je ne pouvais rien refuser à Fran.

Va pour une rencontre.

Liam Willer me rappela Nolan, follement, et je ne pus résister à l'attraction de sa beauté brute et envoûtante. La première fois qu'un auteur pour lequel je travaillais devenait mon amant.

Je l'aidai à boucler son deuxième roman.

Liam voulait écrire – vraiment ; il ne savait pas sur quoi. Ce fut moi qui trouvai le sujet du roman qui allait devenir *Démoniaque(s)*. Nous parlions souvent de ses délires sous l'emprise de la drogue et de l'alcool, et de ces hallucinations quasi surréalistes est né le livre. Au cœur d'une intrigue complexe, labyrinthique et anxiogène où l'espace et le temps se disloquaient et turbulaient, le meurtre d'un petit garçon obsédait un narrateur persuadé d'avoir joué un rôle dans ce crime, sous le coup d'une possession démoniaque. Était-il fou ? Bourreau ? Victime ? Le cauchemar résidait en ceci que l'enfant, apparemment revenu d'entre les morts, entreprenait de traquer son meurtrier présumé, plusieurs années après.

Le roman fut un succès, et Liam s'enticha de moi.

Sous ses dehors farouches de mauvais garçon qui aimait collectionner les partenaires, c'était un indécrottable sentimental. Au départ, il vit mon refus de former un couple officiel avec lui comme un défi qu'il remporterait à l'usure. Il crut ensuite qu'il s'habituerait à notre liaison particulière. Il se lassa, et ce fut la fin. Pour la peine, je noyai mes doutes et mes regrets dans l'alcool et la drogue. Je passai plusieurs jours dans le coaltar. Après avoir émergé de cet océan de tristesse grise et poisseuse, je ne voulus plus voir Liam, y compris dans un contexte strictement amical – il n'existait plus. Ma froideur vis-à-vis de mon ancien amant choqua Fran.

— Je me doutais bien que tu avais un cœur d'artichaut, mon petit chat, mais là, tu m'épates.

Mon quotidien morne et solitaire reprit son cours, répétitif et illusoire.

Il y eut nombre de livres écrits pour des auteurs en mal d'inspiration et de célébrité. Je les aidai tous, ne m'attachai plus à aucun. Quand je ne pouvais plus tenir, je rassasiais mon corps et mes sens en écumant les bars, les boîtes de nuit et les backrooms où je trouvais à coup sûr les garçons qu'il me fallait. Toujours j'étais condamné à séduire les reflets du plus beau des fantômes de mon passé.

Les années se succédèrent jusqu'à ce milieu de matinée où je reçus un coup de téléphone aussi irréel et incongru que si l'on m'avait appelé d'une autre époque, d'un univers parallèle.

J'attendais Fran, alors, à la table d'un café huppé de Manhattan. Elle voulait me parler d'une vieille gloire de Hollywood qui souhaitait rédiger ses Mémoires pour renflouer ses comptes et ne pas avoir le chagrin de quitter sa villa de Beverly Hills. Fran devait arriver bientôt, et je ne connaissais pas le numéro qui s'affichait sur le téléphone. Malgré tout, je décrochai.

— Allô ?

Une voix d'homme grave et fatiguée répondit.

— Monsieur *Nathan Kendall* ? Je ne vous dérange pas ?

Je jetai un regard autour de moi. Pas de Fran à l'horizon.

— Je peux vous accorder une ou deux minutes, mais pas plus. À qui ai-je l'honneur ?

— Joseph Sorvino. Je suis enquêteur et j'aimerais vous rencontrer, monsieur Kendall.

— Eh bien, comme je vous l'ai dit, je ne dispose pas de beaucoup de temps et…

— Je dois absolument discuter avec vous d'une vieille histoire. Elle est ancienne de presque vingt ans, mais je suis sûr que vous n'en avez rien oublié.

Le temps se figea. Je n'entendis plus les gens tout autour qui buvaient leur café, dégustaient leurs croissants, silhouettes ombreuses qui riaient, discutaient, murmuraient, irréelles et mensongères – alors que c'était moi, le simulacre. Je m'éclaircis la voix puis soupirai.

— Où et quand ?

— Je ne suis pas new-yorkais, j'aurais du mal à vous proposer un lieu de rendez-vous…

— Bon. Vous avez un GPS dans votre portable ?

— J'ai tout ce qu'il faut pour circuler dans New York, oui…

— Je vous donne rendez-vous à midi et demi au *Perros de la Pradera*, c'est dans le Queens. C'est bon ?

— D'accord, je vais chercher ça. Midi trente, vous dites ?

— C'est ça. À tout à l'heure.

Je raccrochai.

Fran arriva quelques minutes après. Je ne conserverais rien en mémoire de ce petit déjeuner, sinon son enthousiasme à l'idée d'attirer un acteur aussi prestigieux que mon futur client dans son écurie d'auteurs. Dans un état second, j'acquiesçai à ses questions, ris à ses blagues graveleuses concernant les conquêtes nombreuses du vieux monsieur. Nous nous quittâmes et un taxi me déposa chez moi (*chez Nathan Kendall*).

Ce n'était qu'un petit studio situé dans un bâtiment de Williamsburg, non loin du pont. J'aimais cet endroit, l'idée qu'ici les gens ignoraient tout de moi, étaient à cent lieues de savoir qui j'étais – n'étais plus.

Toutes les images du passé déferlèrent soudain, me donnèrent le vertige. Je me souvenais de cette période, de l'ado que j'avais été, cet étranger que j'avais tué méthodiquement pour susciter de ses cendres une autre personne, neuve et pure de tout ce qui s'était déroulé à Deil River, Oregon, petite ville typique de ces États du Nord-Ouest, perdue dans la nature entre les montagnes et la forêt, traversée par cette rivière qui lui donnait son nom, noire et tortueuse, au lit sombre et profond sinuant entre les arbres presque tout le long de son parcours, de gigantesques pins de Marlowe dans la canopée desquels les rayons du soleil se frayaient un chemin telles des lames de lumière coupante jusqu'à la surface de l'eau qui conservait son fascinant éclat d'ébène et luisait comme le corps d'un étrange reptile en quête de proies à dévorer. Cette rivière qu'enfants nous appelions le fleuve, tant elle nous impressionnait.

Dehors, un coup de klaxon retentit, qui m'arracha à l'état hypnotique dans lequel me plongeait le murmure de la Deil River brièvement mêlé à l'effervescence de Brooklyn.

Deil River et New York. New York et Deil River. Ces deux univers qui auraient dû à jamais demeurer parallèles allaient se rencontrer. J'imaginais Joseph Sorvino, privé vieillissant bien calé dans une barque, glissant en douceur sur la rivière noire depuis toutes ces années, s'interrompant pour dormir, manger, voir du pays, et accoster ici, à New York, tel Ulysse après un long périple, le temps de laisser s'installer en moi l'illusion que je m'en étais sorti, que rien de ce qui s'était produit là-bas n'avait eu lieu, qu'il s'agissait seulement du fruit de mon esprit bouillonnant de romancier précoce.

Sur mon Smartphone, je googlai ces quelques mots : « *Silas Farrell Deil River* » et les résultats s'affichèrent.

Des photos, d'abord. De Silas, de Tonto, du shérif Dollinger.

De papa.

Je déglutis et cliquai sur un des premiers articles de presse qui évoquait l'affaire, un papier du *Deil River Chronicles* qui faisait le bilan des meurtres du 5 juillet. J'avais si bien quitté cette vie que j'avais oublié le vrai nom de Tonto – Andrea Goodwin.

Trois morts ce jour-là. Dave Dollinger, Silas Farrell, Nolan Remick. Trois vies volées et une fillette profanée.

Nolan Remick avait dix-neuf ans, moi quinze, et j'en avais toujours pincé pour lui. C'était purement physique. Il était grand, avait de longs cheveux noirs, le teint hâlé, des yeux bleus presque transparents, un sourire ironique (*diabolique*) et lumineux. Je lui collais aux basques comme c'était pas permis. Souvent, il me rabrouait ; à d'autres moments, il en profitait. Une fois, il s'était servi de moi pour un de ses cambriolages improvisés. Les choses avaient mal tourné et on s'était fait attraper par le shérif Dollinger en personne. Dave Dollinger m'appréciait – je n'étais pas, pour lui, un mauvais garçon – et il estimait mon père, son prédécesseur. Je me revois encore, assis à côté de ce grand bonhomme un peu bedonnant dans la voiture de service. Il me lança un regard gris et agacé au-dessus de l'énorme moustache qui lui donnait dix ans de plus, et accusait son côté brut de décoffrage.

— Tu sais, Zeke, cet abruti de Nolan Remick recommencera bientôt une de ces conneries et j'aimerais bien ne pas te trouver dans le coin à ce moment-là, d'accord ?

Mort de honte, je marmonnai que j'y penserais. Sa grosse voix tonna.

— Excuse-moi, j'ai pas bien entendu ?

— Oui, m'sieu Dollinger.

— Parfait. C'est pas pour t'ennuyer, gamin, mais Remick… Nolan est un paquet d'emmerdes sur pattes, Zeke, c'est pas un garçon pour toi. Tu as bien d'autres amis, au lycée, pas vrai ? Des garçons que tu pourrais fréquenter ?

Je m'étais contenté d'acquiescer.

— Eh bien, passe du temps avec eux et laisse tomber Nolan. Il est jeune mais c'est un adulte, maintenant, et il n'a pas pris le bon chemin. Rester avec lui, c'est pas raisonnable… Je ne dirai rien à ton père pour qu'il te fiche la paix, mais oublie Remick, vraiment.

Un an après m'avoir donné ce conseil mourut Dave Dollinger. (*« À tout à l'heure, Chelsea », murmure Dave à l'officier Chelsea Burroughs en ce 5 juillet 2000, juste après le coup de fil anonyme signalant des cris et une bagarre dans la forêt, au chalet abandonné de M. McPherson. Pour lui, aucun doute possible : encore un vieux con qui ne supporte pas les jeunes qui se donnent du bon temps là-bas, même s'il faut vérifier, par acquit de conscience. Dave Dollinger veut d'abord envoyer le shérif adjoint sur les lieux, mais Cory Greenberg est absent à cause de sa grand-mère malade. Chelsea ne peut pas quitter son poste avant l'arrivée de l'officier censé prendre sa relève. Les autres assurent la sécurité de la fête. C'est pour cette raison que Dave Dollinger, shérif de Deil River, va droit à la mort en cet après-midi, alors qu'un orage va s'abattre sur la ville, sur la rivière, sur la forêt, un déluge que chacun interprétera comme le funeste augure des malheurs qui s'apprêtent à nous frapper. Oui, Dave Dollinger dit à Chelsea Burroughs : « C'est bon, te fais pas de bile, mon lapin, je m'en occupe. On ira faire un tour à la fête à mon retour... » Chelsea a toute confiance dans les mots de cet homme qui l'aime et qu'elle aime. Elle est divorcée, lui veuf, nous sommes tous persuadés qu'il finira par l'épouser.)*

Et au-dessus de Deil River le ciel s'était assombri.

La pluie avait commencé de tomber, et Carmen Haider, une mère de famille quadragénaire, avait décidé d'aller chercher ses enfants à la fête à cause de l'orage. Abritée sous un grand parapluie bariolé, elle longeait la route qui reliait la ville à l'orée des bois. Elle grommelait après la météo à laquelle on ne pouvait plus se fier lorsqu'elle aperçut Watergate, assis au beau milieu de la route, superbe, et indifférent au déluge. Watergate était le chat aux allures de bleu russe qui semblait rôder depuis toujours dans les environs de Deil River. Nul ne savait son âge, ni d'où il venait. En l'apercevant, Carmen arbora un sourire attendri qui disparut presque aussitôt. Une voiture venait de surgir de la forêt et approchait, menaçante.

Le conducteur zigzaguait, allait trop vite sur le sol luisant et boueux, et se dirigeait sur Watergate qui tourna légèrement la tête en direction du véhicule fou. Carmen se préparait au drame et fixait la voiture dans laquelle elle distingua deux silhouettes qui luttaient. Elle poussa un hurlement et la voiture se déporta sur sa droite après avoir heurté un poteau, fit plusieurs tonneaux, puis s'abîma dans les eaux déchaînées de la Deil River.

On découvrit deux jours plus tard, après que les secours furent parvenus à arracher la carcasse de la voiture à la Deil River, que le conducteur était Nolan Remick, dix-neuf ans à jamais. Nolan retrouvé mort et armé dans la voiture de sa mère. Nolan non pas noyé mais tué sur le coup et serrant dans son poing l'arme subtilisée à son oncle, un revolver Smith et Wesson modèle 64 et calibre 38 dans lequel manquait une seule balle – celle qui avait servi à abattre le shérif.

Dans les profondeurs de la rivière noire et bouillonnante, à quoi pouvait-il ressembler, quelle expression affichait-il derrière ses mèches de cheveux sombres dansant devant son regard éteint ? Il avait fini le torse écrasé contre le volant, avait dû cracher du sang, lequel avait donné naissance à une éruption rougeâtre dans l'eau claire et c'était tout. Rien d'autre. Quand on l'avait sorti de la carcasse, dans ses yeux éteints mi-clos demeurait intact un vestige de stupeur. Est-ce qu'on peut mourir ainsi ? À dix-neuf ans ? Son visage était lacéré, tout comme son avant-bras droit, pas à cause des éclats de verre du pare-brise – c'étaient des traces de griffures et de morsures.

À côté de son cadavre, une place vide, là où Carmen jurait avoir vu une autre silhouette, plus petite et si agitée juste avant le drame – celle-là même qui s'était débattue contre lui, l'avait griffé, mordu au sang – la petite Mary Beth Paige qui se trouvait là avant d'être éjectée du véhicule, à travers le pare-brise. La voiture avait percuté un poteau et la fillette avait pulvérisé la paroi de verre telle une comète agonisante. On la retrouva dans l'herbe, défigurée, poupée désarticulée et ensanglantée – vivante. Elle resterait dans le coma une semaine avant d'ouvrir de nouveau les paupières tailladées sur des yeux devenus aveugles et d'une drôle de couleur vert d'eau gélatineux. Colonne vertébrale touchée. On tenta de réparer Mary Beth ; on échoua. Elle était devenue impotente, enfermée dans son corps paralysé et la nuit de sa cécité, posée dans un fauteuil roulant, créature qui attend qu'on la nourrisse, la couche, la lave, la change, la torche une fois ses besoins faits. Elle avait eu onze ans au mois de juin précédant l'accident (*précédant l'enlèvement, l'agression, le viol*). J'y repensais, un jour à New York. Je devais me pencher sur l'écriture de l'autobiographie d'une victime d'abus sexuel et le souvenir de Mary Beth, éveillé par ce mot étrange et hideux (*un viol, le viol, la violence, le silence*), fit naître en moi des questions de toutes sortes : vivait-elle encore ? Était-elle devenue une jeune femme, et dans quel état ? Avait-elle vu (*senti*) son corps se transformer à l'adolescence ? Est-ce que ses capacités motrices étaient revenues, ou non ?

Quelqu'un avait parlé de miracle, à propos de Mary Beth. Parce qu'elle était devenue aveugle et handicapée dans l'accident qui avait suivi son viol.

Autour de moi, dans le petit appartement qui était mon univers le plus intime depuis tant d'années désormais, j'eus l'impression de voir se former les ombres de ce que fut le Deil River de ma jeunesse. La rivière serpentait avec un glougloutement entêtant à mes pieds, les grands pins bruissaient de leur grincement si particulier dans le vent, leurs épines craquaient et embaumaient sous chaque pas qui les foulait. Le chalet de Lou McPherson se dressait devant moi, plein de murmures, de chuchotements, de supplications. Et partout et nulle part à la fois, Silas Farrell, sa silhouette fugitive et fluette prisonnière des bois, pour toujours ses yeux sans vie tournés dans ma direction, son regard trahissant une terreur pure.

J'eus mal à la gorge – une douleur fulgurante, et comme la brûlure salée de larmes impossibles à verser. Je me cachai le visage dans les mains.

L'heure arrivait, déjà, d'aller retrouver Sorvino dans le Queens.

Le *Perros de la Pradera* était un snack dominicain du Queens. Je n'y avais mis les pieds qu'une fois, pour y manger avec un élu démocrate du quartier. Un latino dont la corpulence témoignait d'une fréquentation assidue de ce genre d'établissement qui vous tue lentement à coups de viande rouge, de graisse et de pommes de terre frites. Il voulait écrire son autobiographie et m'avait invité dans cet endroit où il mangeait chaque semaine depuis plus de vingt ans. J'avais trouvé ça consternant, et le personnage était un vulgaire politicien, démago éloquent et piètre artisan de ses promesses électorales. À la fin de notre entretien, il m'avait confié pourquoi il venait ici.

— Mon petit frère est mort juste là, devant le restau, à seize ans. Il a pris une balle. Je saurai jamais pour quelles raisons. À mon arrivée, ils avaient déjà emmené son corps et il n'y avait plus qu'une immense flaque de sang… Bon Dieu, il y en avait tellement qu'il devait plus en rester une seule goutte dans ses veines. Et vous savez quoi ? Une semaine après, je suis revenu, et le sang était toujours là. J'ai pété les plombs et je me suis mis à hurler. Des gens ont demandé ce qui se passait et quand je leur ai expliqué, ils m'ont regardé comme si j'étais le dernier des malades. Il n'y avait plus de traces, qu'ils disaient. Mais moi, je la voyais encore, la mare sanglante dans laquelle mon petit frère a crevé, et depuis vingt ans cette année que ça s'est produit, je peux vous jurer que ça a encore été le cas en venant ici pour vous rencontrer.

Je lui ai demandé s'il était entré en politique pour changer les choses et il s'est mis à rire tristement.

— Ce genre de truc, c'est ancré dans l'être humain, et ça changera jamais. Vous savez pourquoi je fais de la politique ? Après la mort de mon petit frère, personne n'est venu chez ma mère pour lui dire combien la ville et le quartier étaient désolés. Personne n'est venu juste pour la prendre dans ses bras et lui mentir en disant que ça ne se produirait plus. C'est ce que je fais. Quand un drame comme ça tombe sur eux, je vais chez les gens et je les console. Je leur promets de faire tout ce qui est en mon pouvoir pour arrêter ça. Je sais que c'est des bobards mais ça les apaise un moment. Je sers à ça. Et les larmes que je verse avec eux sont sincères.

Il n'y eut finalement pas de livre. Deux semaines après, une crise cardiaque le foudroyait. C'est l'un des bouquins que je regrette le plus de n'avoir pas écrit.

Sorvino arriva avec un quart d'heure de retard. Il était trempé de sueur et très rouge, vêtu d'une vieille veste en velours gris usé, en dépit de la chaleur écrasante. J'étais à une table à l'extérieur, pour fumer en paix. Il s'assit en face de moi. C'était un homme dans la soixantaine, court sur pattes et plutôt rond. Il avait les cheveux frisés et noirs, probablement teints, et de grands yeux d'un bleu sale, une tête ovale sur laquelle les chairs flasques de son visage glabre semblaient s'être agglomérées en vitesse, et donnaient l'impression de vouloir fondre pour s'affaisser telle une chandelle en fin de vie. Je n'imaginais pas ainsi mon bourreau. Aussitôt installé, il s'exclama :

— Cette ville, sacré bon Dieu ! C'est un vrai labyrinthe…

— Vous n'avez qu'un quart d'heure de retard. Vous vous êtes plutôt bien débrouillé, je trouve. Qu'est-ce que vous mangerez ? Je vous préviens : c'est gras, copieux, et quoi que vous choisissiez, votre digestion sera tellement longue que vous risquez de sombrer dans une sieste comateuse…

Sorvino se tamponnait le front avec un mouchoir en tissu et arborait un sourire perplexe. Il rangea son mouchoir et joignit les mains sur la petite table en plastique bleu, me détailla quelques secondes avant de rompre la glace.

— Je pensais que vous seriez moins détendu.

— Je suis peut-être seulement un excellent comédien.

— Peut-être bien, oui. Il le faut pour passer tant d'années à vivre sous un faux nom et en s'étant inventé une histoire bidon.

Il sortit un paquet de cigarettes de sa poche, ainsi qu'un briquet tempête, et m'en proposa une.

— Non merci, j'ai ce qu'il faut.

Je pris mon propre paquet. Il s'en amusa.

— Des sans filtre, hein ? Vous vous la jouez cow-boy ?

Je ne répondis pas, me mis à fumer en affichant la plus grande sérénité. Ma seule inquiétude, pour l'heure, c'était de l'entendre faire référence au roman que j'avais écrit pour Liam, *Démoniaque(s)*. (*Ce roman, combien de fois tu t'es répété que c'était une connerie de l'écrire, même pour un autre ? Et combien ça te faisait souffrir, t'excitait, te soulageait, te tuait de livrer tout ça au public ?*)

Son sourire s'estompa.

— Vous savez pourquoi je suis là, n'est-ce pas ?

Je pris le temps de faire tomber la cendre de ma cigarette avant de lui répondre.

— Je sais ce qui vous amène ici, mais pas la raison, non.

— Je comprends, je comprends… Oh, mais… Comment dois-je vous appeler ? Nathan ou…

— Nathan. C'est comme ça que tout le monde m'appelle, aujourd'hui. L'autre, c'est du passé.

— D'accord. De toute façon, ça n'a pas d'importance.

— Absolument. Bon, si on allait commander ?

Il m'accompagna dans le restaurant. Le patron plissa les yeux en me voyant.

— Vous êtes déjà venu, non ? Monsieur Kendall ? Avec le conseiller municipal Espinosa, peu avant sa mort ?

Je hochai la tête, épaté.

— Vous avez une sacrée mémoire, dites-moi.

Il darda un œil sombre sur Sorvino.

— Un homme bien, Espinosa. Un client fidèle. Méfiez-vous de M. Kendall : la seule fois qu'il est venu, c'était avec le conseiller Espinosa et le pauvre homme est mort quinze jours après !

Les deux hommes éclatèrent de rire et le chef prit nos commandes qu'il hurla en espagnol en direction des cuisines puis j'attendis quelques minutes en compagnie de Sorvino. Tout de go, je lui demandai qui l'engageait. Il arbora un sourire de fouine.

— À votre avis ?

— La famille de Silas Farrell, forcément, puisque Dave Dollinger était veuf et sans enfants. La mère de Nolan Remick, ça m'étonnerait, vu qu'elle a fui Deil River avec son frère pour retourner près de leur famille à Warm Springs… Elle était persuadée de la culpabilité de son fils.

— Aucune des personnes que vous citez ne m'emploie. Les Farrell, ils ont divorcé, vous savez ? Le révérend a quitté l'Oregon depuis longtemps et la mère de Silas est décédée il y a peu, dans un accident de voiture.

— Pauvre femme…

Si les Farrell n'avaient pas employé Sorvino, alors restait Gwen, la sœur de Silas, et je n'imaginais pas celle-ci me soupçonner du meurtre de son petit frère. Avec Gwen, nous avions été les meilleurs amis du monde. Jamais elle n'avait douté de moi ni de ma version. Jamais elle ne m'avait tourné le dos, à l'inverse de beaucoup, même après que le bureau du shérif eut reçu plusieurs lettres anonymes incitant à m'interroger de nouveau en me demandant bien quand j'avais vu le petit Silas Farrell pour la dernière fois – « mort ou vif », précisait cruellement l'un des corbeaux. J'allais lui demander si Mme Goodwin, la mère de Tonto, l'envoyait lorsque je compris.

— C'est ce connard de shérif Greenberg qui vous paye... Mais pourquoi maintenant, tant d'années après ?

— Vous savez, qui m'envoie importe peu, en fin de compte. Sachez seulement que la haine et le chagrin sont deux des sentiments les plus durables. Ils résistent au temps qui passe, comme les scorpions survivent à une attaque nucléaire...

Malgré les circonvolutions de Sorvino, ça ne faisait aucun doute : l'ancien shérif Greenberg le payait. Quand je vivais encore à Deil River, Greenberg appartenait au clan des irréductibles persuadés que l'assassin de Silas courait toujours.

Mon regard se perdit quelques secondes sur les voitures qui traversaient l'avenue, de l'autre côté de la vitre terne qui reflétait le fantôme de nos silhouettes indécises. Un grand type dégingandé, au style urbain outré et aux cheveux blancs et noirs qui se panachaient étrangement, entra dans le restaurant et commanda un plat. Pupilles dilatées et brûlant d'une folie inhumaine, mains tremblantes et lèvres fines figées en un rictus affreux, mouvements brusques et saccadés – il avait tout du camé sans âge. Les joues creuses à l'extrême, la peau à même le crâne sans une once de chair entre l'os et l'épiderme. Un mort vivant. Pendant un instant, je souhaitai presque qu'il s'agît d'un junkie en manque prêt à sortir son flingue pour réclamer la caisse. Oui, un très court laps de temps, je fus quasiment convaincu que ce déchet de l'humanité avait le pouvoir de me libérer de la situation inextricable dans laquelle mon face-à-face avec Sorvino promettait de me plonger. Ce dernier avait à peine remarqué la présence du camé qui récupéra son plat et quitta les lieux.

Le patron nous invita à venir chercher nos commandes. J'insistai pour régler en dépit des molles protestations de Sorvino. De retour à notre petite table, il se jeta sur son plat tandis que je l'observais.

— Je peux vous poser une question, Sorvino ?

— Allez-y, oui.

— J'ai trouvé le site de votre « agence » sur Internet et j'ai vu que vous viviez dans l'Oregon. Vous avez forcément entendu parler des meurtres du 5 juillet à l'époque, non ?

Il engloutissait des beignets de poulet frits au fromage noyés dans la mayonnaise qui n'avaient rien d'un plat dominicain typique. Sans me regarder, il les termina en poussant de petits gémissements de satisfaction, puis, s'essuyant les mains et les coins de la bouche, il me fixa et répondit.

— Tout l'État a eu connaissance des meurtres du 5 juillet, et surtout celui de Silas Farrell, rapport au fait qu'il a disparu plusieurs jours avant d'être retrouvé. La télé, la radio, les journaux… Silas Farrell, tout le monde en a parlé. Un gosse de onze ans qui se fait défoncer le crâne au point de ne plus ressembler à rien, il y a de quoi marquer les esprits, non ?

Cette phrase, les mots employés, les images qu'ils firent naître en moi – le visage anéanti de Silas, ses funérailles, son corps dans un cercueil scellé parce qu'il n'y avait plus rien de digne, de décent à exposer. J'eus la chair de poule et fermai les yeux quelques secondes.

— Ça vous bouleverse, Nathan ?

— Je connaissais ce gosse. Bien sûr que ça me bouleverse…

Sorvino lorgna mon plat – un truc grillé à base de banane verte, avec des boulettes de bœuf. Je n'y avais pas touché.

— Vous ne mangez pas ?

Je poussai l'assiette vers lui.

— Faites-vous plaisir.

Il ne se fit pas prier. Un tel appétit, si décalé avec la conversation sordide que nous avions, me répugna. Je poursuivis à contrecœur.

— Vous n'imaginez pas à quel point votre coup de fil m'a surpris.

— Il est vrai que retrouver votre trace a été assez ardu. Ça m'a quand même pris trois semaines.

— Ce n'est pas ce que je veux dire. Cette histoire, l'assassinat de Silas, j'avais l'impression que ça n'avait jamais existé à mesure que les années passaient. Que tout le monde avait oublié. C'est vrai, quoi, on parle encore de la mort de JonBenét Ramsey alors qu'elle a été tuée depuis plus longtemps que Silas. Joyce Carol Oates en a fait un roman… Personne n'a écrit sur Silas. Personne n'a fait de film ou de documentaire.

Sorvino, obnubilé par son assiette, semblait ne pas avoir saisi une bribe de ce que je venais de dire. Il avalait presque tout rond son bœuf et sa banane frite.

— Vous savez, Nathan, si la plupart des gens ont vite oublié ce qui est arrivé à Silas, c'est parce que son « assassin » a vite été identifié et interné en établissement psychiatrique… Pas de procès, rien. Quand on n'a plus personne à haïr, aucun coupable désigné sur lequel cracher, on se rend compte que l'énorme majorité des gens se contrefout qu'il y ait eu une victime et qu'elle ait souffert, même si c'est un petit garçon aussi inoffensif que Silas Farrell. Tout ce que le public veut, c'est un pauvre diable, si immonde soit-il, sur lequel il pourra défouler ses instincts les plus bas. Les gens adorent les tragédies de ce genre.

Sa seconde assiette était vide. Il ouvrit sa bouteille de soda et la descendit d'un trait. Il recula sa chaise et se tapa sur le ventre avant de me regarder, les yeux brillants de fatigue.

— Vous aviez raison, je crois que je vais piquer un roupillon en rentrant à l'hôtel. Bonne bouffe, mais un rien lourdingue…

Je le dévisageai un instant, demeurai silencieux avant de lâcher :

— Qu'est-ce que vous foutez ici, exactement ? Pourquoi vous êtes là ? Tant de temps après ?

— Vous savez pourquoi je suis là. Quelqu'un me paye pour reprendre l'enquête depuis le début, et cette personne pense que vous avez joué un rôle dans ce meurtre…

— *Cette personne*, l'ancien shérif Cory Greenberg, pense que j'ai tué le gamin.

— … et je peux comprendre sa suspicion…

— J'avais quinze ans !

— On a déjà vu des assassins plus jeunes que ça…

Il attendait, et je lui répondis dans un marmonnement embarrassé :

— Pourquoi vous venez me torturer avec ces histoires… Tout le monde sait que c'est Tonto qui a tué Silas parce que Nolan Remick le lui a ordonné. C'est ce que les flics ont conclu, après tout, non ?

Songeur, il observa quelques secondes de silence avant de répondre.

— « Tonto », dites-vous… J'ai appris que ça voulait dire « débile » en espagnol.

— Oui, parce qu'elle était particulière. Enfin, elle avait une fêlure à l'âme, quoi. Pour les gens, c'était Andy, en général, mais nous autres, ses amis, on l'appelait Tonto, comme le personnage de l'Indien dans un de ces vieux westerns qu'elle adorait regarder.

— Je ne connais pas. Elle est toujours internée à l'Institut Henry Ackeley, vous savez ?

— Et personne pour aller lui rendre visite à part sa mère, je suppose.

— Même pas. Mme Goodwin a la maladie d'Alzheimer et elle vit en maison médicalisée. Elle ne se déplace plus. Andrea est seule au monde, désormais.

Cette précision remua quelque chose en moi.

(*Tonto… Une pauvre gamine recueillie par M. et Mme Goodwin qui n'avaient jamais eu d'enfants et avaient proposé de s'en occuper. La mère de Tonto, Virginia Malloy, était une fille plutôt simplette qui vivait dans une maison délabrée au milieu des bois avec sa grand-mère, Eulia. La vieille était une sorte d'illuminée d'un autre siècle qui voyait le diable partout et purifiait la gosse à coups de canne dans le dos. Résultat, la petite était devenue une vraie traînée et se vendait aux types de passage en ville, à la gare routière. À seize ans, elle est tombée enceinte de l'un d'eux et elle a réussi à cacher sa grossesse à sa grand-mère. Elle a donné naissance à Tonto dans sa chambre, toute seule. Quand la vieille a découvert la gamine sur ses draps ensanglantés avec dans les bras un bébé magnifique, elle a été saisie d'une fureur telle qu'elle s'est mise à les frapper toutes les deux. À la fin, elle a pris le bébé pour aller le noyer dans la Deil River. La jeune maman était à moitié assommée et faible, mais elle a réussi à suivre sa grand-mère tant bien que mal, après s'être armée d'un couteau de cuisine. Sa folle d'aïeule avait eu le temps de maintenir la pauvre créature dans l'eau pendant quelques minutes quand sa petite-fille est arrivée derrière elle et a tranché la gorge de la vieille. Ainsi se déroula le baptême du bébé, béni par les eaux empoisonnées de la Deil River et le sang noir et bouillonnant de son arrière-grand-mère démente. On retrouva l'enfant devant la maison du shérif avec un bref mot explicatif.*

Je l'ais eut ché la vieille, toute seule. Je sais pas ou et son père. La vieille a voulu la tuait. Alor j'ais tuait la vieille. Elle s'apèle Andrea.

Le bébé est tombé malade. Tout le monde a cru que la petite Andrea ne survivrait pas, mais on découvrit à cette occasion qu'elle avait une constitution solide. Ce n'est que plus tard que l'on comprit que son cerveau avait gardé des séquelles des mauvais traitements infligés par son arrière-grand-mère. On trouva cette dernière la tête dans la rivière et le cul en l'air. Aucune trace de sa petite-fille qu'on ne devait plus jamais revoir. On la confia aux Goodwin qui l'éduquèrent et l'aimèrent de toute leur âme. M. Goodwin mourut prématurément. Tonto vécut auprès de sa mère adoptive durant vingt-six ans, jusqu'à son arrestation. Elle avait passé presque la moitié de sa vie dans une sorte d'asile prison d'où elle ne sortirait que dans un cercueil pour rejoindre le cimetière de Deil River.

Tonto était une amie, pour nous, une grande sœur immense, énorme, avec la force d'un ours et le cœur tendre d'un bébé, même si elle était capricieuse et colérique. Rien ne pouvait nous arriver quand elle était avec nous. Malgré sa cervelle cabossée et son intelligence boiteuse, elle savait jouer de son aspect auprès des grands qui nous embêtaient : elle prenait une grosse voix et fixait les gamins qui voulaient nous attaquer et il n'en fallait pas plus pour les effrayer. Cela nous faisait toujours rire, et elle aussi. Avec l'adolescence, nous nous sommes éloignés d'elle, parce que si elle grandissait, elle ne vieillissait pas comme nous et nous en ressentions une espèce de malaise. Nous l'avons laissée tomber et elle a pris Silas sous son aile. Silas qui…)

— Elle était bizarre, Tonto, mais on l'adorait… C'est pour ça qu'on est tous tombés des nues en apprenant ce qu'elle avait fait à Silas.

— Je sais, oui. Mais mon employeur…

— Mais il lui faut quoi, à votre putain d'employeur ! Tous les experts étaient d'accord pour dire qu'elle a tué Silas après que Nolan lui a demandé de le rattraper ! Je vois pas pourquoi il doute encore ! Tonto était sans arrêt avec Silas et des jours après sa mort on la retrouve hagarde et affamée à côté de son cadavre, elle a menacé les flics avec le tuyau qui…

Je ne finis pas ma phrase.

Le regard de Sorvino n'avait plus rien d'éteint.

— Alors pourquoi vous avez fui, Nathan ?

— Les gens avaient beau savoir que je n'avais rien fait, c'était invivable là-bas. Ici, à New York, j'étais…

Il ferma les yeux et agita l'index de gauche à droite.

— Non, non, non, non… Je ne vous demande pas pourquoi vous vous êtes installé à New York. Ce que je veux comprendre, c'est pourquoi vous avez fui ce jour-là ?

Un silence, bref et interminable, puis les mêmes mots têtus que ceux adressés au shérif Cory Greenberg, à l'époque.

— J'étais un ado d'un tempérament plutôt… sensible. Cette fugue-là, c'était pas la première, et le fait que ce soit arrivé le jour de la mort de Silas, c'était une coïncidence.

— Vous aviez fait deux fugues, avant, et chaque fois on vous a retrouvé moins de vingt-quatre heures après dans un périmètre d'une cinquantaine de kilomètres. C'est déjà beaucoup pour un gosse ! Vous aviez quoi ? Dix, douze ans ?

— Onze ans et demi et treize ans.

— Oui, c'est vrai. Je me souviens, maintenant... Mais là, dans les heures qui ont suivi la disparition de Silas Farrell, vous avez décidé de partir loin. On a mis plus de trois jours à vous retrouver, et en Géorgie. Vous avez fui à plus de 3000 kilomètres de chez vous, Nathan. Avant votre fugue, vous avez essayé d'appeler votre meilleure amie, la sœur de Silas, une quinzaine de fois, et aussi Nolan Remick, l'agresseur de Mary Beth... Qu'est-ce que vous aviez de si important à leur dire avant de vous débarrasser de votre téléphone ?

— Nolan... J'avoue que j'étais un peu amoureux de lui, et que je lui courais après, mais bon, j'avais quinze ans. Et Gwen... Allez savoir ? Je voulais lui parler de Nolan, peut-être ? C'était ma confidente, ma meilleure amie. Mon téléphone, je l'ai perdu pendant ma fuite, je l'ai déjà dit...

— Vous voulez dire « fugue » ?

— Oui... Ma fugue.

Un ange passa.

— Pourquoi j'ai l'impression que vous accordez plus d'importance à ma fugue qu'aux témoignages contre Tonto ?

— Vous pensez qu'Andrea Goodwin a tué le petit Silas Farrell ?

La brutalité de la question me désarçonna. (*Dis-lui, crie-le : oui, c'est elle et c'est pour ça qu'elle est enfermée quelque part, pour que le monde soit plus en sécurité, pour que Silas repose en paix… Débarrasse-toi de ce vieil emmerdeur…*) Je secouai la tête, accablé.

— Non. Elle n'a pas tué Silas.

Le privé s'accouda à la table et posa son menton presque inexistant sur son poing gauche tout en pointant sur moi l'index droit, petit et boudiné.

— Qu'est-ce qui vous rend si sûr de vous ? La famille d'Andrea Goodwin était aisée, et respectée, son père adoptif était un vétéran décoré de la *Purple Heart*. C'est pour ça qu'on l'a traitée avec une certaine clémence malgré son dossier accablant. Vous savez que n'importe qui à sa place aurait été condamné à mort, handicapé mental ou pas, et même si elle était sous la coupe de Nolan Remick… Tant de gens ont témoigné contre elle. Ils ont fait part du malaise qu'ils avaient toujours ressenti en sa présence, de la violence dont elle pouvait faire preuve… Des gens dont on ne peut pas mettre la bonne foi en doute l'ont dit : on a aperçu Andrea Goodwin qui poursuivait Silas dans les bois comme une furie. Et puis cette phrase qu'elle n'arrêtait pas de crier : « Je voulais pas le tuer ! Je voulais pas le tuer ! »

— C'est des conneries. Elle n'a pas crié ça, elle hurlait : « Je voulais pas qu'il meure ! » Mais je suppose que c'était moins vendeur, ce genre de déclarations… Et pour le reste, personne n'a vu Tonto poursuivre Silas avec un tuyau ou quoi que ce soit d'autre, c'est des mensonges. Il pleuvait et elle voulait seulement le retrouver et le ramener chez lui. Ça fait une putain de nuance, non ? Vous voyez pas que c'est du sensationnalisme, tout ça ?

— Je peux comprendre, mais est-ce que ça fait vraiment une différence pour les gens qui…

— Les « gens », comme vous dites, sont des connards frustrés qui profitent de n'importe quelle occasion pour se rendre intéressants… Tonto était un peu vive, des fois, mais elle n'a jamais levé la main sur personne. Les gens ne la voyaient même pas. Au pire, c'était une force de la nature, et elle leur rendait service. Mais elle faisait peur à cause de son aspect physique : une fille grosse et moustachue, attardée en plus, la pauvre, comment est-ce qu'elle n'aurait pas fait la suspecte parfaite ? Les gens… C'étaient ceux qui me décrivaient comme un gosse instable et psychopathe en puissance avant qu'on m'innocente. Je sais que tous les faits la désignent, et que tout corrobore. Nolan lui demande de retrouver Silas parce qu'il a vu tout ce qui s'est passé, elle le pourchasse et elle le tue. Mais j'y crois pas. Tonto ne l'a pas tué.

Sorvino ne put retenir un sourire de connivence.

— Vous ne correspondez pas du tout au portrait qu'on m'a fait de vous.

— Vous vous attendiez à quoi ? Un type sale, cheveux longs et emmêlés ? L'écume aux lèvres et qui jouit seulement quand il tue plein de petits garçons ? J'aurais pu me parler à moi-même ou tout fiche sur le dos du complot reptilien mondial, vous savez… Mais je n'ai pas tué Silas. Et je suis sûr que Tonto n'a rien à voir là-dedans, elle non plus.

— Alors, qui ? Vous ne voyez personne qui aurait pu faire une chose pareille ?

Je ne répondis pas. (*C'est le monstre qui a fait ça... Ce monstre qui hante encore tes cauchemars... Il y a eu le coup de feu quelques minutes plus tôt et désormais il est là, tout noir, et te tourne le dos. Il semble grand, si grand debout en face de Silas qui ne parvient pas à détacher son regard de lui... Je ne vois pas son visage, non, je ne le vois pas, même s'il se retourne brièvement après avoir tué l'enfant, et il s'en prendra à moi si je ne décampe pas en vitesse... Je sais seulement qu'il est là, qu'il porte ce sweat à capuche qui dissimule son visage. Il est flou dans mon souvenir, avec quelque chose d'imprimé sur le dos... Je prie pour que le shérif Dollinger vienne me sortir de là, me sauver, ou mon père, mais papa ne pourra rien faire et Dave Dollinger, lui, est déjà mort, et je ne le sais pas.*)

J'observai Sorvino avec une immense lassitude.

— Vous savez, le vrai meurtrier, ça aurait pu être n'importe qui. Je crois que personne n'aura de réponse dans cette affaire... Une fois, j'ai écrit les Mémoires d'un type haut placé qui avait bossé à la Criminelle à Los Angeles, et ce qui m'a sauté aux yeux en épluchant sa vie, c'est le nombre de disparitions et de meurtres irrésolus. C'est des conneries, les phrases du genre : « On finit toujours par payer ses forfaits » ou « Le crime parfait n'existe pas ». Pas besoin d'être parfait. Être malin ou avoir de la veine, ça suffit amplement...

En parlant, un nom me vint à l'esprit, celui de Sanborn Waldman, un Noir d'une cinquantaine d'années qui vivait dans les parages. On aurait pu le relier à l'agression de Mary Beth ou à l'assassinat de Silas. Il avait été condamné, dans un autre État, pour attouchements et agression sexuelle sur mineure quand il était jeune. Waldman n'avait pas récidivé, mais tout le monde avait pensé à lui avant que la culpabilité de Nolan et de Tonto s'imposât comme une évidence. Sanborn Waldman devait avoir un alibi solide. S'il y avait eu le moindre doute à son sujet, c'est lui qui aurait passé de longues heures au poste à devoir démontrer son innocence.

J'avais eu une expérience désagréable avec Sanborn Waldman, quelques semaines après cette journée d'horreur. Malgré l'arrestation de Tonto, j'étais l'objet de ragots en ville, et certains regards pesaient lourd sur mes épaules. Un soir que j'avais traîné près des bois, mélancolique et le cœur en vrac, je m'étais trouvé seul, en tête à tête avec cet homme encore jeune qui ressemblait déjà à un vieillard dont les cheveux crépus viraient au gris. Il puait l'alcool et me dévisageait dans les rougeoiements du soleil qui déclinait. Sa silhouette claudicante d'épouvantail maléfique s'était approchée de moi et j'étais persuadé que mon heure avait sonné – Waldman allait me tuer, dans cette forêt frappée du sceau de l'infamie, et mon âme rejoindrait celles de Silas, Dave Dollinger et Nolan dans des limbes hostiles, pour l'éternité. Impossible de hurler, ni d'appeler à l'aide – entre lui et moi rien qu'une terreur glaciale, stupéfiante. Alors que Waldman s'était contenté de darder sur moi son regard strabique tout en affichant un rictus qui donnait l'impression qu'il allait éclater de rire, ou fondre en larmes, j'avais reculé sans pouvoir détourner les yeux de cet homme qui, sans sa réputation sulfureuse, n'eût rien éveillé en moi sinon peut-être une vague pitié. Soudain, je m'étais retrouvé adossé à un large tronc d'arbre et il avait approché son visage tout près du mien. Il m'avait observé longuement avant de chuchoter d'une voix d'outre-tombe :

— C'est horrible, hein, bonhomme ? C'est vraiment affreux quand les gens te voient comme la dernière des ordures et que tu sais que rien pourra jamais effacer la souillure du crime qu'est tracée sur ton front…

Nous étions restés quelques minutes face à face, sans aucune place entre nous pour quelque mot que ce fût. Je comprenais ce qu'il voulait dire. J'étais Sanborn Waldman, et il était moi.

Ensuite, il était parti, et je n'avais plus recroisé sa route.

Il y eut d'un coup une sorte de pic d'activité dans la rue qui chassa Waldman de mon esprit. Sorvino n'apprécia guère cette agitation soudaine.

— Je ne sais pas comment vous pouvez vivre dans une ville pareille. Elle est imprévisible et surpeuplée. J'ai pris le métro, vous savez ? C'était bondé, une véritable horreur.

— Ben, c'est le métro, quoi… Fallait prendre un taxi ou un Uber.

— Trop cher. Mais taxi ou pas, je préfère ma bonne petite ville de l'Oregon.

— Vous vivez où ?

— Baker City. C'est un endroit charmant.

— Une famille, je suppose ?

Son sourire devint gris.

— Ma femme est morte d'un cancer il y a cinq ans.

— Vous m'en voyez navré…

— Nous n'avions pas d'enfants et comme j'étais fils unique, que mes parents n'avaient ni frères ni sœurs eux non plus… Je suis tout seul ! Comme vous, en fait…

J'écrasai mon mégot avec rage et le jetai dans la bouteille de soda vide de Sorvino.

— Et c'est pour ça que vous êtes venu jusqu'ici ? Pour me parler de nos solitudes respectives ? Parce que je n'ai pas l'impression que vous me considérez comme un suspect.

— Vous êtes plus intéressant qu'un suspect. Vous êtes un mystère. Depuis le début vous savez quelque chose et vous refusez d'en parler, et je voudrais savoir pour quelles raisons vous gardez tout ça pour vous… On ne fuit pas comme vous l'avez fait quand on n'a rien à se reprocher.

— Je n'ai pas tué Sil…

— Mon boulot, c'est d'enquêter, pas de vous ramener à Deil River pour qu'une foule furieuse ait le plaisir de vous couper les couilles et vous regarder vous vider de votre sang pour venger le petit Farrell… Je voudrais découvrir la vérité.

Il se tut et attendit une réaction ; je lui opposai mon silence. Il se pencha vers moi.

— Ça fait plusieurs mois que je travaille sur le cas Silas Farrell, vous savez. Et j'ai eu l'occasion de trouver tout un tas de choses que les flics de l'époque ne pouvaient pas savoir…

— Quoi donc ?

— Vous voulez découvrir ce qui s'est passé dans la forêt de Deil River ce jour-là ?

Je ne le voulais pas. J'avais eu trop de mal à éloigner de moi cette histoire sordide pour la laisser contaminer mon esprit de nouveau. Je ne voulais plus penser à Silas, à son visage détruit, à ses parents et à sa sœur, effondrés pendant la cérémonie funèbre.

Sorvino se leva.

— Je suis à l'hôtel Whelan, dans le Bronx, pas loin de la rivière. Si le cœur vous en dit, venez me voir. J'ai beaucoup d'infos sur une clef USB et... Si vous êtes prêt à y être confronté, je veux bien vous en montrer quelques-unes.

— L'hôtel Whelan, vous dites ?

— Oui. Chambre 104.

J'aurais pu lui répondre que oui, je passerais, parce que je voulais entendre quelles étaient ces découvertes capitales – ç'aurait voulu dire parler à mon tour. Je ne parvins à rien dire. Le vieux privé perçut mes scrupules, n'insista pas.

— Bien, je vais y aller, maintenant... Vous avez mon numéro, n'est-ce pas, alors n'hésitez pas à vous en servir si vous avez quoi que ce soit à me confier. Et même en pleine nuit. Je suis insomniaque, de toute façon... C'est d'accord ?

— Je n'y manquerai pas.

Il me salua d'un hochement de tête, et s'était éloigné d'une dizaine de mètres seulement quand je l'interpellai.

— Sorvino !

Il se retourna. J'hésitai un peu avant de lui poser la question.

— Vous me pensez vraiment responsable de... de tout ça ?

Il se gratta l'arrière du crâne et plissa les yeux.

— Je ne pense rien, je cherche. Je sais que ça ressemble à une réponse toute faite et à un vieux cliché, mais c'est la vérité. Quand on n'a pas de boussole, il faut chercher le nord avant de se lancer dans une direction, et pas marcher là où on pense que se trouve le nord. Sinon, c'est l'échec assuré…

Il sourit, puis il arbora une expression grave et sincère avant d'ajouter :

— Je tiens à vous dire que je suis navré pour ce qui est arrivé à vos parents… Aucun fils ne devrait vivre une chose pareille.

Un frisson désagréable parcourut ma colonne vertébrale (*Ce jour-là, j'ai dix-sept ans… Depuis ce 5 juillet, je suis un mort vivant… Je fais semblant de vivre, semblant de rire, semblant d'être normal. À peine la porte d'entrée poussée, je sens quelque chose de différent, le silence n'est plus lourd des soupçons et du désespoir habituels, il est léger, libéré, bulle fragile et irisée près d'éclater entre mes doigts d'adolescent, dès que j'aurai pénétré dans la chambre des parents où…*)

Je répondis d'une voix sourde :

— Des tas de choses se sont produites que personne ne devrait vivre.

Sorvino hocha la tête. Il n'ajouta rien, me tourna le dos et s'éloigna à pas lents avant de disparaître au coin de la rue.

Désormais seul, j'observai avec un détachement mélancolique les assiettes vides et les déchets que le privé avait laissés derrière lui. Je pris mon téléphone pour rédiger une note.

J. Sorvino, hôtel Whelan, ch. 104.

Aussitôt après, j'eus le désagréable sentiment d'être épié, et cherchai dans le flot des passants qui pouvait en avoir après moi – en vain. Mieux valait déguerpir.

Avant de partir, je jetai un œil sur le sol, là où le frère du conseiller Espinosa avait été abattu. Là où jusqu'à sa mort il avait vu une mare de sang.

Je pris conscience d'une chose : Sorvino n'avait pas fait référence à *Démoniaque(s)*.

Je passai le reste de l'après-midi seul chez moi, jusqu'au soir où je sortis m'aérer, m'éloigner de Zeke McKay et redevenir le solitaire et cynique Nathan Kendall, caricature d'homo citadin désenchanté aisé et chic.

Je me rendis dans une boîte que je connaissais bien et dans laquelle je trouvais toujours un garçon pour combler mes désirs. C'étaient souvent des étudiants disponibles et curieux – les moins farouches étaient à New York depuis peu et profitaient de la liberté totale et anonyme conférée par la cité pour assouvir leurs fantasmes les plus crus, leur sexualité enfin vécue – au point de parfois s'y consumer.

Cette nuit-là ne me déçut pas. Il fut pour moi une sublime apparition tandis que résonnaient les échos électroniques entêtants d'une énième reprise de « *Where is my mind ?* » Je ne crois pas que le garçon m'eût dit son prénom. Il précisa seulement qu'il avait vingt et un ans. C'était un brun fin et fragile, aux traits aussi nets et anguleux que sa peau était laiteuse et douce sous mes doigts et ma langue. Ses grands yeux noirs me captivèrent. Il était souple, habile et insatiable.

Dans son studio nos corps se mêlèrent, et il m'offrit toute la jouissance dont je pouvais rêver.

Il s'endormit, épuisé, et aussitôt je le quittai, retrouvai l'atmosphère particulière de la rue, jamais éteinte, si peu vivante, pourtant, à maints égards. C'était l'heure sans nom dont on ignore si elle appartient à la nuit qui meurt ou au jour à naître. Le temps s'abolissait dans cet interstice de ténèbres immobiles.

Le souvenir de mes étreintes brûlantes avec le garçon disparut vite, et les fantômes de Deil River m'assaillirent de nouveau. Sans savoir si je commettais une erreur, j'essayai de joindre Sorvino sur son portable et le bombardai de SMS auxquels il ne répondit pas.

N'y tenant plus, je commandai un Uber qui me déposa à l'hôtel Whelan.

Je n'étais qu'une boule de nerfs en arrivant dans le hall de l'établissement miteux. Par chance, il n'y avait personne à l'accueil et je pus m'engouffrer dans l'escalier en toute discrétion. Un peu fébrile, je toquai à la porte 104.

— Sorvino ? C'est moi. Vous êtes là ?

J'insistai, essayai d'appeler le portable de l'enquêteur, sans succès. À bout de patience, je tentai d'entrer. C'était ouvert, et je pénétrai dans la chambre plongée dans l'obscurité. À l'extérieur, la rumeur d'une conversation amusée me parvenait. Je me figeai et attendis que le silence fût revenu dans le couloir pour allumer le plafonnier. Une lumière crasseuse inonda la pièce, révéla le désordre de la chambre – lit défait, bagages déposés sur une commode, emballages vides de repas à emporter.

Je m'assis sur le lit, prêt à envoyer un énième message quand mon regard tomba sur la porte entrebâillée de la salle de bains.

Un frisson parcourut ma nuque.

Je me levai, approchai en murmurant.

— Sorvino ? Vous êtes là ? C'est moi, Kendall…

Je poussai la porte et levai l'interrupteur ; le néon clignota.

Face au corps livide de Sorvino immergé dans une baignoire d'eau ensanglantée, je demeurai impassible, mes yeux plongés dans ceux, morts et vitreux, de l'homme dont la tête penchée dans ma direction donnait le sentiment qu'il m'observait depuis le néant où il était perdu. Sa bouche entrouverte semblait vouloir m'adresser une dernière supplique – à moins qu'il ne s'agît d'un avertissement. Une longue plaie béait sur sa gorge, tel un sourire grotesque, et son visage, si rougeaud quelques heures plus tôt, était d'un blanc bleuté qui pouvait laisser croire qu'il s'agissait d'un mannequin grossier.

J'eus un haut-le-cœur et faillis vomir. Je me ressaisis, scrutai la salle de bains à la recherche de n'importe quelle sorte d'indice. Il n'y avait rien.

J'éteignis la lumière sans parvenir à détacher mon regard de celui du mort et je rabattis la porte.

Pendant quelques secondes, une panique furieuse s'empara de moi et le monde se mit à trembler (… *Un homme mort dans la salle de bains… Sa gorge tranchée… Son corps gras et poilu et exsangue immergé dans une eau rougeâtre… Un homme qui voulait te voir, te parler de ses découvertes au sujet de Silas Farrell… Silas au visage réduit à rien… Silas mort et devenu squelette dans des vêtements de taille douze ans… Silas mort depuis des années et pour longtemps jusqu'au jour où il ne sera plus mort, mais seulement oublié, comme les autres morts avant lui... Comme le sera Sorvino, mort malgré l'oracle du patron du* Perros de la Pradera *: « Méfiez-vous de M. Kendall : la seule fois qu'il est venu, c'était avec le conseiller Espinosa et le pauvre homme est mort quinze jours après ! »*). Je me pris la tête entre les mains et fermai les yeux au point d'avoir mal aux paupières.

Des morts partout, des cadavres sous le lit, des macchabées derrière la porte d'entrée, voilà tout ce que je voyais, et tout ce qui m'obsédait. Je respirai à fond et tentai de réfléchir.

Sorvino avait parlé de documents sur une clef USB, mais je ne trouvai rien – aucune clef ni aucun appareil pour la lire. Je cherchais encore lorsque mon téléphone vibra dans ma poche. Je jetai un œil sur l'écran : on m'appelait depuis le portable de Sorvino. Je compris, explosai dès que je décrochai.

— Vous l'avez tué, espèce d'ordure !

Aucune réponse, aucun son dans le téléphone, à peine un souffle muet et la rumeur vague et lointaine de la nuit autour de l'assassin sans visage et sans voix.

Dans la rue, la sirène d'une voiture de police retentit et j'eus un mouvement de panique, puis les hurlements du véhicule s'éloignèrent sans ralentir devant l'hôtel. Je remarquai qu'ils résonnaient en écho au creux de mon oreille, dans le téléphone. Je me précipitai à la fenêtre de la chambre dont je tirai les rideaux d'un coup sec pour sonder la rue plongée dans une imparfaite pénombre.

— Où tu te planques, fils de pute ?

Au même moment, on raccrocha et je vis une silhouette sombre déguerpir.

J'allais me lancer à sa poursuite quand mon téléphone vibra de nouveau. C'était une photo envoyée depuis le portable de Sorvino. Je blêmis. Une page de livre, et quelques vers de poésie. (*Toi que souvent je fréquente en silence*…) Un autre pan de ce passé que je croyais enfoui depuis longtemps, loin de moi, à Deil River, me sauta à la gorge. La terreur et la haine se mêlèrent – un chagrin profond, aussi, qui me fit monter aux yeux les larmes d'un adolescent que je croyais n'être plus depuis longtemps. Je suffoquai, sentis que je risquais de m'effondrer à tout instant et je dégageai de cette chambre.

Le couloir était vide, de nouveau, et je quittai l'hôtel en empruntant les issues de secours, à l'abri des regards. Dans la rue, il n'y avait plus trace de l'assassin de Sorvino.

Dans un état second, je trouvai un taxi pour rentrer chez moi. Hermétique aux propos de mon chauffeur asiatique défoncé au crack qui délirait sur le suicide récent de Jeffrey Epstein, j'étais pris de vertige, et tout se mélangeait dans ma tête – Sorvino égorgé, Silas au crâne défoncé, Tonto innocente, et, à Deil River, un inconnu qui voulait reprendre l'enquête depuis le début tandis qu'un autre, effrayé, venait de tuer de nouveau, si longtemps après les morts du 5 juillet. Au cœur de cet écheveau de ténèbres et de silence, moi, que cernait une légion d'ombres hostiles.

À 4 heures du matin, dans mon appartement, je jetai un minimum d'affaires dans une valise. Alors que je m'emparais des papiers d'identité de secours que je conservais au cas où (*tu avais prévu le coup, tu savais que tout cet univers en toc d'écrivain fantôme s'évaporerait dans un nuage de poussière grisâtre au premier vent mauvais de ta destinée et que ta vie jusqu'à son terme ne serait qu'une errance sans fin*), toute mon effervescence disparut d'un coup et je me figeai. Je ne deviendrais pas cet homme-là (*Jude Barton, né le 22 novembre 1985 à Lynchburg, Virginie*). Il était trop tard pour tout recommencer, encore, ailleurs, car dans un an, dix ans, un siècle, un avatar de Sorvino apparaîtrait, traverserait dans une barque de fortune la Deil River qui, de rivière, se muerait en un fleuve éternel sans début ni fin et, toujours, mènerait à moi, à celui que je n'avais pas cessé d'être, jusque dans ces livres que j'écrivais pour les autres.

Je m'assis, épuisé. Mes mains tremblaient, ma respiration devenait difficile à mesure que je comprenais (*… Tu retournes là-bas… Tu vas ressusciter l'ado que tu as tué là-bas voilà des années… Tu vas récupérer ton ombre qui traîne là-bas perdue et malheureuse, à jamais privée de repos et de tranquillité depuis ton départ… Tu vas là-bas car tu n'as pas le choix, car celui qui a tué Silas Farrell est en liberté, qu'il a peur, qu'il a fait tuer Sorvino, et que Tonto est détenue là-bas alors qu'elle n'a rien à voir avec ce crime…*)

Moins d'une demi-heure plus tard, j'étais prêt. J'aurais pu prendre le premier vol en partance pour Portland d'où j'aurais sauté dans un taxi pour Deil River, mais une espèce de désespoir profond m'ébranlait à la seule idée de me trouver si vite là où personne ne m'attendait sinon des morts, après tant d'années passées à m'être persuadé que jamais plus je ne foulerais le sol ni ne humerais le parfum des bois et de l'eau de cette ville.

J'irais en voiture, pour être seul, me sentir libre, être maître du temps et apprendre à réapprivoiser la bête endormie qu'était Deil River avant d'y pénétrer de nouveau.

Je quitterais l'État et tracerais ma route, de New York à Deil River. Nathan Kendall mort, déjà ; Zeke McKay pas revenu d'entre les disparus parmi lesquels il gisait toujours. Elle était là, mon essence véritable, dans cet entre-deux sans nom ni consistance, une zone grise et inhospitalière – les limbes où les âmes damnées erraient sans repos ni espoir.

Je démarrai peu après 5 heures du matin. Mon sac posé sur le siège passager, j'observais l'immeuble, le quartier, le ciel indécis entre le bleu de la nuit à l'agonie moucheté d'éclats d'étoiles pâlissant et le gris poussiéreux de l'aube d'un été déjà vieux qui accablerait pourtant New York d'une journée brûlante. Je ne reconnaissais rien, comme si l'on venait de me tirer d'un long sommeil empoisonné sans qu'aucun prince eût besoin de me donner un baiser.

J'avais déjà quitté New York quand je pensai à Fran, et aux Mémoires de son vieil acteur qui ne verraient pas le jour – elle me détesterait pour avoir disparu sans crier gare. Peu importait.

Tout ce que j'avais en tête, c'étaient la photo du livre et la phrase qui l'accompagnait, ces mots qui résonnaient en moi depuis si longtemps et que l'assassin de Sorvino m'avait envoyés. Un message que moi seul étais en mesure de comprendre.

Étrangement, le long voyage qui me ramena à Deil River reste encore aujourd'hui l'un de mes plus beaux souvenirs, et des plus apaisés.

À mesure que je me dirigeais vers les terres intérieures, j'oubliais Silas, Sorvino, Tonto, Gwen, et Nolan. J'oubliais jusqu'à ma propre personne, comme roulant vers une destination inconnue, peut-être même vers rien. Mon but, c'était la route, et la poursuivre.

Je roulais de jour et de nuit, faisais escale dans une petite ville au prix d'un léger détour. J'atteignis le Kansas et décidai d'y faire une pause. Il n'y a rien à faire dans cet État, sinon contempler les champs de blé s'étendant à perte de vue dans leur immensité hypnotique, plane et flavescente, et guetter du coin de l'œil la naissance d'une tornade prête à tout dévaster sur son passage dans le ciel vaste et pur qui soudain s'enténèbre et se précipite sur les mortels horrifiés. C'était à cause de ça que Dorothée et Toto avaient atterri au pays d'Oz. C'était ici que Truman Capote avait posé ses bagages pour écrire l'histoire d'un meurtre qui avait défrayé la chronique.

Quelques kilomètres avant de quitter le Kansas pour le Colorado, au bord de la route j'aperçus un garçon assis dans l'herbe jaunie par la sécheresse. Il avait un sac à dos posé à ses côtés. Vieux jean troué et tee-shirt noir. Cheveux bruns, très foncés. Traits fins et nets, sensuels, pommettes saillantes, joues ombrées par une barbe de deux ou trois jours.

C'était le début de l'après-midi, le soleil cognait fort. Le garçon, tête nue, ne cillait pas. Ma voiture passa près de lui. Je ne tournai pas la tête dans sa direction, ce fut seulement un léger roulement du regard furtif, presque inexistant. Lui non plus n'avait pas bougé, avait feint de demeurer dans une suffisance marmoréenne, figé dans l'indifférence à la canicule, aux hommes, au monde.

Je roulai quelques mètres, ralentis, finalement m'arrêtai, et fis marche arrière jusqu'à lui. Je baissai la vitre du côté passager et le scrutai quelques secondes sans rien dire. Il me fixa sans abandonner son expression sereine et détachée, ne semblait pas décidé à engager la conversation.

— Tu vas quelque part ?

Un fantôme de sourire sur ses lèvres.

— Je quitte le Kansas, ouais…

— Je me doute bien que tu quittes le Kansas… Mais pour aller où ?

— Tu vas où, toi ?

— Deil River.

Il réfléchit un instant, se leva, étira son long corps, il prit son sac puis vint jusqu'à la voiture et s'y installa après avoir épousseté la terre sèche et les brins d'herbe brûlée de son jean. Je découvris que ses yeux avaient une belle couleur d'ambre parsemé d'éclats noirs.

Il attacha sa ceinture. Je rigolai.

— Tu sais seulement où c'est, Deil River ?

— C'est sur ma route. Avant, après, ou juste au milieu, je verrai bien.

Je redémarrai.

Toute la première partie de notre voyage se fit sans un mot, et ce ne fut pas un silence pesant.

Nous étions dans le Wyoming et la nuit était tombée depuis longtemps quand je garai la voiture près d'un motel.

De tout le trajet, mon coéquipier silencieux n'avait pas sorti une seule fois un téléphone ou un iPod pour écouter de la musique. Il n'avait sans doute rien de tout ça – et je commençais à me demander s'il possédait seulement des papiers d'identité. En détachant ma ceinture, je désignai le motel d'un coup de menton.

— Ça te dérange si on s'arrête pour dormir ici ?

— J'ai pas assez de fric pour payer une nuit. Si ça te gêne pas, je dormirai dans la voiture ou je trouverai quelqu'un d'autre pour reprendre la route.

— Ne sois pas bête, je vais te payer une chambre.

Nous nous dirigeâmes vers l'accueil du motel. Il restait des chambres doubles. Je demandai au gardien de nuit s'il y avait moyen de trouver à manger dans le coin à cette heure avancée de la nuit. Il nous donna l'adresse d'un petit supermarché qui se trouvait à cinq minutes à pied. Une demi-heure plus tard, nous étions dans la chambre, chacun avec son plat froid tout prêt, vendu avec des petits couverts en plastique en kit. Le garçon s'extasia sur la minuscule fourchette qu'il venait d'assembler, tel un jouet, puis il considéra son repas d'un air navré.

— C'est dingue, tout se ressemble de plus en plus avec le temps. À une époque, on aurait dégusté des spécialités du Wyoming, mais aujourd'hui, on mange partout la même merde bourrée de conservateurs à base d'animaux morts dans d'atroces souffrances…

J'étais sur le point d'engloutir un morceau de bœuf imprégné d'une sauce indescriptible. Je le lui montrai en grimaçant un sourire crispé.

— Je te remercie pour la mise en bouche. Bon appétit à toi aussi.

Il répondit par un clin d'œil et se mit à manger.

Chacun de nous était assis sur son lit. Je songeai à ce que le garçon avait dit quelques instants plus tôt, et je fronçai les sourcils.

— C'est quoi, au fait, les spécialités du Wyoming ?

— De la viande, de la viande et de la viande. Du gibier, je suppose. Je suis jamais venu ici, de toute façon, alors qu'est-ce que j'en saurais ?

— Et tu es allé où, dans ta vie ?

Il finit de mâcher sa bouchée de pommes de terre et de jambon avant de répondre.

— J'ai quasiment pas bougé du Kansas. Je vivais avec mon père. Pendant l'été, il m'est arrivé d'aller dans le Mississippi.

— Où ça dans le Mississippi ?

— Evan Lowry.

Je lui jetai un regard intrigué.

— C'est un nom de ville, ça ?

— Non. C'est mon nom à moi. On s'est pas encore présentés. Moi, je m'en fous, mais si on attend plus longtemps, ça va devenir de plus en plus bizarre. Donc... Evan Lowry, dix-neuf ans cette année. Enchanté.

Il me tendit sa main et je la saisis.

— Zeke McKay, trente-cinq ans cette année. Enchanté, Evan.

(*Zeke McKay. C'est revenu avec le plus grand naturel. Le nom du spectre qui gît loin de toi, quelque part sur les rives de la Deil River et se mêle parfois aux ombres des grands pins, ce nom dont tu as réussi à te persuader qu'il est celui d'un adolescent mort de souffrance et d'horreur et non plus le tien. Zeke McKay. Ces deux mots, ces deux talismans censés être toi ont opéré une résurrection violente dans ta bouche, sur ta langue, et, soudain, dans un motel du Wyoming, loin du lieu de ta naissance, tu t'es réapproprié ce nom. Zeke McKay est revenu d'entre les fantômes.*)

— Très bien, Zeke. Et tu vas faire quoi, à Deil River ?

Il continua de manger son mélange de pommes de terre, de salade et de jambon. J'imaginai Sorvino, assis sur une chaise près d'Evan et moi, avec un plat riche en viande et en graisses qu'il aurait acheté en même temps que nous au supermarché. Il aurait souri en entendant la question d'Evan et aurait arboré une expression curieuse et ironique.

Je baissai les yeux sur mon plat.

— Je retourne là-bas à cause d'un vieux contentieux à régler. Et toi, pourquoi tu pars ?

— Mon père est mort le mois dernier. J'ai plus personne dans le Kansas. Je me suis dit que c'était le bon moment pour aller voir ailleurs si j'y étais… *Aller voir ailleurs si j'y suis*… Des tas de gens trouvent cette façon de dire débile, mais moi, je la trouve pleine de bon sens. On a plus de chances de se trouver ailleurs qu'ici, je crois. Tu penses pas ?

— Tu n'imagines pas à quel point je suis d'accord… Pourquoi tu vas vers l'ouest, si tu as des attaches dans le Mississippi ?

— C'est ma tante qui vit dans le Mississippi. Je l'aime pas trop. C'est une vieille pie.

— Elle sait que tu es parti ?

— Non. Elle s'en fout, de toute façon. Tu peux me croire, elle va pas sillonner le pays à ma recherche si je lui envoie pas une carte postale de temps en temps. Et toi ? Qui est mort ?

— Pourquoi quelqu'un serait mort ?

— Ça se voit dans tes yeux…

Il venait de déballer des gâteaux au chocolat et les engloutissait un par un. Il avait du chocolat fondu au coin des lèvres. Je n'avais pris qu'un plat à base de bœuf et de maïs et Evan me tendit le paquet.

— T'en veux ?

J'en acceptai un pour lui faire plaisir.

— C'est un gosse qui est mort, pas vrai ?

Je mordis dans le gâteau trop sucré, bus quelques gorgées d'eau. Dans la pénombre sale de la chambre que les faibles lampes de chevet peinaient à dissiper, je ne parvenais pas à lâcher Evan du regard.

— Comment tu sais qu'un gamin est mort ?

— C'est juste que tu me rappelles ce mec qui vivait près de chez ma tante, justement, à Holly Springs. Il bossait avec des gosses dans une sorte de centre de vacances et un jour, en rentrant d'une balade, il se rend compte qu'il manque un gamin. Un petit de neuf ans. Grosse panique, tout ça, battue dans la région… Ils ont retrouvé son cadavre trois jours après. Il avait dû traîner en arrière du groupe et se casser la gueule dans une crevasse. Ça s'était passé depuis des années, mais le mec, il en avait gardé un truc bizarre en lui, comme s'il était un peu mort de la mort du gosse, lui aussi.

Il finit le paquet de gâteaux puis sa bouteille de Coca. Il s'étira, bâilla, se mit en tailleur sur le lit et me fixa, curieux.

— C'est où, au fait, Deil River ?

— Dans le nord-est de l'Oregon…

— Et tu viens d'où ?

— De New York.

— New York ? Ça fait une putain de tirée. T'as pas les moyens de prendre l'avion ?

— J'aime conduire. Et plus tard j'arriverai, mieux ce sera.

Il n'ajouta rien, ni moi non plus – c'était bien.

La fatigue se faisait sentir. Il se leva et prit son sac à dos.

— Je vais prendre une douche, ça te dérange pas ?

— Non, vas-y. Je prendrai la mienne après.

Il allait pénétrer dans la salle de bains, se figea, et lança quelques mots vers moi avant de disparaître.

— Je sais pas pourquoi tu rentres chez toi, mais ça doit être un truc bizarre et qui fout hyper mal à l'aise pour que tu prennes tellement de temps à faire le voyage…

Je ne répondis pas.

Le bruit de l'eau dans la douche me plongea dans un bien-être étrange. Je m'allongeai sur le lit, mains derrière la tête et jambes croisées. Je fermai les yeux un instant.

C'était la Deil River qui coulait dans un murmure lointain, et des adolescents s'y baignaient, heureux. Les corps des garçons ressuscitèrent dans mon souvenir incandescent. Certains ressemblaient encore à des enfants, avec des courbes molles et rondes et leur ambiguïté androgyne. D'autres – *le sien, celui de l'homme qu'il est* – plus virils et attirants, et d'une sensualité douce malgré tout. C'était – *quand ? il y a si longtemps, et pourtant proche et inaccessible comme un présent éternel et immuable, parfait, obsédant* – au printemps, en été ou dans les derniers feux d'un septembre ardent si rare dans la région – avant ce qui arriverait à Silas et à Mary Beth.

Nolan… *Nolan aime se baigner dans la Deil River. Je déteste tellement les filles qu'il emmène là-bas. Il les prend dans ses bras et plonge dans l'eau avec elles. À tous les coups, la fille pousse des gloussements, entre rires aigus et cris faussement effrayés. Et Nolan, lui, tonitrue d'un beau rire grave et harmonieux.*

Plus d'une fois je l'ai observé, seul ou avec ses conquêtes du moment. Les filles, il lui suffit de se pencher pour les ramasser, les ajouter à sa collection, les baiser ou juste les embrasser et faire quelques trucs avec elles au chalet, là où les plus grands s'isolent parfois pour s'envoyer en l'air. Des vieux en promenade peuvent les surprendre. Ça les rend fous. Ils appellent alors le bureau du shérif pour signaler des « troubles du côté de chez McPherson », et quand on voit une voiture de police aux abords du chalet, mieux vaut déguerpir fissa.

Les plus jeunes, eux, se retrouvent dans un drôle d'abri en pierre situé au sommet de la petite falaise d'où jaillit la Deil River. C'est l'abri de Margaret Fergusson, une vieille excentrique qui observait les oiseaux depuis là-haut dans les années cinquante dans le but d'écrire un bouquin. Comme elle était très riche, on lui avait donné l'autorisation de construire son abri ici. Puis elle était morte, il n'y avait jamais eu de bouquin, et on oublia l'abri.

Aujourd'hui il est là, fendant seul l'eau de la rivière tranquille, et rien ni personne d'autre au monde n'existe à part lui et moi dans le calme noir et profond de la forêt.

J'ai l'impression que ses épaules, le haut de son torse, sa chevelure luisante et ramenée en arrière comme un casque d'ébène reflètent une lumière qui n'est pas celle du soleil mais que ce rayonnement émane de lui et parvient à percer les ténèbres dans lesquelles je trouve si souvent refuge. Fasciné par le jeu des muscles de son dos, je m'oublie au point de me croire invisible.

Nolan cesse de nager et commence de sortir de l'eau calme dont le ruissellement lointain m'hypnotise. Il vient dans ma direction, peu à peu émerge et je vois bientôt qu'il est nu, et j'en ressens une douleur brûlante dans la poitrine et entre les jambes. Il s'arrête, a de l'eau jusqu'à mi-cuisse – et il me devine, a un mouvement de tête pour moi.

— Viens !

Je ne réponds pas ; il se met à sourire et, d'un geste ample du bras qui découvre une aisselle noire de poils drus, comme ceux de la toison qui couronne son sexe épais, et long, il réitère son appel.

— Viens, Zeke.

Il retourne dans l'eau. Immergé jusqu'au cou, il m'observe avec une expression maligne irrésistible, et attend.

Je ravale ma salive, avance jusqu'à lui, persuadé que ma dernière heure a sonné, parce qu'il y a eu cet incident, quelques jours plus tôt, quand j'ai passé l'après-midi dans l'abri de Mme Fergusson. J'étais là-bas depuis longtemps et je lisais lorsqu'il est arrivé. Je n'ai d'abord entendu que ses vociférations, avec des trémolos dans la voix, bien qu'il fût seul : « La prochaine fois, je te bute, vieux connard de pervers ! Je te bute ! T'as compris ? Vieil enculé ! » Puis il est apparu face à moi. Il avait un coquard et ses yeux étaient rouges. Il reniflait. Je n'ai rien trouvé à dire, ne l'ai même pas regardé plus que ça, me concentrant sur les pages de mon livre où les mots ne m'étaient plus que des hiéroglyphes hermétiques.

Il a hésité, finalement est venu s'installer à côté de moi.

Il m'a demandé ce que je lisais.

Incapable de me souvenir du titre ni de formuler la moindre phrase cohérente, je lui ai montré la couverture. Il a ânonné.

— Feuilles d'herbe. *Je connais pas. Marrant, ce titre.*

Il m'a fallu de longues secondes pour réussir à reprendre le fil de ma lecture. Il est resté à côté de moi en silence. J'ai bientôt senti qu'il pleurait et j'ai fait comme si de rien n'était. Un moment après, j'étais plus détendu et je me suis décidé à tourner la tête vers lui – il s'était endormi. Jamais auparavant je n'avais vu Nolan si paisible et si beau. J'ai pu étudier son visage, jouir de ses traits en toute liberté. Il avait saigné du nez et une croûte brunâtre avait séché sous sa narine gauche. Sa respiration sifflait entre ses lèvres entrouvertes qui découvraient ses dents. Avec le pouce, j'ai caressé sa joue, senti sous la pulpe de mon doigt sa barbe naissante de jeune homme. Pris d'un mouvement irrésistible, j'ai posé ma bouche sur la sienne, et ses paupières se sont ouvertes.

Quelques secondes – insupportables – durant lesquelles aucun de nous ne savait plus ce qu'il faisait là. Puis il a compris, ses traits se sont durcis, ses pupilles embrasées. Son poing sur ma figure m'a projeté en arrière, et mon crâne a percuté la pierre avec un bruit mat.

— Je suis pas une putain de pédale !

C'est à cette haine anxieuse que je songe quand Nolan me demande de le rejoindre dans l'eau. Je crois qu'il n'a toujours pas digéré le baiser volé, que cette fois-ci il me tuera, me noiera dans la Deil River et laissera mon cadavre flotter et partir loin, loin d'ici, au fil de l'eau.

Je devrais me sauver. Je ne peux pas résister à l'attraction de son corps nu, de son sourire, beau comme un aller simple pour l'enfer.

Il me détaille des pieds à la tête. Je respire fort, transpire. Sa voix douce et chaude, aguicheuse, attise les braises qui incendient mon bas-ventre.

— Ben alors, viens…

J'ai envie de le rejoindre, je ne veux pas le rejoindre.

— Déshabille-toi…

Je me retrouve en caleçon. Mon cœur bat et ma tête tourne. Je marche vers l'eau et il se met à rire.

— Hé, vieux ! Qu'est-ce que tu crois ? À poil.

Je ne veux pas tout enlever parce que je sais ce qui se passera et se passe aussitôt, rien que d'y penser – je panique. Il le remarque, reprend sa nage, me laissant le temps d'ôter mon caleçon et d'avancer dans l'eau au moins jusqu'au bas-ventre, de façon à cacher ma honte.

« Je suis dans l'eau. Je suis dans la Deil River, nu, et avec lui... »

Il arrête de nager et m'observe. Je ne peux traduire ce qui a lieu dans son regard, dans les muscles de son visage, sur ses lèvres qui semblent parfois esquisser un sourire, parfois trahir son hésitation. Sans prononcer un mot, il se trouve bientôt tout près de moi...

Le locataire de la chambre voisine claqua la porte violemment et se mit à siffler très fort – et très faux.

C'était le matin.

Je me redressai, la sueur au front, et cherchai Evan. Il n'était pas dans son lit. J'allai voir dans la salle de bains – personne non plus.

— C'est donc ici que nos chemins se séparent, Evan...

Le départ inattendu de mon éphémère compagnon me démoralisa et je décidai de partir d'ici au plus vite – parce qu'il n'y a rien de plus triste au monde qu'une chambre à deux lits dont l'un est vide.

Je pris une douche, et quand je sortis de la salle de bains, une serviette ceinte autour des hanches, Evan était là. Sur le petit bureau, des beignets et deux cafés brûlants qui embaumaient la chambre. Il lisait en m'attendant, et leva les yeux vers moi.

— Hey, salut ! Bien dormi ?

— Tu es là...

— En chair et en os... Et vu la tête que tu fais, tu croyais que je m'étais barré, je me trompe ? Je m'étais pas fait la malle, je suis seulement allé chercher le petit déjeuner.

Un surprenant sentiment de soulagement m'envahit, et nous échangeâmes un sourire.

Je m'habillai en vitesse puis m'installai pour prendre le petit déjeuner avec lui.

Par la fenêtre entrouverte qui donnait sur le parking quasi désert du motel, en plein cœur du Wyoming, j'eus l'impression saisissante et enivrante de sentir le parfum iodé de vagues qui n'existaient pas. Evan observa le ciel, inspira. Un frisson, je crois, parcourut sa peau. Il me confia n'avoir jamais vu l'océan, et que c'est justement vers cette immensité qu'il allait, parce qu'il en avait besoin maintenant, plus qu'à aucun autre moment de sa vie. Je murmurai que j'aurais aimé l'accompagner là-bas, après Deil River.

Une demi-heure plus tard, nous étions dans la voiture. Alors que j'étais étrangement enclin à bavarder, il s'était de nouveau plongé dans la lecture de son roman.

— C'est quoi, ton bouquin ?

— *Les Démons*, Dostoïevski. Ça déchire grave, je trouve, et ça décrit drôlement bien notre époque. C'est bordélique, bourré de personnages et d'histoires parallèles qui s'emmêlent. Et ils sont tous paumés et fous à lier.

— Oui, je connais…

Quelques minutes s'écoulèrent en silence. Je ne pus m'empêcher de lui jeter des regards furtifs – sur la peau de son genou qui apparaissait dans le trou de son jean, sur son avant-bras, ses mains fines et fortes, et par le biais du rétroviseur sur son visage aux traits attirants et délicats, sa chevelure noire. Il me le rappelait tant.

— Evan ? Ça te dit de m'accompagner à Deil River avant d'aller voir le Pacifique ?

— Étant donné que personne ne m'attend nulle part, je devrais pouvoir t'accorder quelques jours dans mon emploi du temps infernal, je suppose.

La route défilait, j'allais revenir à Deil River avec un jeune homme dont j'ignorais tout et cela me rassurait. (*Deil River, ville de tous les péchés, tous les mensonges, tous les reniements.*) J'eus peur soudain, et ressentis un malaise si profond que les mots jaillirent de moi sans qu'il me fût possible de les retenir, et Evan les accueillit sans m'interrompre. Il apprit tout de Silas, Dave Dollinger, Tonto, Sorvino, même – si peu de Nolan, *et rien du monstre meurtrier sous le déluge dans la forêt obscure.* Lorsque j'eus terminé, après de longues heures à parler, ivre d'avoir ressuscité cette cohorte de spectres vieux de presque vingt ans, Evan savait pourquoi j'avais changé de nom après avoir quitté Deil River, pourquoi j'avais payé, si cher, une identité inventée, la peau d'un autre moi, pur, souillé d'aucun mensonge, d'aucun secret, parce que cette histoire m'aurait poursuivi telle une légende noire, aurait collé à la peau de Zeke McKay comme son ombre, lui dont le nom surgirait à jamais des profondeurs de la mémoire virtuelle mondiale dès qu'un curieux en inscrirait les lettres dans un moteur de recherche.

Je me tus. Il ne fit aucun commentaire, ne demanda pas, perplexe, pourquoi je retournais à Deil River (*Et que répondrais-tu, Zeke ? Que tu rentres pour découvrir la vérité, pour venger Silas, pour réhabiliter Tonto, pour te soulager de ta honte, te débarrasser de la culpabilité qui te ronge ?*). Il me croyait. Une solidarité mystérieuse était née là, entre nous. Pour la première fois depuis une éternité, je n'étais pas seul. Aurais-je poursuivi ma route, autrement ?

La voiture pénétra dans Deil River, et il ne se passa rien de spécial – pas de pluie acide ni de nuage de sauterelles, aucune nuée obscure déferlant soudain dans la limpidité pure et aveuglante du ciel. Il n'y eut qu'un malaise vague, et une sensation nauséeuse qui assécha ma bouche. Un retour à la ville en toute discrétion alors qu'ici personne ne m'attendait, ou presque – et je n'avais nulle part où aller.

Sans réfléchir, je mis le cap sur l'auberge du *Possum*, et une vingtaine de minutes plus tard, nous étions arrivés.

La famille de Charlie, les Abbott, en étaient les propriétaires historiques. Ils avaient misé sur le côté cosy et familial de leur établissement. Ici, tout se déclinait dans des tons chaleureux et doux. Beaucoup de bois dans des teintes ocre orangé. Des meubles imposants, des décorations chargées et surannées. Et toujours des odeurs appétissantes en provenance des cuisines. Charlie m'avait appris que ces effluves étaient artificiels et diffusés aux moments clefs de la journée. Comme cela m'avait déçu.

Nous descendîmes de voiture et Evan admira l'auberge et le cadre idyllique.

— Je trouve ça mignon.

— Tout à fait. Cet établissement est unique en son genre, et très prisé. Je me demande si Charlie est aux commandes ou s'il a mis un terme à la tradition familiale.

Même le parking était charmant, et le paysage bucolique : les montagnes aux sommets enneigés d'un côté et Deil River de l'autre, petite ville coquette et si pittoresque. À un jet de pierre d'ici, la rivière serpentait, au cœur de la forêt noire. J'entendis son glouglou lointain – à moins qu'il ne s'agît d'un souvenir. Je frissonnai un peu.

Evan s'appuya contre la voiture.

— Ce Charlie, c'était un de tes amis ?

— On peut dire ça. On était une petite bande sympa, à l'époque. Charlie était un peu plus vieux que moi et malgré ça, on est devenus copains après un truc qui aurait pu être dramatique : j'avais treize ans et Charlie m'a sauvé de la noyade. J'avais honte de ne pas savoir nager à cet âge-là et j'ai essayé d'apprendre tout seul, dans la Deil River… Je gueulais, j'appelais au secours. Charlie passait par là, avec une bande de gosses. Il était jeune, mais il travaillait déjà auprès des plus petits auxquels le révérend Farrell faisait l'instruction religieuse. Comme Charlie avait une belle voix, il était chargé de la chorale et en été, il s'occupait des sorties en plein air des gamins. Il leur apprenait aussi le basket, il adorait ça. Un mec multicarte, Charlie.

Tout le monde l'appréciait à Deil River. Beau garçon, serviable. Le gendre idéal, quoi – l'antithèse de Nolan. Les filles faciles aimaient Nolan Remick ; les futures mères de famille exemplaires se languissaient de Charlie Abbott. Et Charlie Abbott en pinçait pour la fille aînée du révérend Farrell, Gwen. Trois jours durant, il n'avait presque pas dormi pour aider à retrouver Silas, après le 5 juillet, et chacun en ville ne l'en avait que plus admiré.

Charlie m'avait sauvé la vie, s'était montré un soutien sans faille de la famille Farrell après le drame qui l'avait frappée. Et Nolan ?

Chacun de nous prit son petit bagage et Evan me suivit à l'intérieur.

À l'accueil, une jeune Afro nous salua et je lui demandai deux chambres. Affichant un grand sourire, elle se mit à pianoter sur une tablette dernier cri.

— Deux chambres ? Nous allons voir ça… Puis-je vous demander vos noms, messieurs ?

— Lui, c'est Evan Lowry, et moi, Zeke McKay…

La porte qui se trouvait derrière la jeune femme s'ouvrit en grand et la silhouette d'un homme de haute stature apparut. Il était carré, châtain, portait une chemisette crème et un pantalon de toile marron. Rasé de près, à l'exception d'une fine moustache élégante, il avait un visage poupin malgré la quarantaine qui approchait. Il m'observait, stupéfait.

— Zeke McKay…

— Salut, Charlie. Ça fait un bail, hein ?

Il resta quelques secondes immobile sans plus savoir quoi faire de sa grande carcasse. Il tenait des documents dans une main et l'autre était encore sur la poignée de la porte. Quand il sembla recouvrer ses esprits, il se décida à contourner l'accueil pour venir me serrer la main. Je lui présentai Evan tout en remarquant que Charlie avait pris un peu de ventre et qu'il se dégarnissait aux tempes. J'eus l'impression qu'il croyait à peine à ma présence ici.

— Zeke ! Ça alors ! On commençait tous à croire que tu étais mort !

— « Commençait » ? Après dix-sept ans d'absence ? J'espère que je ne me ferai jamais enlever parce que votre temps de réaction est minable, les gars !

Il éclata de rire.

— C'est vraiment bon de te revoir, vieux... Mais qu'est-ce qui t'amène à Deil River ?

— Une crise de nostalgie profonde.

— Oui, je comprends. Au milieu de la trentaine, on veut déjà faire un premier bilan, tout ça...

— Voilà.

— Mais qu'est-ce que tu fais là ?

— On réserve une chambre.

— Une chambre ? Ici ?

— Oui, une chambre dans une auberge. Quelle idée, hein ?

Insensible à mon humour, Charlie se frotta le menton. Je vis qu'il portait une alliance.

— Hé ! Mais tu t'es casé, mon salaud !

Comme s'éveillant d'un mauvais rêve, il considéra la bague d'une drôle de façon. Il hocha la tête, fit tourner l'alliance autour de son annulaire.

— Oui. Ça fait un bail...

Je désignai son début de ventre.

— Typique de l'hétéro qui se marie. Je parie que t'as oublié de t'entraîner au basket, dernièrement ?

Il rit, gêné.

— Ouais, j'ai un peu pris. Mais je suis resté fidèle à mes amours de jeunesse : « Allez les Sturnelles de l'Oregon ! »

Il soupira, songeur, avant de reprendre :

— Dix ans que je suis marié, tu te rends compte ?

— Dix ans ? Je la connais, celle qui t'a mis le grappin dessus ?

Il déglutit.

— C'est Gwen Farrell. J'ai épousé Gwen. C'est ma femme.

Sans un mot, Evan ramassa le sac qu'il avait posé à ses pieds et le remit sur son dos. Charlie se taisait, et je bafouillai :

— Je… Toutes mes félicitations, mon vieux. Gwen ? Merde, alors ! T'avais toujours flashé sur elle, non ?

— Oui… J'aurais jamais osé espérer qu'elle et moi… Enfin bref. À un moment, elle travaillait à mes côtés, mais maintenant, elle a d'autres responsabilités… Elle est shérif adjoint.

— Shérif adjoint ? C'est… C'est génial.

Un visage m'apparut, et je me rembrunis.

— Si Gwen est shérif adjoint, ça veut dire qu'elle fréquente Cory Greenberg.

— Non, mon vieux. Tu ne le sais pas, mais ça fait un bail que Greenberg a dû démissionner. Problème d'éthique : il a boxé un témoin et les aveux qu'il lui a extorqués n'étaient plus recevables, à cause de ça. C'est Travis Schieber qui est aux commandes. En principe, l'an prochain, Gwen lui succèdera. Elle aura encore moins de temps pour elle, mais c'est sa vocation… C'est pour ça que je profite de chaque occasion d'être avec elle. On doit déjeuner ici ensemble aujourd'hui, d'ailleurs.

— Gwen va venir ici ? Au *Possum* ?

— Ouais. Elle est en ville, là, mais vu l'heure qu'il est, elle ne devrait plus tarder et…

— J'ai compris, vieux. On va chercher une chambre ailleurs.

Il se passa la main sur la nuque.

— Elle en a tellement bavé à l'époque, avec son petit frère… Enfin, tu comprends…

— Pas de problème… Je vais aller voir la concurrence. Tant pis pour toi !

— Oh, mais attends ! Il y a bien une solution. Un type a racheté la maison du vieux Warren Cormann, il y a une dizaine d'années, Kostas Bayame, il s'appelle. Il aime la compagnie et il a deux chambres d'hôtes qu'il loue une bouchée de pain Un artiste un peu bizarre. Un Australien, je crois. Plutôt sympa… Si tu y vas de ma part, il vous hébergera peut-être même à l'œil.

— C'est gentil, Charlie. Ça nous ôte une sacrée épine du pied.

Il sourit, satisfait, puis il prit une carte dans sa poche et me la tendit.

— Tiens. Il y a mon numéro de portable dessus. Appelle-moi.

— Merci, j'y penserai…

— Je ne blague pas. Je veux qu'on prenne un verre un de ces soirs, pour parler de… de…

— Je comprends, Charlie. Je t'appelle très vite.

Je partis en vitesse, suivi d'Evan.

Lorsque nous fûmes arrivés près de la voiture, il me jeta un regard perplexe.

— Ça va ?

— Oui. Je crois, oui. C'est juste une sensation très étrange, comme si je n'étais jamais parti d'ici… Comme si j'avais été mis en veille jusqu'à aujourd'hui, alors que j'étais persuadé de ne jamais revenir. C'était inconcevable, pour moi. Vraiment. C'est compliqué…

Un miaulement s'éleva, qui m'interrompit, et je n'en revins pas.

— Ça alors ! Watergate ? C'est toi ?

À mes pieds, le bleu russe cligna les yeux longuement – le baiser du chat. Je le pris dans mes bras et il se laissa faire. Je soulevai sa patte avant droite et tous mes doutes s'envolèrent : ses coussinets étaient blancs. Seul Watergate avait cette particularité.

Evan nous scrutait, intrigué, et je lui racontai rapidement l'histoire du chat qui vivait depuis toujours à Deil River, et son rôle dans l'accident fatal à Nolan et à Mary Beth.

Dans mes bras, Watergate semblait ne plus vouloir me quitter, et je le considérai comme une énigme en marmonnant :

— Mais tu es en pleine forme, toi. Comment c'est possible, vu l'âge que tu dois avoir…

Après les événements du 5 juillet 2000, Watergate n'avait plus donné signe de vie pendant tout l'été avant de reparaître pour Halloween. Cela l'auréolait de mystère.

Evan s'approcha et prit Watergate délicatement. Il s'installa dans la voiture avec le matou et le cajola tout en s'adressant à moi.

— On l'emmène ? Il est si mignon, et il n'attendait que toi, j'ai l'impression…

J'acquiesçai et pris place derrière le volant. Au moment où je mis le moteur en route, Evan dit dans un murmure :

— Je ne sais pas si tu te demandais encore si tu faisais bien de revenir ici, mais je crois que ce chat apporte un début de réponse, non ?

(*Watergate est sur ta route, ce jour-là, tu le caresses, puis tu lui demandes si tu fais ce qu'il faut, si tu ne commets pas une grosse erreur en venant ici, malgré la froideur de Nolan à ton égard. Alors il se sauve pour fuir loin des bois et retrouver la ville, sur la grand-route qui y mène. Tu te lamenteras ensuite, tu te reprocheras d'avoir volontairement ignoré sa réponse en poursuivant ton chemin en direction des forces obscures à l'œuvre dans la forêt…*)

— C'est de bon augure, oui. Watergate a toujours eu une sorte de sixième sens.

Je fis marche arrière et nous quittâmes le parking du *Possum*.

Le trajet qui menait chez Kostas Bayame nous obligeait à emprunter la rue où j'avais vécu dix-sept années durant. Au moment où nous passions devant, je désignai mon ancienne maison à Evan.

— C'est ici que je vivais.

Watergate dormait. Evan ne répondit rien.

On avait refait la façade. Peinture différente, toit rénové. Je n'osai imaginer à quoi ressemblait l'intérieur, désormais. Un instant j'eus la tentation d'aller sonner chez ces inconnus qui avaient l'outrecuidance de s'être installés chez moi. *Chez moi* – deux mots beaux comme une illusion. J'apprendrais vite qu'un couple y avait vécu et qu'un bébé y était né, une fille devenue adolescente, puis la petite famille était partie dans le Vermont à la suite d'une mutation du père. Maison vide, bientôt à vendre. Mes fantômes s'y trouvaient seuls et tranquilles, et peut-être attendaient-ils, derrière les murs silencieux, de voir à travers les fentes des volets clos comment nous allions tous nous dépêtrer du passé qui nous empoissait et empêchait le temps de suivre son cours normal (*ce temps qui coulait à rebours dès qu'il atteignait un certain point du présent tel un fleuve remontant à sa source juste avant de frôler l'écume des vagues de l'océan, dans ce perpétuel mouvement de rembobinage qui conférait à tous ceux qui vivaient à Deil River une raideur d'automate répétant sans lassitude les mêmes gestes absurdes pour l'éternité*).

Nous arrivâmes chez Kostas Bayame. À gauche de l'entrée, une drôle d'enseigne bigarrée révélait le nom de la propriété : *The Rainbow Serpent.*

Evan sortit de la voiture. Dans ses bras, Watergate papillonna à peine des yeux. Je le regardai avec une tendresse inquiète.

— J'espère que les animaux ne posent pas de problème, ici.

— Je suis certain que l'Australien bizarre va adorer Watergate.

Quinquagénaire né dans le Queensland et à moitié aborigène, Kostas Bayame avait une peau d'un beau brun caramel, était trapu et assez petit, avait une barbe noire fournie et le cheveu ras travaillé de façon à dessiner des symboles tirés de la mythologie algonquine que l'on retrouvait aussi tatoués sur ses bras puissants.

— Je peux vous organiser une suerie traditionnelle cent pour cent algonquine, si vous voulez, les gars. Vous verrez : ça ouvre des perspectives sur soi et sur l'univers…

Nous refusâmes poliment son offre.

Après une heure de bavardage intarissable, Kostas nous mena à l'étage, dans la chambre qu'il avait encore à disposition. Elle était dotée d'un lit king-size. Le joyeux Australien nous fit la promesse de trouver litière et panier pour Watergate et il redescendit au rez-de-chaussée.

Evan se jeta sur le lit qui émit un soupir moelleux puis il darda un œil amusé sur moi.

— J'espère que ça te gêne pas qu'on dorme ensemble ? Seigneur ! C'est tellement confortable…

Allongé les mains derrière la tête, il observait le plafond, les murs, les rideaux d'une couleur jusqu'alors jamais répertoriée. Watergate, de son côté, avait vadrouillé un instant dans son nouvel environnement avant de s'installer sur le lit, en rond, et de se rendormir. Evan se redressa et soupira.

— Bon, c'est quoi, la suite ?

Je réfléchis un instant.

— Il y a un truc que je dois faire, maintenant. Si j'attends, je ne le ferai pas, et je m'en voudrai. Tu m'accompagnes ?

Une minute plus tard, nous étions dans la voiture. J'allais démarrer lorsque je me rendis compte que j'avais oublié mon téléphone. Je retournai dans la maison, et une fois mon portable récupéré – et une caresse donnée à Watergate qui somnolait – je quittai la chambre. Quelque chose attira mon attention : au fond du couloir, dans l'embrasure d'une porte, une femme vieille et toute petite m'observait, entièrement vêtue de noir – un jean et un pull en laine dans lequel elle semblait flotter. Elle avait un visage maigre et le teint blême, la peau striée de rides. Ses cheveux étaient courts, gris et blancs.

Je lui adressai un signe de tête et bafouillai quelques mots de salutation auxquels elle répondit par un sourire discret avant de retourner dans sa chambre.

Je gagnai le rez-de-chaussée, troublé. Assis dans le salon, Kostas Bayame perçut mon malaise.

— Vous allez bien ? On dirait que vous venez de voir un démon…

— J'ai croisé la femme qui occupe l'autre chambre. Elle m'a regardé… bizarrement.

— Mme Kurland ? Ça fait une quinzaine de jours qu'elle est ici et qu'elle ne voit presque personne. Quand elle sort en ville pour se promener, elle dévisage tout le monde. Vous n'êtes pas le premier que ça perturbe.

— C'est que… Vraiment, si vous aviez été là, elle m'a scruté comme si elle me connaissait et moi, je ne pense pas l'avoir jamais vue. Pourtant, elle me rappelle quelqu'un.

— Je comprends ce que vous voulez dire. Vous l'avez peut-être déjà rencontrée dans une autre vie. Elle, elle vous a reconnu, mais vous, pas encore. Je peux vous organiser une suerie, je vous assure. Vous retrouveriez peut-être qui elle est. Les gens sont réticents au départ, mais ça fait un bien fou…

— Non, merci, Kostas. C'est gentil. Je devais connaître quelqu'un de sa famille, rien de plus.

— Si vous le dites… En tout cas, j'aime bien Mme Kurland. La couleur de son âme m'inspire confiance. C'est pour ça que j'ai accepté de l'héberger. Il le fallait. On voit qu'elle a beaucoup souffert et commis des erreurs terribles, mais elle en est consciente et veut se rattraper.

— La couleur de son âme, vous dites ? Et moi ? Comment vous la voyez, mon âme ?

Il m'étudia avec le plus grand sérieux. Je déglutis en attendant le verdict qui arriva enfin.

— La couleur de votre âme aussi m'incite à penser que vous êtes quelqu'un de bien, même si vous vous entêtez à vous maintenir dans l'ombre.

Il quitta ensuite le salon pour se rendre au jardin et me laissa seul.

Il me fallut une poignée de secondes pour redescendre sur terre et retrouver Evan à la voiture. Une fois derrière le volant, je l'observai un instant, ce qui l'intrigua.

— Pourquoi tu me regardes comme ça ?

— Rien. Je me demandais seulement de quelle couleur pouvait être ton âme…

Il haussa les épaules avant de répondre :

— Torturée.

— C'est pas une couleur, ça.

— Pour moi c'en est une.

Sans comprendre pourquoi, je fus d'accord et me sentis en osmose avec lui. Nos âmes étaient couleur torturée. Je ne dis rien de plus et je démarrai.

Le temps que dura le trajet jusqu'au cimetière se fit dans un silence parfait. Il se trouvait au sud de la ville – à l'opposé de la forêt et de la rivière. Rien que de la verdure fraîche et moelleuse sous la caresse du vent. D'immenses chênes de Garry projetaient leur ombre sur les pierres tombales qui semblaient minuscules, tels des cailloux égarés.

Ils étaient tous ici.

Silas. Dave Dollinger. Nolan. Tante Gillian.

Mes parents.

Quelques minutes après avoir franchi la grille du cimetière, nous leur faisions face. Deux plaques de marbre sombre d'une soixantaine de centimètres, à même le sol. Ma tante reposait près de mes parents. Elle était morte trois ans plus tôt. Maladie cardiaque. C'était chez elle que j'avais vécu avant de quitter cette ville pour cesser d'être Zeke McKay. Et je l'avais abandonnée.

Je dus me faire violence pour poser les yeux sur la plaque de mes parents. Jon et Sarah McKay, unis pour le meilleur et pour le pire jusqu'à cet après-midi de juin 2002. Mes prénom et nom, ainsi que ma date de naissance, figuraient au-dessous des leurs, et m'attendaient.

Je baissai la tête, paupières closes. J'aurais tant aimé prier comme les gens animés d'une foi inébranlable, persuadés que la mort n'est qu'une séparation temporaire. Pourquoi être venu ici, alors ?

Sur le chemin de la sortie, nous croisâmes une femme. De longs cheveux noirs et une pâleur mortelle. Pommettes saillantes et lèvres inexistantes, des yeux sombres derrière d'épaisses lunettes qui accusaient une certaine dureté dans les traits. Son regard s'attarda sur moi, et elle se figea avant de hâter le pas. Je la reconnus et ma gorge se noua. Evan murmura dès qu'elle fut loin de nous :

— Cette femme, on dirait que tu lui as fait peur…

— C'est Caitlin Paige, la mère de Mary Beth.

— La petite fille qui s'est fait agresser ce jour-là ?

— Oui. Je suppose qu'elle vient sur la tombe de sa grand-mère et de ses parents.

Nous quittâmes le cimetière pour retrouver la voiture. Je démarrai, et Evan remarqua que nous ne rentrions pas chez Kostas.

— Où tu m'emmènes ?

— Sur un autre lieu de mémoire.

Peu après notre arrivée dans la forêt, j'ignorais si je ressentais de la consternation, ou du soulagement.

Impossible de m'être trompé d'endroit. Sur le grand pin qui se dressait à quelques mètres de nous se trouvait encore la niaiserie que Charlie avait gravée dans l'écorce.

CHARLIE + GWEN = ♥

Evan caressa le cœur du bout des doigts.

— Un grand romantique, ton pote Charlie.

— Tu n'as pas idée.

J'oubliai vite Charlie et Gwen pour ne plus penser qu'au chalet de Lou McPherson, que j'étais persuadé de retrouver ici.

Il n'y avait plus rien. Juste du vide. Des aiguilles de pin, de la mousse, de l'humus, des pierres et des déchets.

Evan se dirigea sur l'ancien emplacement et je frissonnai comme s'il venait de franchir une frontière sacrée, de pénétrer dans un sanctuaire que la mort et la souffrance étaient demeurées impuissantes à rendre inviolable. Sa longue silhouette dégingandée en foulait la terre sans qu'aucun phénomène étrange se produisît. Les mains dans les poches de son jean, il observait, interdit, cette parcelle de forêt semblable à tant d'autres. Il ne pouvait quitter le sol des yeux, et sa voix s'éleva, résonna étrangement entre les arbres et les ombres.

— Les gens, soit ils conservent les choses avec l'illusion que ça durera l'éternité et que ça servira de leçon aux autres générations, soit ils les effacent comme si ça pouvait changer quelque chose au passé… Ils pèchent par excès de mémoire ou par excès d'oubli.

— Et tu en déduis quoi ?

Il m'adressa un sourire frais et désarmant, angélique.

— J'en déduis qu'on est tous paumés, depuis toujours, et que ça va durer longtemps.

Le soir s'immisçait dans la forêt de Deil River où naissait la nuit avec un temps d'avance. Le soleil luirait encore pendant quelques heures sur la ville, alors qu'ici, c'était déjà la pénombre.

Evan resta debout quelques instants sans bouger, puis, à ma grande surprise, il s'étendit sur le sol, les bras légèrement écartés du corps.

— Qu'est-ce que tu fais ?

— Viens et fais comme moi…

Une fois allongé près de lui, j'observai dans le plus grand silence les innombrables parcelles du ciel morcelé dans la ramure des grands pins. On aurait dit les fragments d'un miroir brisé. Le bleu indécis oscillait entre le gris terne du soir et le rose velouté du crépuscule qui commençait de rougeoyer. C'était sombre et lumineux, étouffant et frais – doux et rugueux.

Mon cœur battait si fort. Je pensais à tous ceux que j'avais laissés derrière moi, ici, à Deil River. Je penchai la tête vers Evan.

— J'ai vu que tu as remarqué, au cimetière…

— Quoi donc ?

— La date du décès de mes parents…

Il ne dit rien. Je caressais le sol pulvérulent, y traçais de petits sillons et un parfum lourd et vigoureux émanait de cette terre brute et riche. C'était rassérénant. Au murmure délicat de la vie de la forêt se mêlait le bruit des doigts d'Evan qui imitaient les miens inconsciemment. À cet instant je l'entendis, ce frémissement liquide de la rivière qui coulait à quelques centaines de mètres de nous, comme la voix lointaine d'un proche mort depuis longtemps surgissant de la nuit de la mémoire.

Je déglutis.

— Maman était médecin. À Deil River, tout le monde l'aimait. C'était quelqu'un de bien. On pouvait la déranger à n'importe quelle heure du jour ou de la nuit. Pareil pour mon père, quand il était shérif. C'étaient des parents exceptionnels. J'ai toujours été homo, tu sais, et ça ne leur a posé aucun problème. Ça me paraissait normal et il a fallu que je grandisse et parte d'ici pour me rendre compte qu'en fait, c'était plutôt rare. Après papa, c'est Dave Dollinger qui a été shérif, tu sais, le type qui s'est fait tuer ce jour-là… On racontait qu'il finirait par devenir maire à la place de M. Oldman, dès que celui-ci en aurait marre. Pourtant, il disait que ça ne l'intéressait pas, Dave, qu'il voulait passer à autre chose, penser un peu à lui et à Chelsea, monter une affaire, peut-être un garage. Il adorait la mécanique. Bref, tout le monde avait des projets, tout le monde pensait vivre assez longtemps pour réaliser un rêve ou deux, ou essayer, en tout cas. Moi aussi, j'avais des rêves…

J'observai une pause. La parole faisait émerger les souvenirs les plus enfouis. Ils semblaient tellement neufs à mes yeux que c'était à se demander si j'avais bien vécu tout ça, si j'avais été vraiment conscient de vivre ces choses à l'époque où elles m'étaient arrivées.

Evan remua.

— Et c'étaient quoi, tes rêves ?

— Tu vas te foutre de ma gueule : je voulais être prof de littérature, et rien d'autre, tout ça parce que j'avais vu au moins un million de fois *Le Cercle des poètes disparus*…

Le fantôme du garçon que j'avais été suscita en moi une nostalgie au sourire chagrin. Quelques secondes durant, je ne pus rien faire que respirer. L'air frais de la forêt emplissait mes poumons avec délices. Dans ma voix, une ivresse mélancolique.

— On avait tous des rêves. Mais après ce qui s'est passé ce jour-là, ç'a été… Je ne sais pas. Tout avait l'air tellement parfait jusqu'alors, mais c'est comme si quelqu'un était venu pour soulever le rideau qui cachait toutes les turpitudes qui grouillaient à Deil River… Je veux dire… On a tous été tristes pour

Dave Dollinger, mais Silas et Mary Beth… Ils étaient tellement petits.

Il y eut une légère brise, qui porta jusqu'à nous un parfum frais et fruité que je ne parvins pas à identifier bien qu'il fût connu de moi.

— Il y a des gens qui sont convaincus que j'ai quelque chose à voir avec tout ça…

— Oublie-les. Ce sont des crétins.

— Non… Non, pas tous. Mes parents… Maman a cru que j'avais fait quelque chose de mal… Je ne sais pas si elle en était consciente, mais dès que je suis revenu à Deil River, après la fugue, quelque chose a changé dans son regard, je l'ai senti tout de suite. C'était pas de la tristesse, même pas de l'étonnement, non, c'était… C'était comme si elle luttait pour ne pas se poser la question que beaucoup se posaient à mon sujet.

Evan prit ma main. Nos doigts se mêlèrent. Derrière l'entrelacs ténébreux des branches de pins, l'ondoyant ciel fuchsia donnait l'impression de vouloir couler sur nous, goutte à goutte.

— Parfois, elle réussissait à oublier et je retrouvais ma maman comme elle était avant. Mais il y avait toujours l'expression de quelqu'un à son travail ou dans la rue qui le lui rappelait… Tu sais, on peut pas lutter contre la force du souvenir ou de la suspicion, c'est une puissance plus grande que celle des vagues, ou du vent. Le comble, ç'a été quand papa est tombé malade, quelques mois seulement après la mort de Silas. Maladie de Charcot. Au début, on n'avait pas compris les premiers symptômes. Il était fatigué tout le temps, ne mangeait plus, était de plus en plus maladroit… Même maman qui était médecin mettait ça sur le compte d'une sorte d'état dépressif à cause de tout ce qui était arrivé. Et puis le verdict est tombé. Il a fallu encaisser. À cause de son métier, maman savait à quoi s'en tenir, et je crois bien que ç'a été plus dur à accepter pour elle que pour nous. On a fait face en silence, sans rien en dire à personne, pour éviter que les gens nous regardent encore plus comme des bêtes curieuses. Mais quelqu'un a fini par l'apprendre, fatalement. Un jour, dans la boîte aux lettres, j'ai trouvé une lettre anonyme… Ça disait : « La punition du ciel, pour Silas. »

Une nuée d'oiseaux – sans doute des grives solitaires – prit son envol. Il n'y avait pas eu un bruit, pourtant – l'heure était seulement venue pour eux de partir.

— Après ça, j'ai guetté la boîte aux lettres pour éviter que maman tombe sur une de ces saloperies, même si je ne pourrai jamais être sûr qu'elle n'en a pas trouvé au moins une. C'est surtout après être rentré de cours, un après-midi, que je me suis posé la question…

Au creux de ma main, j'eus l'impression de sentir battre le pouls d'Evan.

— J'ai… La maison était vide… Elle résonnait vide alors que papa ne la quittait plus. Sur la table de la salle à manger, il y avait une grande feuille sur laquelle j'ai reconnu l'écriture de maman. Tout en haut, il y avait juste une phrase : « Désolée, c'est trop dur, maintenant. » Et tout le reste de la feuille était blanc, comme si elle avait prévu d'écrire plus mais que les mots s'étaient refusés à elle… Elle savait quels produits prendre pour que papa s'en aille sans douleur, et elle aussi… Ils étaient dans la chambre.

(*Deux beaux gisants libérés des contingences terrestres, de la souffrance. Combien tu leur en as voulu d'être partis sans toi.*)

— Cory Greenberg, il était shérif à ce moment, et il m'a fait venir au poste, dans une voiture de police…

Je n'en dis pas plus.

Nous demeurâmes couchés sur le sol de la forêt, à l'emplacement de l'ancien chalet de Lou McPherson, main dans la main et le regard tourné vers l'éternité. Les ténèbres de la nuit naissante suintaient autour de nous, tombaient du ciel et montaient du sol.

Soudain un bruit sec nous arracha à ce calme illusoire.

Evan fut le premier à se redresser. Il fixa un point dans les bois. (*Un bruit, comme ce bruit il y a vingt ans. La branche morte et sèche qui éclate tel un pétard dans le grondement monotone de l'averse. La branche qui, seule, attire sur toi l'attention du monstre qui lentement tourne la tête dans ta direction. La branche cassée, et le recul précipité, la chute, la première…*) Il murmura :

— J'entends quelqu'un qui s'enfuit.

— C'était peut-être seulement un promeneur.

Malgré tout, Evan se leva, partit à la rencontre des ombres d'un pas décidé. Je le suivis sans mot dire dans la forêt profonde et dense, labyrinthique, cette entité mouvante qui avalait ceux qui osaient s'y aventurer au crépuscule sans toujours les rendre aux vivants le jour revenu. Evan marchait vite. Nous avions fait plusieurs centaines de mètres et, derrière nous, l'obscurité gagnait en épaisseur – bientôt, on n'y verrait plus rien.

— Evan, il faut qu'on rentre, c'était seulement…

— C'était quelqu'un qui courait. Le type qui nous observait, il ne s'est pas contenté de rebrousser chemin, il s'est enfui.

— On peut s'enfuir sans avoir quoi que ce soit à se reprocher, et puis…

Il s'arrêta d'un coup et, tel un aigle fondant sur sa proie, se pencha pour saisir une feuille de papier.

Je m'approchai de lui.

— Qu'est-ce que c'est ?

— Notre promeneur, il vient de perdre ça…

Il faisait si sombre. Evan approcha le papier de son visage en fronçant le nez, et il ânonna :

— *Toi que souvent je fréquente en silence aux lieux où tu te trouves, marchant à tes côtés, m'asseyant à distance, demeurant dans la même pièce, ô comme tu sais peu de choses du flux électrique que tu fais subtilement passer en moi !* On dirait une page arrachée à un livre. C'est bizarre, j'ai l'impression de connaître ce poème…

— Fais voir, s'il te plaît…

Il me donna la feuille et scruta de nouveau la forêt qui resserrait sur nous son étreinte de ténèbres. Médusé, je fixais la page du recueil dont l'assassin de Sorvino m'avait envoyé une photo. (*Ce livre que tu as dans la poche arrière de ton jean le 5 juillet 2000, et que tu perds dans ta fuite quand tu ne penses à rien d'autre que partir loin de Deil River, loin de cette forêt, de cette rivière, de ce lieu de carnage…*)

Je levai les yeux vers Evan qui observait toujours les bois obscurs comme si une créature maléfique s'y terrait. Je mis la main sur son épaule. Il tressaillit. Je lui soufflai que mieux valait rentrer.

Il me raccompagna jusqu'à la voiture non sans lancer de rapides coups d'œil autour de nous. Un silence épais plomba notre retour chez Kostas. Je voulus lui en dire plus sur ce qui s'était passé ce jour-là, l'avertir que ce fragment de poème était un avertissement, qu'il prenait sans doute un risque en restant avec moi.

Je garai la voiture devant la maison, et Evan remarqua que j'étais sinistre. Il m'interrogea d'un regard. Mes lèvres étaient sur le point de se desceller lorsqu'un mouvement derrière l'une des fenêtres attira notre attention : c'était Mme Kurland, notre voisine de palier. Elle nous adressa un signe de tête poli et s'éclipsa. Evan eut tout juste le temps de la voir. Quelque chose me perturbait.

— Cette femme, tu sais, j'ai l'impression de la connaître.

— Essaye de discuter un peu avec elle, on ne sait jamais.

— Faut voir. Kostas m'a dit qu'elle n'était pas très causante.

Il détacha sa ceinture et ouvrit la portière.

— Alors, on l'observera.

Je descendis à mon tour, et remarquai que la voiture de Kostas n'était pas là. Sur la porte d'entrée, une note laissée à notre intention :

Bonsoir, les amis. Je suis sorti et je ne serai de retour que demain après-midi. Vous êtes chez vous et le frigo est plein. Désolé pour le chat, je me rends compte que j'ai oublié de lui trouver une litière et à manger. Pardon. En attendant, mi casa es su casa. *Bisous. K.*

Evan grimaça.

— « Bisous » ?

— Il est très chaleureux. Je l'aime bien…

— En tout cas, ça veut dire qu'on va devoir aller acheter de quoi manger et faire pipi pour Watergate.

Je pris le message puis laissai Evan passer devant moi. Il fila droit à la cuisine et ouvrit le frigo.

— Bon sang ! Kostas est végan… Il n'y a rien de correct à bouffer, ici.

— OK, j'ai compris. On va acheter à manger pour Watergate *et* pour nous.

Il ferma le frigo, m'offrit un sourire doux et las, et il me précéda dans l'escalier qui menait à la chambre, où Watergate nous attendait.

Evan s'assit au bord du lit, et Watergate vint s'installer sur ses genoux en ronronnant. Sans un mot je le rejoignis, caressai le chat avec lui. Nos doigts s'effleurèrent plusieurs fois, nos regards se croisèrent, et au bout de quelques secondes, je murmurai qu'il était temps pour moi d'aller faire quelques courses, et qu'il pouvait se reposer en m'attendant. J'avais besoin d'être un peu seul avec mes souvenirs.

Je descendis et aperçus notre étrange voisine qui buvait un thé brûlant dans la cuisine. Je faillis me contenter de lui adresser un signe de tête, finalement m'approchai d'elle, main tendue.

— Bonsoir. Je suis Zeke McKay, le garçon d'en face, et mon ami qui est resté dans notre chambre s'appelle Evan Lowry.

Sa main sèche et blafarde saisit la mienne, et la vieille femme répondit d'une voix rauque.

— Enchantée, je suis Mme Kurland. McKay… Votre nom m'est familier. Votre famille vivait ici, autrefois, n'est-ce pas ?

— Il y a des années, oui. Mais je n'ai pas souvenir de vous avoir déjà rencontrée durant mon enfance.

— Ce serait impossible, vous n'étiez même pas né que j'avais déjà quitté Deil River depuis bien longtemps. Votre père était shérif, je me trompe ?

Quelque chose dans la façon dont elle posa cette question, et une lueur dans son œil, me déstabilisèrent.

— Oui… Mon père était shérif. Il y a une éternité, là encore.

— Lorsque Deil River était un vrai paradis sur terre…

Elle arbora un sourire fin qui se voulait peut-être complice ; impuissant à le lui rendre, je bafouillai que j'avais des courses à faire et répétai combien j'avais été heureux de faire sa connaissance. Elle me renvoya ces mots en écho, et me salua avant de retourner dans sa chambre d'un pas tranquille.

Je demeurai un instant immobile sur le seuil de la cuisine, les paumes moites, puis, telle une ombre fugitive, je quittai la maison. Dans la voiture, en route pour le supermarché, je songeais toujours à cette mystérieuse femme en laquelle j'avais cru reconnaître un de mes fantômes.

Il était plus tard que je ne pensais. La nuit brillait d'une obscurité violette et profonde. Deil River frémissait d'une fraîcheur étonnante pour la saison, cette même caresse humide qui faisait dire aux anciens, quand elle nous surprenait en pleine canicule, que la pluie arriverait le surlendemain. Nous nous moquions toujours d'eux bien que jamais le temps ne les eût démentis.

J'étais sur le parking à moitié plein du supermarché. Là non plus, rien n'avait changé, sinon qu'on avait planté des hêtres de l'Antarctique pour donner un semblant d'ombre aux voitures en été. Quelques clients sortaient du magasin avec des Caddies débordant et d'autres y pénétraient, armés d'une liste de courses parfois longue comme le bras – si tard. Cette image m'emplit d'une nostalgie douce-amère qui me renvoya à l'époque où je venais ici avec mes parents, ou rien que ma mère. Il peut y avoir tant de souvenirs dormants dans une enseigne de commerce formatée et sans âme.

Je me rappelai (*et c'est stupide c'est presque rien, juste un déchet de mémoire sans importance ni consistance émotionnelle, une image qui reste vivace quelque part en nous alors qu'elle n'a rien pour elle, comme on se rappelle le détail sur le manteau d'un inconnu croisé entre deux rames de métro, parmi tant d'autres auxquels on n'accordera jamais un seul regard*) ce jour où – je devais avoir dix ans, peut-être moins – j'étais avec maman et elle m'avait proposé de goûter une nouvelle marque de céréales. Elles étaient de deux couleurs différentes : les unes, nature et soufflées au sucre d'un beau blond doré, et les autres, d'un rose artificiel velouté, censées être parfumées à la fraise. J'avais dit : « OK ! », et j'en avais ressenti un bonheur doux et chaud, non pas parce que j'avais particulièrement envie de ces céréales, mais parce que je savais que cela faisait plaisir à maman. C'était un moment banal et unique, un moment parfait. Avec une tristesse inédite et violente, elle me manqua, là, sur ce parking baignant dans les derniers feux d'une soirée d'été qui fondait dans la nuit.

J'inspirai un bon coup puis vérifiai la liste qu'Evan avait rédigée en vitesse pour être sûr de ne pas me voir revenir avec n'importe quoi pour Watergate.

Evan et Watergate. Je retrouvai aussitôt le sourire et pénétrai dans le magasin après m'être emparé d'un Caddie. Au bout d'une dizaine de minutes à déambuler dans les rayons, j'avais déjà tout ce dont j'avais besoin. Je pris aussi un pack de bières et je me dirigeai vers les caisses. Je n'étais pas sorti du rayon des boissons alcoolisées qu'une voix retentit, théâtrale et feignant mal l'étonnement.

— Ça alors ! Mais dites-moi que je rêve : Ezekiel McKay en chair et en os !

Cette voix nasale, horrible, d'autant plus douce qu'elle vous menace.

(*Cette voix qui assène, qui martèle – « Remick, tu le connaissais, il me semble… » – dans les locaux pendant cet interrogatoire interminable. « Tu sais bien, Zeke, Nolan Remick, ce mec sur lequel tu bavais, l'ordure qui a enlevé Mary Beth après l'avoir… » Le blond Cory Belle Mèche au charisme envoûtant, son corps d'athlète fin et fort qu'il exhibait à la première occasion aux compétitions sportives de Deil River, Cory Greenberg dont papa disait : « C'est un bon flic, il a le flair et pourrait aller loin s'il n'avait pas ce foutu caractère et cette violence qu'il faut tout le temps canaliser », Cory si impressionnant dans les bureaux du shérif, Cory qui m'étudie, me devine, attrape mon regard fuyant s'y insinue et tente de lire en moi ce que j'ai vu là-bas. « Quelque chose me dit que tu caches un truc pas net, Ezekiel McKay, et un jour ou l'autre, je te le ferai cracher… »*)

Je me tournai et le vis, à quelques mètres seulement, avec son panier en plastique dans lequel roulaient trois boîtes de conserve. Les années avaient épargné ce beau quinquagénaire. Toujours affûté, la même coupe d'acteur hollywoodien et le visage glabre. Il portait une sorte de veste militaire. Je le saluai d'un hochement de tête.

— Shérif Greenberg.

Les muscles de son visage tressaillirent, puis il affecta un certain détachement, émit un rire forcé.

— « Shérif » ? On ne t'a pas dit que j'ai rendu mon tablier il y a longtemps déjà ?

— Non. Ça m'étonne, d'ailleurs. J'ai toujours eu l'impression que c'était tout, pour vous, les forces de l'ordre.

— Bah, la vie est trop courte pour cantonner notre horizon à un seul champ d'action, non ?

— Si vous le dites…

Il hocha la tête plusieurs fois de suite, avança jusqu'à moi avant de poser son panier en équilibre au bout de mon Caddie dont le contenu l'étonna.

— De la bouffe pour chat, McKay ? À peine revenu on dirait que tu t'installes.

— Non. J'ai seulement croisé la route de Watergate sur le parking du *Possum*, ce matin. Il ne me lâche plus depuis…

Il me considéra avec incrédulité, prêt à s'esclaffer.

— Watergate ?

— Oui, le chat Watergate… Vous ne vous souvenez pas ?

— Bien sûr que si. Mais plus personne n'a vu ce putain de chat depuis des années.

— Pourtant c'est bien lui, aucun doute possible.

— Décidément, tout le monde fait son grand retour à Deil River, ces derniers temps. Alors, McKay, on peut savoir ce qui nous vaut l'honneur de ta visite ?

— À tout hasard, j'ai vécu ici et je suis venu voir des amis.

— Naturellement.

De nouveau il me fixa d'un air morne, sans un mot. Malgré moi, je déglutis un peu trop bruyamment. Soudain, son œil scintilla.

— Tu es au *Possum*, tu dis ?

— Non, j'y suis allé pour saluer Charlie mais je loge chez Kostas Bayame.

— Ce cintré ? Elle a dû être très improvisée, ta visite, pour que tu viennes la bouche en cœur sans avoir pris la peine de réserver une chambre quelque part…

Je ne trouvai rien à répondre. (*C'est reparti comme autrefois, interrogé par Cory Greenberg, cette fois-ci dépouillé de toute autorité, pas débarrassé pour autant de sa morgue ni de la conviction que ta seule présence à Deil River est entachée de crime – ce crime ancien, mal résolu, irrésolu…*)

Il poursuivit :

— … et en même temps, Charlie aurait pu vous trouver une chambre, à toi et ton copain, en cherchant bien, mais je comprends que tu préfères éviter de croiser la route de Gwen. Je me sentirais pas très à l'aise non plus, à ta place…

— Il n'y avait plus de chambres disponibles au *Possum*, hélas.

— Si tu le dis.

— Quant à Gwen, je la reverrai bientôt avec le plus grand plaisir. Je n'ai pas pu la voir, ce matin. J'ignorais qu'elle avait des responsabilités importantes à Deil River, désormais. Elle saura se montrer digne de la fonction de shérif quand elle y accédera, *elle*.

Le panier de l'ancien shérif était toujours posé sur mon Caddie. Incapable de maîtriser complètement la violence qui couvait en moi, je me libérai d'un coup sec. Cory Greenberg manqua de laisser échapper le panier, et ses traits s'affaissèrent. Je m'éloignai sans lui accorder un regard.

— Il se fait tard. Ç'a été un plaisir de vous revoir…

Stupéfait, il grommela quelques mots incompréhensibles.

Dans un état second, je filai à la caisse et réglai les achats. Ce fut presque sans m'en rendre compte que je me trouvai dans la voiture, les mains tremblantes et la mâchoire crispée.

Cory Greenberg. L'écho lointain des mots du passé se mêlait à cette conversation anodine dans une allée de supermarché, comme si le temps s'était rétracté sur lui-même, que j'étais redevenu un adolescent de quinze ans terrorisé, et que quelque part dans la forêt gisait encore Silas au visage profané.

Et si c'était lui qui nous avait observés deux heures plus tôt dans les bois ? Lui qui m'avait adressé un message par le biais du poème sur la page arrachée ?

Non. Si Greenberg avait connaissance du livre de poésie, cela voulait dire qu'il n'avait pas mandaté Sorvino pour reprendre l'enquête sur la mort de Silas – il n'en aurait pas eu besoin pour rouvrir le dossier et me confronter à ce nouvel élément, et le genre de brute qu'il était ne s'amuserait pas à jouer au chat et à la souris avec moi.

Je respirai un bon coup puis je démarrai pour retrouver Evan et Watergate chez Kostas.

*

Evan but une gorgée de bière et ses yeux pétillèrent.

— Hum ! La Budweiser, il n'y a que ça de vrai… Riche idée, bravo !

Il leva la bouteille dans ma direction et but une goulée.

Pendant le trajet du retour, j'avais eu un arrière-goût âcre en bouche. Le simple fait d'avoir parlé avec Cory Greenberg, de l'avoir laissé me frôler, me dominer, me plongeait dans des abîmes de désespoir.

Il avait suffi d'entrer dans la chambre et d'y retrouver Evan, le nez dans son livre, et Watergate à ses côtés, pour qu'une partie de mon malaise se dissipât.

Nous nous étions installés dans la cuisine. Je m'ouvris à Evan de ma rencontre *fortuite* avec Greenberg, et il songea à la même chose que moi.

— Tu crois que c'était lui, dans la forêt ?

— J'en doute. Sincèrement. Mais dans un premier temps, j'y ai cru aussi, je l'avoue. Seulement, le genre de Greenberg, ç'aurait été de nous surprendre et de nous cuisiner sur place… *Alors, mes petits pédés ! Comme je vous attrape sur les lieux du crime ! Qu'est-ce que tu fous là, McKay ? T'allais te palucher avec ton petit copain en repensant au bon vieux temps ?* Non, je t'assure, Greenberg est un connard incapable de subtilité et surtout pas foutu de se cacher quand il peut se mettre en avant. Là, il voulait me faire comprendre qu'il m'a à l'œil, rien de plus…

Evan acquiesça en prenant une autre bière. Je l'imitai. Il y eut une plage de silence parfait. Il me fixa soudain avec un air mutin. Ma rencontre avec Greenberg s'envola loin de nous. Il entrouvrit les lèvres, hésita, puis décida de se lancer :

— Tu sais que la première fois que je t'ai vu, dans ta voiture, j'ai cru que t'étais un mormon ?

J'ouvris de grands yeux, incapable de répondre, et je mis les bras en croix en arborant une expression pétrie de dévotion. Chacun de nous se mit à rire bêtement et je lui offris une grimace atterrée.

— Un mormon ? Sans déconner ? Où t'es allé chercher un truc pareil ?

— Je sais pas pourquoi j'ai pensé à ça ! Tu présentais tellement bien mais... tu m'as carrément maté quand tu m'as vu au bord de la route...

— Tu m'as maté aussi !

— ... alors je me suis dit : « Il est mormon, et il veut me sauver, ou il est gay, et il veut me baiser. »

Un ange passa. Une faim d'une nature particulière naquit en moi – en lui aussi, je le sentais.

Ma tête tournait un peu. Dans mon esprit, tout se mélangeait et je ne sus bientôt plus à qui appartenaient les noms et les visages que j'avais à l'esprit en cet instant – Cory Greenberg, Charlie, Mme Kurland, Caitlin Paige.

Les bières défilèrent. Une heure après, secoués par des fous rires et étourdis par l'alcool, nous accusant l'un l'autre de faire trop de bruit, nous nous retrouvâmes dans la chambre.

Watergate nous accueillit avec un regard outré – nous l'avions réveillé. Consterné, il se réfugia sur la commode d'où il nous observa avec perplexité.

Nous nous laissâmes tomber sur le lit immense, côte à côte. En proie à une ivresse langoureuse, je me relevai, appuyé sur mes coudes. Evan, les yeux clos, affichait un sourire céleste, lèvres entrouvertes. Son tee-shirt remonté dévoilait son ventre plat, un nombril parfait sous lequel couraient de rares poils noirs jusque vers sa ceinture. Un fourmillement chaud parcourut mon abdomen, et mon bas-ventre. M'arrachant à ce spectacle, j'observai Watergate et chuchotai :

— Tu crois que les chats sont pudiques ?

Evan ouvrit un œil et Watergate s'installa aussitôt pour faire sa toilette. Je me mis à rire et Evan aussi, qui répondit :

— Ben, s'il se nettoie le trou du cul sous notre nez, c'est qu'il a un seuil de tolérance élevé, je suppose.

Je me levai alors, sans un mot, ôtai tous mes vêtements, manquai de tomber, hilare et nerveux, en proie au vertige délicieux de l'ivresse. Evan comprit, ne dit rien et m'accueillit nu contre lui, poussa un soupir de volupté quand ma bouche s'ouvrit sur la peau de son cou. Il y eut ses mains sur mes reins, les miennes sous son tee-shirt. Je le déshabillai, et tous nos gestes s'enchaînèrent avec le plus grand naturel.

•

La chevelure d'Evan avait un parfum unique et riche, tout comme son corps, et sa peau, un goût simple et varié – il sentait la nature, et, tour à tour, l'automne, l'hiver, le printemps et l'été, un mélange subtil de fleurs des champs et d'herbe coupée, de neige pure et de fruits sucrés, de fraîcheur poivrée et de sel océanique.

J'ouvris les yeux sur les mèches sombres de ses cheveux qui frôlaient à peine le bout de mon nez et j'y enfouis le visage avant de laisser mes lèvres glisser sur sa nuque. Tout son corps frissonna. Il remua, étouffa un bâillement, et se tourna vers moi. Je lui demandai s'il avait bien dormi ; il acquiesça, murmura que je cachais bien mon jeu sous des dehors de garçon sérieux, qu'il ne me soupçonnait pas une telle passion.

Nous partageâmes un instant de silence doux, puis je lui annonçai que j'allais essayer de voir Tonto à l'Institut Henry Ackeley. Il approuva, et fut de mon avis quand je lui dis préférer la voir seul, dans un premier temps.

— Pendant que tu seras là-bas, je vais discuter un peu avec Mme Kurland, histoire de faire plus ample connaissance. Je vois bien qu'elle te rend perplexe, cette femme…

Moins d'une heure après, j'étais en route pour l'Institut Henry Akeley.

Peut-être avais-je lu trop de mauvais romans gothiques truffés d'hôpitaux psychiatriques dont les murs étaient ceux d'anciennes propriétés du XIXe siècle, pleins des cris de douleur des patients effrayés, et grouillants de murmures de vieux fantômes traumatisés car je visualisais parfois Tonto terrorisée et injustement retenue dans ce chaos cauchemardesque. Dans les bons jours, je l'imaginais prise en charge dans un établissement à la pointe du progrès, dans des bâtiments flambant neufs sis au beau milieu d'une nature accueillante et rassérénante. Là-bas, on s'occupait bien d'elle et elle y était si heureuse qu'elle oubliait qu'il s'agissait d'une prison déguisée.

Rien de tout cela à Henry Akeley.

De loin, l'Institut semblait être le seul édifice érigé à des kilomètres à la ronde. On aurait dit que quelque main géante l'avait posé là, au milieu des mauvaises herbes et des champs, au bout d'une route que personne n'empruntait que pour se rendre dans ce lieu gris comme un ciel lourd de pluie. C'était vieux sans être ancien, désagréable à regarder sans être laid. Tel le terminus d'un purgatoire d'où l'on ne devait jamais sortir.

Il fallait une bonne demi-heure de trajet pour rejoindre l'Institut.

Peu de voitures sur le parking dont le goudron sans âge se craquelait, et en grande majorité, les véhicules qui stationnaient là devaient appartenir aux membres du personnel soignant.

À l'accueil, une femme dans la quarantaine me reçut avec une gentillesse lasse. Le temps pour elle de saisir quelques données sur son vieil ordinateur, une terreur irrationnelle s'empara de moi.

« Et si on décidait de me retenir ici ? »

Cette pensée me donna la nausée. J'avais lu une nouvelle dans laquelle le narrateur rendait visite à un proche interné en hôpital psychiatrique et qui, à la suite de quiproquos tragiques, se trouvait prisonnier à son tour pour le restant de ses jours.

Pour chasser loin de moi cette idée saugrenue, je m'intéressai au décor. C'était d'un gris tirant sur le blanc, un ton à peine plus clair que celui des murs extérieurs. Il y avait une sorte de salle d'attente – vide – où des magazines fatigués gisaient sur une table basse en plastique blanc. Des plantes artificielles faisaient un gros effort pour tenir leur rôle décoratif et l'on n'entendait, en arrière-fond, que le murmure lointain du personnel, parfois entrecoupé d'un rire étouffé. S'y mêlait le crissement d'une imprimante au moins aussi ancienne que l'ordinateur de mon hôtesse d'accueil. Celle-ci arbora une expression satisfaite.

— Voilà. Andrea Goodwin. Vous pouvez la voir. Elle n'est plus considérée comme dangereuse depuis quelques mois…

— Elle était considérée comme dangereuse ?

— Elle est ici à cause de ce qu'elle a fait. Elle a tué un petit garçon en lui fracassant le crâne.

Je ne répondis pas. La femme me sourit et décrocha son téléphone.

— J'appelle la personne qu'il vous faut.

À nouveau, la crainte qu'elle ne voulût dire : « On va s'occuper de vous, monsieur McKay. On est au courant de votre parcours… Ces histoires de noms d'emprunt, de vies inventées, votre paranoïa et cette violence qu'on sent enfouie en vous, ça doit être lourd à gérer. On va bien vous soigner… »

Elle m'invita à patienter.

Plus d'une demi-heure plus tard, un grand type beau et triste en uniforme hospitalier, et qui devait avoir mon âge en dépit de ses cheveux déjà gris, arriva d'un pas nonchalant. Il interrogea du regard la femme de l'accueil, qui me désigna de la pointe de son stylo, et il vint à moi. Il s'appelait Calvin, m'invita à la suivre. Nous nous engageâmes dans un couloir interminable et triste, et il se tourna vers moi.

— C'est bien que vous veniez voir Andy. Ça va lui redonner le moral, j'espère… Elle est pas au mieux de sa forme, là.

— Elle est malade ?

— Assez, oui. Il y a quelques mois, elle a fait des malaises à répétition et des crises d'épilepsie. Elle était pas vaillante depuis le début de l'année mais là, on voyait bien qu'il y avait un problème. Elle a eu une batterie d'examens, et là : bam ! Tumeur maligne aux poumons métastasée. Ma pauvre Andy. Elle est là depuis plus longtemps que moi, vous vous rendez compte ? Je l'ai toujours connue ici.

— Mais… C'est opérable, ce cancer, non ?

— Non, mec. Elle est foutue. Désolé.

— Combien de temps ?

— Qui peut le dire ? Deux semaines ? Deux mois ? Plus ou moins ? Ça dépendra de son corps…

Ça fait quelques jours qu'elle est épuisée. Ce sera beau si elle est encore là à la mi-octobre.

Je soupirai et me passai la main devant la bouche. Tout en continuant de marcher, Calvin me mit en garde.

— Faudra pas vous étonner. Elle peut raconter des conneries parce qu'elle délire. Dans ces cas-là, c'est à cause d'une métastase qui appuie sur une zone spécifique de son cerveau, et de son traitement, aussi. Ça lui donne des hallucinations, la pauvre. Avant-hier, elle était en grande discussion avec Madonna qui venait juste de lui offrir des churros… Et son père, sa mère, son ami Silas, un mec nommé Nolan. Ils sont tous venus la voir régulièrement, ces derniers temps, d'après elle. Pauvre Andy… Bon, ça rend peut-être sa solitude moins dure à supporter, vu que sa mère ne peut plus venir la voir, maintenant.

Nous arrivâmes devant une chambre dont la porte était entrouverte. Dehors, le ciel était gris, et la lumière qu'il dispensait à l'intérieur avait quelque chose de déprimant, impuissante à dissiper les ombres. Calvin feignit la bonne humeur en entrant.

— Salut, Andy ! Tu as de la visite, ma fille !

Il jura car son bipeur émit un son strident aussitôt. Il me précisa qu'il y avait une sonnette près du lit au cas où, puis il partit en vitesse.

Je me trouvai seul avec un gros homme en fauteuil roulant qui dessinait, penché sur une table. Ses cheveux étaient ras, et d'un gris jaunâtre. Il portait de grosses lunettes aux verres épais. Calvin s'était trompé de chambre. L'homme leva la tête vers moi, et j'entrouvris la porte pour rappeler le jeune soignant qui était déjà loin dans le couloir.

— Calvin, excusez-moi, mais je crois que vous avez fait…

— C'est qui ? C'est Zeke ?

Cette voix. C'était plus douloureux qu'une électrocution – un retour du passé plus violent que tous ceux que j'avais subis depuis la veille.

Une voix douce comme une friandise, enrobée de gentillesse, une voix qui pouvait tonner parfois en des fureurs terribles mais n'avait jamais rien demandé d'autre qu'un peu d'affection et d'amitié.

— C'est toi, Zeke ? J'arrive pas bien à te voir…

Je fermai lentement la porte.

— Tonto…

Elle lâcha son crayon et gloussa de bonheur en plissant les paupières derrière ses lunettes. Elle sourit alors, avec son innocence enfantine. Je la reconnus. Elle jubilait.

— Oui ! Tonto ! Plus personne m'appelle comme ça, ici ! Sauf Silas ou Nolan, quand ils viennent me voir ! Ça fait drôle !

J'avais vu Tonto pour la dernière fois juste après le meurtre de Silas. Elle avait toujours été un peu forte, carrée et plus grande que nous. C'était une gigantesque fille rousse avec de longs cheveux ondulés qui faisaient la fierté de Mme Goodwin. Elle portait des pantalons en velours côtelé et des pulls en laine bariolés. Dans ses grands yeux noisette, dans sa bonne bouille de bébé joufflu, toute la candeur et la malice du monde.

Ce jour-là, dans une petite chambre triste de l'Institut Henry Akeley, je me trouvai face à un être asexué, bouffi. Ses cheveux n'étaient ni gris ni blancs, mais de cette couleur indéfinissable qui annonce chez les malades la fin prochaine, inéluctable.

Tonto avait une forte pilosité – et combien je détestai les enfants que nous avions été pour toutes les fois où nous avions trouvé malin de plaisanter à ce sujet. Ici, à Henry Akeley, on la rasait pour lui donner une apparence plus présentable, je suppose. Présentable pour qui ?

Tout excitée, Tonto tapa bruyamment dans ses mains.

— Oh ! Zeke ! Comme je suis contente que tu sois là ! Viens ! Viens t'asseoir avec moi !

Sa joie fut de courte durée et elle se figea, en proie à une douleur évidente. Inquiet, je vins à elle.

— Tonto ? Ça va ?

Elle fit une grimace désolée.

— Le docteur, il a dit : « Andy, tu es très malade, tu dois *gar-der-ton-calme.* » C'est ça qu'il a dit. Parce que sinon, j'ai des douleurs et c'est comme si j'allais m'évanouir. Vraiment, Zeke, je promets de pas mentir, ça fait très, *très* mal... Des fois, j'en ai marre d'avoir mal, Zeke. Vraiment, vraiment marre.

Son menton tremblait. Elle serra les poings sur son petit bureau, et regarda droit devant elle, perdue – non, pas perdue : vide, comme si elle était déjà à moitié partie. Cela ne dura que quelques secondes avant qu'elle revînt à elle avec un sourire de bonheur pur. Elle fronça les sourcils et tâcha d'étudier mon visage en dépit de sa mauvaise vue. Elle tendit la main vers moi – une main potelée et douce, et rouge, d'une érubescence maladive, une main qu'elle passa sur ma joue avec une grande tendresse, et retira pour frotter ses doigts contre son pouce, émue et perplexe.

— Pourquoi tu pleures, Zeke ? Pourquoi t'es triste ?

Du dos de la main, je séchai mes larmes.

— Je suis pas triste, Tonto. Je suis juste tellement heureux de te revoir que ça me fait un peu pleurer, c'est tout.

— Ah. Ben, moi aussi. J'suis bien contente.

Ses yeux brillaient.

Elle se désintéressa ensuite de moi pour retourner à ses moutons. Elle coloriait des personnages imprimés sur des feuilles format A4. C'étaient des créatures rondes, pleines de vide où les couleurs choisies par Tonto se mélangeaient, dépassaient les limites qu'elle discernait mal.

Quand elle eut terminé, elle griffonna quelque chose tout en haut de la feuille et me la tendit, très fière.

— C'est pour toi !

Je pris la feuille gribouillée sur laquelle elle avait écrit : « Pour Zeke. Tonto. » Et elle avait dessiné une sorte de cœur à côté.

Je contemplai son travail, bouleversé, tandis qu'elle s'attelait déjà à son œuvre suivante.

Elle était là et elle n'était pas là. Pendant un instant, je me demandai quel degré de réalité j'avais à ses yeux. Étais-je aussi une des ombres de ses souvenirs lointains – ses parents, Silas, Madonna – auxquelles elle parlait et qui, j'en étais persuadé, lui répondaient depuis le chaos de son cerveau où une métastase minuscule et les molécules chimiques de son traitement suscitaient des centaines d'illusions ?

M'avait-elle déjà « revu » ces dernières années, ou bien était-ce la première fois ?

Je pensais avoir tant de choses à partager avec elle. Il m'avait fallu la retrouver dans cette chambre cellule de prison qui serait d'ici peu le théâtre de son agonie pour comprendre que je n'avais rien à offrir à Tonto, sinon une interminable litanie de pardons. Pourtant, le simple fait d'être là, près d'elle, me fit du bien, et la voir colorier n'importe comment, toujours et encore, les mêmes personnages, le nez collé au papier parce qu'elle n'y voyait déjà plus malgré ses grosses lunettes, m'apaisa.

Cinq bonnes minutes s'écoulèrent quand, soudain, elle s'interrompit :

— Oh ! Mais c'est merveilleux, Zeke ! T'es revenu et tu seras là pour ma libération !

— Ta libération ?

— Papa et maman, ils ont promis de me faire sortir d'ici. Ils vont retrouver celui qu'a fait des misères à Silas. Mon petit Silas... On lui a fait du mal, beaucoup de mal. Il a... Les gens ont dit que c'était moi, tu sais, parce que Nolan il m'a demandé de le tuer. Mais c'était pas vrai, mais il fallait le dire, c'est l'avocat de maman qui l'a expliqué, sinon, on m'aurait condamnée à mort à perpétuité ! C'est vrai que j'étais pas contente après Silas, et il l'a bien vu, M. Bragg, quand j'ai braillé après Silas que je l'aimais plus et que je voulais plus le voir ! Mais je voulais pas qu'il meure, justement ! Je l'aurais jamais tué ! C'est comme quand Hermès fait caca sur le persil de maman, dans le jardin et qu'elle crie : « Ah ! Sale cabot ! Je vais le zigouiller si y recommence ! » et elle l'a pas tué ! C'est tellement bête de pas comprendre une chose comme ça ! Et puis Nolan qui gueule : « Faut retrouver Silas, Tonto ! Vite ! Il a tout vu ! Il sait tout ! » Non, mais ils sont tous fous, je te le dis !

Outrée et essoufflée, elle haussa les épaules, retourna à son dessin. Quant à moi, sa tirade m'avait donné le tournis.

— Tonto, est-ce que quelqu'un est venu te rendre visite, dernièrement ?

— Oui. Silas, hier. Avec Donald Trump.

— Je vois. Et est-ce qu'un monsieur qui s'appelle Sorvino est venu te voir ici ?

— Non, Zeke…

— OK. Mais quelqu'un d'autre est venu te voir pour te parler du jour où Silas est mort ? Dans la forêt, pendant qu'il pleuvait…

Elle ne dit rien. Elle faisait semblant de ne pas entendre.

— Tonto…

Sa respiration devenait de plus en plus sibilante à mesure que sa nervosité augmentait.

— Faut pas que j'en parle, de tout ça, Zeke, parce que j'ai promis de rien dire à personne, pour l'instant, et que je dois… que je dois… Andy, ma petite, pour l'instant, tu dois pas dire que tu m'as parlé sinon ça va pas aller, d'accord ? Oui, oui, d'accord, OK, c'est promis. Je le jure de rien dire de tout ça… Je plaisante pas, Andy, si quelqu'un apprend quelque chose, on s'en prendra à toi… Oui, oui, promis, promis. Croix de bois, croix de fer. Juré, craché.

— Tu l'as promis ? À qui ? Je ne le répéterai à personne.

Son visage se ferma un peu plus – bientôt, elle pleurerait si j'insistais.

— OK, Tonto. J'arrête de t'embêter.

Elle consacrait toute son attention aux dessins. Les mains tremblantes, elle prit un crayon de couleur vert et gribouilla sa feuille avec tant de vigueur qu'elle cassa la mine. Elle en prit un autre, mauve, celui-ci, n'eut le temps que de tracer quelques lignes et ses mouvements devinrent de plus en plus lents. C'était comme être en face d'une bougie dont la flamme vacillait doucement avant de s'éteindre.

Je posai la main sur son bras.

— Tonto… Tout va bien ?

Elle murmura le prénom de l'infirmier. J'appuyai sur la sonnette et, quelques minutes après, Calvin arriva.

— Salut, la compagnie ! Je crois bien qu'on va faire une petite sieste ! Pas vrai, Andy ?

Elle ne répondit pas, absente. Je posai un baiser sur son front et j'allai attendre dans le couloir. Une dizaine de minutes après, Calvin sortit de la chambre.

— Elle dort à poings fermés. Tous les jours elle dessine sans se lasser et elle tombe de sommeil… Elle tient de moins en moins le coup, la pauvre. Mais c'est bien que vous soyez venu la voir. Ça fend le cœur de la sentir abandonnée comme ça…

Nous restâmes quelques instants sans rien dire. Le silence des lieux me fit frissonner, et je jetai un regard perplexe à Calvin.

— C'est calme, ici. J'aurais cru trouver des gens qui courent partout, l'écume aux lèvres. Et puis des cris, surtout.

— Ici, c'est l'administration et les patients en fin de vie. C'est pour ça que c'est tellement silencieux.

— Oh, je vois… Dites-moi, ça vous dit quelque chose, Joseph Sorvino ?

— Inconnu au bataillon… Il est fait comment ?

— Pas très grand, trapu, assez passe-partout. Les cheveux noirs. Entre soixante et soixante-dix ans, je dirais…

— Non, vraiment, je vois pas.

— Et votre collègue de l'accueil, elle saurait ?

— J'en doute : elle n'est là que depuis une semaine, pour remplacer Maria qui est en congé. Elle est au Mexique, pour voir ses parents. Mais je peux toujours demander, si vous voulez…

— Pas la peine… En revanche, ça vous dérange de prendre mon numéro ? C'est au cas où…

Je ne parvins pas à achever ma phrase et me contentai de désigner la chambre de Tonto. Il comprit.

— Pas d'inquiétude, mec. Je penserai à vous.

Après l'échange de nos téléphones, il prit la direction de la sortie et je le suivis. Avant de partir, je lui posai encore une question :

— Vous êtes certain que personne n'est venu la voir durant ces derniers mois ?

— Ça fait un moment qu'Andy est en long séjour, plus longtemps que moi. Je suis affecté à cette partie de l'hôpital que depuis deux semaines.

— Je croyais que vous la connaissiez depuis des années…

— C'est le cas. Avant j'étais à l'animation. C'est là que j'ai rencontré Andy, pendant les jeux avec d'autres patients. Maintenant, je remplace Mildred, l'infirmière qui était ici avant moi. Elle est morte, la pauvre. Crise cardiaque. C'est pour ça que j'ai pris son poste en catastrophe. Elles s'aimaient bien, avec Andy. Enfin, bon, si jamais j'ai une info à propos de quoi que ce soit, je vous appelle.

Je le remerciai et, peu après, j'étais sur la route du retour.

Cette visite m'avait tellement perturbé que je me trompai de direction – ce dont je ne pris pas conscience immédiatement. Le temps de retomber sur mes pieds, j'avais perdu une bonne vingtaine de minutes.

Le ciel était toujours aussi gris, le paysage morne.

Soudain, au bord de la route, peu avant d'entrer dans Deil River, quelque chose attira mon attention : des bouquets de fleurs déposés au pied d'un poteau, des petits objets divers, des restes de bougies presque entièrement consumées. Et une photo grand format. Quand j'arrivai à la hauteur de ce mausolée de fortune à la mémoire d'une victime de la route, je ralentis et reconnus la femme sur le portrait. C'était Eileen Farrell, la maman de Gwen et Silas. Ici, elle avait perdu la vie, il y avait environ un mois.

Je roulai une centaine de mètres avant de ralentir et de faire demi-tour. Je me garai non loin du lieu de l'accident et descendis de la voiture. La température avait chuté. La veille encore, c'était l'été, et désormais le temps semblait vouloir enfiler avec un peu d'avance ses habits d'automne froids et humides. Je frissonnai, allumai une cigarette et vins me recueillir près du mémorial.

Des roses fanées, des mots de condoléances gondolés par les intempéries, des bougies mortes. Des photos d'elle en compagnie de Gwen et Silas.

Sous le portrait figuraient son nom et ses dates.

Le tabac et les souvenirs remués me laissèrent un goût amer. J'allais partir lorsque je remarquai un bouquet d'iris blancs – les seules fleurs qui avaient résisté dans ce désordre de présents abîmés et de plantes mortes et pourrissantes.

Les iris blancs – les fleurs préférées de Mme Farrell. Pour les funérailles de Silas, son cercueil, blanc lui aussi, en était jonché. Il faisait tellement chaud, et l'arôme des fleurs était si étrangement violent qu'il y eut plus d'un malaise. Cette fragrance puissante et boisée, entêtante, il arrive encore qu'elle me surprenne, quand bien même je me trouve au cœur d'une ville ne dégageant rien d'autre que des relents de pots d'échappement ou des odeurs d'asphalte mouillé par la pluie. Toujours ce parfum fantôme me donne de vertigineuses nausées.

Un crachin pulvérulent se mit à tomber et je me réfugiai dans la voiture. Au moment de mettre le contact, une chose me frappa : cette route était large et droite, peu fréquentée. Tout le long, il n'y avait aucun arbre sauf celui-ci – et le choc n'avait pas ébranlé son tronc ancien et robuste. Sorvino n'avait pas précisé les circonstances de la mort de Mme Farrell, rien dit au sujet d'une hypothétique alcoolémie ou autre. Juste un accident.

Les essuie-glaces grincèrent en chassant la pluie du pare-brise.

Avait-il plu, alors ? Était-ce le jour ou la nuit ? Un animal avait-il traversé soudainement, entraînant chez Mme Farrell un réflexe tragique ?

Le moteur tournait. Je pris mon téléphone. Dans la barre de recherche, je tapai « Eileen Farrell Deil River » puis je cliquai sur l'article qui apparut dans les premiers résultats. On ne donnait aucun détail significatif, mais l'on s'étonnait de la violence de l'accident sur une route déserte et sûre, au cœur d'une journée belle et ensoleillée.

À mon retour chez Kostas Bayame, une voiture de police stationnait devant l'entrée. Je me garai, puis me dirigeai vers la maison, non sans appréhension. À peine avais-je franchi le seuil que j'entendis de grands éclats de rire. Je reconnus la voix d'Evan, et celle de son interlocutrice.

Je respirai un bon coup et, quand j'arrivai dans le séjour, j'aperçus Evan en grande conversation avec Gwen. Ils étaient tous les deux installés autour d'un thé, elle dans un fauteuil, lui, pieds nus et en tailleur sur le canapé. Ils se tournèrent vers moi au même moment. Le sourire tendre et serein d'Evan ; celui de Gwen, ému, et pour la première fois depuis tant d'années, mon prénom qu'elle prononça.

— Zeke.

Je ne dis rien et elle n'ajouta pas un mot. Elle se leva, me prit dans ses bras et je mis quelques secondes à me détendre et à répondre à son étreinte. Elle me serra fort, déposa une bise bruyante sur ma joue et recula pour scruter mon visage.

Ses traits offraient un mélange subtil de ceux de sa mère et de Silas. Comme elle, elle avait des yeux de chat, couleur marron chocolat, des lèvres fines, et elle était brune ; comme lui, elle avait un petit nez rond, les oreilles légèrement décollées – ce qui ne l'empêchait pas, ce jour-là, d'avoir les cheveux rassemblés en queue de cheval. Et comme son petit frère, elle avait cette sorte d'ironie, de malice dans le dessin de ses sourcils fins. De l'aveu général, Silas ressemblait plus à son grand-père qu'au révérend Farrell. De ce dernier, il avait seulement hérité du caractère opiniâtre.

Les mots restèrent bloqués un moment dans la gorge de Gwen qui me frottait les bras. De mon côté non plus, je ne trouvais rien à dire. Enfin, elle appuya son index sur ma poitrine et afficha un air de reproche dont je n'osais me demander s'il était réel, ou pas.

— Dire que j'avais fait une croix sur toi, mon salaud. Je pensais ne plus jamais te revoir…

— Je suis tellement navré, Gwen…

— Non. Tu n'as pas à t'excuser pour quoi que ce soit. Le passé, c'est le passé. Le plus important, c'est que tu es là…

Elle recula d'un pas et ce ne fut qu'à cet instant que je pris conscience de son uniforme de shérif adjoint.

— Mais regarde-moi ça, Evan ! Est-ce qu'elle n'est pas superbe, notre représentante de l'autorité ?

Elle me bourra l'épaule de petits coups de poing.

— Arrête tes conneries tout de suite, McKay ! Tu serais pas le premier auquel je passe les bracelets !

En riant, elle retourna s'asseoir dans son fauteuil et je m'installai à côté d'Evan qui m'offrit un sourire frais.

— Tu veux un thé ? Ou alors un chocolat ? Je ne sais pas pourquoi, Kostas n'a pas de café…

— Je vais prendre un thé, mais je peux me le faire tout seul, tu n'as pas à…

— Je m'en occupe, ça me fait plaisir.

Il me fit un clin d'œil et disparut dans la cuisine. Gwen, amusée, chuchota :

— Il est vraiment gentil, ton copain. Il t'aime bien.

— Moi aussi, je l'aime bien.

Le sourire de Gwen s'effaça et elle leva les yeux au ciel.

— Je n'arrive pas à croire que Charlie vous a envoyés ici tous les deux ! Il y avait des chambres libres au *Possum*, hier !

— Ne t'inquiète pas, on est très bien ici. Et avec un peu de chance, Kostas me fera découvrir les vertus de la suerie selon les Algonquins.

Elle éclata de rire.

— C'est son obsession… Tu sais qu'il a convaincu Charlie d'en faire une ?

— Sans blague ?

— Je te le jure ! Cet abruti a mis des semaines à s'en remettre. Il n'a pas arrêté de me répéter : « Oh ! Gwen ! Jamais j'aurais cru vivre un truc pareil ! J'ai vu Pepsi, tu te rends compte ? Pepsi ! Et il m'a présenté des excuses pour m'avoir accusé du vol de ses bouteilles de bourbon parce qu'il avait appris que c'étaient Jeffrey et Zeke qui avaient fait le coup ! »

J'étais soufflé. Pepsi était le surnom d'un homme que nous connaissions quand nous étions enfants. Il était très vieux déjà, et tous les ans, il jouait le rôle du père Noël sur le marché, au moment des fêtes de fin d'année. Sa fausse barbe le démangeait tellement qu'il l'ôtait souvent pour se gratter. Personne n'était plus dupe de rien, pas même les plus petits auxquels les parents expliquaient que le vrai père Noël avait pitié de ce vieux pochtron de Pepsi et le payait pour prendre sa place chaque année. Pure charité de sa part. Et si les gosses étaient déçus par leurs cadeaux le matin de Noël, les parents s'exclamaient, atterrés : « C'est encore un coup de Pepsi ! »

Pauvre Pepsi.

On le surnommait ainsi parce qu'il transvasait son bourbon dans de vieilles bouteilles vides de Pepsi dont il ne se séparait jamais. Lorsqu'il descendait une lampée en public, il prenait toujours soin de préciser : « J'fais de l'hypoglycémie, et c'est riche en sucre, le Pepsi. » Puis il repartait en titubant. Je suis sûr qu'il avait fini par se convaincre qu'il faisait réellement de l'hypoglycémie.

Jeffrey, lui, était un cousin de Gwen un peu plus âgé que nous pour lequel j'avais eu le béguin, un été, et qui pouvait obtenir de moi absolument tout ce qu'il voulait.

Je devins blanc comme un linge et, un instant, je crus en la vertu de la suerie.

— Charlie a dit ça ? Mais... Comment c'est possible ? À part Jeffrey et moi, personne n'a jamais su !

— Voyons, qui d'autre que Jeffrey et toi aurait pu faire une telle chose à ce bon vieux Pepsi, à l'époque ?

Je rougis, faillis ajouter que ç'aurait pu être un coup de Tonto, diligentée par Nolan. Je n'en fis rien. Gwen soupira en baissant les yeux sur sa tasse de thé.

— Mon Dieu... Tout ça ne nous rajeunit pas.

Tandis qu'elle s'abandonnait à un silence nostalgique, je jetai un œil en direction de la cuisine où Evan préparait le thé. L'émotion nous menaçait, et Gwen s'anima en frappant des mains.

— Alors ! Raconte-moi donc ce qui t'a enfin ramené à nous !

— Je voulais revenir depuis longtemps, mais j'étais tellement pris par le boulot que je reportais sans arrêt. Là, j'ai eu l'opportunité de prendre un peu de temps pour moi et… Ta da ! Me voilà…

Evan arriva avec un thé et s'assit à mes côtés. Je le remerciai. Comme nous ne disions plus rien, Gwen et moi, il nous adressa un rictus navré.

— Désolé, j'ai l'impression de vous avoir coupés en plein échange.

Gwen secoua la main.

— Pas de souci. J'allais demander à Zeke ce qu'il fait dans la vie.

— Je travaille dans l'édition. Je retouche les manuscrits des auteurs, ou je les conseille pour les corrections et les remaniements. Quand il y a beaucoup de boulot, je réécris tout…

— Tu es une sorte de *script doctor*, quoi.

— C'est à peu près ça…

— Mais où travailles-tu, du coup ? Forcément dans une grande ville. Toutes ces années, j'ai passé en revue les Zeke McKay sur Facebook, mais rien… À croire que tu n'existais plus… Et je n'aurais pas cru qu'il y avait autant de Zeke McKay dans ce pays ! À moins que tu aies pris un pseudo, comme moi avec mon profil privé ?

— Je fais partie de ces gens qui n'aiment pas trop les réseaux sociaux, pour être honnête.

Evan vint à mon secours.

— Je n'ai pas de profil non plus. Même pas de téléphone portable !

Gwen hocha la tête avec déférence.

— Je vous admire, tous les deux. Moi, je ne peux pas me payer ce luxe. Si les gens ne voient pas mon profil pro sur Facebook pour vanter les exploits des forces de l'ordre, ils ont l'impression que je ne fais rien de ma journée !

Le téléphone sonna. Evan se leva pour décrocher.

— Résidence Bayame, je vous écoute ?

En levant le pouce, je soufflai à Gwen :

— Il aurait pu être secrétaire.

Elle rit et Evan haussa les épaules en poursuivant :

— Bonjour, Kostas ! Comment ça va ?… Oui, très bien… Lui aussi… Ah, bon… Alors, OK… Oui, je… Oui… Oui, bisous aussi…

Il raccrocha puis nous rejoignit.

— On ne se connaissait pas hier et il me parle comme à son meilleur pote. Il appelait pour dire qu'il ne rentrerait au plus tôt qu'en fin de semaine prochaine, finalement. Il a rencontré l'amour de sa vie hier soir. Elle s'appelle Dylana, elle est galloise, et ils se font une virée en Colombie-Britannique. Il voudrait qu'on veille à ce que les plantes de son jardin soient arrosées régulièrement. Une fois tous les deux jours. Sauf s'il pleut.

Kostas et son coup de foudre furent au centre de la discussion quelques minutes, et soudain, je pensai à Mme Kurland. Je me penchai vers Gwen pour lui demander dans un chuchotement si elle la connaissait. Evan m'indiqua que notre voisine de palier était absente, et que nous pouvions parler normalement. Gwen fut perplexe.

— Elle ? C'est une sorte de fantôme. On la croise en ville, parfois, au détour d'une rue. On dirait qu'elle est là depuis des heures à attendre, à observer… Elle n'a pas l'air bien méchant, mais bon. Et puis, ce nom, Kurland, je ne l'ai jamais entendu dans la région.

— Elle dit avoir vécu ici il y a longtemps, bien avant qu'on soit venus au monde.

— Possible. Dans ce cas, c'est une visite à son passé, un peu comme toi.

Je racontai à Gwen notre passage sur la tombe de mes parents. Je me rappelai Caitlin Paige, que nous avions croisée là-bas.

— Au fait, tu as des nouvelles de Mary Beth ? On a vu sa mère au cimetière.

Gwen eut un sourire amer et impuissant, et je m'en voulus d'avoir posé bêtement cette question. Elle perçut mon trouble, et tâcha de faire bonne figure.

— Des nouvelles de Mary Beth ? Plus personne ne l'a vue depuis l'accident. C'est comme si Caitlin la gardait sous clef, c'est troublant. Il paraît qu'elle ne s'est jamais remise de ses blessures. Elle aurait de grosses séquelles mentales. Les médecins avaient prévenu sa mère. Survivre après un choc pareil, ça relevait du miracle, mais s'en sortir sans dommages collatéraux, c'était impossible.

— Elle doit avoir besoin de soins. Caitlin ne peut pas s'en occuper toute seule.

— Elle n'est pas seule, Merryn Cotten lui est d'un grand secours.

Merryn Cotten. Encore une des silhouettes de Deil River que j'avais oubliée. M. Cotten était infirmier, et tout le monde le connaissait en ville. Il avait été au premier plan au moment des événements du 5 juillet. Dès l'annonce de la disparition de Silas, il avait participé aux battues pour le retrouver. À l'époque, M. Cotten vivait seul avec son chien et le souvenir de Rita, sa défunte épouse, dans la maison familiale, à l'orée des bois. Il louait la bicoque minable qui jouxtait sa maison à Sanborn Waldman. Quand on lui demandait si ça ne le gênait pas de voisiner avec un pédophile notoire et repris de justice, il répondait que c'était le seul locataire intéressé par un tel gourbi si éloigné du centre-ville, et que tout criminel qu'il était, il payait son loyer sans un jour de retard. Si l'État lui avait fourni un salaire correct – puis une meilleure retraite – il n'en serait pas réduit à ça. Libre aux âmes charitables de lui glisser chaque mois quelques billets qui lui permettraient de mettre Waldman à la porte. C'était quelqu'un de plutôt bourru, Merryn Cotten, et qui parlait peu. Efficace dans son métier, mais d'un abord pas vraiment engageant. Désormais, il devait avoir dépassé les soixante-dix ans, et cela m'étonna.

— M. Cotten, tu dis ? À son âge ? Pourquoi ne pas avoir engagé un infirmier plus jeune ?

Gwen fit une grimace désabusée et leva la main vers moi en frottant le pouce contre le bout de ses doigts.

— Ça coûte cher, Zeke, un infirmier. Merryn a toujours été très compétent, et il le reste, malgré l'âge. Comme il le dit, sa retraite n'est pas mirobolante, alors en échange des soins apportés à Mary Beth, il prend régulièrement ses repas avec Caitlin et tout le monde s'y retrouve.

Un temps passa. Le silence menaçait de s'installer et Gwen consulta sa montre.

— Oh ! J'exagère. On va dire que je ne prends pas mon boulot au sérieux, si je traîne… Mais bon, je ne voulais pas manquer de te souhaiter un bon retour. Si la fille de l'accueil n'avait pas mentionné ton nom avec Charlie devant moi, cette espèce d'abruti ne m'aurait même pas dit que tu étais revenu !

J'eus un bref moment d'hésitation avant de me lancer :

— Charlie avait sans doute de bonnes raisons de vouloir te préserver, non ?

Elle se raidit un peu et me regarda droit dans les yeux.

— Je pense à lui très souvent, Zeke, tu sais. Jamais dans mon esprit tu n'as eu quoi que ce soit à voir avec ce qui lui est arrivé. Jamais. Je sais que quelques-uns des péquenauds que je suis censée protéger étaient persuadés du contraire, mais pas moi.

— OK, mais n'en veux pas trop à Charlie. Je suis certain qu'il ne voulait que ton bien.

— Oui, j'en suis consciente… C'est seulement que… Je ne suis pas en sucre, quoi ! Je suis le putain de shérif adjoint de ce comté, après tout ! Merde !

Elle se mit à rire et moi aussi.

Le silence, encore, puis un dernier regard jeté à sa montre.

— Bien ! Le devoir m'appelle. Comme je l'ai dit à Evan, il faut absolument que vous veniez manger à la maison, tous les deux.

— Ce sera avec plaisir. Ton jour sera le nôtre !

— Je n'ai pas de dates précises en tête et je dois d'abord en parler à Charlie, mais je te recontacte bientôt. J'ai le numéro de Kostas, de toute façon…

Nous la raccompagnâmes jusqu'à l'entrée. Elle nous salua et partit au travail. J'observai la voiture aux portières ornées d'une étoile et de l'emblème de Deil River s'éloigner au bout de la rue. Evan vint derrière moi, m'enlaça et posa le menton sur mon épaule.

— Elle est gentille, ton amie. Même si j'ai l'impression que ton copain Charlie a une légère tendance à vouloir diriger sa vie.

La voiture de Gwen disparut. Je me rappelai Charlie, quand nous étions adolescents. Il avait toujours été un garçon serviable, généreux, disponible – autoritaire, aussi, et dans tous les domaines, ne faisant ainsi que reproduire un schéma familial qui perdurait de génération en génération. Son père était strict, ainsi que son grand-père – et tous les Abbott avant eux. Des patriarches à l'ancienne tels ceux qui hantent les cauchemars de toutes les féministes.

Je levai le bras et passai la main dans les cheveux d'Evan.

— Tu sais, on a beau être dans l'Oregon, il faudra du temps pour que nos amies les femmes soient complètement libérées.

— « Nos amies les femmes » ? C'est pas une espèce protégée, tu sais, sale macho paternaliste…

Midi approchait et nous avions faim. Nous rentrâmes. Pendant que nous préparions le déjeuner, je rendis compte à Evan de ma visite à Tonto.

— Elle était méconnaissable, je t'assure, et pourtant, c'est comme si elle n'avait pas changé d'un pouce à l'intérieur… Ce qui me perturbe, c'est cette impression qu'une personne mêlée de près à tout ça est venue la voir, et lui a fait peur pour qu'elle ne dise rien de cette visite. Le nom de Sorvino ne lui dit rien, apparemment. Et même s'il est venu la voir, tu peux être sûr qu'il n'aura rien obtenu d'elle. Tonto est têtue comme une bourrique, et comme son visiteur mystérieux l'a convaincue de ne parler à personne…

— Ce visiteur, ça pourrait être une hallucination, non ?

Je secouai la tête sans le regarder, les yeux rivés à ma sauce tomate tandis qu'Evan faisait cuire la viande de bœuf hachée et les oignons.

— Je ne pense pas. Quand elle parle de ses délires, elle a une façon bien particulière de le faire. Et elle n'hésite pas à changer un ou deux détails pour faire mieux au fil de son histoire. Là, même si elle pédalait dans la semoule, ça restait étonnamment… crédible.

Quelques minutes s'écoulèrent durant lesquelles je songeai à Mme Farrell et au mémorial qu'on lui avait érigé. Que faisait-elle sur cette route-là ? C'était comme si elle revenait de l'Institut.

Evan remarqua mon trouble.

— À quoi tu penses ?

Poing posé contre la hanche, je me tournai vers lui.

— Je me demandais seulement si Mme Farrell n'était pas allée voir Tonto le jour de sa mort.

— Mme Farrell ? La mère de ta copine ? Elle aurait rendu visite à la femme qui croupit à l'asile pour le meurtre de son gosse ?

— Je sais que ça paraît dingue, mais après tout, pourquoi pas ?

— Peut-être parce qu'elle et sa famille auraient voulu voir ta copine passer sur la chaise électrique plutôt que l'entendre diagnostiquer « irresponsable », non ?

— Ici on pique les gens, on ne les grille plus. Et puis, je ne sais pas, les années se sont écoulées... Sorvino l'a forcément contactée. Imagine qu'il lui ait présenté des éléments probants qui remettaient en cause la culpabilité de Tonto ?

Evan me fixa.

— Ils étaient sur la même longueur d'onde, les Farrell ?

— Comment ça ?

— Ils étaient tous les deux convaincus que c'était Tonto la coupable ou bien l'un en était plus persuadé que l'autre ?

Dans mes souvenirs, les Farrell parlaient peu en public, et laissaient à leur avocat le soin d'exprimer leurs pensées, leurs souhaits et leur chagrin. Cet homme disait toujours : « Mes clients », ou bien il lisait des déclarations pour eux, et dans ces cas-là, M. et Mme Farrell – ainsi que Gwen, par association – faisaient bloc en un « nous » indestructible.

Je secouai la tête et soupirai.

— C'est si loin, tout ça...

Pendant quelques minutes, nous n'échangeâmes pas un mot et seuls troublaient le silence le bouillonnement de l'eau dans la casserole, les crépitements de la viande dans l'huile et les condiments, et les bulles épaisses de sauce tomate qui éclataient.

Quand tout fut prêt, Evan mélangea le bœuf et la sauce, puis il fit couler le tout sur les pâtes disposées dans un plat. Pour la forme, il décora l'ensemble d'un brin de persil bien vert, et nous passâmes à table.

Alors que chacun de nous savourait son repas, une idée me traversa l'esprit.

— J'aimerais tellement en savoir plus sur la mort de Mme Farrell. Il y a un truc qui me turlupine à propos de son accident.

— Lequel ?

— Tu vas dire que j'ai un esprit trop romanesque, mais cette version des faits, elle me paraît bizarre. Tu verrais la route où elle a perdu le contrôle du véhicule, c'est tout droit, et sans un seul défaut dans le bitume. En plus, elle s'est payé le seul arbre présent sur plusieurs kilomètres…

— Tu penses qu'elle s'est suicidée ?

— Je dis que c'est une possibilité. Et ça arrive pile au moment où un privé sorti d'on ne sait où et payé par on ne sait qui vient remuer cette vieille histoire et me fait comprendre qu'il a des éléments nouveaux. En fait, je suis sûr qu'elle s'est tuée. Même si ce n'était pas une décision mûrie depuis longtemps… Comme si elle venait de… de découvrir quelque chose.

— Ça irait dans le sens de ton idée. Mme Farrell parle avec Sorvino, elle comprend tout, ou au moins quelque chose de crucial et qui innocente ta copine. Elle va lui rendre une visite pour lui présenter des excuses et elle se suicide. Plausible. Mais… Tu trouves pas que ce serait un peu « cousu de fil de blanc » ?

— Dans la vraie vie, la solution la plus simple et la plus évidente est souvent la bonne… C'est le rasoir d'Ockham.

Une fois le dessert englouti, nous gagnâmes notre chambre. Watergate nous y attendait en jouant avec un morceau de carton qu'il tentait de réduire en miettes ; il s'adaptait à une vitesse folle à son nouveau statut de chat d'intérieur.

Evan le souleva affectueusement.

— Viens là, mon bichon.

Watergate, pour la forme, fit mine de se débattre un peu, gueule ouverte, comme prêt à mordre, puis il sentit les mains d'Evan sur lesquelles il décela l'odeur de la viande de bœuf manipulée un peu plus tôt dans la cuisine. Excité par ces effluves délicats, il se mit à lécher le bout des doigts d'Evan en ronronnant.

Épuisé par le début de cette journée et la digestion qui commençait, je me laissai tomber sur le lit de tout mon long. Evan s'installa à mes côtés, tenant Watergate contre lui.

J'étais incapable de garder les yeux ouverts, luttant contre une fatigue intense. Malgré tout, les paupières closes, je demandai à Evan s'il avait pu apprendre quelque chose sur Mme Kurland en mon absence. Je le sentis hocher la tête.

— Un peu, oui... Dès que tu es parti, je suis allé toquer à sa porte.

— Tu es allé toquer chez elle ? Et pour quel motif ?

— Faire plus ample connaissance. Un truc que font les gens civilisés...

Je fis semblant de lui donner un coup de coude et il poursuivit.

— Elle était ravie que je vienne la voir, figure-toi, et elle m'a raconté sa vie en long en large et en travers. Elle vient du nord de l'État, elle a soixante et un ans.

— Soixante et un ans ! Je lui en donnais dix de plus...

— Je sais. Elle a été très malade et opérée du cœur. Elle prend des médicaments pour ça. C'est un traitement lourd et qui lui donne mauvaise mine, elle me l'a dit. Elle est veuve. Ça la chamboule encore de parler de son Jonathan. L'amour de sa vie. Ils ont eu trois enfants tous les deux. Cynthia, Kevin et Gwyneth. Tu veux savoir ce qu'ils font ? Les prénoms de leurs enfants ?

— Pour être honnête, j'en ai un peu rien à foutre…

— C'est grossier, et pas très professionnel. Tu es écrivain, tu *dois* t'intéresser aux gens.

— Oh, mais je m'y intéresse. Toi, par exemple, j'adorerais connaître ta vie…

— Cette brave Mme Kurland s'ennuie depuis que son Jonathan est parti, alors elle a décidé de s'intéresser à ses racines, à son passé lointain. Et tout ça l'a menée à Deil River.

Il s'interrompit, gratta le menton de Watergate extatique. Ce suspens m'était insoutenable.

— Et ?

— Et c'est tout. Après elle a dit : « J'ai des courses à faire », et elle est partie.

— Mais de quoi avez-vous parlé, alors ?

— De la carrière de Gwyneth, et des enfants de Kevin. Beaucoup.

Je restai songeur un instant avant de reprendre :

— Je ne sais pas pourquoi, mais je ne la sens pas, cette vieille…

— Elle n'a que soixante et un ans !

— Elle arrive là, comme une fleur, et pile au moment où toute cette affaire refait surface. C'est louche.

— Tu as vraiment tout ce qu'il faut pour être romancier : tu es parano, tu refuses de croire aux coïncidences, tu suspectes les pauvres femmes sans défense…

Je chahutai un peu avec Evan pour le punir de son insolence, et il se mit à rire. Watergate, las de nos enfantillages, se leva, s'étira et bondit sur la commode où il se mit en rond pour dormir. Chacun de nous se calma, puis j'observai le chat. Evan m'enlaça. Dehors, le ciel s'était obscurci. C'était à peine le début de l'après-midi. Une pluie violente se mit à fouetter les vitres. Le même genre de pluie qu'à l'époque – plus glaciale. Cette idée me fit frissonner. Evan se serra contre moi.

Nous sombrions dans un doux sommeil quand la sonnette de l'entrée nous éveilla en sursaut. Je me levai pour me poster à la fenêtre striée de pluie. Une petite voiture noire était garée derrière la mienne et un parapluie, noir également, cachait l'identité du visiteur.

Evan vint près de moi.

— Tu crois que c'est pour Kostas ?

— Si c'est le cas, on devrait peut-être…

Je n'eus pas le temps de finir ma phrase. Mme Kurland s'était chargée d'aller ouvrir et, à notre grande surprise, le parapluie se ferma et j'aperçus une épaisse chevelure d'une blancheur immaculée s'engouffrer dans la maison.

— Madame reçoit…

Depuis le rez-de-chaussée nous parvint l'écho d'une voix puissante qui m'était familière, ainsi qu'un murmure inquiet qui l'interrompit. Il n'y eut plus, dès lors, que des bribes incompréhensibles de chuchotements lointains.

Evan fronça les sourcils.

— J'ai l'impression qu'on n'est pas les bienvenus dans les conversations de Mme Kurland.

Sans répondre, je jetai un œil à la voiture noire. À vue de nez, c'était une petite Ford, et pas un modèle récent.

Soudain, on entendit Mme Kurland monter l'escalier quatre à quatre et se précipiter dans sa chambre ; elle en ressortit peu après pour rejoindre son visiteur.

Evan approcha ses lèvres de mon oreille.

— C'est peut-être son petit copain. Ils ont matché sur Tinder et ils vont baiser quelque part, au calme.

Je retins un éclat de rire et secouai la tête avant de retourner à la fenêtre. Dehors, c'était toujours le déluge. La porte d'entrée s'ouvrit et le parapluie noir réapparut, dissimulant Mme Kurland et son mystérieux compagnon. Ils se dirigèrent vers la voiture. L'homme abrita Mme Kurland jusqu'à la portière qu'il claqua violemment dès qu'elle fut installée, puis il leva la tête d'un mouvement sec et planta ses yeux dans les miens.

Ce regard d'un bleu presque blanc, comme les icebergs reflétant la pureté du ciel polaire. Notre face-à-face ne dura que deux ou trois secondes – pourtant, il me coupa le souffle.

Il ferma son parapluie et s'installa derrière le volant, démarra, et la voiture disparut. Il n'y avait plus que l'horizon brouillé par l'averse qui, hypnotique, continuait de s'abattre sur le toit, l'herbe du jardin, le bitume.

Evan posa la main sur mon épaule, perplexe.

— Tu sais qui est ce type…

Je mis de longues secondes à lui répondre.

— Je le connais, oui. Mme Kurland, j'avais raison de m'en méfier. Elle est là à cause de ce qui est arrivé à Silas. L'homme avec qui elle vient de s'éclipser, c'est le révérend Farrell, le père de Silas et de Gwen. Lui aussi, il est revenu.

Ensuite les bourrasques gagnèrent en violence, et l'averse se mua en une terrible tempête.

Enfin la pluie cessa. Le soleil tenta de se frayer un chemin au sein des nuages noirs et gris moutonnants et ses rayons illuminèrent de temps à autre la chambre avec des allures de flamboiements apocalyptiques.

Près de moi au bord du lit, Evan me passait la main dans le dos. Je ne parvenais pas à prononcer un mot, sentais encore sur moi le regard dénué d'expression du révérend Farrell – et pourtant, je pouvais jurer qu'il m'avait reconnu.

Avait-il engagé Sorvino pour enquêter sur la mort de Silas ? Non, ce n'était pas logique. Il ne vivait plus à Deil River depuis des années lorsque le privé avait repris le dossier à zéro. Si j'avais dû le suspecter d'une chose, ç'aurait pu être d'avoir fait tuer Sorvino une fois que celui-ci m'avait retrouvé à New York, mais c'était trop difficile à imaginer de la part du révérend.

Tous les personnages du drame surgissaient un à un de ténèbres vastes et infinies, de la même obscurité épaisse, et nébuleuse, qui engluait la forêt ce jour-là, et ils entamaient sous mes yeux une danse macabre autour du souvenir de Silas. Et il y avait Mme Kurland, à laquelle le révérend était lié. J'eus beau me creuser la tête, je ne reconnaissais pas cette femme qui venait d'entrer sans crier gare dans notre histoire.

J'appuyai mes coudes sur les genoux et me pris la tête entre les mains.

La scène, de nouveau, avec la précision d'une mécanique fatale et impitoyable.

Je fermai les paupières au point d'avoir mal – ce fut pire ; dans le noir, les sons me revenaient aussi, et les parfums, la sensation de la pluie sur mes cheveux, sur ma peau, à travers mon tee-shirt trempé. (*Silas qui chute… Le bras qui se lève, armé, et qui s'abat, l'œil de Silas encore vivant et déjà mort… et le bras se relève, après un instant de stupeur – « J'ai tué. Je l'ai fait. Il est mort. C'était tellement facile » – et frappe de nouveau, et une fois, et une autre…*)

Evan me serra contre lui.

— Tu trembles comme une feuille, mon pauvre.

— C'est cette ville. Cette putain de ville qui s'enroule autour de vous jusqu'à vous étouffer…

Il resserra son étreinte. Watergate vint sur mes genoux. Je lui grattai le menton, puis me tournai vers Evan avec un sourire contraint.

— Ça te dérange si on plaque tout demain et qu'on se tire refaire notre vie avec Watergate ?

— On irait où ?

— Je sais pas… Au Brésil ?

— *Falas Portuguès ?*

— Je suppose que je dois répondre non…

Au rez-de-chaussée, le téléphone sonna. Evan m'embrassa et descendit répondre.

J'en profitai pour nourrir Watergate. Pendant qu'il mangeait, j'observai la rue par la fenêtre ; le vent y séchait les traces de l'averse. Un couple passait dans la rue. Un homme et une femme, jeunes tous les deux – sans doute plus que moi. Un enfant caparaçonné dans un petit ciré vert pomme courait devant eux. Était-ce un garçon ? Une fille ? Quel âge avait-il ? Cinq ans ? Six ? Au même moment de sa vie, Silas Farrell avait déjà vécu la moitié des années qui lui étaient imparties sur cette terre. Ses parents avaient des projets pour lui – à moins que ce ne fût pas encore le cas. A-t-on un métier en tête pour son fils de onze ans ? L'imagine-t-on marié, et avec des enfants ? Et si Silas avait été gay, lui aussi ? Ou s'il avait mal tourné ? S'il n'avait été qu'un type normal, pareil à tant d'autres, sympathique et chiant à la fois, qui aurait eu l'idée folle de faire des enfants, qui à leur tour…

Et s'il était devenu comme Nolan ?

Nolan.

Dans le silence de la chambre, je murmurai son prénom.

(*Il te scrute… Ses yeux te brûlent l'âme et le sexe… Tous les deux nus dans l'eau de la Deil River, en parfaite osmose, à quelques brassées l'un de l'autre, tels deux gémeaux des temps immémoriaux retournés au liquide amniotique originel, pour y mourir, et puis ressusciter en cet instant où le présent le passé le futur sont abolis, tenus à distance, réunis…*

Il nage vers toi. Impossible de deviner si, oui ou non, il sourit, et quand il n'est plus qu'à une brassée…

— Tu t'es déjà baigné, comme ça ? À poil, dans la Deil River ?

Tu réponds non sans t'en rendre compte.

— Jamais, jamais ? Même avec un mec que tu voudrais baiser ?

Là, tu rougis. Il rit, et tu en ressens du désir et de la souffrance.

Il s'approche un peu plus, tu sens ses genoux entrer en contact avec les tiens.

« Il va me noyer. Il va me noyer parce que j'ai essayé de l'embrasser. C'était un piège... »

Tu pleures, d'un coup, même si, sur ton visage mouillé, ça ne se voit pas. Tu voudrais sortir de l'eau. Quitter la forêt. Courir loin.

Ce sont ensuite ses mains sur tes hanches, sous l'eau, et sur ton ventre, sur ton cul, aussi. Il ne sourit plus, est nerveux à son tour.

— Tu l'as déjà fait avec un mec, toi ?

Une fois avec un copain du lycée. Vous vous êtes touchés, embrassés. Tu ne réponds pas.

— Tous les mecs le font, je crois, et ça veut pas forcément dire que...

Il ricane, n'achève pas sa phrase. Les battements de vos cœurs semblent se répercuter dans chaque onde, chaque molécule d'eau de la rivière, et ce tambourinement atteint pour toi – pour lui – des sommets de violence sismique.

Tu veux et tu ne veux pas. Tu ne penses plus qu'à lui depuis des jours – depuis ce jour où il t'a frappé, repoussé, mais que tu as remarqué dans son regard quelque chose d'inédit chez lui. Une forme de trouble.

Toi contre lui. Son ventre ferme, et plus bas. Et ses lèvres d'abord sur ton cou. Ses dents sur ta peau.)

Evan de retour dans la chambre me tendit le téléphone dans un murmure.

— C'est Charlie, il voudrait savoir si vous pouvez vous voir autour d'un verre, en début de soirée...

Je pris le combiné.

— Charlie ?

— Salut, vieux. J'espère que je ne te dérange pas ?

Le ton qu'il adoptait, cette manière rigolarde d'enrober ses mots alors qu'il suintait la gêne et se balançait d'un pied sur l'autre – ou se tortillait sur sa chaise –, je l'avais entendu si souvent durant notre adolescence quand Charlie tournait autour du pot pour nous demander un service ou lorsqu'il craignait d'avoir fait une connerie.

— Je vais bien, Charlie. Qu'est-ce que je peux faire pour toi ?

— Oh, trois fois rien... Comme je l'ai dit à ton copain, je voulais seulement savoir si tu étais libre, ce soir, pour prendre un verre, discuter. Ça te dit ?

— Eh bien, je crois qu'on devrait pouvoir se libérer, oui... Où et vers quelle heure ?

Il y eut un blanc à l'autre bout du fil.

— Charlie ? Tu es toujours là ?

— Oui, oui, je suis là... C'est super, si vous pouvez venir tous les deux. Disons qu'on se retrouve vers... Oh, et puis soyons fous ! Je vous invite à dîner, ça marche ? 20 heures, au *Manitou*, ça te convient ? Tu te souviens du *Manitou*, pas vrai ? On se retrouve là-bas ?

— C'est noté, Charlie. À plus.

Il raccrocha. Evan était gêné.

— J'aurais pu t'attendre ici. J'ai l'impression qu'il voulait te parler *à toi*.

— Je sais, mais je voulais que tu sois là.

Il se fendit d'un demi-sourire. Je l'enlaçai.

Soudain dans la rue, un cri. C'était le petit enfant du couple qui passait devant la maison quelques minutes plus tôt. Toute la famille avait remonté la rue jusqu'au moment fatal où le bambin était tombé la tête la première sur le bord du trottoir. Les larmes coulaient d'abondance, et les parents, aux quatre cents coups, étaient accroupis aux pieds de leur progéniture en souffrance. Evan se fit rassurant.

— Tant qu'ils braillent, c'est qu'il y a de la vie. Un bisou magique sur la grosse bosse, et dans cinq minutes, ça ira mieux.

Pétrifié, j'observai le tableau attendrissant des parents consolants. Silas, lui, n'avait pas eu le temps de hurler.

★

Nous arrivâmes avec un peu d'avance au *Manitou* où Charlie nous attendait déjà, seul à une table collée contre la vitrine du restaurant. Il était tellement perdu dans ses pensées qu'il ne nous aperçut pas. Evan eut de la peine pour lui.

— Il a l'air bien triste, ton pote.

Je haussai les épaules et invitai Evan à entrer en premier. Cette fois-ci, Charlie nous vit. Il nous adressa un petit signe et dès que nous fûmes près de lui, il se leva pour nous accueillir.

— Je suis content de vous voir.

Nous nous installâmes et quelques regards se tournèrent dans notre direction. Des bribes de phrases circulèrent, que je ne pus ignorer, et traversèrent la salle, rapides et discrètes comme des cancrelats.

« Fils McKay… » « Un pédé… » « S'affiche sans honte… » « Est-ce qu'il est seulement majeur ? » « Tarlouze… » « Pauvre Silas… »

Charlie feignit de lire la carte du menu puis il eut un soupir d'impuissance. Je pris un cheeseburger et une salade César, tout comme Evan. Charlie n'avait pas faim, et se contenterait d'une salade. Il se leva pour aller commander et nous rejoignit quelques minutes après. Nous engageâmes la conversation. Très vite, le malaise menaça. Nos mots étaient poussifs, et faux. Je songeai à Gwen.

— Au fait, Charlie, ta moitié n'a pas pu se joindre à nous ?

— Non. Elle ne sait pas qu'on se voit. En ce moment, elle est à la mairie, pour une réunion du conseil municipal. C'est pour le *Dave Dollinger Memorial Day*. Tu te doutes bien qu'elle est très impliquée là-dedans. Idem pour le *Silas Memorial Day* en juin. Elle ne rentrera pas avant minuit, tu peux en être sûr…

— Elle est passée nous voir chez Kostas. Ça avait l'air d'aller.

Il me fixa d'interminables secondes avant d'en venir au fait.

— Je vais être franc, Zeke. Que tu sois revenu à Deil River, ça me fait plaisir et ça me crée un peu d'inquiétude en même temps…

— Oh… Alors je suppose que ta remarque doit me faire plaisir et me vexer un peu en même temps.

— Ça n'a rien à voir avec toi. Ça a un rapport avec le passé. Et tu sais à quoi je fais allusion.

Il se tut, me considéra comme il l'aurait fait d'une énigme absconse dont la résolution eût été une question de vie ou de mort.

— Pourquoi tu es revenu, Zeke ?

Je le dévisageai froidement.

— Pourquoi je suis revenu, à ton avis ?

— Je ne sais pas si tu es au courant, mais on a eu la visite d'un drôle de type. Sorvino, il s'appelait. Un détective privé. Il faisait des recherches sur Silas, et sur ce qui lui est arrivé. Je crois bien que quelqu'un l'a payé pour ça…

— Qui, d'après toi ?

— Ça, je l'ignore. Pour être honnête, j'ai cru que c'était toi qui l'avais embauché…

— Moi ? Pourquoi je ferais une chose pareille ?

— Je ne sais pas… Parce que tu voudrais revenir à Deil River, j'imagine. Parce que tu n'as jamais cru à la culpabilité de Tonto… Je sais que tu es allé la voir à Henry Akeley ce matin.

— Les nouvelles vont vite, dis-moi…

— Franchement, Zeke, je ne vois pas à quoi ça rime, pour toi, d'aller là-bas.

— J'ai juste eu envie de revoir une vieille amie qui est en train de mourir.

— C'est si grave que ça ?

Je ne pris pas la peine de répondre. Il soupira, le regard humide.

— Bon Dieu. Tonto… J'avais eu vent de son état de santé, mais je ne pensais pas que c'était à ce point-là…

— C'est bien pour ça que j'aimerais savoir : ce mec, Sorvino, tu crois qu'il avait découvert quelque chose ?

— En toute honnêteté, je serais bien incapable de te le dire. Les premières fois que je l'ai vu, c'était comme si le crime venait juste d'avoir lieu et qu'il enquêtait en zone complètement vierge… J'ai l'impression que tout Deil River est passé entre ses pattes pour un interrogatoire. Il a fait le forcing pour rencontrer Mary Beth, mais là, Caitlin n'a pas cédé, même si…

Il s'interrompit, se frotta les mains l'une contre l'autre.

— Même si quoi, Charlie ?

Il eut un rictus d'hésitation et d'inquiétude mêlées.

— Je ne voudrais pas dire de bêtises, mais je me demande s'il n'a pas réussi à la voir, finalement.

— Il aurait parlé à Mary Beth ? J'ai pourtant cru comprendre que Caitlin la gardait quasiment enfermée à double tour.

— C'est le cas. À partir du moment où l'enquête a été close la concernant et que les flics ont abandonné l'idée de l'interroger, elle était tellement… Cette gamine, comment elle pourrait ne pas avoir de séquelles, de toute façon ? Elle ne se souvient probablement de rien.

— Ça, Charlie, je suis désolé, mais on n'en sait rien. Et puis, qu'est-ce qui te fait dire que Sorvino a réussi à la voir, à lui parler ? Il y a bien eu un truc de changé dans son attitude, pour que tu en tires cette conclusion ?

Il acquiesça, déglutit.

— Ce mec, Sorvino, c'était pire qu'un morpion. Impossible de s'en débarrasser. Quand il est arrivé à Deil River, ç'a été comme une apparition. Il avait poussé là, au coin d'une rue, comme un gros champignon bizarre au pied d'un arbre après une pluie d'été. Il parlait à personne. Il regardait. C'est tout.

— Il logeait où ?

Charlie eut un triste sourire qui découvrit des dents que l'abus de café avait rendues jaunâtres.

— Au *Possum*. Ouais. J'ai fait entrer le loup dans la bergerie, et je... Bref, revenons-en à Mary Beth. Dès le départ, Sorvino a posé des questions aux gens à propos de Silas, de Tonto, de leurs familles respectives. Ce qui était étrange, en un sens, parce qu'il demandait des trucs qui figuraient dans les journaux de l'époque. Il aurait pu les consulter en ligne, et d'ailleurs, je le lui ai fait remarquer, mais il m'a répondu que les faits ne l'intéressaient pas. C'était la manière dont les gens les lui livraient qui importait, qu'il disait.

On apporta nos commandes et Charlie reprit :

— Il était là, à interroger tout le monde depuis environ trois semaines quand il s'est mis à faire une fixation sur Mary Beth. Et aussi sur Nolan, par la même occasion. Va savoir pourquoi, j'étais devenu son confident. Je ne peux pas compter le nombre de fois où je suis tombé sur lui, dans la salle commune de l'auberge, et où il m'a tenu la jambe pendant près d'une heure... Quel boulet. Concernant Mary Beth, il n'a jamais dit ce qui le poussait à vouloir absolument lui parler. J'avais cru comprendre que pour cette pauvre Mary Beth, les choses étaient claires, avec Nolan Remick, et ce qu'il lui a fait subir...

Il se tut, piqua plusieurs coups secs au hasard dans sa salade. Certains mots cachaient des choses si laides, et insoutenables à imaginer, que l'on répugnait à les prononcer. Il frissonna et quelques secondes s'écoulèrent avant qu'il poursuivît.

— Tu sais que Merryn Cotten s'occupe de Mary Beth ? Il a un arrangement avec Caitlin, vu qu'il est serré, question budget.

— C'est ce que j'ai cru comprendre, oui. Eh bien ?

— Sorvino a rencontré Caitlin. Ils ont bien parlé et d'après elle, il était très courtois, mais sur la fin, il insistait un peu trop pour rencontrer Mary Beth. Ç'a fini par déplaire à Caitlin et elle s'est vexée. Elle a toujours dit que Mary Beth supportait mal la présence de quelqu'un d'inconnu dans sa chambre, à part Merryn et sa mère… Sorvino a compris que c'était mort du côté de Caitlin, alors il a tenté sa chance avec Merryn. Là, c'était plus délicat… Tu connais Merryn ? Si ta tête lui revient pas, il t'adressera pas la parole, même si vous êtes les deux seuls survivants d'un naufrage sur une île déserte, et s'il t'aime bien, il daignera peut-être te dire bonjour, bonsoir, et merci pour le coup de main.

— Oui. Ça ressemble bien à Merryn Cotten, en effet.

— Bref, je ne sais pas comment il s'est débrouillé, mais je suis certain qu'il a obtenu quelque chose de Merryn. Pas un jour ne s'était écoulé sans qu'il me pose au moins une question, même anodine, sur Caitlin, Mary Beth, Merryn ou Nolan. Pas un, et tout d'un coup, plus rien. J'ai retrouvé mon Sorvino silencieux qui faisait fonctionner les rouages de son cerveau à toute allure. Il était même souriant, à un moment… Un après-midi, il était dans un grand fauteuil de la salle commune, un livre à la main. Moi, je passais par là quand il m'a alpagué. « Hé, monsieur Abbott ! il a fait. Vous connaissez le paradoxe de l'écrivain ? » Moi, ça me disait rien du tout. « C'est une sorte d'absurdité à propos des voyages dans le temps, il a ajouté, et ça parle d'un écrivain qui a publié un best-seller et qui va rendre visite à son moi du passé avec le manuscrit de son roman. Il dit à cette version plus jeune de lui-même : “Tu vas publier ce bouquin et tu deviendras riche, d’accord ?” Son moi plus jeune le fait et devient riche. Et une fois riche, il retourne dans le passé pour donner le manuscrit à son ancien moi, etc., etc. C’est une boucle qui n’a pas de début ni de fin, et où le paradoxe réside en ceci que le manuscrit n’a jamais été écrit. Vous me suivez ? » Moi, j’ai répondu que oui, mais j’étais largué. « Tout cela est une question de bon ordre et de causalité, monsieur Abbott, il m’a dit. C’est de la mascarade et un pur produit de l’esprit mais ça nous informe sur une chose capitale : on n’a pas le droit d’envisager qu’une cause puisse avoir lieu *après* son effet… » Tu sais que moi, les bouquins, les théories, tout ça… Pourtant, la façon dont il m’a dit ça… Je ne sais pas, ça m’a marqué.

— Et après ? Quel rapport avec Silas et Mary Beth ?

Charlie enfourna enfin une fourchette de salade dans sa bouche.

— Le rapport, je l’ignore. Ce que je sais, c’est qu’une semaine après, il s’est barré. Et tout le monde était soulagé, moi le premier.

— Pourquoi ça ?

— Je te l’ai dit, Zeke. Sa petite enquête, elle n’a aucun sens. Aucun. Tonto a tué Silas. Point barre. Tout ce qu’il risquait de faire avec ses recherches, c’est rouvrir les plaies de la famille… Putain, on dirait que tu veux pas comprendre, comme ce vieux débris ! La famille de Silas, c’est devenu la mienne. Je refuse que Gwen souffre encore. Il y a déjà eu bien assez de malheur à cause de ça, avec cette pauvre…

Il s'interrompit et le feu lui monta aux joues.

— Cette pauvre qui, Charlie ?

— Personne.

— Pas avec moi. Tu parles de ta belle-mère, c'est ça ? Tu parles de Mme Farrell ?

Il ne dit rien, mangeait sa salade, se forçait à mastiquer, à avaler, à reprendre une autre bouchée.

Evan intervint.

— Vous pensez qu'elle s'est suicidée ?

Cette question inattendue paralysa Charlie qui leva sur lui de grands yeux vides, inexpressifs. Puis il devint sarcastique.

— Vous y croyez vraiment, vous, à la thèse de l'accident ? Elle se serait pris le seul putain d'arbre planté au bord d'une route raide comme un juge de la Cour suprême, et par beau temps, en plus ?

— Pourquoi est-ce qu'elle aurait voulu mettre fin à ses jours, d'après toi ?

— À ton avis ? À cause de ce que ce type a remué. Tu imagines un peu ? Un fouille-merde débarque de nulle part, la bouche en cœur, vingt ans après la mort de son gosse, et sous-entend que, zut ! on s'est peut-être un peu emballé ! Il y a de quoi devenir dingue, je t'assure !

— Mais s'il avait raison ? Si Sorvino…

— Non ! Non, Zeke ! C'est moi qui vis auprès de Gwen, et c'est moi qui vais la ramasser à la petite cuiller si ça perdure, cette enquête à la con ! Sorvino a semé le doute dans la tête de pas mal de personnes, ici, et je suis sûr qu'il a ébranlé Gwen, même si elle ne m'en a rien dit. Et après ça, ce connard de privé s'éclipse et laisse tout le monde comme deux ronds de flan. J'en ai ma claque qu'on prenne le risque de faire souffrir ma femme avec ces conneries.

Il se tut, termina sa salade et repoussa son plateau avant de croiser les bras. C'était bien lui, le Charlie que j'avais connu : déterminé, têtu, sourd au reste du monde quand il s'agissait de ceux qu'il aimait. Un vrai crétin.

Je me penchai vers lui.

— Et si Tonto est innocente ?

— Je m'en fous. Désolé si je te choque. Après tout ce temps passé à Henry Akeley, elle est foutue, de toute façon. Ça ne changera rien de remuer toute cette histoire…

— Et le révérend Farrell, alors ? J'ai découvert qu'il était revenu aussi.

— Parlons-en, de Farrell ! Ce tocard fait le mort pendant des années et il débarque du jour au lendemain, sans raison !

— Il est venu vous voir, Gwen et toi ?

— Oui, et ça ne m'a pas plu. Il est arrivé un soir, à la maison, juste avant le dîner. On ne savait même pas qu'il était revenu dans la région. C'est Gwen qui est allée ouvrir quand il a sonné. Tu aurais vu sa tête. Je crois qu'elle aurait été moins tourneboulée si ç'avait été sa mère revenue d'entre les morts… Lui, il a fait comme s'ils s'étaient vus la veille. Tout ce qu'il voulait savoir, c'était les dernières nouvelles du pays, et dire combien Deil River lui avait manqué, demander comment allaient certaines gamines dont on s'était occupés, lui et moi, en instruction religieuse et à la chorale, savoir si elles vivaient toujours dans le coin.

Pas un mot à propos de la mère de Gwen. J'étais dégoûté. Dieu merci, il n'a pas parlé de Silas.

— Vous le voyez régulièrement depuis ?

Charlie éclata de rire puis darda sur moi un regard désabusé.

— On ne l'intéresse pas assez pour ça, je crois. Farrell cherche quelque chose ici, toi aussi tu cherches quelque chose, Zeke, et tu ne me feras pas gober que tu es revenu seulement pour rendre visite à tes souvenirs. Je sais que même si tu as de la sympathie pour moi et qu'on a été proches, tu m'as toujours trouvé ridicule et un peu con vis-à-vis de ce que j'éprouve pour Gwen… Je sais que tu es là pour la même raison que Sorvino, et que tous les deux vous n'êtes pas francs du collier, mais j'ai plus confiance en toi qu'en lui, et je vais juste te demander une chose : laisse Gwen tranquille. Je n'ai jamais pu savoir si sa mère a eu l'occasion d'être confrontée à Sorvino, mais si c'est le cas et qu'elle a vraiment choisi de mourir… Je ne pourrais pas supporter de la perdre. Je ne pourrais pas.

Quelques secondes passèrent, lourdes et lentes.

— Je vais laisser Gwen en dehors de ça, Charlie, tu peux me faire confiance. Mais je ne vais pas te mentir, il y a eu des trucs louches qui se sont produits récemment, et ils tournent autour du meurtre de Silas…

— Des trucs louches ? Quels trucs louches ?

— Je ne t'en dirai pas plus pour le moment, mais ton détective, Sorvino, je pense qu'il a découvert un truc.

— Tu l'as rencontré, alors ? Tu l'as rencontré, oui… Et c'est toi qui le payes, c'est ça ?

— Non, je te l'ai déjà dit, je ne l'ai pas engagé. Apparemment, il a disparu mystérieusement. C'est ce qui me fait dire qu'il a mis le doigt sur quelque chose.

— Il… Il a peut-être seulement mis les voiles. Il s'est rendu compte que c'était bien Tonto et…

Il joignit les mains sur la table et poussa un soupir.

— Cette histoire… Ça n'en finira jamais…

— Hé, Charlie… Ne te fais pas de bile, on va vous ficher la paix, je te le promets. Il faut seulement que tu me dises tout ce que tu sais et qui pourrait nous éclairer un peu pour qu'on se fasse une idée de qui aurait pu engager Sorvino et surtout, qui aurait tout intérêt à ce qu'il se taise…

— Je ne sais pas. Je… J'ai essayé de savoir, je t'assure, mais ce type me fait l'impression d'un putain de démon surgi à un croisement. J'ai discuté à droite à gauche, l'air de rien, et c'est comme s'il avait parlé avec tout le monde… C'est stupéfiant !

— Ça pourrait être le révérend Farrell, d'après toi ?

Il commença par secouer la tête puis il réfléchit.

— Après tout, c'est peut-être lui, va savoir. Mais ça ne fait qu'une quinzaine de jours qu'il est revenu, donc…

— Ou alors c'était Eileen Farrell ? Sorvino a pu lui faire part de ses découvertes et elle n'a pas supporté…

— Je ne sais pas, Zeke… Je te jure, je ne sais pas…

La suite du repas se déroula dans une ambiance morne. On n'aurait su dire si Charlie, tourné vers la vitre parsemée des traces grises de la pluie de l'après-midi, observait la rue faiblement illuminée ou son propre reflet, lointain, transparent – fantomatique. Il n'avait pas bougé d'un pouce lorsque sa voix s'éleva.

— Je dirai à Gwen qu'on s'est vus ce soir, que vous n'aviez rien à faire et que tu m'as appelé. OK ? De toute façon, il y aura bien une ou deux bonnes âmes pour le lui dire… Impossible de garder un secret, ici.

Quelques minutes s'écoulèrent, et Charlie se leva en laissant sur la table plusieurs billets.

— C'est moi qui régale, les gars… Il y a assez pour que vous preniez un café en plus du dessert. Je suis fatigué, je rentre chez moi…

— Merci, Charlie.

— Je t'en prie. Je te dirais bien que ça m'a fait plaisir, mais pas vraiment… Au fait, j'ai vu que Gwen et moi on avait un créneau pour dîner avec vous. Demain soir à la maison, vers 19 heures, c'est d'accord ? Elle y tient tellement…

Je hochai la tête et Charlie partit. Dès qu'il eut disparu dans la rue obscure, je me tournai vers Evan.

— Alors ? Tu en penses quoi ?

— J'en pense que Sorvino a mis tout le monde sur les nerfs. Impossible de dire qui l'a engagé, mais pour le reste… J'ai le pressentiment que la liste de ceux qui auraient voulu le faire taire est longue comme le bras.

— Et lui ? Charlie ? Tu le sens comment ?

— Il tient beaucoup à Gwen. En tout cas, il faut que tu voies cette femme qu'on a croisée au cimetière, la mère de cette gamine. Et cet homme qui s'occupe d'elle, Merryn Cotten. L'idéal, ce serait de parler aussi à Mary Beth…

— Ça va pas être de la tarte…

— Je sais. Mais quand même, ce serait après avoir parlé avec elle que Sorvino a fait ses bagages pour aller te trouver à New York.

Evan se rapprocha de moi, prit ma main. Je jouai avec ses doigts. Dans la rue une voiture passa à toute vitesse, roula dans une flaque d'eau qui éclaboussa un couple, puis sur une boîte en plastique qu'elle écrasa avec un bruit de coquille d'œuf broyée. De nouveau les images et les sons déferlèrent en moi. (*Le tonnerre, la pluie, la boue, les pins, le coup de feu, le hurlement, tout l'univers qui frémit et glisse sous mes pas, le crâne détruit.*) Ma tête tourna presque jusqu'au malaise. Je n'en laissai rien voir, embrassai le front d'Evan, le regardai ensuite, longuement.

— Si seulement je savais qui a téléphoné au bureau du shérif pour signaler ce qui était en train d'arriver à Mary Beth.

Le silence s'installa, chacun de nous commanda un café, puis il fut temps de rentrer chez Kostas.

Une heure après, nous étions au lit. Watergate ronflait, roulé en boule sur la commode.

Au cœur de la nuit, je m'enlisai dans un mauvais rêve.

J'étais seul, perdu dans la forêt de Deil River. Je n'étais plus l'adolescent effrayé qui avait fui à l'époque, mais l'homme que j'étais devenu. Un coup de feu avait retenti dans les bois, et un cri de douleur, pareil à celui d'une bête à l'agonie. J'étais affolé, je savais que Silas allait surgir des ténèbres pour s'effondrer à quelques dizaines de mètres devant moi – il n'y eut rien, seulement une voix, basse, lointaine, venant de toutes les directions à la fois et qui prononçait mon nom, tantôt tout près de mon oreille, tantôt à des kilomètres, comme tombant du ciel, murmuré par un ange maléfique. Je courais et toujours les chemins empruntés me ramenaient au même endroit, là où Silas avait perdu la vie sous mes yeux. Pourtant j'insistais et persévérais jusqu'au moment où je tombais la tête la première contre un arbre. À peine recouvrais-je mes esprits que je distinguais une ombre au-dessus de moi, immense, découpée dans la nuit éternelle d'une galaxie inconnue dépourvue de soleil et d'étoiles. Dans la main de l'ombre, un tuyau qui, soudain, s'élevait avant de s'abattre sur mon crâne. Je poussais un cri – tel celui, bestial, que j'avais entendu quelques minutes plus tôt après le coup de feu.

À quelques mètres de là, horrifié, un adolescent observait la scène.

C'était moi, quand j'avais quinze ans.

Le lendemain matin, après avoir traîné au lit, j'eus la surprise de tomber nez à nez avec Kostas Bayame dans sa cuisine. Il m'annonça que la douce Dylana l'avait congédié. Elle le trouvait trop bourgeois dans sa conception de l'amour – trop exclusif. Il était donc de retour, honteux – frustré, aussi, bien qu'il nous jurât le contraire pendant qu'Evan et moi prenions notre tardif petit déjeuner.

— Je suis pas un putain de bourgeois ! Mais quand cette grosse fille a peloté les nibards de Dylana, j'ai vu rouge !

Pour lui changer les idées, Evan demanda à notre hôte de nous en dire plus sur la suerie chez les Algonquins. Le mot à peine prononcé, Kostas s'empourpra de bonheur et partit dans un monologue détaillé dont je ne devais jamais entendre la fin – grâce au ciel. J'échangeai avec Evan un regard fataliste – il avait ouvert la porte des Enfers et ne couperait pas à la suerie. Kostas s'engagea dans des précisions psychédéliques et je m'excusai auprès d'eux, arguant que je devais rendre visite à Caitlin Paige. Evan m'adressa un clin d'œil complice et je m'éclipsai.

Il faisait beau, mais frais pour la saison. Sur le perron, je pris mon paquet de cigarettes et en allumai une. La douceur âcre du tabac mêlée à la fraîcheur encore humide de l'averse de la veille me fit un bien fou. Je pris le temps de fumer quelques bouffées avant de me diriger vers la voiture.

Une fois installé au volant, j'eus une sensation désagréable.

On m'observait.

Ce fut alors que j'aperçus un type, appuyé contre le portail du voisin.

Il était grand, plus que moi, et devait avoir plus de trente ans, voire la quarantaine. La tête coiffée d'une casquette noire, la mâchoire prognathe et les yeux globuleux, très maigre et les joues creuses, il portait un blouson noir bombé et brillant sous le soleil. Pour le reste, jean et baskets sombres. Les mains enfoncées dans les poches, il remuait la tête au rythme de la musique qui résonnait dans de petits écouteurs.

J'avais l'impression déplaisante de l'avoir déjà croisé tout en étant incapable de dire où et quand. Après une minute de réflexion vaine, j'inspirai profondément et démarrai. À ce moment, le voisin surgit sur le pas de sa porte. Il héla l'intrus qu'il dut prendre pour un démarcheur et ce dernier grommela quelques injures avant d'aller voir ailleurs d'un pas nonchalant. Nous nous croisâmes, lui sur le trottoir, tête baissée et mine renfrognée, moi dans la voiture. Je ne risquai pas même un regard dans sa direction et attendis qu'il fût derrière moi pour lancer un coup d'œil rapide dans le rétroviseur intérieur.

Sa grande carcasse maigre s'éloigna sans qu'il parût m'accorder la moindre attention. Je soupirai.

— Tu deviens parano, mon vieux…

Un quart d'heure plus tard, j'étais arrivé chez Caitlin et Mary Beth Paige.

Leur maison se trouvait à l'écart du centre-ville, dans un quartier modeste surtout habité par des familles ouvrières ou des retraités qui avaient passé leur vie à travailler à l'usine de papier, du temps de sa splendeur. Mary Beth était née d'une passade de sa mère qui vivait déjà ici, avec ses parents et sa grand-mère. Tous étaient morts, désormais, et Caitlin n'avait plus que Mary Beth.

L'année de mes quatorze ans, j'avais donné des cours de soutien à la petite. Elle n'en avait pas besoin, mais Caitlin, qui avait quitté l'école sans décrocher un diplôme, voulait offrir les meilleures chances de réussite à sa fille. Elle n'avait que dix ans et pourtant, c'était une enfant brillante, avide de lecture et très mûre.

Je n'avais pas quitté la voiture et fumais une autre cigarette avant de trouver le courage d'aller frapper à la porte des Paige. Le souvenir de cette gamine timide et enthousiaste me serra le cœur lorsque mes yeux s'arrêtèrent sur la fenêtre de sa chambre, juste au-dessous des combles.

Je me décidai enfin à quitter la voiture. Dans ce quartier, l'air était lourd et sale, irrespirable.

Une fois sur le seuil, je toquai. La porte s'entrebâilla quelques secondes plus tard et laissa apparaître Caitlin. J'eus l'impression qu'elle ne me reconnaissait pas, dans un premier temps. Je n'étais plus l'adolescent d'autrefois, pourtant je ressentis une gêne puérile.

— Madame Paige, je suis navré de vous déranger mais…

Comme si elle était frappée par une révélation subite, son regard s'illumina.

— Zeke ! Je suis si heureuse de te revoir !

Elle ouvrit la porte en grand et fit quelques pas vers l'extérieur. Elle avait les bras croisés sous sa poitrine, et semblait avoir froid malgré l'épais gilet en laine verte qu'elle portait. Elle me sourit et désigna l'intérieur de la maison.

— Pendant un moment, j'ai cru que c'était Merryn. Il est parti faire quelques courses. Entre, je t'en prie ! Il fait si froid ! Quand je pense qu'il y a un an, tous les gamins filaient avec leur maillot de bain à la Deil River tellement il faisait chaud… Y a plus de saisons !

J'entrai sur la pointe des pieds – comme dans une maison de deuil – presque surpris d'être si bien accueilli après la façon dont Caitlin m'avait ignoré, au cimetière.

Je demeurai debout, dans le hall, sans oser bouger. Rien n'avait changé ici, et une odeur de renfermé et de solitude me prit à la gorge.

Caitlin se mit à rire.

— Eh bien ! On va aller au salon, au lieu de rester là comme deux idiots !

Elle me précéda et je la suivis sans un mot. Nous passâmes devant l'étroit escalier en bois qui menait à l'étage. Là-haut, seulement une pièce, la chambre de Mary Beth, et un débarras assez grand pour y entreposer deux ou trois meubles. Je me remémorai les quelques fois où j'avais gravi ces marches. L'une d'elles branlait au point que je l'évitais, de peur de la voir céder. Mary Beth, elle, les franchissait toutes du même pas lourd qu'ont si souvent les enfants, y compris les plus légers.

Caitlin désigna un des fauteuils du salon en se dirigeant vers la cuisine.

— Assieds-toi, je t'en prie, je vais faire du café.

Je m'installai et attendis, ne sachant pas quoi dire. Cela ne gênait pas Caitlin qui se révélait intarissable.

— J'étais tellement étonnée de te croiser au cimetière, l'autre jour, que j'ai cru avoir la berlue. Ton ami n'a pas pu venir ?

— Non… Il était un peu fatigué ce matin. Il se repose.

— Quel dommage.

De retour dans le séjour, elle était toujours radieuse. Elle prit place en face de moi.

— Le café sera prêt dans une minute. En attendant, raconte-moi tout. Qu'est-ce qui t'amène à Deil River ?

Pendant un court instant, je perdis mes mots puis, sans m'en rendre compte, j'enfilai les perles sur le temps qui s'enfuit, le besoin de retour aux sources… Par politesse, elle écoutait en hochant la tête, me relançait avec une anecdote sur tel habitant de Deil River. La cafetière crachota et Caitlin se leva pour apporter deux tasses de café sans pour autant mettre un terme à la conversation. Ce ne fut qu'au bout de dix bonnes minutes de bavardage que je la perçus, au-dessus de son sourire figé, derrière ses grosses lunettes – la peur, une forme de terreur pure, comme si j'étais un rapace sur le point de fondre sur elle, impitoyable.

Alors que j'étais en train d'évoquer avec elle la mémoire de ma tante, je me tus au beau milieu d'une phrase. À ce moment-là, mes yeux virevoltaient d'un objet à l'autre : une broderie faite par la grand-mère de Caitlin ; un trophée de chasse de son père ; une photo de Mary Beth, prise dans cette même pièce, quand elle ne devait pas avoir plus de quatre ou cinq ans. Elle portait une robe d'été bleue et souriait à l'objectif. Dans sa main potelée et blanche, la petite fille brandissait une fleur en plastique – une marguerite qui riait – et c'était pour elle, à cet instant fugace, le plus merveilleux des trésors. Je pensai à Silas, au petit garçon tombé dans la rue devant chez Kostas, qui avait éclaté en sanglots. Je me souvins des photos d'enfance de nombre d'auteurs qui avaient vécu les pires horreurs, et m'avaient demandé de coucher leur douleur sur le papier parce qu'ils en étaient incapables, parce que ces mots les brûlaient.

Comme je ne disais plus rien, Caitlin s'inquiéta.

— Zeke ? Tout va bien ?

Bouleversé par la photographie, je ne parvins pas à lui répondre. Elle tourna la tête, curieuse de voir ce qui captait ainsi mon attention. Lorsqu'elle comprit, son sourire mourut.

— Vous savez pourquoi je suis là, madame Paige.

Il n'y avait plus que le tic-tac têtu et lointain d'une horloge murale qui égrenait le temps pour rien, et le rythme régulier de la respiration de Caitlin. Au-dessus de nous, le silence écrasant d'un fantôme pas encore mort.

— Je sais qu'un homme est venu vous voir. Il s'appelait Sorvino, et il cherchait à découvrir qui a tué Silas Farrell.

— C'est Tonto qui a tué Silas, tout le monde le sait. Je le lui ai dit.

— Vous savez que c'est faux, et je suis persuadé qu'il vous a convaincue, ou qu'au moins il a réussi à vous faire douter de cette version.

Elle ne répondit rien, se renfermait. Je crus qu'elle allait me demander de partir, quand elle leva les yeux sur moi. Sans chagrin ni larmes ; ils brillaient de colère et de déception.

— Ce type, Sorvino, il m'a manipulée en me faisant croire qu'il voulait parler de Silas avec Mary Beth, parce qu'il pensait qu'ils s'étaient croisés dans la forêt, ce jour-là… Mais il ne voulait pas parler de Silas. Il voulait parler de ce qui s'était passé dans le chalet de McPherson… Je le sentais, et c'est pour ça que j'ai toujours refusé qu'il la voie.

J'ouvris la bouche pour l'interrompre ; elle leva la main vers moi, outrée.

— Il s'est introduit chez moi, Zeke ! Dans ma maison ! Et en mon absence ! Il a profité d'un moment d'inattention de Merryn pour s'introduire dans sa chambre ! Ce porc a voulu faire parler de force mon bébé ! Mary Beth était en pleurs quand je suis rentrée de courses. Merryn ne pouvait rien entendre parce qu'il réparait l'évier de la cuisine. J'ai monté l'escalier quatre à quatre et je l'ai trouvé là, avec ma petite fille, comme si elle était un suspect et qu'il voulait lui faire cracher le morceau… Elle a fait des cauchemars pendant deux semaines, et il a fallu que je dorme dans sa chambre, que je tienne sa main chaque nuit… Mais les gens comme Sorvino, ils s'en foutent de ce genre de choses, de briser les gens. Tout ce qui les intéresse, c'est le fric. Dès que je t'ai vu au cimetière, j'ai su que tu étais là pour ça, toi aussi, pour la persécuter et…

Elle n'acheva pas sa phrase.

Je ne dis rien un moment, la fixant toujours.

Elle ôta ses lunettes et s'essuya les yeux avec ses manches de gilet. Lentement, je me levai.

— Je vais vous laisser, Caitlin, mais avant de partir, je vais tout de même vous préciser une chose : je *sais* que Sorvino a découvert quelque chose à propos de ce qui s'est passé dans la forêt ce jour-là. Il n'est pas venu vous voir pour torturer Mary Beth. Elle sait quelque chose.

— Elle ne sait plus rien… Non… Elle ne sait plus rien…

Je l'abandonnai dans le séjour puis quittai ces murs poisseux de silence. Une fois dans la voiture, je jetai un œil à la chambre de Mary Beth. Je tentai d'imaginer Sorvino en train de s'immiscer dans cette maison tel un cambrioleur. Sa silhouette replète montait l'escalier tandis que Merryn Cotten, à moitié enfoui sous l'évier de la cuisine, se débattait avec la tuyauterie, ignorant la présence du détective auprès de Mary Beth.

Je fronçai alors les sourcils.

Plus j'y pensais, plus je trouvais ce récit absurde : Sorvino entrant par effraction dans la chambre d'une handicapée pour lui soutirer des informations ? Je n'y croyais déjà plus.

Une voiture se gara à quelques mètres de la mienne. Un vieil homme en sortit, portant à la main un sac de provisions. D'un pas fatigué, il se dirigea vers la maison de Caitlin.

Merryn Cotten.

Grand et sec, le crâne couronné de quelques cheveux courts, blancs et gris. Il portait un vieux pantalon en velours beige élimé et un pull en laine rouge. Avant d'entrer – sans frapper – il se tourna vers moi. À mon grand étonnement, il ne parut pas surpris de me voir ici et me reconnut. Sans prendre la peine de me saluer, il entra chez Caitlin.

Je détestais cette maison. Je détestais chacun de ses habitants, y compris Mary Beth, inaccessible et muette depuis si longtemps. Je détestais cette ville érigée sur des sables mouvants de silence obscur. Je détestais Silas qui n'aurait jamais dû mourir, Tonto, trop débile pour se défendre face aux accusations, Nolan pour avoir péri dans un accident stupide après avoir enlevé et frappé Mary Beth. Maman de s'être suicidée avec papa.

Moi, pour avoir été le reflet fidèle de tous ces gens – pour l'être encore, à maints égards.

Je pensai à Evan.

Je pris mon téléphone et composai le numéro de Kostas. Au bout de deux sonneries, celui-ci décrocha. Je lui demandai de me passer Evan. Ce dernier s'isola et me demanda comment s'était déroulée ma visite chez Caitlin Paige.

— Pas bien, pour être franc. Je me suis laissé emporter. Il y a des aspects de cette histoire que j'ai du mal à gérer. Et j'ai l'impression qu'elle se fout de moi.

— Tu crois qu'elle ment ?

— Mary Beth n'est pas devenue le légume qu'on prétend. En tout cas pas totalement. Elle se *souvient* de beaucoup de choses, j'en suis certain…

— Alors il faut comprendre sa mère si elle veut la protéger, même si ça ne nous arrange pas des masses.

Je réfléchis.

— J'ai cru comprendre que Merryn Cotten vient chez Caitlin vers 10 heures pour s'occuper de Mary Beth et reste jusqu'au déjeuner, après quoi il rentre chez lui avant de revenir ici en fin de journée. Je crois que je vais lui rendre une petite visite vers 14 heures, pour discuter un peu…

— OK, mais fais attention à toi, on ne sait jamais.

— Ne t'en fais pas, je suis indestructible.

Il eut un rire frais qui me bouleversa. Nous bavardâmes encore quelques minutes, et il me confia que Kostas lui organisait une suerie dans l'après-midi. Après lui avoir enjoint d'être prudent et de ne pas prendre n'importe quel produit bizarre, je raccrochai.

Il était déjà près de midi quand je démarrai enfin pour quitter ce quartier triste et gris. J'allai au supermarché acheter de quoi manger puis je me rendis chez l'infirmier en retraite en espérant qu'il serait plus bavard que Caitlin Paige au sujet de Mary Beth.

J'arrivai vers 13 heures chez Merryn Cotten et j'avalai un sandwich en quatrième vitesse, dans la voiture. Je n'avais aucune idée de l'heure exacte à laquelle le vieil infirmier serait de retour, aussi, je sortis me dégourdir un peu les jambes.

Cotten vivait dans la même vieille maison qu'autrefois, isolée à la sortie de la ville, non loin de la Deil River. Accroché à la baraque tel un mélanome cancéreux, le taudis de Sanborn Waldman – j'en détournai les yeux pour embrasser du regard ce paysage de désolation. C'était humide, malodorant à cause d'une sortie de canalisation située tout près – pas un cadre des plus idylliques. Alors que la rivière pouvait faire illusion au cœur de la forêt, elle apparaissait à cet endroit sous un jour bien différent. Opaque, luisante et grasse, d'un noir baveux sous la lumière crue du ciel. Les rives offraient un triste spectacle de déchets échoués pêle-mêle sur les pierres, la terre et la boue.

Un vieux Caddie. Des pneus. Un pare-chocs. Une maison de poupée cassée. Un déambulateur. Le sang de Nolan s'était mêlé à la Deil River, avait coulé jusque-là, et imprégné ce rivage sinistre. Il reposait autant ici que dans le jardin du souvenir où l'on avait dispersé ses cendres.

Cette idée me prit à la gorge et je retournai m'installer dans la voiture.

En attendant Merryn Cotten, je sortis de ma poche un petit carnet et un stylo-bille que j'avais achetés en même temps que mon sandwich. J'étais passé par hasard dans le rayon papeterie, la tête embrouillée par cette histoire, et pour clarifier les choses, je procédai comme j'en avais l'habitude lorsque j'étais aux prises avec un livre dont la trame était complexe.

J'ouvris le carnet après avoir allumé une autre cigarette et j'écrivis :

5 juillet 2000 :

- Quelqu'un enlève/attire Mary Beth dans le chalet de McPherson. Mary Beth petite fille gentille mais intelligente. N'aurait JAMAIS suivi un inconnu sans se défendre.
- Quelqu'un (non identifié) surprend ce qui se passe au chalet et prévient le bureau du shérif. Dave Dollinger, sans renfort disponible à cause la fête de Deil River, se rend sur place.
- Tonto et Silas se baladent et se disputent dans la forêt pour une raison demeurée obscure. Ils se séparent. Des témoins confirment l'agressivité de Tonto.
- Dave Dollinger arrive sur place. Abattu (par Nolan, version officielle) d'un coup mortel en

plein cœur par une balle du revolver retrouvé plus tard en possession de Nolan. Quelques instants plus tard, Silas surgit dans les bois. Il tente de fuir. On peut penser qu'il vient du chalet de McPherson. Quelqu'un tue Silas (Tonto sur ordre de Nolan, version officielle, et je sais que c'est impossible) et son corps disparaît.

- Nolan prend Mary Beth avec lui. Elle n'est pas d'accord et se débat. Nolan prend la route mais dans la direction opposée au quartier où vit Mary Beth. Pourquoi ?
- Accident de voiture. Nolan meurt et Mary Beth est handicapée à vie après une semaine dans le coma. (Mentalement diminuée. Dans quelle mesure exactement ?)
- Corps de Silas retrouvé avec Tonto des jours après sa disparition.
- Tonto coupable du meurtre de Silas après aveux. Nolan coupable de l'enlèvement et du viol de Mary Beth ainsi que du meurtre de Dave Dollinger. Coupables idéaux : une fille gravement handicapée mentale et un délinquant notoire qui ne peut plus se défendre. Problème : à cause de la fête de Deil River et du bazar engendré par elle, une liste de suspects très difficile à établir et, vingt ans après, comment en savoir plus sur les alibis des uns et des autres ?

Sur la feuille suivante, j'entamai une seconde liste.

Aujourd'hui – 2019 :

- Une personne non identifiée décide d'engager Sorvino pour reprendre l'enquête. Qui ? Pourquoi ? À cause de nouveaux éléments ou témoignages ?
- Sorvino débarque à Deil River et interroge beaucoup de monde.
- Mme Farrell se tue dans un accident de voiture (suicide très envisageable). Après une discussion avec Sorvino et une visite à Tonto ? Très probable, une fois encore.
- Sorvino, au cours de son enquête, croit découvrir un nouvel élément qui nécessite de parler à Mary Beth. Réussit à discuter avec la jeune femme handicapée (dans des circonstances qui restent à éclaircir). Provoque l'ire de Caitlin Paige. D'après Charlie Abbott, Sorvino satisfait de sa discussion avec Mary Beth. Rôle de Merryn Cotten dans tout ça ?
- Retour à Deil River du révérend Farrell alors qu'il n'a pas assisté aux funérailles de son ex-épouse. Arrivée concomitante de Mme Kurland. Elle est proche de Farrell. Depuis longtemps ou en raison des circonstances. En tout cas, personne ne sait qui elle est.
- Sorvino a quitté Deil River pour se lancer à ma recherche. Me trouve au bout de plusieurs semaines. Me confie qu'il a découvert des éléments nouveaux. Est assassiné dans sa chambre d'hôtel. L'ordinateur de Sorvino ainsi que ses documents ont disparu. Je reçois un message de l'assassin (une page du livre que je voulais offrir

à Nolan, perdu le jour des meurtres) depuis le téléphone dérobé de Sorvino.

- Retour à Deil River. Tout le monde sur les nerfs. Nous sommes surveillés, suivis (page du livre dans la forêt).
- Autre point mystérieux à éclaircir : trouver la personne qui a rendu visite à Tonto récemment en la sommant de se taire.

Je relus toutes ces notes en ressentant un malaise croissant. Quelque chose clochait et plus je réfléchissais, moins je parvenais à chasser l'image de Silas qui me tétanisait.

Le scénario que j'avais tenté de reconstituer pour cette journée du 5 juillet était plutôt simple : après sa dispute avec Tonto, Silas s'était promené dans les bois et avait marché jusqu'au chalet de McPherson où il aimait se rendre de temps en temps comme tant d'autres gamins curieux, même très jeunes, qui voulaient se rincer l'œil en observant à la dérobée les ébats des plus grands. Là-bas, il avait surpris Mary Beth avec son ravisseur et avait pris peur. Une première fois, il avait fui pour avertir quelqu'un – l'appel anonyme au bureau du shérif – puis il était revenu au chalet où il avait attendu l'arrivée de Dave Dollinger. Mais là, mon scénario devenait aberrant, voire stupide : si Silas avait attendu Dave Dollinger, il aurait prévenu ce dernier du danger qu'il courait et le shérif n'aurait pas été abattu froidement. Quant à l'auteur de l'appel téléphonique, pourquoi ne s'était-il jamais manifesté par la suite ? Et pourquoi n'avait-on pas tenté de l'identifier, à l'époque ? Sur ce point, Evan m'avait apporté une réponse d'une évidence exaspérante : on avait vite résolu l'affaire, et la violence des crimes avait désarçonné tout le monde. On n'avait pas jugé utile de creuser dans cette direction – et on voulait tourner la page au plus vite.

Je repris tout depuis le début, échafaudai un autre déroulement des faits possible. En vain. Dès que j'élaborais une hypothèse, un des pans de l'histoire échappait à la cohérence de l'ensemble, et tout volait en éclats. C'était sans fin, comme un Rubik's Cube démoniaque, et chaque nouvelle théorie avortée menaçait de me rendre fou.

Je fermai les yeux et pris une profonde inspiration. Je fis légèrement basculer mon siège en arrière et tentai de faire le vide. C'était, au bout de quelques minutes, comme si j'étais parvenu à sortir de moi – par mes narines, ma bouche entrouverte, mes oreilles et, finalement, par chaque pore de ma peau. J'étais au-dessus de mon enveloppe charnelle, tel un double diaphane, aérien, fragile. Je me trouvai ensuite hors de la voiture, avec une vue d'ensemble d'une stupéfiante clarté sur tout ce qui m'entourait, et la sensation inédite de ne faire qu'un avec Deil River – avec l'univers.

Je m'élevais, et m'élevais encore. Deux mètres au-dessus du sol, puis cinq, dix et plus. Pas une fois je n'eus peur.

Bientôt se dessinèrent au-dessous de moi les traits de la ville, la frontière nette qui séparait la forêt du reste de Deil River, la rivière qui sinuait entre les bois, entre les zones rocheuses, là où je me trouvais, dans la voiture, et le long de la ville. Et les quartiers, bien distincts les uns des autres. Celui de Kostas, de la maison de Mary Beth. Le coin chouette et artificiel où s'élevait fièrement l'auberge du *Possum*.

La cascade où la Deil River semblait jaillir de la base des montagnes, écumeuse et bouillonnante. Non loin, l'abri de Mme Fergusson, où nous nous rendions. Parfois – surtout le printemps et l'été – on s'asseyait au bord de la falaise, sur le sol dur et poncé par des générations de postérieurs de gamins avant les nôtres, rien que pour entendre le bruit des chutes d'eau, dans une posture délicieusement dangereuse, les jambes pendant dans le vide furieux et turbulent, et là, on pouvait fumer, ou boire, ou seulement se tenir la main – s'embrasser. (*C'est là qu'il acceptera enfin de te revoir, Zeke. Lui qui te battra froid après cet après-midi, lorsque vous êtes tous les deux nus, dans l'eau noire et fraîche, que ses lèvres s'attardent sur les tiennes, que sa langue force le barrage de tes dents et que son souffle au tien se mêle. Il ne dort pas, cette fois, et c'est lui qui décide de tout. Décide de rapprocher son corps du tien. Décide de plaquer sa poitrine ferme et puissante contre la tienne, d'une fragilité adolescente. Décide de.*

Quelques minutes après c'est tout. Il y a eu ce gémissement commun dans l'eau. Il faut gagner la terre ferme, vous sécher, vous rhabiller, dans un silence de plomb qui fait saigner ton âme – tu n'existes plus pour lui. Il part de son côté, sans un mot ni un regard. Tu pleures, ne comprends pas, devines sans vouloir te l'avouer que c'est fini, que ça n'a jamais commencé, que Nolan n'aura rien à t'offrir ensuite que son mépris glacial et mortel, son refus total de ce qui vient d'arriver – son refus de ton existence. C'est insoutenable, et tu le harcèles de messages et de coups de fil les jours suivants jusqu'à obtenir de lui un rendez-vous, pour lui faire comprendre que tu l'aimes, et que lui aussi, sans le savoir, t'aime. Il répond finalement. « Mercredi dans l'après-midi, à l'abri de la vieille Fergusson. Pendant la fête. Faut qu'on discute. » Et tu lui écris, ivre de bonheur, indifférent à sa froideur : « À mercredi, j'aurai un cadeau pour toi… »

Mercredi, il sera mort.)

Même au plus chaud de l'été, se trouver au-dessus de la chute d'eau, c'était la promesse d'une fraîcheur inespérée et d'un oubli total du reste du monde.

Gwen et moi avions l'habitude de nous y rendre. On parlait garçons. De nos expériences respectives. Elle n'avait pas de chance, apparemment ; moi, Nolan m'obsédait, et je refusais de comprendre qu'il demeurerait inaccessible, malgré tous les baisers volés et les jouissances fugitives.

Il y avait un garde-corps, désormais, tout en haut de la falaise, parce qu'un jour, un petit garçon s'était tué en tombant dans l'eau.

Je me détournai des chutes d'eau pour flotter vers le cimetière. Progressivement, les tombes, les plaques commémoratives sur le sol, frémirent les unes et les autres, et finirent par esquisser une tête de mort qui devint visage, celui, minéral et herbeux, de Silas. Il avait de grands yeux vides qui reflétaient des ténèbres douées d'une forme de vie étrange. C'était hypnotique et agréable. Trompeur, aussi. Je crus deviner un corps qui basculait dans les chutes pour mourir dans la Deil River. Il y eut alors une ombre, dans le ciel, à mes côtés, et une terreur muette s'empara de moi. J'eus la sensation d'être à mon tour précipité dans un vide sidéral qui m'aspirait, et c'était comme naître une seconde fois.

Un tambourinement régulier, tout près. Quelqu'un cognait, avec insistance.

J'avais piqué du nez à peine quelques secondes, juste le temps de laisser ma tête glisser sur le côté et avoir la sensation d'une chute vertigineuse et sans fin.

Un homme toquait à la vitre de la voiture, le regard brillant de fureur, de démence.

J'essuyai en vitesse un filet de bave qui coulait à la commissure de mes lèvres. L'autre excité continuait de cogner sur le carreau. Je baissai la vitre en grognant.

— C'est bon, c'est bon.

Le bruit insupportable avait enfin cessé et l'homme, pétrifié, me fixait sans rien dire.

— Qu'est-ce que vous voulez ? On a le droit de piquer un somme, non ?

Ce ne fut qu'après avoir prononcé la dernière syllabe du dernier mot de ma question que tout en cet homme, son expression, la forme de son visage, ses sourcils qui se rejoignaient en un point compact de poils noirs et drus, et sa peau marron comme du chocolat au lait, se réassembla pour faire écho à quelque chose de familier dans mes souvenirs – cette image, si près de moi, c'était celle de Sanborn Waldman.

Dans mes yeux, il lut la reconnaissance ; moi, dans les siens, je ne vis rien. Un rictus haineux accentua sa laideur.

— Qu'est-ce que tu fous là, bonhomme ? T'attends Merryn ?

Il avait perdu du poids, paraissait accablé par les ans. Bien qu'il fût immobile, sa façon de se tenir révélait quelque chose de cette ancienne blessure au genou qui accuserait à jamais sa démarche de poivrot qui ne trouve pas le temps de dessaouler. Sa bouche dessina une grimace large et tordue, démente, qui découvrit des dents jaunâtres derrière ses lèvres fines et sèches.

— T'attends Merryn, hein ? C'est ça ?

J'étais incapable de décrocher un mot, tétanisé comme vingt ans plus tôt. Il jouit de cette frayeur dont lui seul était la cause.

— Eh ben, mon petit McKay ? T'as perdu ta langue ?

— Que… Qu'est-ce que vous me voulez ?

Son sourire disparut. Ses yeux louches semblaient regarder ailleurs que dans ma direction. C'était comme faire face à un aveugle.

— C'est à toi qu'il faut poser la question. Moi, je suis en route pour chez moi, c'est tout.

D'un geste brusque du menton, il désigna la maison de Cotten.

— Alors ? T'attends Merryn, c'est ça ?

— Oui, je… J'aurais voulu lui poser deux ou trois questions.

Sa langue blanchâtre parcourut ses lèvres craquelées, puis, pensif, il montra les dents.

— T'es comme ce foutu type de Baker City ? Tu penses que Merryn va te laisser parler à la gamine, c'est ça ?

— Sorvino vous a parlé à vous aussi ? Vous avez accepté de discuter avec lui ?

Il eut l'air surpris.

— Pour sûr, que je lui ai parlé. Pour l'envoyer se faire foutre. Je suis quelqu'un de courtois et civilisé, quoi qu'en disent les gens de ton espèce…

Je détachai ma ceinture. Waldman s'écarta de la portière de sa démarche claudicante, je sortis et repris :

— Pourquoi est-ce que Cotten n'est pas là ? Il est censé être chez lui, à cette heure-ci, non ?

— T'es passé chez Caitlin ?

Je ne répondis pas et allumai une cigarette pour occuper mes mains. La voix de Waldman se fit plus basse, et obscène.

— T'es passé chez Caitlin, ouais… Alors c'est juste que Merryn a pas oublié quel petit trou du cul merdeux tu es et pour quelle raison t'es là. Il veut pas te voir, c'est tout. Et je suis sûr que c'est pas le seul mec de Deil River qu'a aucune envie de te parler…

— Et pourquoi il ne voudrait pas me parler ?

Il fit un pas en avant, de façon à être bien en face de moi, tout près de moi, et j'eus le réflexe de vouloir reculer alors que j'étais déjà tout contre la voiture. Waldman appuya son bras droit sur la carrosserie. Le gauche restait inerte le long de son corps et je remarquai que les muscles de son visage ne se mouvaient pas tous de la même façon quand il souriait ou grimaçait – probablement les séquelles d'une attaque. Ses propos se firent oraculaires.

— Y faut pas réveiller les démons, bonhomme, ça servirait à rien qu'à semer le chaos et la mort… Merryn, il veut pas te parler parce qu'il en voit pas l'intérêt. Comme il voyait pas l'intérêt de parler à Sorvino.

Je déglutis, portai la cigarette à mes lèvres, inspirai une bouffée, puis expulsai un tunnel de fumée droit sur la face tavelée du vieillard noir. Il cilla à peine. Mes lèvres se descellèrent enfin.

— Je m'en fous, de Cotten. C'est ce que Mary Beth a à dire qui m'intéresse.

Il n'ajouta rien, secoua la tête et rentra chez lui.

Je ne pouvais quitter des yeux cette silhouette déglinguée d'épouvantail diabolique. Quelque chose dans cet homme me paralysait, me rendait physiquement malade. Sa seule présence me répugnait (*C'est un violeur. Il a abusé d'une gamine il y a longtemps. C'est un violeur. Il a purgé sa peine et il est venu s'installer à Deil River. C'est un violeur. Il était là, dans cette ville, le jour où Mary Beth a été agressée. C'est un violeur*) et je ne parvenais pas à croire qu'il pouvait être un homme normal, comme les autres, parce qu'il l'était, en dépit de son aspect rebutant, de son passé hideux. Il parlait normalement avec les gens, disait « bonjour », « bonsoir », blaguait avec les rares personnes qui acceptaient de lui adresser la parole.

Je n'y arrivais pas, et même s'il n'avait jamais été mis en cause pour ce qui s'était produit ce 5 juillet, je ne pouvais m'empêcher d'imaginer les mains de Sanborn Waldman courir sur le corps dénudé de la petite fille, lui faire des choses qu'elle ne comprenait pas – faire pire que la tuer.

Je jetai mon mégot au sol et remontai dans la voiture. Le vieux pédophile avait raison : Cotten ne se montrerait pas. Qu'il eût ou non quelque chose à dire, il m'éviterait.

Je partis.

En quittant ce triste endroit, il me fallut faire un détour : sur le trajet du retour, un camion de bois s'était renversé, et cela m'obligea à emprunter la route sur laquelle Mme Farrell avait perdu la vie.

Je dépassai le mémorial que la tempête de la veille avait mis dans un triste état et j'allais m'en éloigner lorsque je fis soudain marche arrière pour me garer. Mon cerveau avait perçu quelque chose d'anormal au pied de cet arbre solitaire et imposant, bien qu'il me fût impossible de déterminer quoi.

Je sortis de la voiture.

Le vent souffla, me piqua les joues. La météo avait expliqué ce phénomène hivernal en plein mois de septembre par la rupture d'un iceberg sur la banquise dans l'océan Arctique quelques semaines plus tôt, libérant une masse d'air glacial qui cheminait désormais vers nous. Effet du réchauffement climatique, paradoxalement. Un baiser glacé vieux de plusieurs siècles, peut-être plusieurs millénaires, s'échappait de sa prison et venait nous transir jusqu'à la moelle alors que nous baignions jusque-là dans l'illusion d'un été sans fin. Je boutonnai mon manteau et marchai jusqu'au lieu de l'accident. Au cœur du mémorial dévasté, un miracle d'iris blancs et frais, immaculés, intacts et embaumants.

Cigarette aux lèvres, je me penchai pour prendre le bouquet et l'inspectai. Il y avait une étiquette avec le nom de la boutique où on l'avait acheté : *Les Fleurs de Kali*. L'unique fleuriste de Deil River.

Qui avait déposé ce nouveau bouquet ? Impossible d'imaginer Gwen accomplir ce geste – depuis les funérailles de Silas, elle avait les iris en horreur. Le révérend ? Là encore, c'était improbable.

Une bruine glacée se mit à tomber et je retournai à la voiture, perplexe. Je cherchai le numéro de téléphone des *Fleurs de Kali* sur mon portable. Par chance, je tombai sur un vendeur à la voix juvénile et pas farouche pour deux sous qui ne fit aucune difficulté à me livrer le nom du mystérieux endeuillé de Mme Farrell.

Durant tout le trajet qui me reconduisit chez Kostas, j'eus de terribles vertiges comme après avoir été passé à tabac – et le parfum des iris blancs me poursuivait.

Dans notre chambre, Evan partagea ma stupeur.

— Merryn Cotten ? L'infirmier en retraite qui s'occupe de Mary Beth ? Tu es sûr que le fleuriste ne s'est pas planté ?

— Aucun risque. J'avoue que je n'aurais jamais pensé à lui, pour le coup.

— Tu crois que lui et la mère de Silas…

— Hier, je t'aurais ri au nez rien que d'y penser, mais on peut s'attendre à tout, non ? Heureusement que je ne savais pas pour les iris avant ma visite de tout à l'heure, parce que me connaissant, j'aurais insisté, et ça aurait pu mal tourner avec Waldman. Je vais retourner là-bas demain, tôt le matin, Cotten ne s'y attendra pas, cette fois, et il ne pourra pas m'éviter.

— Je ne sais pas ce qu'il va te servir, comme explication, mais ça va être coton pour lui… Un bouquet régulièrement ? Et depuis presque un mois ? C'est du délire…

— Je sais qu'on ne peut pas écarter l'hypothèse d'une liaison entre Mme Farrell et lui, mais ça me semble hautement improbable… Enfin, je verrai bien. Quoi qu'il en soit, ça éclaire d'un jour nouveau ce que m'a raconté Caitlin Paige à propos de

« l'intrusion » de Sorvino chez elle pour faire parler Mary Beth.

— Tu crois vraiment que Cotten a laissé faire Sorvino avec la petite ?

— Plus que jamais. Sinon, ce serait presque contradictoire avec cette comédie de fleurir le lieu de l'accident de Mme Farrell avec ses fleurs préférées.

— En tout cas, laisser Sorvino parler à Mary Beth, c'est une façon de reconnaître que cette fille n'est pas ressortie aussi débile de l'accident qu'on le prétend.

Nous discutâmes de tout cela encore une heure entière. J'étais tellement galvanisé par cette histoire d'iris blancs que j'en oubliai presque que Gwen et Charlie nous attendaient pour dîner ce soir-là, et l'après-midi était déjà plus qu'avancé.

Quelques heures plus tard, nous étions en route.

La maison des Farrell. Ç'avait toujours été le foyer de la joie, du bonheur. Il avait suffi d'une journée noire comme la nuit pour anéantir tout cela.

J'avais fui la ville dans laquelle mes parents étaient morts ; Gwen y avait fondé un foyer. Elle était allée de l'avant ; j'avais changé d'identité, de vie, de passé.

De tout.

Le temps que dura le trajet jusque chez Gwen et Charlie, une question me vint aux lèvres.

— Au fait, c'était comment, la suerie que Kostas t'a organisée ?

Sans quitter la route des yeux, et d'une voix lointaine, il répondit :

— Ça a été.

— Et…

Il se tourna vers moi, me jaugea et ne dit rien quelques secondes durant.

— C'était plus qu'enrichissant. C'était… C'était nécessaire. Comme si j'avais crevé un abcès. Au départ, Kostas m'a dit : « Laisse-toi glisser, mec, c'est ton âme qui te guidera, pas ton cerveau ni ta raison… » Moi, j'étais sceptique, mais finalement… C'était vrai. Je suis allé dans des endroits où j'avais aucune envie de me rendre, même si après, je me suis rendu compte que c'était bénéfique. Et puis j'ai vu des personnes que j'aurais jamais cru revoir, des scènes que j'avais oubliées. C'était dur, mais je suis content de l'avoir fait.

Il n'ajouta rien.

À notre arrivée chez Gwen et Charlie, il y avait plusieurs voitures garées devant la maison, et cela me surprit.

— C'est bizarre. Charlie avait pourtant dit qu'il n'y aurait qu'eux et nous…

— Ils ont peut-être eu de la visite à la dernière minute ? Elle est shérif adjoint, après tout.

Je coupai le moteur et, en reclaquant la portière, je reconnus la petite Ford noire. L'écho d'une dispute nous parvint et nous nous précipitâmes jusqu'à l'entrée. Je n'eus pas le temps de sonner, et la porte s'ouvrit brutalement. Je me trouvai face au révérend Farrell. Il était écarlate. Son regard bleu glacier mit quelques secondes à me reconnaître, et il s'exclama :

— Voyez-vous ça ! Le retour de l'enfant prodigue !

Il empestait l'alcool.

D'un geste brusque, il m'écarta de son chemin et sortit. Grommelant qu'il ne supportait plus cette ville de merde, il retourna à sa voiture d'un pas chancelant. Je l'observai, interdit, et me tournai vers Evan. Celui-ci haussa les épaules.

Charlie apparut, accompagné de l'autre invité mystère de cette soirée mouvementée : c'était Chelsea Burroughs, l'ancien officier de police et la dernière personne à avoir vu Dave Dollinger en vie ce 5 juillet maudit. La cinquantaine épanouie, elle s'était retirée des forces de l'ordre pour devenir maire de Deil River. Fidèle au souvenir de Dave, son compagnon, elle était restée célibataire.

Elle me reconnut, m'adressa un sourire gêné ainsi qu'un léger hochement de tête. Charlie, de son côté, demeurait abasourdi et livide, pas en mesure de prononcer le moindre mot. Puis ce fut comme s'il découvrait notre présence.

— Oh, vous êtes là. Désolé, on a eu des mots, avec le révérend… Il est arrivé ici complètement bourré et il a tenu des propos qui… Enfin, bref, entrez, je vous en prie. Gwen est bouleversée, elle se rafraîchit un peu. Elle ne va pas tarder.

Evan entra. Je fixai une seconde la rue déserte dans laquelle semblait encore retentir le grondement poussif de la vieille voiture du révérend.

Quelques instants plus tard, nous étions tous installés au salon – Evan et moi côte à côte sur le canapé, Chelsea et Charlie chacun sur un fauteuil. Nous avions tous un martini à la main. Charlie tempêtait contre son beau-père et laissait libre cours à sa fureur.

— Pourquoi est-ce que cette vieille loque est revenue ? Un fantôme pendant des années et là, d'un coup…

Il eut un geste d'agacement en direction de l'entrée. Chelsea l'incita à se calmer.

— Ne parle pas trop fort, Gwen pourrait t'entendre.

— Elle a entendu bien pire tout à l'heure !

— Je sais, et je ne crois pas qu'il faille en rajouter.

Charlie se tut, vexé. Chelsea le toisa quelques secondes puis s'adressa à nous avec une douceur mêlée de lassitude.

— Je suis heureuse de te voir, Zeke. Et je suis ravie de vous rencontrer, Evan. J'ai voulu passer ici en début de soirée pour parler à Gwen du *Dave Dollinger Memorial Day*. Étant donné qu'Eileen Farrell nous a quittés récemment, qu'elle était la sœur de Dave, il me semblait logique de l'associer à sa mémoire... Le hasard a voulu que le révérend Farrell choisisse ce moment pour rendre visite à sa fille, hélas...

Charlie reprit du poil de la bête.

— Et complètement ivre, en plus ! Je ne sais pas ce qu'il est venu faire ici, mais quand il est arrivé, Gwen et Chelsea discutaient déjà des façons de rendre hommage à Eileen. Dès qu'il a entendu le nom de son ex-femme, il est devenu fou. Il a hurlé que c'était faire beaucoup pour une putain pareille, et qu'elle aurait mérité la fosse commune.

Chelsea soupira, les yeux rivés sur la moquette beige rosé du salon.

— Je ne reconnais plus cet homme. Il a souffert, personne ne peut le nier, mais pourquoi agir de la sorte ? Pourquoi une telle attitude, si longtemps après, alors qu'il avait su faire face avec tellement de courage à l'époque ?

Evan intervint.

— Il a peut-être découvert des éléments nouveaux. Ça expliquerait cette agressivité si brusque…

Chelsea fronça les sourcils tandis que Charlie me lançait un regard sombre. Je suggérai de laisser cet épisode malheureux derrière nous, par égard pour Gwen. Evan saisit le message, et Charlie hocha la tête, satisfait. Chelsea, elle, renonça à comprendre.

Charlie nous abandonna pour aller voir si Gwen allait bien, et il fut de retour avec elle deux minutes plus tard. Elle s'était visiblement remise de ses émotions. Je vins à elle pour l'étreindre.

Alors que ce n'était pas prévu, Chelsea accepta de dîner avec nous. On fit tout pour oublier le révérend Farrell, et l'ambiance se détendit peu à peu.

Il fut d'abord question de mon métier – réparer les récits des autres, et se glisser dans leur peau, avait quelque chose de fascinant, apparemment – puis on parla de Deil River, et de ce que Chelsea se risqua à appeler *le bon vieux temps*.

Cela m'amusa d'imaginer que la ville tomberait aux mains des femmes dès que Gwen deviendrait shérif. Pour la forme, Chelsea et elle trinquèrent à l'établissement imminent du matriarcat. Charlie, à moitié blagueur, nous considéra avec consternation, Evan et moi.

— Vous vous rendez compte, les gars ? Il a fallu que ça tombe sur notre gueule, la fin de la domination masculine. Elles auraient tout de même pu attendre la génération suivante, les bonnes femmes.

Je le consolai, et cela fit rire tout le monde.

Avec beaucoup de précautions, je glissai le nom de Merryn Cotten dans la conversation, histoire d'aller à la pêche aux informations sans en avoir l'air, mais rien ne devait ressortir de l'évocation de l'infirmier en retraite.

Minuit approchait. Malgré son sourire, les traits de Gwen trahissaient une grande fatigue. Je le remarquai, et Evan aussi. Mieux valait prendre congé. Avec une once de lassitude dans la voix, Chelsea proposa de nous accompagner.

Notre trio prolongea la discussion dans la rue, chacun fumant une cigarette. Nous murmurions, conspirateurs perdus dans la nuit éternelle de Deil River que ne parvenait pas à dissiper la lumière jaunâtre des réverbères. Des volutes serpentines de tabac dansaient devant nos visages aux traits tirés, et, un bref instant, je nous trouvai des figures de gisants.

Chelsea commença par tourner autour du pot, évoqua le *Dave Dollinger Memorial Day*, puis nous dit espérer notre présence à cette occasion. Quelques secondes durant, elle observa le ciel avant de rompre la glace.

— Vous avez dit que le révérend Farrell avait peut-être pété les plombs à cause de nouveaux éléments, tout à l'heure. Qu'est-ce que vous entendez par là, exactement ?

J'expirai une colonne de fumée avant de répondre.

— Vous le savez. Je suppose que vous aussi vous avez rencontré Joseph Sorvino.

— Qui ne connaît pas ce cher Sorvino, à Deil River ? À croire qu'il vit ici depuis toujours… Même si je n'ai pas eu de ses nouvelles depuis un moment, pour être honnête. Il a donné l'impression à certains d'avoir découvert quelque chose avant de disparaître. Farrell saurait de quoi il s'agit ?

— Je ne sais pas. Et vous ? Vous en dites quoi ?

Elle continua de fumer comme si elle était seule, et qu'Evan et moi n'étions que des fantômes cherchant en vain à communiquer avec elle.

Le regard perdu dans les ténèbres de la nuit, elle parla soudain.

— Il a rencontré Mary Beth. Il l'a rencontrée, et même si leur entrevue a été houleuse et assez courte, il en aurait retiré quelque chose.

— Vous en êtes sûre ?

Les yeux de Chelsea, voilés par la moirure veloutée de l'obscurité, cherchèrent à rencontrer les miens.

— C'est Sorvino en personne qui me l'a dit avant de se volatiliser. J'étais persuadée qu'il allait chercher à te retrouver, Zeke. Pour avoir ton avis… Ton témoignage.

Un temps passa, encore. Ma voix tremblait.

— Alors Mary Beth est moins handicapée qu'on a bien voulu le dire.

— De toute évidence, oui. D'après ce que m'a dit Sorvino, il pourrait y avoir eu une tragique erreur d'interprétation, à l'époque des faits…

— Une erreur ? Quelle erreur ?

— Il n'est pas entré dans les détails, tu sais, mais il avait vraiment découvert quelque chose d'énorme, et je me disais que…

Une nouvelle fois, elle s'interrompit, et planta son regard dans le mien.

— J'espérais tellement que tu reviennes, Zeke. Sorvino avait l'air de penser que tu détenais une information capitale à propos de cette histoire. Je sais que ça remonte à bien longtemps, et qu'en vingt ans on aurait dû tous tourner la page… J'ai fait des efforts pour reprendre le dessus, *toute cette foutue ville* a fait des efforts monstrueux pour reprendre le dessus, mais il y a quelque chose qui pue dans un coin, ici, un vieux truc qui pourrit depuis longtemps et qui tue Deil River à petit feu... Dave, Silas, la petite Paige, cette crapule de Nolan Remick... C'est comme s'ils étaient tous là, à moitié morts, à errer dans la forêt en réclamant justice. Ça doit vous paraître dingue tout ce que je raconte...

— Pas tellement, non.

— Je crois que Sorvino pensait que Nolan Remick n'a pas tué Dave.

Elle avait presque craché cette phrase pour mieux s'en débarrasser. Sans doute la renierait-elle plus tard, quand elle rentrerait chez elle et se glisserait dans son lit. Elle se rendrait compte que cette idée l'avait gênée comme un gravillon coincé dans sa chaussure, que, peut-être, elle avait toujours été là, dans un coin de sa tête, avant même l'arrivée de Sorvino à Deil River. Une idée tel un cancer, qui risque de se développer si l'on y touche imprudemment. Sorvino avait fait ça. Après vingt années de latence, il avait malmené l'esprit des morts du 5 juillet 2000 et la tumeur greffée sur tout Deil River s'était mise à proliférer. Il fallait procéder à l'ablation – ou tout le monde y passerait.

Les mots sortaient de moi avec plus de difficulté que jamais.

— C'est... Nolan, je pensais... C'est l'élément le plus solide du dossier.

— Je sais, oui.

— Il avait l'arme du crime à la main, Mary Beth à ses côtés, et il fuyait et... Il a frappé Mary Beth. Au crâne. On l'a vu.

Chelsea secoua la tête.

— Je sais tout ça. Mais Sorvino, il était sûr de lui. Ce n'était pas une simple intuition. Il avait *découvert* quelque chose, il affirmait qu'on savait *tous* un truc, depuis vingt ans, et qu'on n'arrêtait pas de le répéter sans même en avoir conscience.

Elle aspira une dernière longue bouffée de tabac et jeta son mégot au sol. Elle l'écrasa, une fine poussière rougeoyante fut dispersée par un courant d'air frais, puis s'éteignit. Il y avait dans sa voix une rage contenue et désespérée.

— Bon Dieu, Zeke, où est passé ce mec ? C'est comme s'il s'était évaporé dans la nature.

— Vous pensez qu'il a parlé avec le révérend Farrell avant de disparaître ?

— Oui, forcément. Et quelque chose l'a suffisamment intrigué pour qu'il revienne. Intrigué ou inquiété, d'ailleurs. Il fout la trouille à tout le monde. Tu sais qu'on l'a retrouvé en pleurs devant la maison de Mary Beth ? Il était complètement bourré, encore. Il gémissait en se tapant la tête à coups de poing. C'était en pleine nuit et ça a fini par réveiller Caitlin Paige. Elle ne l'a pas reconnu, elle a pris peur et elle a appelé le bureau du shérif. Un agent est arrivé, il a reconnu Farrell et il l'a raccompagné chez lui. Pathétique. Le lendemain, le shérif m'a appelée pour signaler l'incident. Caitlin, elle, elle n'a pas souhaité porter plainte quand elle a appris qu'il s'agissait de notre ancien pasteur. Après tout, c'est lui qui faisait le catéchisme à la classe de Mary Beth et puis… Il a perdu Silas, ce jour-là.

Nous n'eûmes pas la force de poursuivre cette conversation – surtout Chelsea. Elle avait une réunion importante à la mairie le matin suivant à la première heure et elle avait déjà trop tardé.

Quelques instants plus tard, après avoir repris la route, mille et une questions me venaient à l'esprit, que je n'avais pas pensé à poser. Cela me navrait. Evan prenait les choses avec philosophie.

— Tu pourras toujours lui demander un autre jour.

— J'en doute. Elle ne sera pas tout le temps dans de telles dispositions. Il faisait nuit, on a bu un coup, on est tous fatigués… Ça aide à parler, crois-moi. Peut-être même qu'elle regrettera cette discussion.

— Tu verras bien…

— En plus, il y a ce truc qui m'intrigue, à propos du révérend Farrell. Qu'est-ce que Sorvino a bien pu lui dire pour qu'il se mette dans un état pareil ?

— Une chose qui pourrait avoir poussé Eileen Farrell au suicide ?

— Oui, mais quoi ? Il revient à Deil River, sans doute à cause de Sorvino, il pleure devant la maison de Mary Beth, il tourmente sa propre fille avec des questions sans queue ni tête et il insulte son ex morte… Ça part dans tous les sens, ça ne veut rien dire, quand on y réfléchit bien !

— Sans compter qu'il a fait ami amie avec la mystérieuse Mme Kurland…

— Je l'avais oubliée, celle-là.

Evan laissa une plage de silence s'écouler avant de reprendre.

— Et si on se trompait ?

— Comment ça ?

— Si on faisait fausse route en cherchant *une seule raison* à l'attitude de Farrell ?

— Une autre raison que les morts du 5 juillet ?

— Pourquoi pas ? Ce que Chelsea nous a décrit devant la maison des Paige, ça me fait plutôt penser à un acte de contrition qu'autre chose, comme s'il versait des larmes sur un acte passé. Avec son ex-femme, c'est différent. Il a quelque chose à lui reprocher, OK. Peut-être que seule une de ces deux choses est en rapport avec Silas… Et puis, ces insultes à propos d'Eileen Farrell, ça ne te fait penser à rien ?

— Je ne sais pas. Ça sonne comme les propos pleins d'amertume d'un homme qui découvre que sa femme l'a trompé.

— Elle aurait eu une liaison qui pourrait remonter à l'époque de son mariage, après tout… Farrell a découvert ça récemment et… et voilà.

— Le problème, c'est que même s'il a découvert cette infidélité récemment, ils étaient divorcés depuis longtemps, et à sa demande à lui, en plus ! Alors pourquoi une telle explosion de colère vingt ans après ? Ça n'a pas de sens, sauf si…

Je me tus.

— Sauf si quoi ?

— Sauf si cette liaison a eu un impact sur ce qui est arrivé à Silas le 5 juillet. D'une façon ou d'une autre, Sorvino a découvert de quoi il s'agissait et Farrell a été mis au courant. C'est ça, qu'il a découvert et qui le rend fou. Et c'est peut-être la même chose qui a poussé Eileen Farrell à foncer à toute vitesse dans le seul arbre d'une longue route sèche. Et il y a cette histoire d'iris blancs, avec Merryn Cotten… Impossible de l'imaginer dans le rôle de l'amant éploré, pour ma part.

— Tu en sauras peut-être plus demain, si tu réussis à le voir…

Je ne répondis rien.

Le reste du trajet fut silencieux. De retour chez Kostas, dans notre chambre, je sentis fondre sur moi un épuisement qui s'insinua dans chacun de mes muscles, se dissémina dans mon sang et me plongea dans une léthargie qui semblait vouloir paralyser la moindre de mes pensées. Seules des images floues de leurs visages, telles des photos fanées par le passage de siècles entiers, surnageaient dans ma conscience – Mary Beth, Silas, Gwen, Charlie, Eileen Farrell, et le vieux Cotten qui fleurissait en secret le lieu de son accident.

Mary Beth et Cotten, Cotten et Mme Farrell, Mme Farrell et Silas, Silas et Tonto, Tonto et Nolan, Nolan et Mary Beth, Mary Beth et…

J'eus envie de pleurer ; il n'y eut pas de larmes.

Je devinai Evan accablé de fatigue, lui aussi, et je me laissai tomber en arrière sur le lit, les bras le long du corps. Il se blottit contre moi. Plus un mot de sa part ni de la mienne. J'étais auprès de lui sans l'être. Les iris blancs m'obsédaient, et leur parfum, aussi.

Watergate fit un tour dans sa litière puis vint faire sa toilette auprès de nous. La petite lampe de chevet coiffée d'un abat-jour couleur crème dispensait dans la chambre une lumière douce et pâle, ouatée. Watergate s'endormit ; Evan demeurait silencieux et se contentait de passer le bout de l'index sur mes lèvres. Un instant, mes yeux se fermèrent. Lorsque je les rouvris, le chat n'avait pas bougé d'un pouce, ni Evan non plus. Il était

3 heures du matin. J'eus froid. Evan soupira et nous nous levâmes pour nous déshabiller. Une fois sous les couvertures, il me chuchota bien des choses au creux de l'oreille, et je sombrai de nouveau dans le sommeil avec lui.

Le lendemain, malgré une courte nuit, je m'éveillai de bonne heure pour ma visite surprise à Merryn Cotten.

Je laissai Evan dormir, et il était 8 heures et quart lorsque j'arrivai chez l'ancien infirmier. J'avais environ une heure et demie devant moi avant qu'il se rendît chez Caitlin et Mary Beth.

C'était un matin frais. Les lieux semblaient encore plus tristes que lors de ma visite précédente, et plus insupportables les émanations nauséabondes de la Deil River.

Je restai quelques minutes dans la voiture, à fumer une dernière cigarette avant de me jeter dans la fosse aux lions. Je n'eus pas le temps de la terminer que la porte de la maison s'ouvrit. Merryn Cotten apparut sur le seuil, un gros sac-poubelle noir à la main. Il descendit la petite allée qui menait jusqu'au container dans lequel il déposa le sac et, relevant la tête dans ma direction, il m'aperçut. J'eus l'impression de le voir grommeler. Prenant mon courage à deux mains, je sortis de la voiture pour aller à sa rencontre.

Contrairement à la veille, il me parut un vieil homme chenu, et ses traits accusaient une profonde lassitude. Ses yeux n'avaient pas changé – petits et enfoncés, sombres comme la forêt de Deil River au cœur de la nuit noire. Son visage parsemé de rides donnait l'impression qu'il s'était craquelé après une trop longue exposition à la chaleur.

Il me toisa.

— Zeke McKay. T'as fini par revenir.

— Est-ce qu'on quitte vraiment Deil River ?

— Je serais bien incapable de te répondre, je suis jamais parti d'ici.

Un courant d'air porta jusqu'à nous les effluves écœurants de la rivière. Merryn Cotten paraissait y être insensible.

— Je suppose que je vais devoir t'inviter à entrer une seconde, ou bien tu vas me casser les couilles jusqu'à ce que je t'ouvre ma porte. On dirait que c'est à la mode, de remuer la merde…

— Il faut croire que tout le monde n'est pas capable de s'y habituer, à la merde.

Un temps d'hostilité amusée.

— T'as toujours été un insolent à la langue trop bien pendue, McKay. Comme ce trou du cul de Remick.

Il me tourna le dos et se dirigea vers la maison. Je le suivis.

Je n'étais jamais entré ici. L'intérieur ressemblait à tant d'autres, figés dans une décoration et un mobilier d'un autre âge. On sentait la main de Rita, la défunte épouse de Cotten, dans l'arrangement des meubles, les tons du papier peint, les bibelots sans valeur disposés derrière les vitrines, ou les étagères, et parfois recouverts de la poussière des années et du chagrin.

Merryn s'éclipsa et j'attendis seul dans le séjour.

Il y avait partout des photos de sa femme, Rita, âgée d'une vingtaine d'années. Sur certaines d'entre elles, son jeune mari l'accompagnait et il souriait, ce qui le rendait méconnaissable. Plus jeune, il avait porté une fine barbe. Il était brun alors, et plutôt séduisant. Sur d'autres clichés, à peine moins anciens, le couple avait un bébé dans les bras. Cela me troubla – j'ignorais que les Cotten avaient eu un enfant. Par la suite, le garçon grandissait, devenait adolescent. Après un cliché sur lequel il devait avoir près de dix-huit ans, fini les photographies.

J'observais ce jeune inconnu dont le regard dissimulait mal une forme de malaise, une exaspération d'être là, ici et maintenant, sous l'œil du photographe.

La voix puissante de Merryn Cotten résonna.

— Il s'appelait Nicholas. Il était mort depuis longtemps quand tu es venu au monde. À l'époque, on n'employait pas le mot bipolaire… Aujourd'hui, on le sort à tort et à travers, comme si c'était du dernier chic d'avoir le cerveau en vrac au point de vouloir se foutre en l'air. Nicholas souffrait, et il a préféré partir. C'est comme ça…

Il étudia la photo de longues secondes, et je me sentis de trop. Il détourna son regard éteint et se dirigea vers ce qui devait être la cuisine. Je l'y rejoignis.

Il était près de la fenêtre. D'un geste à la fois poli et autoritaire, il m'invita à prendre place sur une des chaises disposées autour de la petite table qui se trouvait au milieu de la pièce. Je m'exécutai en lui adressant un hochement de tête. Sans un mot, il prit ensuite deux verres et une bouteille de whisky dans un placard. Il faisait frais ici, et j'avais gardé mon manteau. Merryn s'assit en face de moi, me servit un verre. Il ne proposa pas de glaçons. Il remplit le sien, le leva.

— Santé.

— Santé…

Il but cul sec ; je n'avalai qu'une gorgée.

L'œil du vieil homme pétilla.

— Eh bien, fils ? Tu vas essayer de me mettre dans le même état que cette pauvre Caitlin ? Ça va être plus difficile, je te préviens, parce que moi, j'ai le cuir tanné !

Je finis mon verre d'un trait sans quitter Cotten des yeux avant de lui lancer, d'une voix blanche :

— Et Sorvino ? Il a fini par vous avoir ? Ou vous avez joué les fiers-à-bras avec lui aussi ?

Surpris, il se força à sourire.

— Ah, Sorvino, Sorvino… Un vrai personnage de roman noir, celui-là. Tu sais quoi, McKay ? Je l'aimais bien…

— Tout le monde apprécie Sorvino, même s'il est casse-pieds. Peut-être parce qu'il n'a rien à voir avec Deil River…

— Détrompe-toi… Dès qu'on met un pied à Deil River, c'est comme si cette putain de ville s'emparait de nous. On devient Deil River. Elle nous coule dans les veines à la place du sang.

Il se servit un autre verre, me tendit la bouteille ; je refusai. Il parut déçu et but son deuxième whisky. Je détaillai les lieux du regard. Derrière le rideau en toile pourpre et transparent de mauvaise qualité, on devinait les arbres de la forêt, si loin, si proche. L'isolement de cet endroit me troubla. Je fixai Cotten.

— Ça ne vous pèse pas trop, la solitude ?

Il arbora une moue fataliste.

— À mon âge, mon garçon, la solitude, c'est l'étape obligée avant la mort ou le gâtisme. Pareil pour tout le monde.

— Et puis vous avez Caitlin et Mary Beth Paige. Vous vous entendez bien avec elles ?

— Je les vois toutes les deux chaque jour que Dieu fait depuis vingt ans. Je suppose que l'habitude finit par donner naissance à une forme d'amitié entre les gens s'ils ont des atomes crochus.

— Et Mary Beth ? Elle va comment ?

Il baissa les yeux.

— Tu vas me poser les mêmes questions que Sorvino, McKay : est-ce que la petite est sortie débile de l'accident ? Est-ce qu'elle se souvient de tout ce qui s'est passé au chalet de McPherson ?

Il plissa les paupières et murmura sur un ton énigmatique et provocateur :

— Est-ce qu'il lui arrive d'en parler ?

Je restai de marbre. Il me jaugea tout en faisant tourner son verre vide sur le vieux plateau en Formica de la table ; cela donnait lieu à un grincement insupportable.

Il soupira.

— Ma pauvre Caitlin… On peut dire que tu l'as mise dans un bel état. Elle tremblait de rage. Elle est persuadée que tu vas faire du mal à Mary Beth…

— Sauf son respect, le mal est déjà fait, depuis longtemps.

— Tu te trompes. Elle peut souffrir encore plus… Tu sais, Mary Beth est un être très fragile, désormais, c'est comme si… Comme si elle vivait dans notre monde sans y être réellement, comme si elle n'avait rien vécu de ce qui s'est passé ce jour-là. Quand les psys et les médecins ont essayé de parler de tout ça avec elle, j'étais là, déjà.

Son petit jeu avec le verre s'arrêta.

— Voir une gamine dans un tel état de souffrance, Zeke… Je ne le souhaite à personne, et pourtant, avec Nicholas, je pensais avoir eu mon quota de douleur et de sentiment d'impuissance…

— Les psys, ils ne voulaient pas de mal à Mary Beth…

— Je sais, je sais… Ils voulaient l'aider. J'en suis conscient. Je les ai souvent vus à l'œuvre au cours de ma carrière, et ceux qui voulaient s'occuper d'elle étaient sincères, c'est vrai, mais… Est-ce qu'on aide vraiment une personne quand on veut faire son bien envers et contre tout, y compris contre sa volonté ?

Il haussa les sourcils, attendit ma réponse.

— Vous avez sans doute raison, mais peut-être qu'il faut avoir en tête que Mary Beth n'est pas la seule à avoir souffert.

Aussitôt, Cotten se crispa.

— Écoute, je ne vais pas te mentir ni te faire tourner en bourrique. T'es un garçon malin, peut-être pas autant que Sorvino, mais pas loin. C'est possible que Mary Beth se souvienne de trucs à propos de ce qui lui est arrivé dans le chalet, mais si c'est le cas, je peux te jurer sur la tombe de ma femme et de mon fils que jamais elle ne m'a rien confié d'important à ce sujet, tu m'entends ? *Jamais*.

— Je vous crois. En revanche, ce petit jeu de l'intrusion de Sorvino dans sa chambre pendant que vous réparez l'évier dans la cuisine, vous m'excuserez, mais j'ai trouvé ça un peu gros…

Il fut stupéfait un instant puis éclata d'un rire joyeux.

— Sacré Zeke McKay ! Tu crois que Sorvino et moi on avait monté une combine ? Tu devrais écrire des romans, mon garçon… La vérité, c'est que Sorvino m'a tenu la jambe une demi-heure devant chez Caitlin pour essayer de me convaincre de le laisser parler à la gamine dans le dos de sa mère. Bien sûr, j'ai refusé. Mais j'ai fait une erreur. J'ai cru ce vieux renard quand il a feint d'abandonner son idée fixe. Avant de rentrer, je lui ai dit que sa conversation était toujours un plaisir mais que l'évier de la cuisine se réparerait pas tout seul… Quel con j'ai été. La suite, tu la connais.

Il guetta ma réaction. Je détournai le regard en direction de la fenêtre ; un rayon de soleil perça les nuées grises. Merryn Cotten prit un ton d'écolier.

— C'est fini, m'sieu ? J'ai réussi mon interrogation surprise ?

Mes yeux glissèrent de nouveau dans sa direction.

— Non, monsieur Cotten, il y a encore un sujet que j'aimerais aborder avec vous…

— Écoute, ce que Mary Beth…

— C'est à propos de Silas et de sa famille.

Les muscles de son visage se contractèrent. Il me donna l'impression d'être un joueur de poker brillant qui perd le contrôle dans la dernière ligne droite après que son adversaire a deviné qu'il n'a qu'un jeu médiocre.

— Je ne vois pas comment je pourrais t'être utile vis-à-vis des Farrell. Je ne les ai presque pas connus. Je compatis à ce qui est arrivé à ce môme, c'est atroce, mais je l'avais jamais croisé en ville, et comme je ne suis pas pratiquant, je n'ai jamais assisté aux sermons du révérend, alors…

— C'est plutôt à Mme Farrell que je pensais, pour être honnête, et au genre de relations que vous pouviez entretenir avec elle.

— Je n'ai pas connu Eileen Farrell, et on n'a jamais échangé un mot, elle et moi.

Il récupéra mon verre, prit le sien et la bouteille, et il se leva.

— Maintenant, tu m'excuseras mais j'ai pas…

— C'est tout de même bizarre, de faire fleurir le lieu de son accident régulièrement si vous la connaissiez si peu. Vous ne trouvez pas ?

À cette seconde précise, ses yeux brillèrent d'une terreur panique, vite disparue pour laisser place à la colère. Il reposa d'un coup sec la bouteille et les verres sur la table.

— Dégage d'ici, McKay ! Dehors ! C'est compris ?

— Vous faites fleurir l'endroit précis de la route où Eileen Farrell a perdu la vie…

— Est-ce que tu vas dégager ?

— … là où elle s'est suicidée. Le fleuriste dit que vous tenez à ce qu'il y ait toujours là-bas des iris frais !

Il fit le tour de la table et me saisit par l'épaule. Il était loin, désormais, le vieil infirmier en retraite plutôt chétif, et Cotten m'arracha sans difficulté à ma chaise qui tomba sur le sol.

— Hors de chez moi !

Je me dégageai et il crut que j'allais le frapper – j'étais dans un tel état de nerfs qu'il me serait impossible de jurer ne l'avoir pas fait. Projeté en arrière, Cotten trébucha, poussa un cri de douleur quand son épaule heurta un placard puis il se fit un silence stupéfié. Tous deux immobiles, nous nous observions comme des bêtes prêtes à s'entretuer. J'étais hors de moi.

— Vous cachez quelque chose, et ça concerne ce qui est arrivé à Silas et à Mary Beth dans la forêt, et peut-être même celui qui a vraiment tué Dave Dollinger. Je ne sais pas ce que c'est, mais ça vous ronge, et c'est pour ça que vous faites fleurir cet endroit.

Le visage de Cotten était violacé et sa respiration, saccadée. Toute la haine du monde, en ce moment, était concentrée dans son regard, et tournée vers moi.

— Sors d'ici.

Il ne hurlait plus, à peine murmurait.

Un instant, je sentis chez cet homme une douleur presque insupportable.

— Vous étiez l'amant d'Eileen Farrell, c'est ça ? C'est cette idée qui rend le révérend fou de rage ?

La consternation figea les traits de Cotten qui explosa d'un rire cruel et satisfait.

— Pauvre McKay… Baiser cette femme qui était mariée ? Je suis pas le shérif Greenberg, moi…

— Greenberg ? Comment…

— Tu sais pas le quart de la merde que charrient les habitants de cette putain de ville, McKay…

Il se releva en massant son épaule douloureuse avec ostentation.

— … Alors voilà ce que tu vas faire, maintenant : tu vas quitter cet endroit tout de suite, et si jamais je te revois en train de rôder par chez moi, j'appelle les flics, et ta copine shérif adjoint sera obligée de te passer les menottes pour avoir harcelé et violenté un pauvre retraité, c'est compris ? Allez ! Tire-toi ! Et si t'insistes, je te colle une injonction d'éloignement au cul !

Je lui fis face quelques secondes et, dépité, je sortis et me précipitai à la voiture.

Je n'avais pas encore la main sur la portière qu'une voix hideuse et rigolarde résonna derrière moi.

— Eh ben, bonhomme ! On peut dire que quand t'as une idée dans le crâne, tu l'as pas dans le cul.

Je me retournai. Sanborn Waldman se tenait appuyé contre une poubelle, et arborait un sourire mauvais.

— J'te l'disais, qu'il voudrait pas te voir, Merryn !

Sans hésiter je vins à lui – il parut déconcerté et recula. J'écrasai mon doigt contre sa poitrine.

— Finalement, je ne sais pas lequel de vous deux est le pire salopard, mais je commence à comprendre pourquoi il a permis à une ordure comme toi d'avoir un toit au-dessus de la tête alors qu'on aurait dû te laisser à la rue crever la gueule ouverte. Mais la saloperie, ça rend solidaire…

Ses traits se firent plus durs. Il repoussa ma main d'un geste sec.

— Écoute-moi bien, petit connard merdeux. Toi et ta pédale de copain, vous allez foutre la paix à Merryn, et à moi aussi par la même occasion, et peut-être que t'en profiteras pour lâcher la grappe à Caitlin Paige et à sa gamine. On est d'accord ?

— Vous ne me faites pas peur…

Il feignit l'étonnement.

— Mais qui a dit que tu devais avoir peur, bonhomme ?

Il me tourna le dos et se dirigea vers son taudis. Cotten était posté à une fenêtre depuis laquelle il avait observé toute la scène. Il avait l'air absent, ne répondit pas au salut que Sanborn Waldman lui adressa.

Haletant, je me réfugiai dans la voiture.

Après avoir démarré, je jetai un dernier regard au rétroviseur dans lequel cette maison de malheur rétrécit, puis disparut.

Lorsque j'entrai dans la chambre, il était à peine 10 heures. Evan se prélassait au lit, et je me glissai près de lui, à la fois tendu et épuisé. Je le serrai fort dans mes bras et lui racontai tout ce qui venait de se passer. Nous étions l'un en face de l'autre. Quand j'eus terminé, il ne dit rien, se contenta de garder son front contre le mien. Au bout de quelques minutes, il me demanda tout bas si j'allais bien.

— Je ne sais pas. Tout ça me terrifie. J'ai peur que chaque question débouche sur une dizaine d'autres sans qu'il y ait de réponses pour autant. Si ça continue comme ça, on n'en finira pas de s'enfoncer dans le brouillard et on ne comprendra jamais rien.

— Il y a un truc positif dans cette histoire, malgré tout.

— Lequel ?

— L'ancien shérif Cory Greenberg…

— Lui… Tu ne penses pas que Cotten a cherché à me donner un os à ronger pour que je lui fiche la paix ? Je ne sais pas, mais… J'ai du mal à imaginer Mme Farrell avec un type comme Cory Greenberg…

— L'amour a ses raisons…

— L'amour ? Pour ce connard de Cory Greenberg ?

— C'est peut-être un super coup au pieu... Tu peux pas nier, il est bien foutu.

Les minutes se succédèrent. Je me laissai bercer par la respiration d'Evan. Sans cesse je repassais dans ma tête ma confrontation avec Merryn Cotten. Il disait forcément la vérité – ou du moins, ce qu'il croyait tel.

Cory Greenberg et Eileen Farrell.

Cory Greenberg et le gamin que j'étais vingt plus tôt, dans le bureau du shérif.

Comment était-il ce jour-là, face à moi qui sortais d'une errance sans but qui m'avait mené dans la Géorgie étouffante et sèche, sous un soleil de plomb solitaire dans le ciel blanc et brûlant, loin des orages diluviens et mortifères de Deil River ? J'étais hagard, étranger à moi-même, encore à moitié prisonnier de l'espace-temps de la forêt. Troublé, c'est vrai, je l'étais, mais je commençais à me dire que Cory Greenberg l'était au moins autant que moi. Il voulait me faire avouer, et le plus vite possible, comme si la montre jouait contre lui (*contre lui et pas contre l'espoir de retrouver Silas vivant... Quelque chose de personnel se joue là, Zeke, quelque chose qui se reflète dans la goutte de sueur qui perle sur la tempe du shérif Greenberg, ce bel homme que ses collègues surnomment « Iceman » et qui conserve un calme olympien et une totale maîtrise de soi jusque dans la violence. Pourtant, ce jour-là, Zeke, tu es trop choqué, tu as trop de choses à cacher pour être conscient de l'état de nerfs de Cory...*).

Je me crispai.

Tout ça, c'étaient des reconstitutions après coup, trop longtemps après. Les autorités de Deil River venaient d'être décapitées, et Greenberg avait sur les bras deux cadavres, une fillette abusée qui luttait pour la vie, un petit garçon disparu – déjà mort, déjà détruit.

Evan soupira – un souffle long, sensuel et doux. Il s'étira, passa la main sur ma nuque et je fermai les yeux.

*

Les miaulements plaintifs de Watergate nous réveillèrent. La matinée touchait à sa fin. Evan glissa nu hors du lit pour le nourrir et revint aussitôt après contre moi. Aucun de nous ne voulait bouger, séparer nos corps perdus dans le grand lit et noués l'un à l'autre.

Mais il fallut se lever.

Après un rapide déjeuner, je me rendis en ville avec Evan pour discuter à droite et à gauche de Cory Greenberg, l'air de rien. Je cherchai à faire parler les gens, leur extorquer la plus petite information, la moindre rumeur au sujet de l'ancien shérif, de ses amours. Mes interlocuteurs restaient sur leurs gardes. Cory Greenberg conservait de solides soutiens dans la population de Deil River – et même sans cela, je sentis plus d'une fois que je n'étais pas la personne à laquelle ils se seraient confiés s'ils en avaient ressenti le besoin. Sorvino et ses questions n'avaient pas laissé en ville le meilleur des souvenirs.

De dépit, je tentai d'en apprendre plus sur le révérend Farrell, et tout ce que je récoltai, ce furent des mines navrées et perplexes, et des interrogations étonnées quant à l'attitude déplorable de cet homme qui avait été jadis un modèle de sobriété et de décence.

Au terme de cette journée stérile et triste, alors que nous dînions, Kostas nous demanda si nous avions prévu quelque chose pour la soirée. Evan répondit que nous voulions nous détendre un peu. Kostas eut une idée.

— Si vous avez deux heures à tuer, allez donc près de l'hôtel de ville. Les élèves du lycée organisent la représentation d'une pièce en plein air du côté de la mairie. Vous avez du bol, même s'il fait un peu frisquet, on a beau temps !

Une quinzaine de minutes plus tard, nous étions prêts.

Après avoir garé la voiture à l'écart, nous arrivâmes vers l'hôtel de ville, nous tenant par le bras. Des panneaux annonçaient la représentation d'une adaptation de *Ça*, de Stephen King. Une scène en bois s'élevait face à nous. Déjà, des murmures bruissaient derrière le rideau rouge – un patchwork de différents morceaux plus ou moins grands de tissus divers allant du rose pâle au grenat le plus vif, en passant par l'incarnadin soyeux. On aurait dit une cape dans laquelle aurait pu se draper le clown maléfique Pennywise.

Les spectateurs, armés de leurs Smartphones – qu'ils étaient loin, les appareils jetables et les Caméscopes de ma petite enfance –, étaient installés sur des bancs de bois et des chaises empruntés à la mairie et au lycée. C'était provincial, désuet et candide. Je me sentais léger. Evan était au comble du bonheur.

— C'est bien la première fois que je vais voir du Stephen King au théâtre. En tout cas, c'est pas banal. Une histoire d'horreur pour un spectacle de lycéens…

Je m'approchai d'un panneau pour y lire le nom des auteurs.

— Certes… Cela dit, on peut s'attendre au pire : ce sont les gamins et leur prof qui ont signé le remake…

— Ça peut être sympa quand même !

Je lui adressai un regard désabusé lorsqu'une voix retentit derrière nous :

— Zeke ! Evan ! Vous êtes venus !

C'étaient Gwen et Charlie, main dans la main. Elle était radieuse ; lui aussi semblait heureux, malgré une lassitude patente. Gwen était d'humeur à discuter, et nous confia qu'elle n'aurait raté pour rien au monde cette représentation. Elle adorait Stephen King, ce qui n'était pas le cas de son froussard de mari qu'elle avait dû traîner ici. À ces mots, Charlie leva les yeux au ciel et prit Gwen par l'épaule tout en sondant le public.

— Les bancs se remplissent, ma chérie. Si on veut une place pas trop mauvaise, il va falloir qu'on se dépêche.

— D'accord. Allez donc vous installer, Evan et toi. Je voudrais demander quelque chose à Zeke.

Charlie me considéra avec agacement, puis soupira.

— Comme tu voudras. Alors allons-y, Evan.

Ils s'éloignèrent et je pressentis la suite. Gwen se tourna vers moi, un sourire crispé aux lèvres.

— Il y a eu un coup de fil au bureau, ce matin. Quelqu'un qui demandait à me parler à moi en particulier. C'était Merryn Cotten. Il a prétendu que tu le harcelais et que tu étais… Tu aurais été… violent avec lui. Je sais que ça peut paraître fou mais il affirme avoir peur pour sa vie.

Je soufflai, incapable de trouver quoi dire.

— Tu as un problème avec le vieux Cotten, Zeke ?

— Oui… Enfin, non, on a eu des mots mais c'était une erreur d'interprétation et je m'en excuse. C'était… stupide. Oui, vraiment stupide de ma part. Mais c'est du passé, je te le promets.

— Bien. Je sais qu'il a un côté vieux con mal gratté, mais évite de retourner de ce côté de Deil River. Pour le moment, en tout cas. J'ai réussi à lui faire entendre raison et à ne pas demander une injonction d'éloignement, mais c'est une tête de lard, et le prochain coup… je ne pourrai rien faire pour toi.

— Je ferai gaffe. C'est promis juré.

Je sortis une cigarette que j'eus du mal à allumer du premier coup. Gwen fixa la cigarette, fronça les sourcils en conservant un semblant de sourire.

— Tout va bien, Zeke ? Tu es sûr ?

— Sûr et certain.

La première bouffée me détendit. Dans ses yeux, une once de malaise, ou d'autre chose.

— Et toi, Gwen ? Est-ce que ça va ?

— Oui…

Elle embrassa d'un regard désemparé le public joyeux, prêt à applaudir à tout rompre la jeunesse prometteuse de Deil River, et elle désigna la foule.

— C'est seulement que je trouve les gens… étranges, ces derniers temps. Je n'aime pas ça… Comme si une chose terrible couvait sous notre nez et qu'on faisait exprès de ne rien voir. Et *là*, j'ai le pressentiment qu'un truc se trame.

— Moi, c'est quand les gens de Deil River ont l'air normal que je suis angoissé. Chaque fois, je me dis que ça cache quelque chose.

Elle rit avec moi.

Dans le public, Charlie s'était tourné vers nous à plusieurs reprises. Il se leva et nous fit signe de les rejoindre. Gwen fit la moue.

— Ce que Abbott veut, Dieu le veut. Allez ! En route vers les terreurs immémoriales de l'enfance !

Je la suivis. Elle s'installa à côté de Charlie qui était entre nous deux. À ma droite se trouvait Evan. Il me prit la main.

Derrière le rideau, l'effervescence était à son comble ; de mon côté, la joie innocente que j'avais éprouvée quelques minutes auparavant n'était plus qu'un lointain souvenir.

Par réflexe, je jetai un œil aux alentours. J'avais l'impression constante d'être épié et je m'attendais toujours à croiser l'assassin de Sorvino à un coin de rue, prêt à fondre sur moi.

À l'écart du public, appuyé contre le mur d'une maison aux volets clos, j'aperçus Sanborn Waldman qui m'observait, le visage inexpressif. Soudain, les lampadaires de la place s'éteignirent et il disparut. Ce soir-là, en raison de la représentation théâtrale, on s'était autorisé ce petit effet qui, déjà, plongeait le public dans une délicieuse angoisse. Amplifié par un haut-parleur, un rire démoniaque et sourd fusa dans l'obscurité troublée par les écrans de téléphones qui filmaient cet instant magique, puis le rideau s'écarta. Sur scène, un petit garçon en ciré jaune dansait sous une pluie diluvienne et imaginaire, un petit bateau en papier à la main. Sur le fond du décor, une ombre se dessina, celle d'un monstre qui, bientôt tapi dans les ténèbres silencieuses des égouts, s'apprêtait à arracher cet enfant à la vie – dans la plus grande indifférence des habitants de la ville de Derry. Je fermai les yeux et me raidis. Evan serra ma main un peu plus fort et se rapprocha de moi.

Lorsque le rideau tomba sur l'acte ultime, les enfants de Derry venaient de vaincre le Clown diabolique – ils ignoraient qu'il reviendrait un jour, d'autant plus terrifiant et dangereux qu'entre-temps, ils seraient devenus des adultes, eux. La pièce recueillit les applaudissements nourris des parents des acteurs en herbe. Gwen proposa de discuter tous les quatre autour d'un café, mais Charlie, grognon, se plaignit de la fatigue. Il insista pour rentrer chez lui et nous nous séparâmes.

Evan et moi marchions tranquillement pour gagner la voiture, main dans la main, quand nous arrivâmes à proximité d'un bar que j'avais un peu fréquenté, au temps du lycée. Devant l'entrée, la tension était à son comble : deux hommes se faisaient face sous l'œil des curieux. Je reconnus aussitôt l'un des deux que je désignai d'un coup de menton à Evan.

— Tiens, c'est marrant, tu vois ce gars, là ? Celui avec la casquette ? Je l'ai vu l'autre matin, devant chez Kostas, et je m'étais mis dans le crâne qu'il me surveillait.

— Et c'était le cas ?

— Non, juste une crise de paranoïa de ma part…

Le grand type maigre et sans âge tremblait de tout son corps. Nous étions à une vingtaine de mètres, et je vis son regard halluciné – ce regard familier qui provoqua un malaise en moi. Il se rua sur son adversaire qui réussit à éviter son poing et lui administra un violent coup de coude dans la mâchoire. L'avorton perdit sa casquette, tituba et s'effondra sur le trottoir, assommé. L'autre gars, satisfait, s'en retourna dans le bar, suivi de la foule déçue qui espérait plus de sang et de résistance.

Le maigrichon suicidaire recouvra ses esprits, se releva, tête nue.

Cette chevelure noire et blanche…

Le souvenir fulgura dans mon esprit.

J'eus du mal à déglutir, ne parvins pas à dire un mot, et finalement hâtai le pas. Le type allait bien. Il se frotta les cheveux, remit sa casquette avant de s'éloigner du bar, hagard, comme s'il ne savait plus ce qu'il faisait là. Il nous croisa, et ses yeux, je crois, s'arrêtèrent brièvement sur moi, sans qu'il ralentît. Il nous dépassa, affichant un rictus ignoble, et ma respiration se fit douloureuse. Evan le remarqua.

— Tout va bien ? Tu es tout pâle.

— Je ne suis pas parano, en fait. Ce mec… Je l'avais déjà vu quelque part… Il était à New York dans le restaurant où j'avais donné rendez-vous à Sorvino. C'est lui qui l'a tué. Ça ne fait aucun doute.

Il avait suivi le vieux privé jusqu'à son hôtel, et il l'avait assassiné avant de voler son ordinateur, ainsi que son portable. Il rôdait dans les rues de Deil River, se déplaçait dans l'ombre avec moi dans son viseur – il savait tout de ma vie et de Nathan Kendall. C'était lui qui m'avait envoyé la photo du livre alors que je cherchais des indices à quelques mètres du cadavre de Sorvino.

De retour dans notre chambre, je m'assis au bord du lit et me pris la tête entre les mains.

— Il est au courant de tout. Et il en sait bien plus que nous et n'importe qui d'autre !

— Tu ne l'avais jamais croisé à Deil River auparavant ?

— Non, jamais.

— Il faudrait aller voir le bureau du shérif pour essayer d'en savoir plus sur lui, non ? Avec la touche qu'il a, ils sauront de qui on parle si on leur décrit le type…

— Non, c'est hors de question. Et pour quel motif on chercherait à se renseigner sur lui ? Ça finirait par remonter aux oreilles de Gwen et elle voudrait en savoir plus. Elle ne comprendrait pas qu'on lui ait caché tout ça depuis le début. Charlie m'en voudrait à mort.

Evan me passa la main dans le dos sans rien trouver à dire pour me remonter le moral. Cet homme, nous ignorions tout de lui – son nom, son adresse, et avec qui il pouvait frayer. Je n'avais aucun moyen de le retrouver s'il ne décidait pas d'apparaître sur mon chemin tel un démon. J'étais dans sa ligne de mire, impuissant et fragile – cela me donna la nausée. Evan me proposa d'aller au lit, et je me couchai à contrecœur, épuisé et incapable de trouver le sommeil.

Il s'endormit.

De longues heures s'écoulèrent sans qu'il me fût possible de garder seulement les paupières closes. Les yeux fermés, toujours le cadavre de Sorvino apparaissait dans son bain de sang glacé, murmurait pour moi seul un avertissement que je ne comprenais pas, et révélait l'identité du véritable assassin de Silas Farrell, bruissement de syllabes dénué de sens et absurde qui résonnait dans la nuit de mon âme inquiète en un écho funèbre.

Dans l'ombre se tapissait la silhouette maigre et fugitive du bourreau de Sorvino. Je voulus le héler, n'y parvins pas, n'ayant aucun nom à hurler.

J'étais loin de me douter que j'aurais l'occasion de tout savoir de cet homme à peine quelques heures plus tard, à l'occasion d'une macabre mise en scène.

Le lendemain matin, après une nuit hantée par le visage de l'assassin de Sorvino, je dus rester au lit, terrassé par une migraine qui avait enflé tel un œuf de douleur menaçant de faire éclater mon crâne. Evan alla prendre son petit déjeuner et me laissa dans le noir, avec Watergate lové contre moi.

À peine dix minutes après qu'Evan eut quitté la chambre, un cri perçant m'arracha au demi-sommeil dans lequel je flottais, et Watergate, terrorisé, se réfugia dans sa litière.

La douleur martelait dans mes tempes et me donnait des acouphènes. Pris de vertiges et de nausée, je sortis de la chambre d'un pas incertain et gagnai le rez-de-chaussée depuis lequel me parvenait encore l'écho du cri qui lacérait mon cerveau. Le soleil inondait l'entrée de ses rayons aveuglants. Devant la porte grande ouverte, Mme Kurland avait trouvé refuge dans les bras de Kostas qui grimaçait. Près de lui, tétanisé, Evan observait. D'un pas hésitant, j'avançai jusqu'à eux, plissant les paupières.

Sur le pare-brise de ma voiture, des lettres brunâtres de sang séché : DÉGAGE ASSASSIN. Une tête de porc tranchée grossièrement et énucléée pendait au portail de Kostas ; son regard aveugle tourné vers nous et sa bouche béante découvrant un rictus grotesque et démoniaque, elle semblait nous considérer avec une moquerie lugubre. On n'avait pas oublié de crever tous mes pneus.

Je défaillis. Evan me retint juste à temps et me reconduisit jusqu'à la chambre en chuchotant.

— On la tient, notre excuse pour aller au bureau du shérif et nous rencarder à propos du mec qui te surveille et a tué Sorvino. C'est forcément lui qui a fait cette saloperie. Il t'a reconnu, hier soir, c'est sûr, vu la manière dont il t'a dévisagé.

J'aurais voulu l'accompagner mais j'avais le cœur au bord des lèvres. Evan m'aida à me recoucher, s'assura que je n'avais besoin de rien, puis il partit.

La migraine dura une éternité, et j'eus des hallucinations infernales au cours desquelles un être à tête de porc hideuse abusait d'un enfant avant de le massacrer. Je crus mourir lorsque la douleur décrut soudain. Petit à petit, mes yeux parvinrent à s'entrouvrir sur la demi-pénombre de la chambre aux volets clos. L'univers cauchemardesque dans lequel je gisais quelques secondes plus tôt avait disparu. Silas, la tête de porc tranchée, la force méphitique qui m'empoisonnait – rien de tout cela n'était plus.

Il était plus de 13 heures quand les coups de langue râpeux de Watergate sur mon front me tirèrent du sommeil.

Sur la table de nuit, un mot qu'Evan avait griffonné pour moi m'arracha un sourire attendri.

Tu dors trop bien pour que je te réveille. Je me contente de te donner un baiser. Je te raconterai plus tard ma visite au bureau du shérif. Ils ont pris des photos du pare-brise et de la tête de porc. Maintenant, la voiture est propre et les pneus crevés ont été changés. Je vais faire un tour en ville, j'ai deux ou trois choses à vérifier.

Bonne nuit, doux prince, je te dis à plus tard. Prends soin de toi.

XoXo

E.

Je descendis une quinzaine de minutes plus tard. La cuisine était vide. Kostas ne tarda pas à m'y rejoindre. Il me donna une grande claque dans le dos après s'être assuré que j'allais mieux.

— Mon pauvre gars ! Moi aussi, j'étais pas loin de tourner de l'œil en voyant une saloperie pareille !

— Mouais, je devais bien m'y attendre, au bout d'un moment. D'ailleurs, si jamais cet incident te pose problème, je comprendrais tout à fait que tu…

— Pas question, vieux. Vous restez, Evan et toi. On va quand même pas donner ce qu'il veut au fils de pute qui a fait ça, non ?

— À part mes pneus et mon pare-brise, c'est ton portail qu'on a vandalisé, et si on s'en prenait à la maison ?

— J'ai une bonne assurance et je veux refaire les peintures depuis au moins un an, ce sera l'occasion de me mettre au travail !

Il se leva et se dirigea vers les placards pour en sortir des tasses et de quoi faire le thé.

— Le type qu'on accuse d'assassinat, c'est moi, Kostas.

— Je sais ça, vieux.

— Et ça ne t'incite pas à revoir mon bail avec toi ?

— Non, m'sieu.

— Vraiment ?

— Je t'ai déjà dit que ton âme était clean, d'après moi…

Une fois le thé servi, Kostas me prépara un petit déjeuner consistant malgré l'heure plus que tardive. Tout en mangeant, je lui racontai les visions d'horreur qui m'avaient assailli quelques heures plus tôt.

Quand j'eus terminé, il afficha une mine stupéfaite.

— Eh bien, mon vieux ! On peut dire que t'as un sacré nombre de trucs à régler !

— Comment ça ?

— Tes hallucinations, elles ne viennent pas de nulle part, elles trahissent les angoisses que tu as enfouies au plus profond de ton inconscient. Tu dois absolument les cerner et t'en débarrasser, sinon ça se transformera en cancer ou en attaque cérébrale la quarantaine à peine entamée.

— Merci, Kostas, pour cette précision.

— Oh, mais rien n'est fatal ! Tu devrais penser à ma proposition de suerie. Evan était sceptique, lui aussi, mais il en est ressorti transfiguré, je t'assure ! Ça t'aiderait à chasser les fantômes du passé…

Je plongeai le nez dans mon thé sans daigner répondre, puis j'expédiai la fin de mon petit déjeuner.

Lorsque je sortis, quelques minutes plus tard, je tombai nez à nez avec Cory Greenberg qui se dirigeait droit vers moi avec son éternelle dégaine de cow-boy. Il me considéra avec une surprise qui n'était pas feinte et s'esclaffa.

— Bon Dieu, McKay ! Tu verrais ta tête : on dirait que tu viens de sortir d'une machine à laver après un double essorage !

— Je me suis tapé une grosse migraine, mais ça va mieux maintenant, merci…

Il hocha la tête, glissa les pouces dans les poches de son jean tout en mâchonnant son chewing-gum.

— Je viens voir comment tu te portes.

— Comment je me porte ?

— Il paraît qu'on a refait la carrosserie de ta caisse et les pneus gratuitement, cette nuit.

Aucun de nous ne décrocha un mot durant les secondes qui suivirent puis il reprit la parole sur un ton faussement détaché.

— Apparemment, quelqu'un dans cette ville pense que tu es un assassin, Ezekiel McKay…

— Oui. Et certaines personnes sont persuadées que Mickael Jackson n'est pas mort et qu'il vit sur une île avec Elvis et Marilyn Monroe.

— Au contraire du petit Silas Farrell qui est mort, et bien mort, lui.

Entre nous l'hostilité devint aussitôt tangible. Je pensai à Silas, à Mary Beth, à Nolan, à Dave Dollinger. À mes parents. À Eileen Farrell.

— J'aimerais vous poser une question, Greenberg.

— Je t'écoute.

Je sortis de ma poche mon paquet de cigarettes. J'en allumai une, plissai les yeux en inspirant la première bouffée, et fis durer quelques secondes le plaisir de l'attente avant de poursuivre.

— J'ai remarqué que quelqu'un dépose des iris blancs sur le lieu de l'accident de Mme Farrell. Je suis passé là-bas après cette nuit de tempête, au petit matin. Il y a toujours un bouquet de fleurs fraîches. Vous ne trouvez pas ça étrange ?

— Étrange ? Pourquoi ce serait étrange ? Eileen Farrell était une femme bien, très appréciée, et elle a affronté beaucoup d'épreuves…

— Je trouve quand même ça bizarre, d'autant plus que quelques personnes se sont souvenues qu'il y a quelqu'un, ici, à Deil River, qui était assez proche d'elle pour vouloir honorer sa mémoire de cette façon…

Il baissa les yeux, haussa les épaules, et déglutit.

— Je ne sais pas, Zeke, vraiment. Ce genre de ragots, ça me passe au-dessus de la tête.

Il voulut ajouter quelque chose, renonça et se détourna de moi, puis il eut un regard en direction de ma voiture.

— Tu sais, McKay, les gens parlent et ils t'ont vu, avec Charlie Abbott, l'autre soir, au *Manitou*. Les messages comme celui qu'on t'a adressé cette nuit, ce n'est peut-être qu'un début, alors fais gaffe, ou tu vas quitter Deil River aussi brusquement que tu y es revenu.

— En fait, il y a bien un type qui pourrait être après moi…

— Qui ?

— Je ne connais pas son nom, mais il me colle aux basques depuis mon retour.

Je décrivis mon homme à l'ancien shérif. Très vite, il comprit à qui je faisais allusion. Il arbora une moue dégoûtée et surprise.

— C'est Kerry Durning. Ça collerait plutôt bien avec lui, ce genre de saloperie, mais ce qui me pose problème, c'est qu'il n'est pas de Deil River, à l'origine. C'est une petite frappe de Chicago qui essaye de se refaire une virginité par chez nous. Il a été accusé d'agression sexuelle sur la gamine de sa copine mais il a évité la taule, faute de preuves solides.

— Et il vit où, ce lascar ?

— Dans une caravane miteuse, à un jet de pierre de la maison de Merryn Cotten.

Pensif, il frotta son menton impeccablement rasé.

— Pourquoi est-ce qu'un camé comme lui voudrait s'en prendre à toi ? Et à propos des morts du 5 juillet, en plus ?

— Si seulement je le savais…

Il me considéra de nouveau avec suspicion.

— Je sais pas ce que tu caches, McKay, mais ça ne me plaît pas. Tu es revenu à Deil River dans un but précis, et tout le monde sait que ça concerne Silas. T'as jamais joué franc-jeu avec moi dans cette affaire. Je *sais* que t'étais là-bas quand le gamin est mort, et peut-être même que tu y étais pas tout seul. Tu sais un truc mais tu refuses de parler, depuis le premier jour. Ce qui est arrivé cette nuit, ça prouve que j'ai raison, alors peut-être que tu ferais mieux de vider ton sac pendant qu'il en est temps et tout me dire avant qu'il y ait du grabuge…

— Et en quel honneur je vous dirais quoi que ce soit, *ex*-shérif Greenberg ?

Il me dévisagea sans répondre, puis me tourna le dos et se dirigea vers le portail. J'aurais pu le laisser partir, le regarder monter dans sa voiture et s'éloigner. Il n'avait rien, n'était rien.

— On a tous nos petits secrets, Greenberg. Je sais que vous aviez une liaison avec Mme Farrell, et que c'est à cause de ça que vous prenez tellement à cœur la mort de Silas. Parce que ça a mis fin à votre histoire avec elle…

Il s'arrêta net – comme frappé par la foudre.

Sans se retourner, il baissa la tête et serra les poings, et sa voix parut presque douce.

— Tu sais que dalle, McKay. T'es qu'un petit con et un lâche qui se contente de faire les poubelles auprès de la populace de Deil River, et ça sert à rien qu'à salir sa mémoire. T'as fui dès que tu en as eu l'occasion au lieu de dire ce que tu savais à propos de la mort du gamin… Si t'avais parlé au bon moment, il n'y aurait pas eu Sorvino, pas d'enquête, et elle… elle ne serait pas morte.

Il gagna sa voiture et quitta les lieux sans m'accorder un regard.

Une fois Cory Greenberg parti, toutes mes pensées se focalisèrent sur Kerry Durning.

Encore un drogué amateur de petites filles, comme Sanborn Waldman.

Deux pédophiles notoires contraints de quitter leur État pour refaire leur vie ici, à Deil River.

Waldman.

Je me souvins de son expression glaçante, la veille, juste avant la pièce de théâtre. Impossible d'aller le voir pour le questionner à cause de la menace d'injonction que Merryn Cotten faisait planer sur moi.

Je jetai un œil à ma montre : il était plus de 14 heures. J'eus soudain envie de passer voir Tonto à Henry Akeley. Après avoir demandé à Kostas de prévenir Evan, je pris la route.

Avant de me rendre à l'Institut, je téléphonai à Calvin, l'infirmier de Tonto, pour savoir si celle-ci avait le droit de manger des sucreries.

— Elle est en phase terminale, mec. Apportez-lui tout ce qu'elle aime. Un peu de plaisir pourra pas lui faire plus de mal qu'elle en a.

Tonto avait toujours adoré la tarte aux pommes avec une boule de glace à la vanille. Quand elle me vit arriver, un sourire illumina son visage et lui rendit une partie de sa jeunesse.

Calvin m'expliqua qu'elle traversait plutôt une bonne semaine, pour le moment.

— Une sorte de lune de miel avant que les choses se corsent. Espérons que ça dure le plus longtemps possible.

Tout le temps de ma visite, elle me saoula de mots, d'anecdotes dans lesquelles se mêlaient certains souvenirs que je reconnaissais sans peine et des histoires abracadabrantes. À cause de la métastase logée dans son cerveau, elle disait parfois un mot pour un autre, en mélangeait les syllabes ou écorchait les noms. À d'autres moments, ses lèvres se tordaient et elle ressemblait à un automate très réaliste qui semblait rencontrer un bogue.

Elle s'essoufflait vite, et mangea peu – à peine deux ou trois bouchées, et il fallut jeter les restes et la glace fondue. En dépit de la fatigue, elle était heureuse lorsque je la quittai, et Calvin m'en remercia.

Malgré le bonheur que j'avais ressenti, je ne parvenais pas à me défaire d'une sorte de déception amère : je croyais être venu pour elle, juste pour lui procurer un peu de joie, et je me rendais compte que ces deux heures passées dans sa chambre, j'avais attendu une révélation qui aurait éclairé l'enquête dans laquelle je m'enlisais. Je lui avais parlé de Merryn Cotten, de Sanborn Waldman, de Cory Greenberg – en vain. J'eus l'impression d'avoir perdu mon temps, et cela me fit honte.

Chez Kostas, je retrouvai Evan qui me détailla sa visite au bureau du shérif. Il y avait rencontré Gwen, et tout comme Cory Greenberg, elle avait reconnu Kerry Durning dans la description que lui avait faite Evan. Elle nous conseillait de ne pas accorder d'importance au message barbouillé sur mon pare-brise.

— Elle m'a dit que ça doit être le résultat de commérages, ou d'un pari. Les loques dans le genre de Durning agissent sur des coups de tête. Elle se chargera personnellement de le convoquer.

— Mouais… Le problème, c'est qu'elle ignore tout de sa présence à New York et du fait qu'il a probablement tué Sorvino…

Tout cela me plongeait dans une perplexité sans nom et je ne pouvais m'empêcher d'en revenir toujours et encore à celui qui attisait de plus en plus ma suspicion – Sanborn Waldman.

Sur ce point, Evan tenta de me raisonner.

— Sanborn Waldman n'a pas payé ce type pour te traquer, ni pour tuer Sorvino. Il n'a pas de fric…

— Je sais, mais… Je ne peux pas m'empêcher de penser qu'il a quelque chose à voir avec Mary Beth, et peut-être même avec Silas. Après tout, on ne sait rien du témoignage qui a incité les enquêteurs à le rayer de la liste des suspects, à l'époque. La fête de Deil River battait son plein et on avait l'habitude de le croiser là-bas. Les gens se seront trompés en croyant le voir. C'est fragile et incertain, ce genre de témoignage.

— Les flics ne se sont pas intéressés à lui plus que ça parce que, officiellement, c'est Nolan Remick qui a agressé Mary Beth, et c'est ton amie Tonto qui a tué Silas. Pourquoi persécuter Waldman, pédophile ou non ? Pour eux, l'affaire était résolue. Qu'un témoignage le disculpe ou non.

— Je sais, mais un truc m'empêche de le croire à cent pour cent.

Nous étions dans la chambre, et je jetai un œil à l'heure avant d'adresser un regard interrogateur à Evan.

— Et si on allait rendre visite à ce type, Durning ? Il est peut-être chez lui ? Greenberg m'a dit où il vivait.

— Il ne risque pas d'être dangereux ? Je veux dire, tu penses qu'il a tué Sorvino…

— Il a été payé pour ça. Et il aurait tout aussi bien pu me tuer, moi aussi, dès lors qu'il m'avait retrouvé. Impossible de faire le lien avec les meurtres de Silas et de Dave, ni avec l'enlèvement de Mary Beth. Là-bas j'étais Nathan Kendall, un écrivain fantôme célibataire qui avait frayé avec assez de crapules pour tomber sur quelqu'un de dangereux. Fin de l'histoire. Durning aura sans doute envie de me mettre son poing dans la gueule ou bien il essayera de me menacer, mais ça n'ira pas plus loin... Et puis s'il devient méchant, on est deux, on saura se défendre.

Moins de trois quarts d'heure après, nous étions devant le domicile de Kerry Durning – une sorte de caravane miteuse comme celles où vivent les camés et les putes dans les feuilletons. Fenêtres rafistolées avec des cartons et du chatterton ; poignée de porte remplacée par un vieux tournevis ; rouille rongeant la caravane en plusieurs points qui s'effritaient.

Evan considéra tristement cette ruine.

— « Vous qui entrez ici, abandonnez toute espérance... »

— Comme tu dis, oui.

J'approchai de la porte, toquai en vain. Les lieux donnaient l'impression d'être déserts. Evan murmura :

— Il est peut-être dans le coaltar parce qu'il s'est shooté ?

— Va savoir.

Je frappai de nouveau. Pas de réponse. J'ouvris la porte. Une odeur à vous retourner l'estomac régnait à l'intérieur, épaisse et stagnante. Evan gémit, et ramena son tee-shirt sur son nez.

— Comment est-ce qu'on peut vivre dans un endroit pareil ?

— L'être humain a une capacité d'adaptation qui peut être effrayante...

Une fois dans ce pandémonium, impossible de faire un pas sans marcher sur des détritus – des paquets de cigarettes défoncés, des canettes cabossées, des mégots par milliers, de vieux journaux. Des pornos, aussi, très artisanaux, et qui offraient à la vue du lecteur des copulations d'adultes au visage flouté avec des fillettes nues qui n'avaient pas dix ans. Tout autour, des mouchoirs en papier tachés d'éclaboussures jaunâtres. Partout des crottes de rongeurs. Écœurant.

Une unique fenêtre, bien que sale, était en un seul morceau et laissait pénétrer la lumière dans ce bouge infernal. Cette fausse clarté graisseuse et opaque était encore plus triste qu'une obscurité complète.

Evan appuya sur un interrupteur et une ampoule illumina l'intérieur de la caravane.

Sous les monceaux d'ordures, on devinait le mobilier qui nous entourait. Deux lits superposés, dont un, celui du haut, complètement impraticable ; une banquette ; un coin cuisine où presque chaque tiroir avait disparu, comme nombre de portes de placards ; une table et un banc contre le mur, et au fond de la pièce, une porte entrouverte qui devait donner sur une salle de bains et les toilettes. L'odeur nauséabonde qui nous avait assaillis venait de là. J'allai y jeter un œil.

Evan, lui, ne bougea pas.

— À toi l'honneur de découvrir le cadavre…

— C'est juste histoire de vérifier. On a vu Durning trop récemment pour qu'il soit déjà en décomposition si jamais il a fait une overdose, mais bon…

Aucun mort là-bas. Rien qu'un problème de sanibroyeur menaçant de céder à cause du trop-plein.

— R.A.S. du côté des chiottes.

— Bon, je sais pas ce que t'en penses, mais j'ai bien l'impression qu'on risque de pas voir ce bon vieux Durning chez lui aujourd'hui…

— Et peut-être même pas demain. Je me demande si…

Je ne finis pas ma phrase, stupéfié par ce que je venais de découvrir. C'était noyé dans le désordre indescriptible qui régnait sur l'un des lits.

— Zeke ? Ça va ?

(*Nolan se penche vers toi, et par-dessus ton épaule, il te demande ce que tu lis, et tu réponds en lui montrant la couverture du livre.*

— Feuilles d'herbe. *Je connais pas. Marrant, ce titre…*)

Je pris le recueil. La couverture était tachée de boue (*cette boue maudite, née de l'averse et de l'orage, de cette colère des dieux qui frappe la ville*), et la tranche également. En tremblant, je l'ouvris, fis défiler les pages à toute vitesse ; le papier murmura avec un drôle de bruit sec dans l'atmosphère lugubre de ce taudis infect. Une page manquait – celle que nous avions trouvée dans la forêt le jour de mon retour à Deil River. La première, elle, était toujours là, ainsi que la dédicace que j'y avais couchée avec le plus grand soin, en choisissant mes mots.

J'avais rédigé des dizaines de brouillons – pour une dédicace au garçon que j'aimais, en tête d'un recueil de poésies qu'il n'aurait sans doute pas daigné survoler. J'avais peur, à l'époque, d'en dire trop, ou pas assez, même après l'épisode de nos corps mêlés dans la rivière, alors je m'en étais remis aux vers de Walt Whitman.

Pour Nolan, que moi aussi je fréquente souvent en silence…
Affectueusement,
Zeke.

— Hé, Zeke…

La main d'Evan posée sur mon épaule.

Je levai les yeux vers lui, incapable de prononcer un mot.

— Zeke, qu'est-ce que…

Le bruit d'un fusil qu'on amorce me sortit de ma torpeur et je fis disparaître l'exemplaire de *Feuilles d'herbe* dans ma poche. Evan se tourna vers la porte d'entrée. Une silhouette sombre et menaçante se tenait sur le seuil, une arme pointée dans notre direction et une voix grave et usée s'éleva, courroucée.

— Qu'est-ce que vous foutez là, tous les deux ?

Je reconnus ses traits, et ne me démontai pas.

— Et vous, Waldman ? Qu'est-ce que vous foutez là, *vous* ?

Il secoua la tête et eut un petit rire cruel et méprisant.

— Tu manques vraiment pas de toupet, bonhomme. Tu t'introduis chez les gens en douce et t'essayes encore de retourner la situation à ton avantage…

Je pris place devant Evan. Aussitôt, Waldman braqua le fusil sur moi seul.

— Je répéterai pas une autre fois, McKay ! Qu'est-ce que vous foutez ici ?

— Je veux découvrir pourquoi ce connard de Durning me persécute depuis mon retour à Deil River… Et surtout, je cherche à savoir qui le paye pour ça. Vous n'avez pas une idée ?

— La seule idée que j'ai, bonhomme, c'est que les flics sont venus ici pour interroger Durning, et que comme ils l'ont pas trouvé, ils sont venus me poser des questions à son sujet. À moi ! Alors tu comprends que je sois un peu sur les nerfs à l'idée que tous ces gens et toi veniez foutre la merde dans les environs de la maison…

Evan me prit le bras et intervint.

— On va partir, monsieur Waldman. On n'a aucun problème avec vous. Tout ce qui nous intéresse, c'est Kerry Durning et pourquoi il en a après Zeke.

Le vieux repris de justice nous observa avec méfiance de longues secondes, puis il recula, descendit lentement le marchepied, s'éloigna de la caravane et nous hurla de nouveau de sortir et de déguerpir. Nous nous exécutâmes tandis qu'il nous tenait en joue. Une fois installé au volant, je lui lançai une dernière question :

— Où est Durning ? Je suis sûr que vous le savez !

— J'en sais foutre rien, de l'endroit où il est parti se planquer, ce fils de pute ! Je l'ai déjà dit aux flics ! Maintenant, tirez-vous ! Quittez cette putain de ville !

Je mis le contact et démarrai. Evan souffla, les yeux écarquillés.

— Bon sang ! J'ai l'impression que ce psychopathe rôdait dans les parages en attendant quelqu'un. Il attendait Durning, tu crois ?

— Je ne pense pas. Mais mon petit doigt me dit qu'il sait où il se trouve, ou en tout cas, il sait pourquoi il se cache… Ça veut dire qu'on brûle.

De retour chez Kostas, chacun de nous échafauda des théories plus ou moins farfelues incluant Kerry Durning dans notre histoire. Notre enthousiasme s'émoussa rapidement. Trop d'éléments nous manquaient encore.

Nous passâmes ainsi trois jours entiers à interroger les uns et les autres, sans résultat. En apparence, personne ne s'intéressait à la vieille tragédie qui me hantait et me valait d'être dans le viseur d'un criminel avéré qui s'était évaporé dès l'instant où je l'avais identifié. Avec la plus grande discrétion, je retournai seul à la caravane de Durning tandis qu'Evan effectuait des recherches sur le Net, mais le drogué pédophile était aux abonnés absents.

Malgré nos efforts, nous n'aboutissions à rien et cela me déprimait. Au terme d'une troisième journée stérile, la chambre s'engrisailla, et cela nous surprit : c'était déjà le soir, et le bleu du ciel sans nuages, éclairé par un soleil presque irréel, tirait sur le mauve pâle. Cela me démoralisa. Evan fut sensible à mon passage à vide et proposa de sortir marcher un peu. Dehors, le temps était doux, même si un courant d'air frais nous transissait parfois.

Nous nous dirigions vers les quartiers sud. Durant quelques dizaines de mètres, chacun de nous garda le silence, absorbé par ses pensées. Nous croisâmes un homme et une femme, tous les deux jeunes – un couple, sans doute. Je pris Evan par le bras et nous arrivâmes aux abords du cimetière. Un vieillard voûté en sortait, seul, le visage fermé. Le portail grinça, se referma avec un claquement sec. Sans nous concerter, nous nous dirigeâmes à l'intérieur. Je ne voulais pas particulièrement me recueillir sur la tombe de mes parents, juste déambuler au hasard des allées dans le soir qui tombait, profiter de l'étrange sérénité qui se dégageait des lieux.

Ce ne fut pas l'instant paisible et d'une douceur triste que j'espérais. La rumeur lointaine de mots en désordre s'entrechoquant dans une plainte baignée de larmes parvint jusqu'à nous. Ce thrène déchirant remua quelque chose de viscéral en moi – il trahissait le désarroi des pauvres mortels face à l'absence de l'être cher, son départ irrémédiable, qui nous laisse seuls et dépourvus, malgré nos croyances en un monde meilleur, un au-delà où nous prétendons espérer nous retrouver tous après la mort. La vérité crue, celle qui nous saisit et nous stupéfie quand meurt la personne aimée, c'est cette douloureuse révélation que jamais plus nous ne pourrons l'étreindre, rire, pleurer, ou juste penser à elle avec la certitude que nous pouvons, si nous le voulons, la voir bientôt, dans une heure peut-être, dans un mois, dans un an. C'était ça, la détresse qui gisait dans cette lamentation.

Lentement, nous approchâmes. Dès que je reconnus l'homme à genoux près de la tombe de ses proches, je m'arrêtai, et Evan comprit.

— Le révérend Farrell…

Recroquevillé comme s'il avait trébuché là, ses mains saisissaient des poignées d'herbe et de terre qu'il cognait ensuite sur le sol. Il levait parfois les yeux vers le ciel et proférait tour à tour des supplications et des menaces à l'endroit du Dieu qu'il avait servi fidèlement jusqu'au jour où Celui-ci l'avait abandonné.

— Pourquoi est-ce que Tu as permis une chose pareille ? Pourquoi ? Toutes ces vies brisées ! Tous ces innocents ! Mon fils !

Bien qu'il y eût peu de monde au cimetière, quelques personnes s'attroupèrent, curieuses et scandalisées.

Je me précipitai vers lui avec Evan pour le relever.

— Venez, révérend, on vous ramène chez vous…

Lui ne faisait que gémir, la morve au nez, puant l'alcool.

— Mon petit garçon…

Il nous fallut soutenir le révérend tout le long du chemin. J'ignorais où il vivait, mais malgré son état, il parvint à nous guider jusqu'au studio qu'il louait depuis son retour. Y pénétrer me fendit le cœur – cadavres de bouteilles s'entassant sous l'évier du coin cuisine, vaisselle sale accumulée remplacée par des couverts en plastique, un canapé-lit sur lequel traînaient des albums de famille par dizaines, perdus au milieu de revues policières et juridiques. Ça sentait la sueur, le renfermé, l'alcool évaporé.

Avec notre aide, le révérend s'installa au bord du lit défait et encombré. Son regard incertain glissa sur nous ; il ne me reconnut pas. Il délirait, hébété.

— Silas ? Silas, mon petit ange ? Mon petit amour ?

Puis il geignit de nouveau.

— Oh, mon Dieu… Silas… Mary Beth… Tous ces enfants… Tous ces pauvres enfants… J'aurais pu les sauver.

— Vous ne pouviez pas les sauver, révérend, personne ne le pouvait…

Loin de le consoler, mes paroles lui arrachèrent une nouvelle cascade de sanglots et de plaintes. Evan et moi étions consternés – nous ne pouvions rien pour cet homme. Nous allions l'abandonner à son sort lorsqu'il me retint par la manche. Ses traits se tordirent en une grimace navrée qui accentua la laideur de son chagrin.

— Oh… Oh, comme j'ai honte, si vous saviez… Comme j'ai honte… Tout est ma faute… Tout…

— Inutile de vous torturer, révérend. Vous n'y êtes pour rien…

Il renifla, gémit en attrapant mon col de veste et en m'attirant à lui avant de me jeter quelques mots qui l'horrifiaient comme une confession faite à contrecœur, bave aux lèvres.

— J'ai voulu aider Grace… J'ai voulu… Mais je n'ai pas su faire, et… et il y a eu Mary Beth, et… Silas, et…

— Grace ?

— Oh… Pauvre Grace… Pauvre Mary Beth…

La suite, ce ne furent que paroles inintelligibles dans lesquelles se mêlaient l'apitoiement et la fureur, puis il s'enfonça dans un sommeil lourd.

Evan me prit doucement par le bras. Je plaçai le révérend sur le ventre au cas où il régurgiterait en dormant et nous quittâmes ce studio déprimant.

Sur le chemin du retour, je n'en finissais plus de revenir encore et encore sur tout cela.

— Maintenant, on se retrouve avec une Grace sur les bras. Et qui semble liée à Silas et à Mary Beth, pour couronner le tout.

— Tu vois qui ça pourrait être ?

Je secouai la tête au moment où l'ombre d'une petite fille émergea de ma mémoire.

— Je me demande si ce n'était pas une copine de classe de Mary Beth. Quand je lui donnais des cours particuliers, j'ai dû tomber sur elle chez Caitlin.

— Et qu'est-ce qu'elle est devenue ?

— Aucune idée. Pour moi, à l'époque, c'était une gamine comme une autre. Je ne sais même pas son nom de famille. J'irais bien en demander plus au révérend quand il aura dessaoulé, mais mon petit doigt me dit qu'il sera moins bavard sobre. Je peux me renseigner auprès de l'ancienne directrice de l'école, on ne sait jamais. Elle vit toujours dans le coin, d'après ce que j'ai compris. En tout cas, ce qui m'a fait froid dans le dos, c'est cette façon qu'il a eue de parler de cette gosse. *Pauvre Grace*… Tu ne trouves pas ça flippant ?

Il ne répondit pas. Je lui pressai la main doucement.

— Quelque chose ne va pas ?

— Oui et non… En fait, si. *Tout* me dérange dans cette histoire. C'est plus angoissant que se trouver dans un labyrinthe de miroirs. Chaque fois qu'on a l'impression d'être sur une piste intéressante, on croit qu'on avance alors qu'on ne fait que s'éloigner du but, ou au contraire, trop de chemins s'ouvrent à nous en même temps… On n'aboutira à rien tant qu'on ne saura pas qui était *vraiment* présent dans cette forêt ce jour-là. Dans le chalet comme sur le lieu du meurtre de Silas. Il y a quelqu'un qui cache quelque chose. Même le révérend n'a pas tout dit, sinon pourquoi est-ce qu'il se mettrait dans un état pareil ?

— Je ne sais pas… Non, je ne sais pas…

Jusqu'à la maison de Kostas, nous n'échangeâmes plus un mot. Evan m'avait tenu le bras une partie du trajet avant de sortir ma main de ma poche et d'entremêler nos doigts.

Lorsque nous arrivâmes, DiCaprio demandait à Mark Ruffalo s'il était pire de vivre en monstre ou de mourir en homme bien sur l'écran plat du séjour. Quant à notre hôte, il était au téléphone avec sa douce Dylana, et ça bardait. Nous passâmes près de lui pour aller dans la cuisine sans qu'il parût avoir conscience de notre présence.

Evan soupira en ouvrant un placard.

— Pauvre Kostas, j'ai l'impression qu'il ne fait que se prendre la tête avec « l'amour de sa vie ».

— Ça me rappelle l'oncle et la tante de papa. Toujours à se disputer, et pourtant, je suis sûr qu'ils n'auraient pas pu vivre l'un sans l'autre.

Evan roula des yeux.

— Ça, mon chéri, c'est ce qu'on dit de ses propres parents qui se sont engueulés du matin au soir toute leur existence. C'est pour se consoler, pour ne pas voir les choses en face et l'horrible vérité : on peut gâcher sa vie du début à la fin et il n'y aura jamais rien pour compenser un tel échec… Parce qu'il n'y a pas de destin, juste un hasard qui nous est intolérable.

— Seigneur ! Si jeune et à ce point cynique. On n'était pas destinés à se rencontrer, toi et moi ?

— Pas une seule seconde.

À ce moment de la conversation, il fouillait dans un placard, et comme je ne répondais rien, il se tourna vers moi. Il vit la tête que je faisais et ne put réprimer un sourire moqueur qui m'agaça.

— Qu'est-ce qui te fait marrer ?

— Tu es trop mignon. On vit un truc pas banal, tous les deux, et même si on est plongés jusqu'au cou dans une histoire sordide, on n'est plutôt pas mal ensemble, non ?

— Oui. Plus que « pas mal », d'ailleurs.

— Alors pourquoi est-ce qu'il faudrait que ce soit écrit dans le ciel pour être parfait ? Pourquoi est-ce qu'on devrait fatalement être « destinés » l'un à l'autre pour être bien ensemble ?

Je restai sans rien dire, sentant mes lèvres esquisser un sourire malgré moi. Il me rejoignit et me prit par les hanches, se fit plus solennel.

— Si on croit à la destinée pour ce qui nous procure du bonheur, ça veut dire qu'il faut y croire aussi pour toutes les merdes qui nous tombent dessus, et ça, c'est la pire des conneries qui soient, mais on peut pas avoir l'un sans l'autre, c'est comme le yin et le yang…

Il approcha ses lèvres des miennes, nos langues se mêlèrent. La porte de la cuisine s'ouvrit et Mme Kurland apparut. Sans hâte, Evan s'écarta de moi et vint à elle pour la débarrasser de son sac. Il lui demanda si elle avait passé une bonne journée. Bien qu'elle n'eût pas l'air d'être dans son assiette, elle répondit que tout allait pour le mieux.

Depuis le salon nous parvenaient toujours les éclats de voix de Kostas. On avait l'impression désagréable qu'il pleurait. Cela navra Mme Kurland.

— Elle lui en fait voir de toutes les couleurs, cette femme.

Il était plus de 20 heures. D'ordinaire, Mme Kurland était depuis longtemps retirée dans sa chambre. Elle avait mauvaise mine, et semblait ailleurs. Je remarquai qu'elle ne portait pas ses pantoufles comme elle en avait l'habitude.

— Vous venez seulement de rentrer, j'ai l'impression…

— Je… Je n'étais pas à Deil River, aujourd'hui. J'ai raté mon bus dans l'après-midi et… Mais peu importe ! Ça m'a donné l'occasion de me promener.

Evan intervint.

— Vous devez être affamée ! Joignez-vous à nous, ça me ferait tellement plaisir…

Elle hésita, puis accepta avec un sourire reconnaissant et las.

Une poignée de minutes plus tard, nous étions tous les trois attablés autour d'une succulente omelette aux herbes.

Au cours du repas, Mme Kurland ne fit pas de grandes révélations et se contenta de me répéter l'histoire de sa vie, qu'elle avait déjà livrée dans les détails à Evan. Son mariage, son veuvage, ses enfants et ses petits-enfants.

Au loin, la dispute homérique de Kostas et de Dylana se poursuivait, mais nous n'y prêtions plus attention. Mme Kurland discutait avec Evan, et je scrutai cette femme mystérieuse qui vivait si près de nous sans jamais nous avoir dévoilé quoi que ce fût des raisons réelles de sa présence à Deil River, en bonne entente avec le révérend Farrell. Elle surprit mon regard inquisiteur, et s'en étonna.

— Vous allez bien, Zeke ? Vous avez l'air épuisé, ou agacé, je ne sais pas…

— Les suites de ma migraine de ce matin, je suppose.

Evan se pencha vers elle et prit le ton de la confidence.

— Il s'inquiète pour un de ses vieux amis. Je ne sais pas si vous le connaissez, c'est le révérend Farrell…

Elle se figea.

— Le révérend Farrell ?

J'acquiesçai.

— Absolument. C'est un homme que je connais depuis toujours et je dois avouer que… J'ai du mal à le reconnaître ! Il boit, il est négligé et il fait parfois preuve d'incohérence.

Evan poursuivit :

— On se promenait en début de soirée et on l'a croisé au cimetière, sur la tombe de sa femme et de son fils…

— Il hurlait et il pleurait, c'était vraiment un triste spectacle.

— Le plus curieux, c'est qu'il avait l'air de croire qu'il aurait pu sauver son fils, à l'époque, mais après, ses propos étaient tellement décousus que ça ne voulait plus rien dire…

Je n'ajoutai rien, ni Evan non plus. Mme Kurland regardait droit devant elle, interdite. Au loin, le flot furieux des invectives de Kostas s'était tu.

Elle ne fit aucun commentaire. Je la fixai.

— Tout ça est à se demander s'il n'y a pas encore des zones d'ombre inexplorées dans cette histoire, vous ne croyez pas ?

Elle laissa échapper un rire sec et dur, puis elle hocha lentement la tête.

— Il a perdu son fils, jeune homme, et c'est bien suffisant pour faire perdre la tête à n'importe qui, même vingt ans après, croyez-moi…

— Je peux comprendre ça, mais…

— Non. Sauf votre respect, vous ne pouvez pas savoir ce que c'est de perdre un enfant.

Sans nous permettre d'ajouter un mot, elle se leva de table.

— Je vous remercie de m'avoir arrachée à ma solitude le temps d'un dîner, mais je suis fatiguée et je vais me coucher.

Nous restâmes, Evan et moi, comme deux ronds de flan, et elle quitta la pièce après nous avoir souhaité une bonne soirée.

Le bruit de ses pas, si légers sur les marches de l'escalier, s'estompa, et disparut complètement.

Evan était estomaqué.

— C'était quoi, ça ?

— Aucune idée… Peut-être qu'un de ses enfants est malade ou qu'elle en a perdu un…

— Ça m'étonnerait. J'ai eu droit à la fistule anale de son fils aîné, alors crois-moi, si un d'eux avait eu quelque chose de grave, je l'aurais su…

Je me frottai les yeux, très las.

— Cette femme cache un truc énorme et douloureux. Tu sais quoi ? Je commence à me demander si ce n'est pas elle qui a contacté Sorvino pour reprendre l'enquête…

— Ça se pourrait, après tout… Mais pourquoi elle ferait ça ?

Je ne trouvai rien à répondre et la fin du dîner se fit dans un silence sépulcral.

Kostas, le cœur brisé par sa dispute avec Dylana, nous proposa de voir un film avec lui. Le thriller étrange avec DiCaprio avait touché à son terme depuis longtemps. À cause du joint qu'il avait fumé pour calmer ses nerfs quelques minutes avant, Kostas s'endormit presque aussitôt après avoir glissé le Blu-ray dans le lecteur. Evan sombra vite à son tour, la tête reposant sur mes cuisses. J'étais seul avec l'histoire qui, sur l'écran, montrait une jeune femme brune errant sur une route de Los Angeles après un accident de voiture. Je somnolais parfois, et mon inconscient absorbait le film, composait à partir de lui le tissu d'un autre récit, rêvé et fantasmé. Je vivais en Californie depuis plusieurs années. Dans mon appartement luxueux, je découvrais un jour une pièce qui m'avait jusqu'alors échappé. Après avoir hésité, je décidais d'y entrer. Dans cette salle qu'on devinait immense, il n'y avait pas de lumière, ni de fenêtre – rien que des ténèbres denses et muettes, et au milieu de ce néant oppressant, une indescriptible présence. J'en approchais, persuadé de me consumer dès que j'atteindrais cette entité dangereuse sans possibilité de rebrousser chemin ensuite. Cela durait un temps infini. Soudain fusait dans le noir parfait une voix d'enfant – ni garçon ni fille, ou les deux à la fois – une voix qui murmura dans un souffle qui paraissait assourdissant :

Grace…

Je m'éveillai en sursaut, terrorisé. Le film était terminé et, sur l'écran, le générique de fin défilait.

Dès le lendemain, je fis un saut en ville pour essayer d'en apprendre plus au sujet de la mystérieuse fillette dont avait parlé le révérend.

Elle s'appelait Grace McCaslin, avait l'âge de Mary Beth, et elles avaient d'ailleurs été dans la même classe. L'ancienne directrice de l'école se souvenait d'elle. L'année qui avait précédé les meurtres du 5 juillet, la petite Grace s'était distinguée par ses absences scolaires répétées. L'enseignante retraitée se rappelait l'inquiétude qu'elle avait éprouvée pour la gamine. Lorsque ses parents avaient quitté Deil River, elle avait pris soin de garder le contact avec eux. Ils s'étaient installés à Seaside, au bord de l'océan, ce qui avait fait le plus grand bien à Grace, apparemment.

De retour à la maison, Evan et moi avons vite trouvé le numéro de téléphone des McCaslin et leur adresse à Seaside, et je les appelai immédiatement.

Au bout de la cinquième sonnerie, Angela McCaslin, la mère de Grace, décrocha. Après m'être présenté, je lui demandai comment joindre sa fille, ce qui éveilla sa méfiance.

— Pourquoi voulez-vous parler à Grace ?

— Je… Je connais une jeune femme qui l'a bien connue. Elle n'a pas eu une vie facile, et je crois que votre fille pourrait lui venir en aide. À sa façon…

Il y eut un moment de silence blanc avant sa réponse.

— Vous appelez de Deil River, c'est ça ? Pour la petite Paige ?

— Oui. C'est à propos de Mary Beth.

— Seigneur… Ça faisait si longtemps que j'attendais ce moment.

— Qu'est-ce que vous voulez dire par là ?

— C'est une bénédiction que vous ne soyez pas tombé sur mon mari, il n'a jamais cru à ma théorie et il vous aurait raccroché au nez.

— Votre théorie ?

— Je ne sais pas si vous êtes au courant, mais nous avons quitté Deil River avant ce qui est arrivé à la petite Paige, le jour de la fête de la ville…

— Je l'ai appris. On m'a expliqué que votre fille avait été très malade.

Elle eut un rire cassant.

— « Malade », oui, si on peut dire. Du jour au lendemain, Grace n'a plus voulu quitter sa chambre. Le matin, c'était impossible de la sortir de son lit. Elle nous disait qu'elle était fatiguée, qu'elle n'avait pas dormi de la nuit… Et c'était vrai, d'ailleurs, qu'elle ne fermait pas l'œil. Plusieurs nuits, je l'ai surprise, sur son lit, assise dans le noir. Elle regardait droit devant elle. Quand je lui demandais ce qui n'allait pas, elle me disait qu'elle faisait des cauchemars si terribles qu'elle ne voulait plus dormir, ou en tout cas pas la nuit. Après ça, il y a eu les maux de ventre, les nausées, la perte d'appétit. Un véritable enfer !

— Qu'en disaient les médecins ?

— Eux ? Ils ne comprenaient pas. Tous les examens étaient négatifs. Officiellement, Grace était en excellente santé, alors vous devinez vers quel genre de personne on nous a orientés…

— Des psychologues.

— Absolument. Avec eux, ça a fait chou blanc aussi. Ils ont parlé d'une entrée précoce dans l'adolescence, d'une forme de désordre hormonal. Bref, ma fille perdait les pédales à cause de la puberté. Moi, je n'y ai jamais cru. Elle n'avait que dix ans, vous comprenez ?

— Bien sûr… Et qui vous a conseillé de quitter Deil River pour changer d'environnement ?

— Personne. C'est mon mari et moi qui l'avons décidé. C'était notre seule chance. On avait un peu d'argent de côté, j'étais prête à changer de vie, et lui aussi. On aurait fait n'importe quoi pour Grace. Et vous savez quoi ? Ça a marché. Le simple fait de quitter cette ville. C'était tellement frappant que je me suis dit qu'elle nous avait caché quelque chose, que quelqu'un la harcelait à l'école, ou autre. Mais il y a eu ce moment précis qui m'a fait penser que j'avais fait fausse route, qu'on avait *tous* fait fausse route…

Elle eut une légère hésitation avant de poursuivre, et sa voix trembla.

— Un jour, en rentrant du travail, début juillet, j'ai trouvé Grace à la maison, en pleurs dans les bras de la jeune fille que je payais pour qu'elle ne reste pas toute seule après tout ce qu'elle avait traversé. La gamine m'a dit qu'elle avait trouvé Grace dans cet état devant la télé. C'étaient les infos et ils parlaient de ce qui s'était passé le 5 juillet à Deil River. Quand j'ai appris pour Mary Beth Paige, j'ai eu un haut-le-cœur. Je crois bien que j'avais inconsciemment envisagé toutes les hypothèses sauf une… La pire des hypothèses, pour une mère. Peut-être plus insupportable encore que la mort de son enfant.

— Vous en avez parlé avec Grace ?

— Non. J'en ai d'abord discuté avec mon mari et il m'a demandé d'attendre un peu… J'étais à moitié de son avis, d'ailleurs, parce qu'à part ce jour où je l'ai retrouvée en train de pleurer, Grace allait vraiment mieux, et est-ce que ça n'aurait pas été une connerie de la forcer à penser à toutes ces choses ? En même temps, je voulais en savoir plus, je voulais être capable de l'aider… C'est plus tard que je m'en suis voulu de ne pas avoir abordé le sujet frontalement avec elle.

— Pour quelles raisons ?

— Quand elle est devenue une adolescente, une vraie, et qu'elle a eu quatorze ou quinze ans, Grace s'est mise à s'intéresser aux garçons, à sortir… Au début, je trouvais ça normal, mais il y a vite eu des signes… Des signes bizarres. Elle avait à peine seize ans et j'ai découvert par le plus grand des hasards qu'elle sortait avec un homme de trente ans, et qui était marié, en plus ! Ça m'a mise dans une rage folle… On s'est disputées comme jamais. Mon mari, lui, il était complètement perdu. Après, ça a été de mal en pis. Elle s'est mise à boire, à délaisser ses études, à prendre de la drogue… Moi, j'avais tellement vite occulté ce que je supposais lui être arrivé à Deil River que je n'ai même pas envisagé une seconde que son attitude pouvait avoir un lien avec tout ça. Un jour, j'ai voulu essayer de lui en parler mais je n'ai pas pu… J'étais tétanisée, persuadée d'être une mauvaise mère parce que je n'avais pas voulu aborder le sujet plus tôt…

Elle s'arrêta là.

— Madame McCaslin… Où est Grace, désormais ?

— Elle ne vit plus ici. Elle s'est installée à Portland où elle a trouvé un job. Je sais qu'elle a essayé d'arrêter de boire et qu'elle ne prend plus du tout de drogue. Elle va aux AA régulièrement et elle s'est un peu stabilisée mais chaque fois que je l'ai au téléphone, ou qu'elle vient nous voir pour les fêtes, j'ai l'impression qu'elle est en équilibre instable et qu'il suffirait d'un rien pour qu'elle tombe. Je n'arrête pas de souhaiter qu'elle ait trouvé la force de parler à quelqu'un, mais je suis certaine qu'elle ne l'a pas fait…

— Qu'est-ce qui vous fait dire ça ?

— Elle n'a jamais réussi à faire durer une relation sur le long terme. Tous les hommes avec lesquels elle a vécu quelque chose, ça n'a jamais marché, comme si elle s'ingéniait à saper d'avance ces histoires. Elle choisit des types mariés, ou instables, ou drogués, comme si elle s'interdisait d'être heureuse… Elle n'agirait pas comme ça si elle avait fait un minimum de travail sur elle-même. Si j'avais pu l'aider.

— Madame McCaslin, j'ignore si vous connaissez les détails de ce qui s'est passé le 5 juillet 2000, mais je crois qu'il y a encore des zones d'ombre autour de cette affaire…

— Je n'ai pas eu la force de m'y intéresser. Sachant que le salaud qui lui avait fait ça était mort, j'avais peur de me rendre malade pour rien.

— Je comprends… C'est pourtant capital pour moi de parler de tout ça à Grace de vive voix, parce qu'il est possible qu'il y ait eu une terrible erreur dans l'enquête. Est-ce que vous acceptez que je contacte votre fille ?

Il y eut un blanc au téléphone. Je crus qu'elle allait raccrocher, lorsqu'elle répondit, avec une résolution ferme dans la voix :

— Ne lui dites pas que vous m'avez eue au téléphone, alors. Si elle sait que vous m'avez contactée, je parie qu'elle se fermera comme une huître. Rétrospectivement, j'ai toujours eu l'impression qu'elle voulait nous protéger de la vérité, son père et moi. Mais vous êtes peut-être le seul à pouvoir lui sauver la vie, à l'aider à se reconstruire en l'amenant à parler… J'ai peur pour elle, vous savez. J'ai presque la certitude qu'elle est en sursis, un peu comme un volcan qui se réveillerait très lentement mais qui finira par exploser… Vous pouvez peut-être l'aider à ne pas se perdre complètement.

Je lui demandai ensuite si elle se souvenait du révérend Farrell. Elle gardait de lui l'image d'un homme bon auquel les enfants étaient attachés – elle n'associait pourtant pas l'homme de Dieu à toute cette sordide histoire et je ne lui en dis pas plus, puis je raccrochai. J'avais la sensation d'être vide, qu'une créature maléfique venait de pomper tout mon sang et que j'allais bientôt me mettre à flotter jusqu'au ciel, tel un fantôme.

J'étais assis au bord du lit sur lequel Evan était installé en tailleur, l'ordinateur posé devant lui. Il ne disait rien, cherchait Grace McCaslin sur les réseaux sociaux afin d'apprendre qui elle était en public avant de l'appeler. Il était beau et concentré. Je lui passai la main dans les cheveux.

— Je me demande comment le révérend a eu connaissance de ce qui était arrivé à Grace.

— La petite se sera confiée à lui, je suppose. Il s'occupait de l'éducation religieuse et de la chorale, après tout. Et même si c'est devenu une loque qui fout la trouille à tout le monde, tu m'as bien dit que c'était un type accessible et sympa, à l'époque, non ?

— Oui, ç'a toujours été quelqu'un de bien, mais pourquoi garder le silence près de vingt ans, s'il était au courant d'un truc aussi horrible ?

— Parce qu'il était convaincu que le monstre qui s'attaquait aux gamines était mort le 5 juillet 2000. Comme tout le monde.

— Ouais… Il faut que je lui en parle quand il sera à jeun.

— Il est tôt, on peut tenter d'aller à son studio dès qu'on aura contacté Grace. S'il est bourré à cette heure-ci, à moi la peur.

— OK. On va faire ça.

Tout le temps de la conversation, Evan n'avait pas levé les yeux de sa recherche sur Internet. Soudain, il eut un geste de victoire et tourna l'écran vers moi.

— Bingo ! Grace McCaslin, résidant à Portland, Oregon.

C'était le profil Facebook de Grace, une trentenaire, grande, mince et belle, avec de longs cheveux lissés blond platine et un sourire de publicité.

Evan fit observer qu'elle s'était fait refaire les lèvres.

Elle était dans une relation décrite comme « compliquée », indiquait que son emploi était « vendeuse de biens culturels ». Elle lisait beaucoup – Sylvia

Plath, Alice Sebold, Paul Auster –, se passionnait pour le cinéma. Régulièrement, elle mettait en ligne des chansons tristes et belles d'Evanescence, d'Agnes Obel ou d'Antony and the Johnsons. Toutes ces références contrastaient étrangement avec la joie de vivre qui se dégageait des photos sur lesquelles on la voyait avec ses amies. Aucune ne la représentait avec son petit copain du moment. Pas une seule bouteille d'alcool n'apparaissait sur les clichés pris à l'occasion des soirées auxquelles elle avait participé. Grace tenait bon et ne cédait pas à ses démons – cela me réconforta.

Une pensée assombrit mon esprit. Evan le remarqua.

— Tout va bien ?

— Tu ne crois pas qu'on pourrait détruire tout l'équilibre qu'elle a réussi à trouver en venant remuer les horreurs qu'elle a vécues ?

— Elle est déjà détruite, Zeke. Elle joue un rôle, et ça, ça fait partie de la mise en scène pour ceux qui l'aiment : « Regardez comme je suis heureuse. C'est tellement cool, les soirées jus de fruits avec les copines… » Elle n'a pas de mec assez officiel pour le mentionner sur son profil alors qu'elle met tout de sa vie, ici.

Nous la contemplâmes un instant, telle une énigme à résoudre.

Je proposai à Evan d'appeler Grace immédiatement. Il hocha la tête et je tapai le numéro sur mon téléphone. Il n'y eut pas de sonnerie et je basculai directement sur la messagerie.

— *Salut, c'est Grace ! Je ne suis pas dispo pour l'instant. Vous savez ce qui vous reste à faire. À plus !*

Juste avant le bip, je m'éclaircis la voix, et au moment de me présenter, j'eus une intuition qui intrigua Evan.

— Bonjour, Grace. Je m'appelle Nathan Kendall et j'aurais aimé vous parler de quelque chose. Est-ce que vous pourriez me rappeler dès que vous aurez ce message ? Je vous remercie. À très bientôt.

Je raccrochai. Evan plissa les paupières.

— Nathan Kendall…

— C'était mon alias, à New York, je t'en avais parlé. Si j'avais dit : « Zeke McKay », elle aurait pu faire le rapprochement avec ce qui s'est passé le jour de la fête de Deil River. Et ça l'aurait échaudée.

Grace ne rappela pas immédiatement, et toute notre attention se concentra sur le révérend Farrell, comme prévu.

Nous nous rendîmes à son studio où sa voisine nous indiqua qu'il n'était pas chez lui, et qu'il rentrait rarement avant une heure assez avancée de la nuit. Elle n'avait aucun numéro de téléphone à nous donner, ni aucune idée des endroits qu'il fréquentait dans la journée. Ainsi que je l'avais pressenti, le révérend m'éviterait au maximum après sa confession involontaire de la veille. Sur le chemin du retour, dans la voiture, je m'en ouvris à Evan qui, lui, ne pensait pas que Farrell pût nous apprendre grand-chose.

— Il donne le sentiment d'enquêter, lui aussi. Sans doute il savait pour Grace McCaslin, et c'est lié à ce qui est arrivé à Mary Beth, mais il a l'air de pédaler dans la semoule encore plus que nous.

— C'est juste. Et lui, on est sûr qu'il était à la fête de Deil River puisqu'il en était un des animateurs principaux. Ce qu'il sait, il l'a forcément appris par la suite, sans être un témoin direct. Et puis, bon, il ne pourra pas fuir éternellement, on finira par tomber sur lui à un moment ou à un autre.

Le révérend était toujours au cœur de notre conversation quand nous arrivâmes chez Kostas. Nous venions d'entrer dans notre chambre lorsque mon téléphone vibra. C'était Grace McCaslin. Je montrai l'écran à Evan et je décrochai.

— Allô, Grace ?

— Bonjour, monsieur… Kendall !

Elle rit. Un rire beau et frais comme le son d'une cascade en plein été, et pourtant, un rire qui dissimulait un malaise inquiet.

— Désolée, j'avais oublié votre nom. Écoutez, si vous appelez de la part de la société de recouvrement, je vous jure que je vais poster le chèque bientôt et je…

— Non, ne vous inquiétez pas, ce n'est pas l'objet de mon appel.

— Ouf ! Rien que pour ça, je vous embrasserais. Ces charognards vont me tondre jusqu'à l'os, je n'en ferme plus l'œil de la nuit…

Un silence bref, certainement dans une rue de Portland, si j'en jugeais au bruit des voitures derrière elle, puis le souffle d'une bouffée de tabac qu'on expulse avec délices.

— Qu'est-ce que je peux faire pour vous, monsieur Kendall ? J'ai droit qu'à cinq minutes de pause, moins si des clients affluent, alors…

Alors quoi ? Comment lui présenter les choses sans la brusquer ?

— Monsieur Kendall ?

— Oui, désolé, je vous entendais mal pendant un instant. En fait, voilà, je suis écrivain et je m'intéresse à un événement qui a eu lieu dans une ville où vous avez vécu : Deil River.

Aucune réaction, rien qu'une réticence glacée et tangible.

— Pour être précis, j'écris à propos du 5 juillet 2000 et des meurtres de…

— Je ne vivais plus à Deil River.

— Oui, j'en suis conscient, mais on m'a confié que vous étiez l'amie d'une des victimes, Mary Beth Paige, et je…

— Je connaissais pas Mary Beth. On n'était même pas dans la même classe.

— Eh bien, je… On se sera trompé. Pourtant, j'aimerais parler avec vous de cette époque ne serait-ce que pour…

— Navrée mais ma pause est terminée. De toute façon, je n'aurais rien à vous dire. Bonne chance pour le bouquin.

Elle raccrocha. J'étais abasourdi.

Désormais, le visage de Grace se mêlait dans mon esprit à ceux de Silas, Mary Beth, Dave Dollinger, Nolan et Tonto. Un fil ténu, presque invisible, nous échappait, qui les reliait à coup sûr les uns aux autres, un fil doué d'une vie propre, qui s'entortillait dans nos mains, puis glissait loin de nous pour ramper jusqu'au cœur de la forêt de Deil River, là où se cachait encore une ombre obscure et sans nom.

Je lançai un regard à Evan.

— Tu sais ce qui m'horrifie ? C'est de penser qu'il y a forcément d'autres filles comme elle. D'autres Grace, d'autres Mary Beth… Que tout ça a commencé longtemps avant le 5 juillet, et que ça a continué après.

Alors que nous demeurions tous deux dans un silence de mort, je sentis une tension grandir en Evan. Je lui passai la main sur la cuisse.

— Tout va bien ?

— Je viens juste de penser à un truc : Mme Kurland, on a émis l'hypothèse qu'elle pouvait être l'employeur de Sorvino, et elle nous a fait comprendre à demi-mot qu'elle savait ce que c'était de perdre un enfant…

— Tu m'as dit que si un de ses gosses était mort, elle t'en aurait parlé…

— Un des enfants qu'elle a eus avec son mari, non. Mais imagine qu'elle en ait eu un ici, à Deil River, quand elle était très jeune ? Une fille qui aurait subi la même chose que Mary Beth et Grace. Je ne sais pas, mais cette gosse aurait pu se suicider, non ? Même des années après. Ça s'est déjà vu, ce genre de truc. Et Mme Kurland aura découvert pourquoi après sa mort. En repensant à ce qui s'est produit le 5 juillet 2000, elle fait le lien avec sa propre fille et l'enquête redémarre à sa demande…

— Parce qu'elle est convaincue que ça ne peut pas être Nolan le coupable, et que celui qui a fait ça court toujours et qu'il est…

— Qu'il est aussi l'assassin de Silas et de Dave Dollinger.

— C'est bien beau, tout ça, mais ça fait beaucoup trop de « et si… » qui s'enchaînent. Ça nous donne une histoire trop fragile et qui repose seulement sur une intuition.

— La seule un peu cohérente qu'on ait jusqu'à présent…

— Et qui n'explique pas pourquoi Nolan avait l'arme du crime avec lui, ni pourquoi Mary Beth était dans la voiture à ses côtés…

— Parce qu'on ne sait pas exactement qui était là-bas et comment les choses se sont déroulées ! Imagine que Nolan arrive près du chalet et qu'il surprenne le salopard qui a violé Mary Beth avec elle. C'est peut-être Nolan qui a téléphoné au bureau du shérif. Il avait bien un téléphone portable, non ?

— Oui… Il en avait un.

— Tu vois ! C'est pour ça que le coup de fil est resté anonyme, parce que si Nolan s'était présenté, vu sa réputation, on ne l'aurait pas cru, ou on l'aurait soupçonné de préparer un sale coup. Imagine que le temps que Dollinger arrive, il y a une lutte là-bas, au chalet, entre Nolan et le type qui a abusé de Mary Beth. Pour une raison ou pour une autre, Nolan n'a pas pu se servir de son flingue et le mec avec qui il luttait a réussi à lui prendre pour abattre Dollinger quand il est arrivé. Ensuite, Nolan lui a repris l'arme ou l'a fait tomber et il a eu le dessus. C'est pas impossible qu'après il a pu assommer le meurtrier et pris la petite avec lui pour… pour la sauver. Et il a gardé son flingue par réflexe…

— Et Silas ?

— Je ne sais pas, moi. Il est arrivé un peu après et il a surpris le meurtrier dans le chalet au moment où il se réveillait. Il a paniqué et il a pourchassé le gamin pour le tuer. Fin de l'histoire. Si ça se trouve, ton amie Tonto n'était même pas là-bas. Si seulement on avait un témoin…

Je ne répondis rien. Evan soupira

— Je sais qu'on n'a pas la queue d'un indice tangible, mais quelque chose me dit que ce que je viens de décrire est très proche de la vérité. C'est *la seule* alternative possible. Sinon, ça veut dire que la version officielle est la bonne. Et je crois pas qu'on aurait tué Sorvino s'il avait été dans le brouillard…

J'allais lui répondre lorsqu'on frappa trois coups fermes à la porte d'entrée. Je quittai le lit pour jeter un œil à la fenêtre et aperçus une voiture de police. Je me crispai et tendis l'oreille. Kostas parlait avec quelqu'un et je reconnus Gwen. Sans un mot, je gagnai le rez-de-chaussée accompagné d'Evan.

Gwen était avec Kostas sur le seuil. Elle avait le visage fermé et portait son uniforme. Je me sentis vaciller et vins vers eux. Gwen me salua d'un hochement de tête.

— Zeke.

— Qu'est-ce qui se passe, Gwen ?

— Je dois te parler. En privé.

Kostas prit Evan par l'épaule.

— Viens, mon pote. On va prendre un thé.

Ils allèrent dans la cuisine. Gwen demeurait à l'extérieur. Elle désigna sa voiture, garée un peu plus loin.

— On va discuter là-bas, si ça ne te dérange pas.

— Aucun problème.

Je l'y accompagnai. Une fois dans la voiture, le silence dura. D'un geste nerveux, Gwen se frotta la bouche, puis elle soupira sans parvenir à prononcer un mot.

— Tout va bien, Gwen ?

Elle écarta les mains, secoua la tête tout en regardant droit devant elle la rue vide et triste, yeux écarquillés.

— Non. Rien ne va. Rien ne va vraiment plus depuis quelques mois. Quand j'ai accepté d'être shérif adjoint de Deil River, je me suis dit : « Allons-y ! C'est plutôt une chouette ville et la criminalité n'est plus ce qu'elle était… », mais maintenant, je ne suis même plus sûre de vouloir succéder à Travis pour le poste de shérif. J'aurai pas les épaules…

— Tu plaisantes ? Je suis persuadé que…

D'un geste de la main, elle m'interrompit en affichant un sourire désolé.

— Je ne suis pas là pour étaler mes états d'âme. Je dois te poser des questions, Zeke. Des questions à propos d'un meurtre.

J'eus l'impression d'avoir la bouche pleine de sable.

— Un meurtre ? Mais… Quel meurtre ? Qui est mort ?

— Kerry Durning.

— Le type contre lequel je veux porter plainte ?

— Oui.

Tout tournait autour de moi. Je songeai à l'exemplaire de *Feuilles d'herbe*, soigneusement rangé dans mes affaires.

— Durning, mais… Merde. Qu'est-ce qui s'est passé ?

— Quelqu'un lui a éclaté le crâne à coups de pierre dans la forêt, près de l'endroit où se trouvait le chalet de McPherson… Un carnage.

— C'est arrivé quand ?

— Plutôt récemment. On a retrouvé le corps aujourd'hui. Hier ou cette nuit. Encore trop tôt pour les conclusions du légiste. Travis veut que je m'occupe de l'enquête parce que Durning était une petite frappe droguée jusqu'à l'os et que j'ai eu l'occasion de le coffrer. Étant donné que tu l'as accusé d'avoir vandalisé ta voiture, je suis obligée de te poser la question : où étais-tu hier et cette nuit ?

(*La journée d'hier ? Tu t'es payé le luxe de retourner seul à la caravane de Durning pour t'assurer qu'il n'était pas revenu…*)

Le temps tournait sur lui-même, se figeait, s'étirait jusqu'à disparaître puis s'aplatissait, envahissait tout. Dans la nuit de ma mémoire, le fantôme de Cory Greenberg me demandait où j'étais l'après-midi et le soir du 5 juillet 2000.

— J'étais avec Evan et… Rien d'extraordinaire à signaler, vraiment…

Il y eut une plage de silence, sa voix se fit blanche, lointaine.

— Je sais qu'il y a eu quelque chose, je suis au courant de tout, Zeke…

Gwen serrait les dents. Ma gorge devint sèche.

— De tout…

— La voisine de mon père m'a appelée pour se plaindre du tapage, hier dans la soirée. Elle m'a dit qu'il était tellement saoul qu'il avait fallu deux hommes pour le ramener chez lui… Quand elle me les a décrits, je vous ai reconnus, Evan et toi. Merci de vous être occupés de lui.

— C'est naturel. On ne pouvait pas le laisser comme ça.

— Ça reste mon père, tu sais. Je ne comprends toujours pas pourquoi il est revenu, pourquoi il me fait tout ce mal en se donnant en spectacle de cette façon, mais…

Elle se tut, déglutit, et sauta du coq à l'âne.

— Kostas m'a dit que vous n'avez pas bougé d'ici, hier, avec Evan, et qu'il en a profité pour vous parler de ses sueries.

— C'est vrai. Tu sais qu'il peut être intarissable avec ça. À part notre balade le soir, on n'a pas bougé.

Elle parut soulagée. Une ombre voila ensuite son visage pensif, un sourire mélancolique y naquit, presque aussitôt s'effaça. Le bout de ses doigts effleurait le volant.

— Qu'est-ce qu'il y a, Gwen ?

— Tu vas me trouver dingue, ou obsessionnelle, mais je n'arrête pas de penser à ce qui s'est passé ce jour-là, dans la forêt, ces derniers temps. Plus que d'habitude. À certains moments, je suis très fataliste et j'essaye de me concentrer sur l'avenir, et d'autres fois, j'ai l'impression que rien de tout ça n'est fini. Comme si un démon s'était invité à Deil River, qu'il avait semé le chaos et la destruction en prenant possession des uns et des autres, et qu'il avait fait semblant de partir. Et là, c'est comme si…

Elle scruta l'extérieur. Sans qu'elle en fût consciente, ses yeux étaient aimantés par le pôle maléfique qui gisait au cœur de la forêt.

— C'est comme si cette chose venait de se réveiller, comme si elle avait en tête de finir le boulot. Surtout depuis quelques semaines.

— Gwen, je ne sais pas quoi dire, je…

— Pas de souci, je t'assure. C'est seulement que cette histoire est encore dure à avaler. Mais ne raconte pas ça à Charlie ou il va me répéter que je dois voir un psy, ou pire : que je devrais renoncer à mon poste pour revenir travailler avec lui au *Possum*. Si jamais il me reparle de ça, je demande le divorce !

Elle éclata d'un rire faux dans lequel se tapissait un sanglot. J'étouffais, n'en pouvais plus d'être ici, de dissimuler, de mentir. Je sortis mon paquet de cigarettes et le lui montrai.

— Je suppose qu'on ne peut pas fumer dans la voiture ?

— Désolée. Si ça ne tenait qu'à moi, je n'y verrais pas d'inconvénient, mais le chef est très emmerdant à ce sujet.

— Oh… Alors j'attendrai d'être dehors.

— J'en ai fini avec toi, ne t'inquiète pas. Va prendre ton shoot de nicotine !

Je quittai la voiture et échangeai quelques mots avec Gwen tout en fumant, puis elle partit.

Je rentrai à la maison et trouvai Kostas seul dans le séjour. Evan était remonté dans la chambre. J'en profitai pour remercier notre hôte de m'avoir offert un alibi pour la veille et il me répondit drôlement que c'était tout naturel, qu'il fallait agir ainsi, que des forces supérieures le lui avaient demandé. Ne sachant pas quoi ajouter après cela, je lui renouvelai ma reconnaissance et voulus rejoindre Evan, mais Kostas me retint.

— Il faut que je te parle d'un truc.

— Vas-y, je t'écoute.

Il gratta ses cheveux tondus en d'ésotériques symboles, gêné.

— Je sais que tu crois pas vraiment à ça, mais j'ai fait une suerie hier matin parce que j'avais besoin de me détendre, par rapport à Dylana. C'était chouette, j'ai discuté un moment avec ma grand-mère. Elle me manque tellement. Mais c'est pas le sujet… Pour faire vite, tu dois savoir qu'on ne quitte jamais le monde révélé par la suerie d'un seul coup. Il continue à couler dans nos veines et à sinuer dans notre cerveau et les replis de notre âme pendant quelques heures, et parfois même une journée. C'est souvent le moment que choisissent les morts pour nous délivrer les messages les plus importants, et ça m'est arrivé ce matin.

Il s'interrompit, m'observa gravement. Je n'étais pas d'humeur à partager des délires mystiques.

— Écoute, Kostas, je respecte tes croyances et tu dois…

— Nolan aurait voulu te parler.

Je ne dis rien, entrouvris les lèvres sans en laisser sortir aucun son. Kostas se concentra, et ferma les yeux.

— Nolan est toujours ici, et il ne trouvera pas le repos. Il est heureux que tu veuilles l'aider mais tu fais fausse route depuis le départ, parce que tu es obsédé par l'aigle mais que tu ne fais pas assez attention à lui. Il dit que quand tu contemples le ciel et que les larmes des dieux se mêlent aux tiennes, tu crois apercevoir l'aigle alors que tu ne vois que son fantôme… Oublie l'aigle, rappelle-toi ce qu'il dit et cherche-le mieux, souviens-toi de l'endroit où il se trouvait réellement.

Un bref instant, j'avais cru que les mânes de Nolan avaient transmis un message pour moi à Kostas, que tout s'éclairerait en un claquement de doigts. Le résultat, c'était un galimatias de symboles et de conseils qui s'annulaient réciproquement. Je voulais remercier Kostas pour cette information capitale reçue de l'au-delà lorsqu'il ajouta :

— Nolan dit aussi qu'il est touché que tu aies voulu lui offrir un livre. Et il te demande pardon d'avoir été si froid avec toi après ce qui s'est passé entre vous dans la forêt…

(*Ta bouche, la sienne, vos mains explorant vos corps, affamés l'un de l'autre à l'abri des regards dans le secret de l'eau noire, à l'ombre de la forêt. Et après, il…*)

— Il… Il ne t'a rien dit d'autre ?

Kostas secoua la tête sans un mot. Je ressentis un vertige brutal, et oppressant.

— Mais qu'est-ce que ça veut dire ? Cette histoire d'aigle que je dois oublier et écouter en même temps, je… Je ne comprends pas…

— Difficile à expliquer… Quand l'âme quitte le corps, après la mort physique, elle n'a plus besoin des mots. Elle est son propre système de communication. Mais quand les esprits veulent nous parler, c'est une véritable épreuve, pour eux, surtout en dehors de la suerie. C'est un peu comme s'exprimer dans une langue qu'ils n'auraient pas utilisée depuis des siècles. Ils sont maladroits avec nos mots et c'est pour ça que leurs messages sont un peu… obscurs. Si tout ça a un sens, c'est à toi de le trouver…

Il m'observa une minute, impuissant, puis il retourna à sa lecture.

J'allai retrouver Evan dans un état second, lui appris le meurtre de Durning. Il tomba des nues. Quant à moi, j'étais sidéré par l'écho des mots insensés d'un esprit mort dont le sourire le parfum et le goût demeuraient vifs en moi.

La journée s'écoula, morne et irréelle. J'avais le sentiment pénible d'être au monde tel un organe greffé sur un corps qui le rejette. Le soir mes yeux se fermèrent sur cet univers auquel je trouvais désormais quelque chose de faux, d'artificiel – cet univers de mensonge rassurant auquel nous faisions tous semblant de croire depuis toujours et pour longtemps. Je ne fis aucun rêve. Le lendemain, en m'éveillant, je me demandai si cette part de notre vie, le sommeil, lorsqu'il est vierge de tout songe, n'était pas la plus parfaite expression de notre existence, et la plus appréciable – une parcelle de néant pur, froid, et noir. Silencieux.

Quelques jours s'écoulèrent. À nouveau mes recherches étaient au point mort. Le message que Nolan avait « transmis » à Kostas m'obséda, puis je n'y accordai plus la moindre importance. Nolan était mort, les cellules de son corps, de son cerveau, de tout ce qui l'avait constitué n'étaient plus que d'infimes particules revenues à leur forme originelle – une sorte de vie loin de toute idée d'amour, de haine, de secrets, de regrets.

Nous approchions du *Dave Dollinger Memorial Day*, et Chelsea, la maire bien-aimée de Deil River, n'avait pas manqué de nous rappeler, à Evan et moi, qu'elle comptait sur notre présence. Cette perspective m'émouvait et me terrorisait. Tant d'années après, c'était comme sceller mon retour à Deil River, pieuvre géante dont les tentacules silencieux, patients et puissants, s'enroulaient autour de chacun de mes membres pour me garder près d'elle, et se repaître de ma douleur.

L'enquête sur l'assassinat de Kerry Durning piétinait, et le révérend nous évitait, semblait s'être fondu dans la cohorte des fantômes nombreux qui hantaient Deil River.

Du côté de Grace McCaslin, c'était le silence complet. J'avais tenté de la recontacter avant d'abandonner.

Mme McCaslin me téléphona pour savoir si nous avions réussi à joindre sa fille et elle fut navrée – en rien surprise – d'apprendre sa réaction. Elle nous remercia d'avoir essayé.

Pour tromper le temps qui passait sans rien nous offrir de nouveau, je retournai voir Tonto quelques fois. Elle s'était habituée à mes visites et celles-ci lui faisaient le plus grand bien. Elle n'avait plus rien à voir avec la Tonto que j'avais découverte aux premiers jours de mon retour : vide, sans énergie – mourante. Un soir, je la quittai, fatiguée mais souriante. Tout cela m'avait rapproché de Calvin, son infirmier, et je bavardais parfois avec lui un moment avant de repartir à Deil River.

Il avait vingt-neuf ans, allait bientôt épouser sa copine et peut-être quitter l'Oregon pour voir ailleurs. Changer de métier ? Non. Il n'y pensait pas. Il voulait seulement s'éloigner d'ici, de Henry Akeley et de la région.

Un soir que nous fumions devant l'hôpital, il m'annonça sa fermeture prochaine. Je n'en crus pas mes oreilles.

— Henry Akeley va fermer ? Mais les patients ? Qu'est-ce qu'ils vont devenir ?

— Ils seront transférés ailleurs. Un groupe privé a mangé la société qui gérait l'Institut jusqu'à présent. Apparemment, il y a beaucoup de travaux à faire en rapport avec les normes, tout ça… C'est moins cher de vider les lieux et de revendre les bâtiments.

Avec un pincement au cœur, je levai les yeux sur les murs de l'Institut. Après avoir abrité des êtres fragiles devenus des dangers pour la société et pour eux-mêmes, ces lieux finiraient abandonnés, ou, plus triste encore, détruits, tel le chalet du vieux McPherson, et on oublierait qu'on avait souffert ici, qu'on y avait poussé des cris de terreur et de désespoir, qu'on y avait végété, abruti par des médicaments qui auraient pu tuer les gens dits normaux. On oublierait que des femmes et des hommes comme Calvin avaient apporté un peu d'amitié et d'amour à des fous dont le reste du monde était venu à douter qu'ils avaient pu, un jour, avoir une âme.

L'infirmier m'observa, mélancolique.

— Andy ne sera plus là depuis longtemps quand ça fermera, mec.

— Je sais, oui.

— Non. On ne sait pas, en fait. C'est vrai qu'elle a l'air d'aller mieux, mais ça se rapproche. Vous ne devez pas l'oublier, parce que ça va vous faire un mal de chien, sinon…

Je me sentis rougir, ne dis rien.

— Faut pas avoir honte, mec. C'est humain de voir que ce qu'on veut voir. Seulement, il ne faut pas être dupe, sinon, on morfle.

La gorge nouée, je ne répondis pas et finis ma cigarette en vitesse.

Moins d'une semaine après, vers 18 heures, mon portable sonna. C'était Calvin.

Tonto ne mourut pas ce soir-là. Sa vie si fragile et douloureuse s'accrochait, têtue, à un fil mince qui refusait de céder. Et moi je refusais de la laisser seule.

Mes visites se firent quotidiennes.

Un après-midi, quand j'arrivai à Henry Akeley, Calvin m'attendait dans le hall, et sa collègue de l'accueil leva le nez de son ordinateur pour m'adresser un sourire navré.

— Elle est…

— Non, mec, mais je serais vous, je ne partirais pas aussi tôt que d'habitude, aujourd'hui.

En me conduisant à la chambre de Tonto, Calvin se tourna vers moi, et il affichait une mine désolée.

— Avec tout ça, j'ai oublié de vous dire qu'un type est passé voir Andy, ce matin. Gordon Farrell.

— Le révérend Farrell ? Vous êtes sûr ? Et en quel honneur ? Enfin, c'est tout de même…

— Je sais, c'est le père du petit garçon qu'Andy a tué. J'ai fait des recherches sur elle, sur le Net. Ça m'a semblé étrange, mais j'avais aucune raison de le refouler, ce vieux… Au standard, on m'a dit qu'il appelait régulièrement pour connaître l'évolution de la santé d'Andy, ces derniers temps.

— Et je… Est-ce qu'il est resté longtemps ?

— Une heure.

— Une heure ?

— Ça m'a semblé énorme, à moi aussi, et j'avais peur de l'état dans lequel j'allais retrouver Andy, mais elle était bien, quand il est parti. Comme apaisée. Tout le contraire de lui…

— Il était en colère ?

— Non, mec, pas du tout. Il pleurait toutes les larmes de son corps, et croyez-moi, c'était pas du chiqué…

— Est-ce que vous savez de quoi ils ont discuté ?

— Non. La pauvre Andy, elle était trop fatiguée pour en parler, sur le coup.

Il poussa un soupir, baissa les yeux sur son trousseau avec lequel il jouait nerveusement et, au bout de quelques instants, le regard brillant, il me fixa de nouveau, à la fois avec douceur et gravité. Le silence dura près d'une minute et Calvin me posa la main sur l'épaule.

— On y va ?

Il ouvrit la porte.

Dans la chambre dont j'avais l'impression de connaître par cœur les moindres détails – le grésillement presque imperceptible du faible néon au-dessus du lit ; la poignée de la porte des toilettes qui n'était pas parfaitement horizontale ; un écrou jaune doré qui détonnait au milieu des autres, tous gris acier sur les barreaux du lit – Tonto était allongée. Son visage tourné vers la fenêtre n'était pas mangé par ses énormes lunettes ; Calvin les avait posées sur la table de nuit. Il me laissa seul avec elle et ferma la porte en partant.

Je m'installai sur le fauteuil sans savoir si Tonto était ou non consciente de ma présence. Elle avait les yeux mi-clos, la respiration sibilante. Pendant un instant, je crus qu'elle dormait mais je vis ses lèvres remuer et j'entendis sa voix, lointaine, déjà celle d'un fantôme qui essayait de communiquer avec moi depuis l'au-delà.

— C'est toi, Zeke ?

Je lui pris la main. Elle était fraîche, sans force.

— Hé, ma grande… Je croyais que tu dormais.

— Le papa de Silas est venu me voir…

— Oui, je sais. J'espère qu'il ne t'a pas embêtée.

Elle voulut remuer la tête ; ce simple geste lui arracha un soupir de douleur et de lassitude.

— Ne bouge pas, ne parle pas si ça te fait trop mal.

Pendant un instant, j'eus l'impression de tanguer, assis au bord de ce fauteuil dans la chambre où rôdait la mort. Tonto était là, avec moi, et si loin déjà.

Je restai quelques minutes près d'elle, refusant de lâcher sa main, redoutant la fin à cet instant, la souhaitant de tout mon cœur.

— Je suis en train de mourir, Zeke…

Je serrai sa main plus fort sans rien pouvoir répondre.

— C'est le docteur qui l'a dit… Je suis contente parce que je sais que je vais revoir Silas, et Pepsi, et les autres… Mais j'ai un peu peur quand même…

— Je serai avec toi, Tonto, je te le promets…

— Nolan était là tout à l'heure.

— Nolan ?

— Il était près de la rivière… Silas venait juste de partir…

Je ne compris pas tout de suite qu'elle faisait allusion à ce jour-là. Elle poursuivit d'une faible voix.

— Il avait l'air drôle, Nolan, il était essoufflé, comme s'il avait couru et puis il rigolait. Il disait : « Je l'ai eu ce vieil enculé ! » Ça m'a fait rire, parce que c'est un gros mot qui ferait crier maman…

Elle s'interrompit une minute. Il n'y avait plus au monde qu'elle et moi, dans cette chambre, avec le souvenir lointain d'une journée qui avait tué quelque chose en chacun de nous. Elle gémit.

— J'ai été méchante, Zeke… J'ai fait quelque chose d'horrible… C'est à cause de moi que Silas va mourir, même si son papa est venu me voir pour me dire que c'est pas ma faute et qu'il m'a demandé pardon… J'aurais pas dû faire ça, Zeke, oh non… pas dû faire ça…

J'eus froid soudain.

— J'ai entendu Silas appeler au secours, Zeke… Il criait et il courait vers nous, mais moi, j'étais tellement en colère et triste à cause de ce qu'il m'avait dit que je suis allée me cacher, et même que Nolan, il a pas compris ce que je faisais. Il m'a dit : « Mais, Tonto, putain, qu'est-ce que tu fous ? » mais moi, je me suis cachée, tu comprends, Zeke ?

— Qu'est-ce qu'il voulait, Silas ? Dis-moi, Tonto ? Qu'est-ce qu'il voulait ?

Elle respirait encore plus difficilement, n'avait plus la force d'ouvrir les yeux. J'avais envie de la secouer, de l'implorer de ne pas dormir, pas mourir maintenant, de me dire tout ce qu'elle avait gardé pour elle durant ces dernières années.

— Je sais pas ce qu'il voulait... J'ai couru trop loin et j'ai juste vu qu'il avait peur et qu'il a demandé à Nolan d'aller avec lui... Et après, ils sont partis... Quand il a commencé à pleuvoir, j'ai eu peur pour Silas, peur qu'il soit tout mouillé et qu'il attrape du mal... Alors je suis retournée dans la forêt et là... Nolan, à côté de sa voiture, il a dit : « Silas, il a tout vu, il faut le trouver, Tonto ! Cours le chercher ! » Silas... Oh, mon petit Silas... J'aurais pas dû les laisser partir tout seuls...

Je lui pressai la main en douceur.

— Chut... C'est pas ta faute, Tonto, c'est pas ta faute...

— Papa a promis de revenir... Il a promis, il a dit : « Andy, je vais te sortir de là et on ira voir maman après... » Papa... Et il est venu tout à l'heure, et moi j'ai... j'ai... j'ai pas rangé ma chambre et j'ai... j'ai...

Ensuite, ce ne fut plus qu'un long délire chuchoté et essoufflé, des phrases incomplètes, puis plus aucune phrase. Tout se mélangeait dans le cerveau de Tonto qui se mourait : passé, présent, fantasmes, souvenirs.

Je restai près d'elle aussi longtemps qu'il le fallut. Elle n'eut plus la force de rien prononcer, et ce fut mon tour de lui parler.

Il était un peu plus de 5 heures du matin lorsque je me garai devant la maison de Kostas. À travers la fenêtre du salon, la lumière dorée du lampadaire donnait une impression de réconfort et de sérénité.

Je sortis de la voiture et il me fut impossible de franchir le seuil de la porte, impossible de pénétrer là et de faire face à Evan, à Kostas – à Watergate, même.

Je m'assis sur la marche qui menait au perron et admirai le ciel d'un gris pur et soyeux dans lequel poindrait vite une aube éclatante. J'aurais pu tendre la main pour attraper une poignée d'étoiles qui s'éteignaient.

Ma respiration se fit plus difficile, haletante. Les mains enfoncées dans les poches de mon manteau, je me sentais perdu, j'avais la gorge douloureuse et la vue brouillée.

Derrière moi, la porte d'entrée s'ouvrit.

— Oh, Zeke…

Evan s'assit à mes côtés et m'attira à lui. Ce ne fut qu'au moment où j'enfouis mon visage dans son cou que mes yeux débordèrent de larmes et que je me mis à gémir sans pouvoir articuler un mot.

— Tu étais avec elle. Tu lui as tenu la main, Zeke, elle n'était pas toute seule.

— C'est ma faute si elle est morte là-bas…

Il me serra plus fort.

Il y eut d'autres bruits de pas qui s'approchèrent de nous. Alors qu'Evan était à ma droite, Kostas s'assit à ma gauche et me tapota le genou.

— Ça va aller, vieux. Elle est moins à plaindre que nous, maintenant. Je te le garantis…

Dans la nuit muette et finissante de Deil River, sous le ciel pâle dont les étoiles mortes épuisaient ce qui leur restait de lueur sur les vivants, je demeurai longtemps à penser à Tonto, à Nolan, à Dave, à Silas et à Mary Beth, à cette journée qui avait débuté sous un soleil de plomb au point *qu'on croyait que le goudron des routes allait fondre alors que je me retrouve, désormais, courant sous la pluie battante, jetant sans arrêt des regards en arrière pour m'assurer que le monstre qui vient de frapper Silas (de tuer Silas, massacrer Silas, réduire à néant son visage d'enfant fragile aux yeux vifs et brillants des promesses d'un riche avenir) n'est pas à mes trousses. Je cours, plus vite que jamais, cours comme si le sang de l'innocent versé dans la forêt risquait de m'éclabousser. Je cours je tombe me relève tombe encore et me blesse – genou coude pommette – sans rien ressentir, aucune douleur. Plus de place pour la souffrance physique. Dans mes veines, sous ma peau, dans chaque parcelle de mon être, la terreur prend toute la place. Puis elle est là, trempée, devant moi, sa grande carcasse d'ours mal léché qui me regarde, hébété, et arrive dans le sens opposé au mien.*

— Zeke ? Pourquoi tu cours ? Pourquoi tu saignes ? Ça va pas ?

— Tonto, je…

Et ma grande copine s'inquiète en passant la main sur mon visage blessé.

— Mais pourquoi tu pleures, Zeke ?

Je ne réponds pas, ne parviens pas à lui dire de ne surtout pas aller à la rencontre du monstre, et je recommence à courir et Tonto crie, terrifiée :

— Zeke ! Où tu vas ? Où il est, Silas ? Nolan il dit qu'y faut que je le retrouve !

Silas est mort, Tonto, assassiné, écrasé, sacrifié, ne va pas là-bas on ne peut plus rien pour lui c'est fini.

Mais Tonto tel un chien fidèle se dirige vers le lieu où gît le corps de Silas au visage profané tandis que je fuis loin, si loin, pas assez loin, qu'on me retrouve et me ramène à Deil River.

À l'hôpital, on me soumet à une batterie d'examens. Je suis dénutri, déshydraté. Papa se rend à mon chevet, seul, malgré l'officier qui garde la porte et n'ose pas rabrouer l'ancien shérif.

— C'est mon fils. Je ne ferai pas de conneries, vieux. Je sais comment ça marche…

Un papa déconcerté, perdu, un papa méconnaissable dans sa façon de parler, de me scruter, de m'appeler Zeke *et pas* Mon grand, *comme d'habitude, même si ça m'agace, à mon âge. Je me dis qu'il sait, que tout le monde sait, qu'on a retrouvé le bouquin près du corps de Silas, qu'on n'attendait plus que mon retour pour m'inculper, alors je me mets à pleurer et je vois que papa s'inquiète, qu'il décèle dans mes larmes un aveu, et son inquiétude se mue en panique.*

— Zeke, si tu as fait quelque chose, tu dois me le dire, à moi…

Et je raconte tout. Nolan et moi, dans la rivière et après, le rendez-vous et le coup de feu dans la forêt, le monstre et Silas, Tonto qui le recherchait, le livre perdu et disparu, les habits tachés de boue et de sang jetés à la poubelle… La fuite, loin, sur une route parsemée de mensonges et de folie.

— Je suis désolé, papa…

Ça bouillonne sous son crâne, ça tempête, ça bouscule, ça hurle en silence.

— C'est Cory qui va t'interroger, Zeke. Et tu ne dois rien lui dire. C'est clair ?

— Mais, papa…

— Tu as fugué à cause d'un chagrin d'amour, d'accord ? Avec n'importe quel mec sauf Remick. Invente ce que tu voudras, mais dès que tu auras une version, tu t'y tiens. Tu n'en changes sous aucun prétexte.

— Mais… Et Tonto ? Elle m'a vu dans la forêt et…

— Elle est folle et elle ment comme elle respire. Personne ne la croira, Zeke.

Je n'arrive plus à parler, à comprendre. Ils n'ont pas retrouvé le livre. Je regarde cet homme qui essaye de me sourire, de me dire avec ses yeux que tout ira bien, mais que je dois me taire, alors qu'au fond de moi je pressens déjà que c'est le début de la fin, que la chute commence et qu'elle se poursuivra, muette et terrifiante comme le cri poussé par Laocoon quand les serpents démoniaques surgis de la mer se sont jetés sur ses fils pour les étouffer.

J'ai fait ce que papa m'a dit. Même lorsqu'on a retrouvé Tonto démente, hurlante, écumante, avec le cadavre violacé et déjà pourrissant de Silas qu'elle refusait d'abandonner. J'ai répété à papa que ça ne pouvait pas être elle, qu'elle était à la recherche de Silas, qu'elle venait de l'autre côté de la forêt… Mais papa a dit non, et que je devais me taire, que, de toute façon, Tonto n'irait pas en prison mais dans un endroit où on s'occuperait d'elle, et que ça tombait bien, finalement. J'ai dit que c'était injuste, parce qu'elle serait privée de liberté, et papa est devenu furieux.

— Si tu innocentes Tonto, les gens ne comprendront pas que tu aies menti à Cory, et ils penseront que c'est toi qui as fait ça à Silas. Tu veux aller en prison, Zeke ?

Non, je ne veux pas, parce que je n'ai rien fait à Silas, mais je ne veux pas non plus que Tonto aille chez les fous, parce que c'est de ça que parle papa, alors qu'elle n'a rien fait, elle non plus.

J'ai obéi. Parce que papa me l'a demandé.

J'ai menti. Parce que papa me l'a demandé.

J'ai gardé le silence toute ma vie. Parce que papa me l'a demandé.

*

C'était le matin.

Une nouvelle journée allait débuter – sans Tonto.

Watergate sur la commode dormait d'un sommeil profond. Parfois, je devinais au bruit léger qu'il faisait que ses babines tressaillaient, et que ses moustaches vibraient. Il rêvait.

J'étais dans le lit, blotti contre Evan.

Il était près de 7 heures et je n'avais fait que parler. Tout lui dire au sujet du 5 juillet 2000. Cela me fit tant de bien que j'eus la sensation qu'un feu étrange et purificateur brûlait dans ma poitrine, et me donnait le vertige.

— Plus le temps a passé, moins j'avais la possibilité de parler. J'ai presque réussi à oublier tout ça après m'être installé à New York. Et puis Sorvino est arrivé… D'une façon ou d'une autre, il savait que je n'avais pas dit la vérité. Je me sens comme une merde, t'as pas idée…

— T'avais quinze ans, Zeke. T'étais un gamin, tout ce que t'as fait, c'est obéir à ton père.

— J'aurais pas dû. J'aurais dû dire la vérité. Ils auraient bien fini par comprendre que j'y étais pour rien…

— Pas sûr… Tu sais, je crois que ton père a fait une énorme connerie en t'imposant un mensonge pareil, avec tout ce que ça impliquait, mais je le comprends, en un sens. Il risquait de perdre son fils…

— La mère de Tonto aussi a perdu sa fille. Maintenant elle est en maison de retraite avec Alzheimer et elle ne va rien comprendre quand on viendra lui dire que sa fille unique est morte.

Quelques secondes de silence.

— C'est parfois impossible de bien faire, Zeke…

— C'était la pire des décisions. La preuve : maman a préféré en finir avec papa.

— Ton père était malade. Il allait mourir…

— Je me suis souvent demandé si elle n'avait pas sauté sur l'occasion. Elle avait peur. Je ne sais pas si papa lui avait parlé du livre que j'avais perdu dans les bois, mais je suis sûr d'un truc : jamais il ne lui a dit que j'avais croisé Tonto dans la forêt. Il savait qu'elle n'aurait pas toléré une chose pareille…

— Je peux te poser une question ?

Je pressentis ce qu'il allait aborder, et je me contentai de hocher la tête.

— Tu es sûr de ne pas avoir vu le visage du tueur ? Ou un signe distinctif ?

— Non… Ou bien j'ai oublié. C'était tellement… irréel, ce moment. La pluie, l'orage… Ça rendait la forêt sombre, si noire. Le tueur, c'était juste une silhouette, c'est surtout de Silas que je me souviens.

— En tout cas, lui, il t'a vu. Ou du moins, il sait qui tu es…

— Et comme je me rapprochais de lui, il a tué Durning.

Le bruit des griffes de Watergate sur la commode déchira le silence qui s'installait déjà. Il venait de se réveiller, s'était étiré. Il sauta sur le lit pour se coucher à nos pieds.

— Zeke… Je sais que tu vas trouver ça idiot, mais…

Il n'osa pas aller plus loin.

— Quoi ? Demande toujours…

— Tu devrais parler à Kostas. Pour la suerie… Je sais que tu trouves ça débile et que tu n'y crois pas… Même moi je n'y crois pas, au fond ! Mais tu devrais voir ça comme une thérapie, une sorte d'aide… Un peu comme l'hypnose.

— L'hypnose ?

— Je ne dis pas que tu vas évoluer dans un monde caché et découvrir les secrets de l'univers, mais si tu essayes, tu pourras peut-être te faufiler dans tes souvenirs et revivre ce jour-là. Voir l'assassin de Silas ou te concentrer sur ses vêtements, sa façon de se tenir…

— Tu crois vraiment que…

— J'ai revu des pans de mon passé quand Kostas m'a fait faire la suerie. C'était un peu barré et psychédélique au départ, je t'assure, mais j'ai… j'ai revu la maison où j'ai grandi. Ma chambre, dans les moindres détails. J'ai lu des pages d'un recueil de contes que maman me lisait ! Les illustrations étaient là, les reproductions de gravures sur bois qui représentaient les loups, les monstres, les sorcières… Et maman m'a parlé, aussi, elle a parlé à l'homme que je suis, maintenant, alors qu'elle est partie depuis si longtemps. Elle a dit qu'elle était désolée que j'aie vu toutes les fois où mon père l'a battue…

— Evan, je…

— C'est plus comme une séance de psy, tu sais. Ça peut t'aider à y voir plus clair, je te promets.

— J'ai tellement peur de ce que je pourrais voir.

— Je sais. Mais ça pourrait t'aider, toi, plus que tu ne l'imagines.

— D'accord… Je vais en parler à Kostas.

Il n'ajouta rien.

Une minute après, nous dormions.

Avant de parler de la suerie à Kostas, je voulus retourner à Henry Akeley pour me recueillir sur la dépouille de Tonto. Dans le petit salon funéraire de l'Institut, en compagnie de Calvin, je me tenais près d'elle, stupide et soulagé. Étendue sous une couverture, revêtue d'une veste mauve élégante, Tonto semblait apaisée.

C'était une salle minuscule et grise, et mal éclairée, presque comme une cave dans laquelle, autour du corps du défunt, les prêtres d'une très ancienne religion païenne tout imprégnée de magie s'apprêteraient à conduire un rituel chargé de secrets et de mystères pour aider l'âme à rejoindre le monde des morts.

La veille encore, sa voix résonnait – où était-elle, désormais ?

Calvin se dirigea vers la porte. Je le retins par le bras.

— Où est-ce que vous allez ?

— Je pensais que vous auriez préféré être seul avec elle…

— J'aimerais que vous restiez… S'il vous plaît.

Il vint près de moi et me prit par l'épaule.

— Je vous abandonne pas, mec. Aucun souci.

Je n'osai pas toucher Tonto. Impossible de l'embrasser ou de lui effleurer la peau.

Calvin murmura :

— Je sais pas ce que vous lui avez dit, mais j'ai rarement vu quelqu'un d'ici avec une mine si… si sereine après être parti.

— Je lui ai demandé pardon.

Au bout de quelques minutes, il reprit la parole :

— Elle avait pas grand-chose, Andy, vous savez. Mais si vous voulez, je peux vous montrer ses affaires, histoire que vous gardiez un souvenir d'elle…

— Je vous remercie, mais je ne suis pas très « reliques » : ça me plombe le moral.

— Je vous comprends. Je suis un peu pareil. Comme sa mère est gâteuse, je garderai une ou deux choses qu'on enverra à sa maison de retraite, pour le geste. Le reste, je crains que ça finisse à la poubelle. J'ai juste mis quelques photos avec elle. Vous êtes sur l'une d'elles, d'ailleurs. Vous faites partie des gens qui lui ont tenu compagnie toutes ces années. Vous, des amis, sa mère. Et son père, aussi. Ah ! La photo avec son père, j'avais bien l'impression que c'était une des plus récentes, mais elle la regardait sans arrêt ! Ça me fichait le bourdon de l'entendre répéter : « Papa va bientôt me sortir d'ici ! » Si vous le connaissez, cet homme, dites-lui qu'on conserve certaines des affaires d'Andy, au moins pour un temps…

Je mis quelques secondes à comprendre ce que venait de dire Calvin.

— Une photo récente avec son père, vous dites ?

— Ben, ouais… Ils l'ont prise ici, à Henry Akeley. Ils avaient l'air heureux dessus. Elle pouvait pas se coucher le soir sans y jeter un œil. Enfin, ça, c'était avant d'être trop malade…

Le père de Tonto, M. Goodwin, était mort quand elle n'avait que deux ou trois ans.

Je me recouvris le visage et les yeux avec les mains.

Calvin me demanda si j'allais bien et je me tournai vers lui.

— Je sais que ça va vous sembler bizarre, mais… Vous pouvez me montrer la photo où elle est avec son père ?

— Oui, aucun problème. Si ça peut vous aider…

Avec une grande délicatesse, il écarta un pan de la veste de Tonto et en sortit les quelques photographies qu'il y avait glissées.

— Voilà, c'est celle-ci… Ils ont bien un petit air de famille, non ? Moi, j'ai pas eu l'occasion de le rencontrer. Il venait sans doute un peu avant que je m'occupe d'Andy ici, en long séjour…

Je pris le cliché, plein d'appréhension, et n'en revins pas.

Bien entendu, il y avait un air de famille.

Je ne disais plus rien, incapable de détourner le regard de ce duo qui souriait avec fraîcheur – avec innocence – à une vie si courte, si pleine d'embûches, et parsemée de trous béants de solitude grisâtre.

Il tenait sa fille contre lui, heureux, son front appuyé tendrement contre celui de Tonto. Il fallait une certaine attention pour percevoir le chagrin dans ses yeux, malgré le bonheur qu'il ressentait à être près d'elle.

Je rendis à Calvin les photos, qu'il remit à leur place, puis nous nous en retournâmes à l'accueil où se trouvait une réceptionniste que je ne connaissais pas.

C'était Maria, la jeune femme qui était jusqu'alors en congé. Je lui posai une question.

Oui, me répondit-elle, elle était en poste ici depuis plus d'un an.

Oui, cette femme avait accompagné le père de Tonto. Mais ce n'était arrivé qu'une seule fois. Elle avait attendu à l'accueil et ç'avait eu l'air de décevoir un peu le monsieur. Lui, en revanche, il était venu souvent même si on ne l'avait jamais vu auparavant.

Je la remerciai et quittai l'Institut Henry Akeley.

Avant de reprendre la route, je téléphonai chez Kostas pour parler à Evan. Je lui expliquai que je venais de découvrir qui avait voulu rouvrir l'enquête sur la mort de Silas et pourquoi.

Depuis le début, nous avions pris les choses à l'envers.

⋆

Après plus d'une heure de discussion dans notre chambre, Evan pensait que je devais parler en tête à tête avec elle.

— Il faut que ce soit toi tout seul, pour commencer. Après tout, son histoire est plutôt lourde à porter. Si on y va tous les deux, elle risquerait de se sentir face à des flics…

— Alors je vais y aller. Immédiatement.

— Je t'attends ici.

Je sortis dans le couloir, me dirigeai vers sa chambre et frappai.

La porte s'ouvrit. Mme Kurland m'accueillit avec un sourire surpris.

— Zeke ? Bonjour, comment allez-vous ?

— Vous me permettez d'entrer une seconde ?

Mme Kurland. Dans sa jeunesse, elle s'appelait Virginia Malloy. Elle avait eu Tonto à seize ans, l'avait sauvée de justesse de la folie meurtrière de sa grand-mère, Eulia, puis elle avait fui Deil River, laissant derrière elle un bébé au cerveau abîmé et le cadavre de son aïeule égorgée dont le sang maudit avait contaminé la rivière.

Elle comprit, déglutit et m'invita à entrer.

Elle ferma la porte derrière moi et désigna la chaise de son bureau. Je m'y installai ; elle me fit face debout.

— Elle est morte, n'est-ce pas ?

— Oui, dans la nuit. Je suis resté auprès d'elle jusqu'au bout.

Elle hocha la tête, gravement.

— Je vous en suis reconnaissante, merci…

— Pourquoi vous n'êtes jamais allée la voir ?

Elle détourna le regard, leva la main vers son visage et effleura son menton de ses doigts fins et pâles.

— Je n'étais pas sa mère. Sa maman, c'était Mme Goodwin…

— Vous savez, Tonto était…

Elle se fit implorante.

— Ne l'appelez pas comme ça, s'il vous plaît. Ce surnom, ça me rend folle…

Je me sentis rougir et me corrigeai :

— *Andrea* était un être d'amour et de tendresse. Elle ne vous en aurait pas voulu. Elle pouvait se mettre en colère, mais elle finissait toujours par aimer tout le monde. Même ceux qui lui avaient fait du mal. Croyez-moi. Je suis bien placé pour le savoir…

Elle ne me regardait plus, triturait une petite croix en or qu'elle portait autour du cou.

— Virginia, allez au moins vous recueillir auprès de sa dépouille. Mme Goodwin ne sera pas en état de le faire, et Andrea mérite que vous veniez près d'elle pour lui dire au revoir…

— Très bien. Mais j'aimerais que vous m'accompagniez.

— C'est d'accord.

Dehors, une bourrasque. Le cyprès de Lawson planté non loin de la chambre de Mme Kurland, balancé par le vent, caressa le toit en un murmure doux du bout de ses branches. Ses traits se crispèrent.

— Vous savez ce qui est injuste ? C'est que Jo méritait de pouvoir accompagner Andrea dans ses derniers instants. C'est lui qui aurait dû lui dire adieu et la pleurer…

— J'ai vu une photo d'eux, vous savez, celle où Sorvino est avec Andrea. C'est l'infirmier qui s'occupait d'elle qui me l'a montrée. Elle est dans sa poche de veste, maintenant. J'étais persuadé que quelqu'un avait engagé Sorvino pour rouvrir le dossier de la mort de Silas. J'ai même cru que c'était vous qui l'aviez embauché, mais en voyant cette photo et en apprenant la régularité avec laquelle il est venu la voir à Henry Akeley, j'ai compris que c'était lui qui était venu jusqu'à vous pour vous parler d'elle. Je ne sais pas comment il vous a retrouvée, ni comment il a appris l'existence de votre fille à tous les deux, mais c'est lui qui a pris les choses en main, n'est-ce pas ?

Elle hocha la tête, eut besoin de s'asseoir au bord de son lit.

— Quand mon mari est mort, je me suis effondrée. Jonathan était toute ma vie… Je l'appelais Jo, lui aussi. Le hasard nous fait de drôles de blagues, parfois… Ça va faire un an le mois prochain qu'il est parti. Comme je n'arrivais pas à reprendre le dessus, et que ça commençait à inquiéter mes enfants, j'ai décidé de trouver un moyen d'être aidée. Je ne voulais pas de psys. Je voulais parler avec des gens qui avaient perdu quelqu'un, tout comme moi. J'avais un peu honte de ma démarche et j'ai cherché sur Internet des groupes de soutien qui pouvaient exister dans la région. J'en ai trouvé un. Il était à une vingtaine de kilomètres de chez moi. J'ai mis du temps à me décider à y aller enfin, vous savez. Alors un jour, je me suis mis un coup de pied aux fesses, et j'y suis allée. Les gens étaient merveilleux, là-bas. Touchants. J'ai eu le pressentiment que ça allait m'aider et que peut-être, moi aussi j'allais pouvoir aider les autres… À la fin de la première réunion, je me sentais déjà mieux, et juste avant de partir, une main s'est posée sur mon épaule. C'était Jo. Je l'ai tout de suite reconnu et lui aussi m'avait repérée. C'était mon amour de jeunesse… Je sais ce que les gens disent à propos de moi, Zeke. Que j'étais une marie-couche-toi-là analphabète, à peine humaine… C'est faux. Eulia négligeait mon instruction, c'est vrai, mais pour le reste, je n'ai jamais couru les garçons. Jo vivait tout près de Deil River et il venait souvent à la rivière pour pêcher avec des amis. On s'est rencontrés comme ça, par hasard. Nous avions le même âge et il y a eu quelque chose entre nous. C'était beau et tendre. Et bête, aussi : la seule fois où nous avons fait l'amour, je suis tombée enceinte. Jo l'ignorait au moment où ses parents ont déménagé. Quand nous nous sommes quittés, je ne savais pas encore que j'attendais Andrea. La suite, vous la connaissez. Après ce que j'ai dû faire à Eulia pour sauver Andrea, j'ai compris que je ne pourrais plus être avec elle, alors je l'ai abandonnée, parce qu'il n'y avait rien d'autre à faire et que je refusais de passer ma vie enfermée sous prétexte que j'avais sauvé mon bébé des griffes d'une vieille folle qui voulait la noyer. J'ai raconté tout ça à Jo, et puis la vie qui a été la mienne quand j'ai décidé de me reprendre en main. J'ai travaillé dur, et j'ai obtenu un petit diplôme. Ça va vous sembler fou, mais je n'avais pas entendu parler de l'affaire Silas Farrell avant que Jo ne l'évoque avec moi.

— Il la connaissait, lui, mais il ne savait pas qu'Andrea était sa fille.

— Non, il l'ignorait. S'il ne m'avait pas retrouvée par hasard, jamais il n'aurait su. C'est le destin qui l'a placé sur mon chemin. Jo était veuf aussi. C'est pour ça qu'il venait dans ce groupe de parole, parce que la douleur d'avoir perdu sa femme était encore vive. Mais quand il a appris qu'il avait une fille… Ah ! Si vous aviez vu l'étincelle dans son regard…

Elle ferma les yeux, porta la main à sa gorge. Elle demeura ainsi une vingtaine de secondes, puis elle reprit, avec une pointe d'émotion dans la voix :

— Il a tout fait pour la retrouver. Et après avoir découvert qu'elle était liée à cette affaire sordide, la première chose qu'il a décidé de faire, c'est rendre visite à Andrea, avant même de me mettre au courant de sa situation. Un jour, il est venu me voir pour tout me raconter. J'étais atterrée. Quelque part, je me sentais coupable de tout ça. Mais je n'ai pas eu le temps d'ouvrir la bouche que Jo m'a dit que tout ce que les journaux avaient écrit n'était qu'un tissu de mensonges. Il avait parlé avec elle et il en était convaincu : notre fille était innocente. Quant à moi, je n'avais pas la foi de Jo vis-à-vis d'Andrea, vous savez.

— C'est pour ça que vous n'êtes jamais allée la voir ?

— Oui. J'avais peur de deviner chez elle quelque chose qui aurait échappé à Jo parce que son amour pour cette fille découverte sur le tard l'aurait aveuglé et qu'il n'aurait pas admis qu'elle était bel et bien coupable… Mais Jo a enquêté, seul, et longtemps. Il m'a très peu parlé de ce qu'il avait pu découvrir, mais il m'avait affirmé deux choses : Andrea était innocente et…

Elle hésita avant de décocher ses derniers mots.

— Et vous avez assisté au meurtre de Silas Farrell, Zeke.

Mon sang se glaça.

— J'y étais, c'est vrai, mais je n'ai aucun souvenir de ce moment-là, et je n'ai pas tué Silas. Vous devez me croire.

Elle eut un sourire bon, presque maternel.

— Je vous crois. Et Jo n'a jamais eu l'air de vous considérer comme un suspect, si cela peut vous rassurer.

J'allais lui répondre quand une question me traversa l'esprit, qui me terrifia. Elle l'entrevit et les traits de son visage s'affaissèrent.

— Je sais qu'on l'a tué. Chaque jour je tapais son nom sur Google et j'ai fini par tomber sur un article qui mentionnait son assassinat dans un hôtel du Bronx…

— Nous devions collaborer tous les deux sur l'affaire du meurtre de Silas. J'ai été pris de court. Il m'avait pourtant dit qu'il avait du nouveau, et des éléments solides qu'il voulait partager avec moi.

— Alors c'est qu'il avait toute confiance en vous. Il avait un instinct très sûr, vous savez. C'était un très bon enquêteur.

— Vous avez entendu parler de Kerry Durning ?

— Le toxicomane qu'on a assassiné ? Oui, un peu.

Je lui dressai un rapide portrait de Durning et lui confiai les raisons pour lesquelles Evan et moi étions persuadés qu'on l'avait payé pour tuer Sorvino. Elle partagea nos conclusions. Je lui parlai aussi du livre de Walt Whitman que j'avais retrouvé chez le camé, et pourquoi il était une pièce capitale du dossier. Elle fut de nouveau sur la même longueur d'onde.

— C'est forcément son employeur qui s'est débarrassé de lui.

— Et directement, cette fois-ci. La façon de le tuer en lui éclatant le crâne, ça ressemble tellement au meurtre de Silas.

Nous restâmes silencieux un moment.

Nous avions fait des progrès fulgurants et les innombrables pièces du puzzle sur lequel nous étions penchés s'assemblaient peu à peu, mais rien n'allait assez vite à mon goût, comme si un danger tapi dans l'ombre menaçait de s'abattre sur nous avant que tout fût résolu.

Mme Kurland se prit la tête entre les mains.

— Jo avait compris quelque chose avant de venir vous retrouver ! Il n'a rien voulu me dire pour éviter que je fasse des bêtises en son absence, et maintenant, tout est perdu…

— Ne vous inquiétez pas. On va finir par comprendre, nous aussi.

— Je l'espère… Sinon Jo sera mort pour rien.

Tout en parlant, elle ne cessait de toucher la croix qu'elle portait en pendentif. Dans mon esprit apparut le visage du révérend Farrell.

— Madame Kurland, il faut que je vous pose une question. C'est à propos du père de Silas…

— Je connais bien le révérend. Il est assez âgé pour faire partie des gens que j'ai connus ici, à Deil River. Il a été très sensible à ce que Jo lui a dit à propos de la mort de Silas et des erreurs qui avaient été commises durant l'enquête. C'est pour ça qu'il est revenu.

— Est-ce qu'il vous a parlé de ce qui est arrivé à une certaine Grace McCaslin, durant l'année qui a précédé le 5 juillet ?

— Grace McCaslin ? Non, je ne crois pas. Allez savoir si elle n'était pas sur la liste des femmes que nous avons contactées, l'autre fois. Je l'ai peut-être oublié, mais il y en avait tellement.

— Une liste de femmes ?

— Oui. Encore un des mystères de Farrell. Il m'a conduite chez lui pour que nous leur téléphonions.

— Le jour de la tempête, quand vous êtes partis d'ici tous les deux dans sa Ford ?

— Absolument. Il avait une liste de noms de femmes qu'il voulait joindre pour les questionner à propos de leurs années à l'école ou au collège de Deil River, comme il y en avait beaucoup, il voulait que nous nous partagions la tâche. C'était pour une sorte d'enquête bidon qu'il avait inventée de toutes pièces. Une histoire d'études sur l'absentéisme scolaire. Je n'ai rien compris... Ça nous a occupés trois heures entières et quand on a eu terminé, il ne m'en a pas dit plus. Il a pris des notes tout le long de nos discussions avec ces jeunes femmes et j'ai eu l'impression qu'il était surtout sensible à ce qu'ont dit huit d'entre elles, et il s'agissait de celles qui nous ont accordé le moins de temps. Elles étaient pressées ou bien elles avaient compris que cette histoire de statistiques, c'était du flan...

— Elles savaient très bien quelle était la vraie raison de ces coups de fil, croyez-moi.

Elle fronça les sourcils et je lui expliquai en détail ce que nous avions découvert au sujet de Grace McCaslin et qui la reliait sans doute à Mary Beth et aux jeunes femmes dont nous venions de parler. Quand j'eus fini, elle pâlit, ferma les yeux longuement avant de trouver ses mots.

— Quelle horreur... Toutes ces pauvres gamines. Et vous pensez que ça a continué après le 5 juillet ?

— Il y a des chances, hélas. C'est ce qui ronge le révérend, d'ailleurs, l'idée que ça continue depuis vingt ans. Mais pourquoi il n'en parle à personne ? Imaginez un peu qu'il possède une information capitale ! À quoi bon garder tout ça pour lui, et faire tant de mal à sa fille en se donnant en spectacle ? À croire qu'il prend du plaisir à faire souffrir Gwen !

— Je comprends votre colère vis-à-vis de Farrell, Zeke, mais n'oubliez pas combien les épreuves qu'a dû traverser cet homme ont été cruelles, et ça n'a pas débuté le 5 juillet. La maladie de Silas, ça l'avait déjà fortement ébranlé. C'est une chose atroce que de vivre avec la quasi-certitude qu'on va perdre son enfant, et le voir mourir dans des conditions encore pires, il y a de quoi vous anéantir.

— Silas était malade ? Je n'en ai jamais entendu parler.

— Un myélome. Une maladie qui nécessitait une greffe de moelle osseuse. C'était une opération très lourde, et sans aucune garantie de succès, qui aurait demandé une longue hospitalisation. Une grande clinique de Seattle effectuait ces interventions, et les Farrell auraient dû déménager pour des questions pratiques. Eileen Farrell était très hostile à cette idée. Officiellement, elle craignait pour la vie de son fils…

— « Officiellement » ?

Elle porta la main à son front et ferma les yeux.

— Je me suis mal exprimée… Elle était réellement terrorisée à l'idée que Silas passe sur la table d'opération, mais la rumeur disait qu'il y avait une autre raison, et moins avouable, celle-ci…

— Je suis au courant. Elle couchait avec Cory Greenberg.

— C'est ça. Leur relation s'est délitée peu à peu après cette journée horrible et ils ont fini par devenir des étrangers l'un pour l'autre, ce qui a beaucoup affecté Cory Greenberg, dit-on. Contrairement à ce que tout le monde raconte, Farrell ignorait tout de cette liaison à l'époque. C'est bien après la mort de Silas qu'il l'a découverte. Ça l'a rendu fou, parce qu'il s'est persuadé que sans ça, Eileen aurait accompagné leur fils à la fête de Deil River et Silas n'aurait pas fait cette promenade avec Andrea dans la forêt... Et Andrea, elle...

Elle se tut, prit une inspiration profonde et contempla les nuages qui moutonnaient dans un ciel aussi vaste que son chagrin. Toutes ses pensées se dirigeaient vers Tonto, cette grande femme à la cervelle cabossée, cette fille qu'elle n'avait jamais connue, jamais osé retrouver pour lui parler, lui prendre la main, lui dire – peut-être – qu'elle aurait aimé l'aimer, comme ses autres enfants.

Je me levai, et la laissai seule avec ses regrets et ses peines, le souvenir d'une vie étrange et si diverse qu'elle semblait, de l'extérieur, avoir été vécue par deux personnes différentes – une adolescente perdue et placée sous la férule d'une grand-mère n'ayant plus toute sa raison, et une femme adulte, pas encore vieille mais dont les meilleures années étaient depuis longtemps derrière elle, et qui observait avec une curiosité stupéfaite celle qu'elle avait été.

Aussitôt revenu dans notre chambre, je rapportai toute ma conversation avec Mme Kurland à Evan. Allongé près de lui, je soupirai.

— Si seulement Grace McCaslin acceptait de nous parler...

— C'est une démarche terrible à faire, tu sais. Il y a la honte d'avoir été une victime et d'être considérée comme telle, et puis la peur, aussi. L'idée de devoir faire face à son bourreau, d'être accusée de mensonge, par lui et par ses proches. Dans ces cas-là, il y a tout le temps de bonnes âmes qui jurent leurs grands dieux que c'est impossible, que le type qu'elles connaissent depuis toujours ne pourrait pas faire des trucs pareils…

— Je sais tout ça. Ce qui me fait mal, c'est que je ne peux pas m'empêcher d'en vouloir à Grace malgré tout. Et à celles qui refusent de parler, alors que je n'en ai pas le droit…

Un ange passa. Evan fit la moue.

— Il y a quand même une chose qui me laisse perplexe.

— Laquelle ?

— Eileen Farrell. Pourquoi est-ce qu'elle s'est suicidée ? Pas à cause de la culpabilité, c'est certain. Sinon, elle se serait tuée depuis longtemps. Pareil concernant son mari. Je crois qu'elle se fichait plus ou moins qu'il ait découvert que sa liaison avec Greenberg ait pu avoir une incidence sur la mort de Silas…

— Elle a forcément appris quelque chose pour en venir à se tuer. Si seulement on pouvait découvrir pourquoi Merryn Cotten fait fleurir le lieu de l'accident tous les jours…

Watergate, qui mangeait ses croquettes depuis quelques minutes, finit son repas, s'étira, et vint s'installer sur mon oreiller. Il était près de 13 heures, et je proposai à Evan de déjeuner. Une dizaine de minutes plus tard, chacun mangeait un sandwich, et Evan évoqua de nouveau ma prochaine suerie. Mon enthousiasme était quelque peu retombé, et pourtant je tins bon, voulus en savoir plus.

— Bon. Ça se déroule comment, une *suerie* ?

— Kostas s'est construit une sorte de hutte au fond du jardin, derrière. Je dois te prévenir, c'est très personnel, sa façon d'organiser le truc. Si des Algonquins venaient à apprendre qu'il appelle ça une suerie, je crois qu'ils se taperaient la tête contre les murs en pleurant…

Je me tournai vers lui, un peu inquiet.

— C'est à ce point-là ?

Evan déglutit, haussa les épaules.

— En tout cas, ça ne ressemble à rien qui a jamais existé auparavant…

Kostas sauta de joie, littéralement, et la suerie eut lieu dès l'après-midi qui suivait.

Il me demanda de me mettre en caleçon et il me peignit des symboles complexes sur le torse et le dos. Il m'oignit le front avec une huile essentielle qui sentait la rose et la fleur de cerisier et il récita des prières. C'était ridicule. Il prépara ensuite une tisane et me demanda de la boire d'un trait, quand elle était encore brûlante.

— Ne t'inquiète pas, c'est vraiment chaud, mais tu n'auras pas de séquelles. Ce breuvage, c'est à la fois le poison et son remède.

Il me tendit le gobelet en terre cuite dans lequel la mixture d'un mauve opaque fumait en dégageant un parfum de bonbon. Je grimaçai en le saisissant.

— Tout ça m'a l'air fameux…

Je bus. Ce liquide qui promettait d'avoir un goût de barbe à papa était en vérité âpre et rafraîchissant. Première surprise, vu la température à laquelle Kostas l'avait fait bouillir. À peine trois ou quatre secondes après l'avoir ingurgitée, la boisson sembla pénétrer dans chaque cellule de mon corps et de mon cerveau. J'eus l'impression de grandir et de rapetisser, d'être partout à la fois et irréel, lourd et insaisissable. Je devenais élastique – je devenais le temps.

J'observais mes mains, touchais mon corps comme si je venais de découvrir ma véritable existence physique et mon essence profonde. Evan se mit à rire et posa ses lèvres sur les miennes.

— Bon voyage, mon cœur…

Ç'avait été à peine un effleurement, et pourtant ce baiser était le plus beau qu'on m'eût jamais donné. Je scrutai Evan, les larmes aux yeux.

— Evan… Je t'aime…

Son visage dégagea une lumière aveuglante et un sourire y naquit.

Cette minute sentimentale exaspéra Kostas.

— On parlera mariage un autre jour, les mecs. Tu as ta clef ?

Ayant déjà un pied de l'autre côté du monde, je levai vers lui l'exemplaire de *Feuilles d'herbe* que j'avais retrouvé chez Durning. Avant de procéder à la suerie, Kostas avait évoqué la « clef » nécessaire pour entamer le voyage vers le Grand Lointain. Ce devait être un objet d'une haute importance symbolique dans la quête du voyageur. Evan, lui, avait pris le médaillon que lui avait offert sa mère pour son dixième anniversaire. Dans mon cas, le choix avait été plus qu'évident. Kostas l'avait approuvé.

— Tu risques bien de te retrouver au beau milieu du bordel que tu cherches à résoudre. Ça va être violent…

C'était violent, depuis si longtemps.

Kostas me prit par le bras et me conduisit dans la hutte où fumait déjà faiblement un feu. Il m'installa entre un crâne de castor rempli de plumes de corbeau et un bol contenant des épines d'acacia et des cendres d'écorce de saule.

— Voilà. Maintenant je vais ajouter les herbes et les poudres dans le feu et je vais te laisser seul. Tu n'as rien à craindre. Au pire, tu tomberas dans les vapes.

— Kostas…

— Quoi, mon pote ? Qu'est-ce qu'il y a ?

— Kostas… J'aime Evan… Je l'aime… Plus que tout… Tu comprends ?

— Oui, ben, j'ai compris. Allez, bon voyage !

Il jeta au feu une poignée d'herbes et de poudre, des étincelles bleues et jaunes m'aveuglèrent puis je me trouvai seul, coupé du monde extérieur.

La hutte si petite semblait immense, une fois le breuvage absorbé. Une flamme illumina mon nouvel univers en crachant des particules embrasées qui sifflèrent (*en engendrant des entités qui murmurent des incantations*). J'étais perdu au beau milieu des ténèbres, et le minuscule feu fumant était l'unique source de lumière dans ce paysage de chaos sans haut ni bas, sans gravité ni aucune loi physique. Sans rien.

Le livre serré contre moi, je devinai que je n'étais pas seul et j'eus peur. Des ombres, à peine visibles, des silhouettes parfois aussi éphémères qu'un battement de cils, peuplaient ce néant. Elles parlaient, chuchotaient, respiraient. Elles s'ignoraient, se confrontaient, se fondaient les unes dans les autres, se déchiraient, se frôlaient. Elles sentirent ma présence, et ce ne fut plus qu'assauts, protestations, gémissements, vociférations, menaces.

Je pris une profonde inspiration et les voix se firent plus nettes, déchirants les pleurs et stridents les cris. Kostas m'avait prévenu.

— Ça peut être un vacarme de tous les diables, là-dedans, mais c'est normal, il faut que les âmes comprennent que tu n'es pas venu pour elles toutes. Dès qu'elles sauront qui tu es, ça deviendra plus supportable…

Les hurlements, les plaintes, les supplications.

C'était intenable et j'eus l'impression que ma tête allait exploser.

Je n'ai aucune idée du temps passé debout, attaqué de toutes parts, les mains contre les oreilles et les yeux fermés.

Soudain, plus rien. Et je sus que la mort devait ressembler à ça.

Dans ce silence parfait s'insinua un murmure liquide et lointain – loin, très loin au-dessous de moi. Je me rendis compte que j'étais assis au-dessus du vide dans lequel mes jambes se balançaient.

Il y eut un miaulement et Watergate (*un jeune Watergate et le même pourtant*) se frotta contre mon dos avant de s'éloigner.

J'étais dans une obscurité totale, puis une main invisible écarta le rideau qui me séparait de ce monde inconnu et familier qui m'effrayait, et je vis.

C'était notre lieu de rendez-vous, au sommet de la petite falaise, à côté de l'abri de Mme Fergusson, là où la Deil River jaillissait des roches en un torrent furieux avant d'échouer une cinquantaine de mètres plus bas, et de ramper doucement à travers la forêt, noire et vénéneuse.

Je me sentis étrangement bien – mieux que je ne l'aurais jamais cru en cet instant. À côté de moi, une forme se dessinait, une silhouette humaine qui remplissait un vide opaque que je n'avais pas encore remarqué.

Mon cœur battit la chamade.

Qui cela pouvait être ?

Silas ? Maman ? Papa ? Dave Dollinger ? Tonto ? Nolan ?

— Bonjour, Zeke... Je suis ravi de vous revoir. Et seulement à moitié surpris, pour être honnête.

Ses jambes courtaudes dans le vide, Sorvino contemplait la vue, ébahi.

— Vous...

Il afficha son air à la fois finaud et ahuri et laissa échapper un petit rire guilleret.

— Oui, moi. Je comprendrais que vous soyez déçu, Zeke. Vous auriez préféré quelqu'un de plus familier, je présume.

Je ne sus pas quoi dire, puis je lui souris comme je l'aurais fait à l'adresse d'un vieil ami retrouvé après des décennies d'absence.

— Tout bien réfléchi, vous m'êtes sans doute plus familier que bien des gens que je croyais connaître jusqu'alors, Sorvino.

Il hocha la tête, et je crus déceler une forme de gratitude émue dans son regard.

— Ça me va droit au cœur. Tenez... Tant que nous y sommes, je voulais vous remercier pour ce que vous avez fait pour Andy. C'est très généreux.

— Je l'ai fait pour elle autant que pour moi, vous savez...

— Ça n'ôte rien à votre mérite.

Les mains dans les poches de sa vieille veste en velours gris, il admira de nouveau la vue.

— C'est tellement beau, ici.

— C'est beau, oui… Beau comme l'enfer.

Nous demeurâmes ainsi, subjugués par la canopée brillante et les nuées d'oiseaux noirs, blancs, rouges, verts ou bleus qui striaient le ciel de savantes figures dessinant tour à tour des visages, des paysages, ou des messages dans des alphabets imaginaires. Je n'avais aucune envie de bouger, pourtant je coulai un regard du côté de Sorvino.

— Je ne crois pas que je sois censé rester là à m'extasier des beautés de Mère Nature.

— Je sais, Zeke. Mais la question est : est-ce que vous avez vraiment envie de savoir ? Car vous savez déjà, vous en êtes bien conscient ?

(*La silhouette approche de Silas qui vient de tomber à terre, une silhouette assez grande, et je me souviens – j'accepte de voir – qu'elle porte quelque chose sur la tête qui jette dans l'ombre les traits de son visage. Mais lorsque le tueur sera debout, au-dessus de Silas, il me tournera le dos, et je serai incapable de distinguer ses traits. Pourtant, quand je reculerai et que je heurterai un tas de branches, il me fera face, un bref instant, et je verrai que…*)

— Oui, je sais que je l'ai vu. Il faut seulement que je fasse un effort…

Sorvino acquiesça.

— Alors nous pouvons y aller, puisque vous êtes prêt.

Il se leva, puis moi aussi, et il ouvrit la marche dans la forêt obscure.

Nous descendîmes la pente qui menait au cœur des bois. Quelques ombres furtives remuaient près de nous, ou plus loin. Je vis Nolan, adossé à un arbre. Il m'aperçut, m'adressa un clin d'œil. Ses lèvres formèrent des syllabes incompréhensibles, et il s'éclipsa.

Sorvino ne disait rien. Il se contentait de fredonner un air qui m'était familier et que je ne reconnaissais pas.

Il faisait beau, et j'en déduisis que Dave Dollinger et Silas ne mourraient sans doute pas avant une bonne heure.

Soudain, dans le calme parfait de la forêt, l'écho d'une explosion, qui venait de la fête de Deil River. Cela me stupéfia.

— Ça alors, j'avais presque oublié ça… Ce jour-là, un abruti a mis le feu à une machine à pop-corn qui a explosé. Je ne me souvenais pas y avoir fait attention…

— C'est normal, ce qui va suivre a occupé votre esprit sans partage pendant tant d'années.

Au-dessus de nous, la course du soleil dans le ciel, et bientôt l'amoncellement des nuages noirs et gris semblèrent se faire en avance rapide, tout comme le vol des oiseaux. On avait l'impression de se trouver dans un commissariat et de passer une bande de vidéosurveillance en accéléré dans l'espoir de voir apparaître le visage du coupable tant recherché.

Tout ralentit d'un coup et des voix parvinrent jusqu'à nous.

Je ne bougeai plus, bouleversé.

— Mais, c'est…

— Oui. C'est Silas et Andy.

— Comment est-ce que je peux les entendre ? Je n'ai pas assisté à leur dispute, ce jour-là. J'en suis sûr…

— Considérez ça comme un cadeau de ma part. Vous comprendrez pourquoi elle était en colère à cause de lui à ce moment, et pourquoi elle voulait qu'il s'en aille…

Nous avançâmes dans leur direction.

Silas et Tonto marchaient côte à côte. La voix trop forte de notre grande copine tonitrua dans les bois tranquilles.

— Je préfère marcher avec toi plutôt que d'être à la fête ! Ah ! Ça ! Oui, alors !

Silas ne répondit pas. Quelque chose le préoccupait. Tonto le remarqua, et elle en fut triste. Décontenancée, elle observa la forêt tout autour d'eux, puis un sourire malicieux éclaira sa grosse bouille de bébé. Elle poussa légèrement Silas à l'épaule avant de s'enfuir en courant.

— Bouh ! C'est toi le loup !

Le petit garçon ne réagit pas. Cela mit Tonto au désespoir.

— Tu veux pas jouer ?

— Je suis très fatigué, excuse-moi.

— Oh… Tu veux que je te porte ?

Silas éclata d'un rire frais.

— Non, ça ira… Je suis plus un bébé.

Tonto haussa les épaules.

— OK.

Ils marchèrent tranquillement quelques minutes, et Sorvino et moi les suivions, fascinés. Plus qu'à aucun autre moment de leur longue complicité, Tonto sentait que quelque chose n'allait pas chez Silas – quelque chose de grave. Le petit garçon croisa le regard de sa grande amie et perçut l'appréhension qu'il trahissait. Il lui prit la main et fixa le sol.

— Je suis malade, Tonto. Je vais mourir.

La stupeur qui se peignit sur les traits de Tonto me serra le cœur. Elle tâcha de sourire sans vraiment croire à ce qu'elle allait dire.

— Mais n'importe quoi, Silas ! T'es pas malade ! Tu veux juste me faire une blague, hein ?

Il ne répondit pas. Elle lui secoua la main.

— Tu me fais une blague, hein ? Pas vrai ?

Il fit non de la tête, ne dit rien. Tonto lâcha sa main et s'arrêta. Ses grands yeux s'emplirent de larmes.

— Mais je veux pas, moi, Silas ! On peut pas te guérir ? Si, on peut : faut juste trouver un bon docteur, et puis ça ira mieux !

Silas renifla, essuya du dos de la main une goutte qui suintait au bout de son nez.

— On pourrait m'opérer, mais c'est dangereux, et ça pourrait me tuer aussi. En plus, il faudrait déménager, et ça je veux pas… Je veux pas t'abandonner, Tonto…

Elle s'agenouilla en face de lui, et le prit dans ses bras, secouée de sanglots.

— Il faut que t'essayes, Silas ! Il faut que t'ailles te faire opérer ! Même si c'est loin, je viendrai te voir tous les jours ! Même à pied !

Silas ne put s'empêcher de rire. Sorvino et moi observions, bouleversés.

Le petit garçon s'écarta de Tonto et lui essuya le visage.

— Je sais que je vais mourir, Tonto. Je suis trop malade. Le docteur a dit à maman et à papa que les chances de guérir étaient…

Il chercha mais ne retrouva pas le mot « infimes ».

— Je sais que ça veut dire que je vais mourir.

Les sanglots de Tonto redoublèrent et Silas la consola. Au bout de quelques minutes, elle se releva, le visage bourrelé de colère, et elle prit un gros tuyau qui se trouvait au pied d'un arbre. Elle poussa un hurlement et abattit son arme de fortune sur une vieille souche qui vola en éclats.

— Je déteste la mort ! Je la déteste ! Je la déteste ! Il faut que tu t'en ailles et que t'essayes, Silas ! Il faut ! De toute façon, je veux plus te voir ! Je veux que tu t'en ailles ! Je t'aime plus, Silas ! Ah ! Je te hais ! Va-t'en ! Va-t'en loin !

Et elle continua de défouler sa haine tout autour d'elle.

Au loin, la silhouette de Jim Bragg et celle de son chien. Le vieil homme secoua la tête et repartit avec la bête, comprenant de travers les propos de Tonto, qui aperçut l'ancien professeur et l'invectiva.

Silas la regarda faire, puis il haussa les épaules et s'éloigna, tête basse, dans la direction du chalet du vieux McPherson.

Tonto devait poursuivre son entreprise de destruction désespérée durant une bonne dizaine de minutes. De mon côté, je voulus suivre Silas, mais un champ magnétique puissant m'en empêcha.

Sorvino en fut navré.

— Vous n'avez pas entière liberté de mouvement dans ce monde, Zeke. Je sais que c'est frustrant. Ni vous ni moi n'y pouvons rien...

— Mais il marche droit à sa mort !

— Il a déjà rencontré la mort...

La silhouette du petit garçon finit par disparaître. Je m'efforçais de scruter la forêt à la recherche d'un indice, d'une présence, même furtive, ou des bribes de dialogues – j'avais tellement l'impression que mes sens étaient affûtés, dans cet univers, qu'il me semblait évident que j'entendrais celui qui avait prévenu Dave Dollinger des horreurs qui se déroulaient en ce moment au chalet abandonné.

Sorvino poussa une exclamation empreinte de lassitude.

— J'étais comme vous au départ, Zeke ! J'essayais de trouver une réponse au loin alors que je prenais mes jumelles à l'envers. Du coup, je voyais tout en plus petit au lieu que ce soit plus grand.

Le regard fixé au sol, il fut encore secoué par un de ses rires débonnaires, puis il leva les yeux au ciel.

— J'ai mis du temps à m'en rendre compte, vous savez… J'avais juste oublié ce soleil, cette canicule… C'est cette chaleur qui rend les gens fous…

Pourtant, le soleil avait disparu derrière un voile épais de grisaille. Un vent fort rugissait entre les pins, balançait les branches et bousculait les nuages. La pluie se mit à tomber, drue et froide, si froide qu'elle fit immédiatement naître une vapeur étouffante qui s'élevait du sol brûlant et aride, assoiffé. Mais nous ne ressentions rien – en tout cas, Sorvino restait sec. Je l'étais, moi aussi, ce qui ne m'empêchait pas de sentir sur ma peau le lointain souvenir de cette averse d'été. Je tremblais.

— Vous connaissez le paradoxe de l'écrivain, Zeke ?

Cette expression fit écho à quelque chose qui demeurait flou dans ma mémoire, illisible. Sorvino attendit ma réponse. Autour de nous, la pluie était de plus en plus violente et l'obscurité menaçante. Bientôt le coup de feu exploserait dans la fallacieuse quiétude des bois, et cela me rendait malade. Le vieil enquêteur poursuivit.

— C'est une histoire de paradoxe temporel. Quelque chose qui nous apprend une règle capitale, et que nous devons toujours avoir à l'esprit, surtout quand on enquête sur une affaire complexe, avec de nombreuses ramifications…

Soudain, ce fut l'illumination : les mots que Sorvino employait étaient exactement ceux qu'il avait utilisés lors de sa dernière conversation avec Charlie au *Possum*.

— Vous avez déjà dit tout ça !

Il hocha la tête, tristement.

— Oui, Zeke, je l'ai dit. Après avoir *enfin* compris. Le souci, c'est que je n'avais pas un embryon de preuve, à ce moment. C'est pour ça que je suis allé vous trouver à New York… Mais là-bas – comment dire ? – j'ai été pris de court… Si nous avions pu discuter tous les deux, toute cette affaire serait déjà bouclée, et une certaine personne serait en prison, ici, à Deil River.

— Mais qu'est-ce que vous avez enfin compris ? Dites-moi, et qu'on en finisse !

J'eus l'impression que Sorvino n'écoutait plus ce que je disais. Il continuait de me parler alors que mes propres mots ne l'atteignaient plus.

— Jamais une cause ne peut être précédée de son effet, Zeke. *Jamais*. Sauf dans les voyages dans le temps, et les physiciens savent que ces derniers sont impossibles… Tout est une question d'ordre et d'enchaînement, et personne ne pourra jamais inverser deux éléments d'une chaîne.

Le ciel pleurait sur nous ses larmes de colère. Un ciel terrible, si proche et si sombre. Pourtant, Sorvino grimaça, comme aveuglé par une lumière abondante, et dardait sur ce spectacle sublime un œil incrédule et terrifié.

— Ce soleil ! Mon Dieu, Zeke, ce soleil ! Cette canicule ! C'est ça qui rend les gens fous !

— Sorvino, je...

Il me fixa, désespéré.

— C'est vraiment terrible, Zeke, c'est comme si vous pensiez pouvoir joindre quelqu'un au téléphone alors que vous avez inversé deux chiffres du numéro de votre correspondant...

Je ne comprenais rien.

Sorvino ouvrit la bouche pour ajouter quelque chose mais le coup de feu retentit – *Dave Dollinger est mort. À l'instant. Et je n'ai pas vu celui qui l'a averti de ce qu'on faisait à Mary Beth. Je n'ai pas vu Nolan, je n'ai pas vu Silas revenir en courant pour le chercher. Je n'ai rien vu.*

— Mon Dieu... Sorvino, je...

Il n'était plus là. J'étais seul, désormais, pour affronter ce qui me hantait depuis vingt ans, et je me trouvais à l'endroit exact où, mon exemplaire de poésie coincé dans la poche arrière de mon jean, après la stupeur qui me paralysa au moment du tir, je me mis à courir vers le chalet.

Autour de moi hurlaient et grouillaient une armée de démons noirs et visqueux échappés des Enfers pour se repaître des tourments éternels infligés à deux enfants.

— Silas... Pitié... Silas... Silas...

Il apparut. Aussitôt, je me figeai.

L'enfant courait, le visage déformé par une grimace de douleur à laquelle se mêlait une terreur indicible. Il tournait la tête vers le monstre qui allait le tuer – *tu sais, Silas, qu'il va t'attraper, te mettre à mort, mais tu ne veux pas lui faciliter la tâche, jamais* – et approchait de moi sans le savoir.

Au loin derrière l'enfant, un pas puis un autre, sans hâte, dans la boue et les pierres.

Le monstre apparut, avec un calme et une détermination qui suscitèrent en moi une horreur plus terrible encore que celle qui m'avait foudroyé vingt années plus tôt.

Le monstre qui savait que Silas finirait entre ses griffes – qu'il n'y avait pas lieu de se précipiter.

Et la chute. Brutale, insupportable. L'exclamation désespérée de Silas comprenant que tout était fini.

Je fis un pas vers lui mais l'ombre qui approchait me retint d'aller plus loin. On ne voyait ni sa tête ni son visage. Seul Silas, rampant sur le sol, ne pouvait rompre le lien qui s'était tissé entre ses yeux et ceux du monstre qui ne le considérait plus que comme un problème dont il fallait se débarrasser.

Tu sais, Zeke.

Non.

Tu sais qui s'apprête à tuer Silas et tu l'as toujours su.

Non…

Pourquoi refuses-tu de voir ?

Je veux voir.

Alors, regarde…

Silas tourna la tête vers moi, me reconnut, et ses lèvres s'apprêtèrent à prononcer – *crier, implorer* – mon nom.

Et le coup fondit sur lui. Et l'œil devint énorme dans son orbite, l'étincelle de vie qui y brillait déjà éteinte, épousant les ténèbres de la mort.

Un cri d'horreur bloqué dans ma poitrine, depuis toujours. Mon cri et celui de Silas à jamais prisonniers d'un territoire obscène, hors du temps et de l'espace, dans la nuit profonde d'une forêt désertée par les dieux.

Un autre coup, violent, précis, plein d'une haine froide.

Je reculai, comme jadis, épouvanté par ce spectacle, puis je heurtai un tas de branches sèches qui craquèrent sous mon poids.

Le monstre, dès lors, interrompit la pluie de coups qui s'abattaient sur ce qui n'était déjà plus le visage de Silas. Le bras immobile brandissant le tuyau dégoulinant de sang de morceaux d'os de peau de cheveux, le monstre amorça un mouvement lent dans ma direction. L'horreur me paralysait. Le monstre portait un sweat-shirt bleu – *floqué d'un logo* – et sa capuche dissimulait sa tête.

C'était lent, si lent. Le monstre avait perçu ma présence avant même de savoir où j'étais, et qui j'étais.

Toujours en toi ces yeux, Zeke…

Je hurlai.

Dans tes cauchemars, ce regard plus glacial et mort que la mort, tu l'as croisé si souvent…

— Non !

Tu as toujours su…

— Non, je ne veux pas !

Regarde-le, Zeke !

Incapable de supporter toute cette ignominie, je fermai les yeux au moment où le visage apparaissait.

Ouvre les yeux, Zeke !

Non ! Non ! Non !

Ouvre les yeux ! Tu sais de qui il s'agit !

J'avais quinze ans de nouveau. J'avais peur, je tremblais. Je détournai la tête du monstre dont je sentais le regard froid peser sur moi puis j'entrouvris les paupières.

Ouvre les yeux, Zeke !

Et je le vis.

Son visage. Sa peau sombre dans la nuit sombre. Ses traits fermés. Ses yeux morts qui fixaient Silas et ne percevaient pas ma présence. Sa bouche tordue par un rictus indescriptible et imbécile comme toutes les fois qu'il m'appelait « bonhomme ». Et sa façon de marcher, de boiter tel Jacob après sa lutte avec l'Ange. Et cette blessure qui saignait sur sa joue gauche… Cette plaie…

Ouvre les yeux, Zeke !

— Ouvre les yeux ! Zeke ! S'il te plaît !

Evan criait, la voix brisée par les larmes.

— Zeke ! Zeke, je t'en prie !

L'air satura mes poumons avec une brutalité douloureuse et j'eus l'impression d'étouffer.

Kostas s'exclama à son tour.

— Il respire ! Merci, Seigneur !

Secoué par une quinte de toux dont je crus ne jamais voir la fin, j'ouvris les yeux et ne compris pas où je me trouvais. Je n'étais plus dans la hutte à suerie mais allongé dans l'herbe, face au ciel immense où le soleil brillait de mille feux.

Au bout d'un temps infini, je parvins à retrouver un souffle à peu près normal. Evan, lui, n'en finissait pas de pleurer.

— Tu ne respirais plus… Tu étais comme mort…

À ses côtés, Kostas riait de soulagement.

— Pour être précis, mec, tu *étais* mort. Je sais pas comment t'as fait pour revenir, mais, putain, t'es revenu !

Pendant quelques secondes, j'avais oublié jusqu'à mon prénom. Puis tout revint, lentement, tel un brouillard qui se lève et révèle le paysage qui nous entoure. J'étais trop faible pour bouger, et Kostas se précipita dans la maison pour me chercher quelque chose à boire. Seul avec Evan auquel je m'agrippais, je paniquais, et ma voix était rauque, brisée.

— Silas… Le monstre a tué Silas et…

— Doucement, doucement…

— Il a menti… Il a menti…

— Qui ?

— Celui qui a témoigné en faveur de Sanborn Waldman…

— Tu l'as vu ? C'est lui qui a tué Silas ?

Les yeux exorbités, je secouai la tête.

— Non… Il était à quelques mètres derrière le tueur, il venait du chalet… C'est lui qui a tué Dollinger… Je suis sûr qu'il s'est battu avec Nolan parce qu'il l'a surpris avec Mary Beth… Il avait la pommette entaillée, comme si on l'avait frappé, et il saignait… Ils étaient deux… C'est pour ça que Dollinger et Silas n'ont pas été tués de la même façon… C'étaient deux tueurs différents, mais c'étaient des complices…

Nous étions dans la cuisine. Evan était sous le choc et je me remettais doucement de mes émotions tout en écoutant avec une certaine perplexité Kostas s'extasier sur ma suerie.

— C'est carrément génial ! J'ai jamais vu ça, mec, *jamais* ! Des types médiums pendant un ou deux jours ou qui ont eu la révélation et ont gagné à la loterie, OK, mais des résurrections, jamais !

— Vous êtes sûrs que je ne suis pas resté plus de cinq minutes dans la hutte ? L'expérience que j'ai eue, ça donnait l'impression d'avoir duré tellement plus longtemps…

Evan me prit la main.

— Kostas venait de te laisser quand tu t'es mis à hoqueter. Au début, ça peut arriver, et il ne s'est pas inquiété, mais dès qu'on s'est rendu compte que tu suffoquais, on t'a sorti de là…

Les yeux de Kostas brillaient comme ceux d'un gamin le matin de Noël.

— Allez, mec, raconte comment ça s'est passé…

Alors qu'il me semblait ne rien avoir conservé de cet étrange périple, tout me revint au fur et à mesure que je verbalisais mon histoire : la rencontre surprenante avec Sorvino ; l'échange poignant entre Tonto et Silas ; les paroles hermétiques du fantôme de l'enquêteur à propos du paradoxe de l'écrivain. Et puis la mise à mort. Ma lâcheté à ne pouvoir faire face au monstre.

Ce fut la seule fois de mon récit où je craquai. Evan me consola.

— Ne sois pas si dur avec toi-même, ça nous apprend bien plus de choses qu'on ne l'aurait cru… Rends-toi compte, tu as réussi à te souvenir de Waldman ! Grâce à toi on sait qu'il était sur les lieux du crime, et qu'il s'est probablement battu avec Nolan avant d'abattre Dollinger… Sa blessure à la joue, ça pouvait être un coup de crosse de revolver, non ? Plus j'y pense, plus je suis convaincu que c'est Nolan qui a appelé le shérif pour le prévenir de ce que Waldman était en train de faire à Mary Beth…

Tout ça avait du sens. C'était même le seul récit qui me paraissait un peu solide depuis le début de notre enquête. Chacun de nous garda le silence un instant, abasourdi, puis Evan reprit la parole :

— Il faudrait faire craquer Waldman, lui dire qu'on sait tout !

— Et sur la base de quoi ? De mon expérience psychédélique qui m'a permis de parler à un mort et de revivre l'épisode le plus douloureux de mon passé ? Il va nous rire au nez…

— Mais qu'est-ce qu'on fait, alors ?

— Je ne sais pas. Je ne sais pas… Il faut seulement être prudents pour éviter d'éveiller ses soupçons et de l'inciter à fuir ou faire n'importe quel autre genre de conneries.

Evan se leva et fit les cent pas dans la cuisine avant de s'exclamer :

— Il faut qu'on parle à Cory Greenberg !

— Cory Greenberg, vraiment ? Le fils de pute qui m'a persécuté parce qu'il était convaincu que j'étais mêlé au meurtre de Silas… Désolé, mais ça ne me semble pas être l'idée du siècle.

— Au contraire ! Si on va le voir et que tu lui déballes tout, y compris ce que tu lui as caché à l'époque, je suis certain qu'il y a une chance pour qu'il t'accorde une oreille attentive.

— Evan, je ne crois pas que…

— Il veut se racheter. Il l'a toujours voulu. Il est persuadé que c'est sa faute si Eileen Farrell a renoncé à accompagner Silas à cette putain de fête rien que pour lui. Ce n'est pas après toi qu'il en a.

Je ne dis rien et me tournai vers Kostas. Ce dernier ne pipait mot et, d'un léger coup de menton, je l'interrogeai. Il dodelina de la tête en direction d'Evan.

— Je crois que le gamin a raison. Il y a des chances pour que Greenberg t'écoute. C'est vrai qu'il a un côté sale con, pour le peu que je le connais, mais il m'a jamais fait l'effet d'être un mauvais type. Je l'ai même toujours trouvé très malheureux, pour être honnête…

Je me massai les paupières avec le pouce et l'index en soupirant.

— Je crois que je préférerais risquer ma vie dans une autre suerie plutôt que d'aller voir cet enfoiré, mais vous avez sûrement raison…

Je jetai un œil à l'écran de mon téléphone : il était 17 h 42. Je demandai alors à Kostas s'il pensait que Greenberg était chez lui. Il répondit que l'ex-officier rentrait habituellement à la maison en début de soirée.

Evan s'assit de nouveau près de moi et posa la main sur ma cuisse.

— Je t'accompagne là-bas, ne t'inquiète pas.

Les yeux d'Evan. Son regard sur moi avait changé, était devenu plus doux, plus intime. Une phrase me revint en tête et je me sentis rougir. Il sourit comme un collégien avant de poursuivre :

— Tu prends une douche, et après, on fonce là-bas. Ça te va ?

J'acquiesçai, collai mon front au sien.

— Merci d'être là.

Trois quarts d'heure après, Evan et moi attendions Greenberg chez lui, assis sur les marches de son perron.

Nous nous étions mis d'accord sur la façon de raconter l'histoire et, surtout, il nous parut crucial de ne rien dissimuler de compromettant pour moi, y compris la petite visite rendue dans la caravane de Kerry Durning.

Greenberg arriva peu avant 19 heures, un lourd sac de provisions à la main. Il faisait encore clair, et le soleil luisait dans le ciel sans nuages – quand nous partirions d'ici, la nuit serait tombée depuis longtemps.

Lorsqu'il me vit, il marqua un temps d'arrêt avant de vite retrouver ses vieux réflexes de sale péteux.

— Ça alors, McKay ! Si y a une personne que je m'attendais pas à voir débarquer ici, c'est bien toi !

Tout en m'étudiant, impassible, il jouait avec son trousseau de clefs. Ce bruit métallique résonnait bizarrement dans la quiétude du quartier.

— Il faut qu'on parle, Greenberg. De choses sérieuses.

Le bruit des clefs cessa et il me désigna du doigt.

— Je te préviens, mon grand, si jamais t'es venu jusque chez moi dans le but de m'insulter ou de me faire sortir de mes gonds, il vaudrait peut-être mieux que tu te tires d'ici illico.

— Je suis venu pour vous proposer de trouver qui a vraiment tué Silas Farrell.

Il ne réagit pas, resta immobile, et il finit par avancer d'un pas décidé jusqu'à la porte d'entrée.

— Je vous accorde un quart d'heure.

Une minute après, j'étais assis près d'Evan, sur un canapé, face à Cory Greenberg qui m'observait debout, adossé au mur, stoïque, jambes écartées et bras croisés, tel un marshal à qui on ne la fait pas. Il portait un jean bleu clair, et un tee-shirt noir qui moulait sa silhouette fine et carrée – ce corps attirant qu'Eileen Farrell avait aimé.

Je racontai tout – sans l'ombre d'une hésitation. Cory ne m'interrompit pas une seule fois ni ne trahit aucune des émotions qui l'habitaient. Ses yeux ne quittèrent pas les miens, et pas une seconde je ne ressentis l'envie de baisser le regard. Seul un détail sembla faire naître une réaction chez lui : la blessure à la joue de Waldman.

Quand j'eus terminé, Cory ne fit aucun commentaire. Il caressa pensivement sa lèvre inférieure avec son pouce gauche, puis il parla, sans colère, sans ironie – non sans tristesse.

— Si seulement j'avais su tout ça à l'époque, McKay.

— Je... Vous n'imaginez pas à quel point j'ai honte de...

Il m'interrompit en levant la main.

— Je sais, tu obéissais à ton père...

Il secoua la tête.

— Putain, Jon… On peut pas dire que t'as aidé ton gamin…

Il demeura pensif un instant avant de revenir à moi, désabusé.

— Tu sais, c'est vraiment la seule grosse et vraie connerie qu'ait jamais faite ton paternel, et pourtant, je le comprends. Je me demande si j'aurais pas fait pareil, sur le coup. Ce qui m'embête, c'est cette histoire avec Waldman… On l'a pas écarté de l'enquête de gaieté de cœur, crois-moi, mais on avait déjà Nolan Remick comme coupable, et Waldman avait un alibi solide.

— Votre témoin a peut-être fait erreur. Qu'est-ce qui nous dit qu'il ne s'est pas emmêlé les pinceaux à cause de la fête de Deil River en témoignant que Waldman…

— C'est pas n'importe qui qui a fourni un témoignage à Sanborn Waldman, Zeke. C'était Merryn Cotten. C'est moi qui ai recueilli sa déposition.

— Merryn Cotten ? Mais… Pour quelles raisons il aurait fait ça ?

— Comment savoir ? Merryn est un type droit et respecté de la communauté de Deil River. Jamais il n'a posé de problème.

— Il vous a donné quelle sorte d'alibi pour Waldman ?

— Ça concernait un carreau cassé, il me semble. Oui, oui, c'est ça. Un piaf s'est écrasé sur la fenêtre de son taudis et le carreau s'est brisé. Merryn l'a aidé à le changer. À cause de sa patte folle, Waldman pouvait difficilement monter sur un escabeau. J'ai vérifié ça, tu sais, et c'était vrai : la vitre était flambant neuve.

— Ça ne veut rien dire ! Il a peut-être menti sur les horaires, même s'il a réparé cette putain de fenêtre ! Et la maison de Cotten est près des bois !

— Il n'y a pas eu que la déposition de Merryn, un autre témoignage a confirmé que Waldman n'avait rien à voir dans tout ça.

— Un autre témoignage ? Mais de qui ?

— Celui d'un mineur, et son identité a été tenue confidentielle, c'est la loi. Après avoir réparé sa fenêtre, Waldman a fait un saut à la fête où le témoin l'a vu. Impossible pour lui d'être chez Merryn puis à la fête au moment où les crimes étaient commis. La chronologie des événements est pour lui…

— Et ce mineur, ce n'est pas vous qui l'avez interrogé ?

— Non. Trop de choses à vérifier. Je ne sais pas qui s'en est chargé.

— C'est bien notre veine… Et il n'y a aucun moyen de retrouver la trace de ce témoignage ?

— Peut-être, oui, mais avec beaucoup de chance. Il faut espérer que le dossier n'a pas été détruit, même si à l'époque, on commençait déjà à conserver tout ça dans des bases de données.

— Peu importe, de toute façon… Deux faux témoignages, c'est un faux témoignage de trop.

— Écoute, Zeke, je vais pas te mentir. Quand tout ce bordel est arrivé, j'ai tout de suite pensé à Waldman. C'est souvent ce qui est le plus évident qui est vrai dans ce genre d'affaire, et la présence d'un pédophile dans le périmètre restreint d'un viol sur mineure, c'est rarement dû au hasard, pour ne pas dire jamais. En plus, d'après ce que tu as vu là-bas, Waldman n'était pas seul, et il avait un complice et… Bon sang, pendant l'interrogatoire, il avait bien la joue blessée ! Je lui ai demandé comment il s'était fait ça et il a répondu : « En réparant ma fenêtre avec Merryn. » Pourtant, ça pourrait bien être un coup de crosse de flingue. J'en ai assez vu dans ma vie pour savoir que ça pourrait être ça…

— Et si c'était Cotten, le complice ?

Cory me dévisagea.

— Sauf ton respect, c'est peut-être aller un peu vite en besogne, là…

— Pas du tout ! C'est très logique, au contraire ! Cotten a bien exercé au service de l'infirmerie du collège de Deil River, non ?

— Oui, mais…

— Là où étaient scolarisées Mary Beth, Grace McCaslin et toutes les filles auxquelles le révérend Farrell voulait poser des questions. Et si Cotten avait été le rabatteur de Waldman ? S'ils n'avaient été que deux pervers associés depuis le départ ? En plus, il s'occupe de Mary Beth presque à l'œil, je vous rappelle, c'est très pratique pour être sûr que la gamine ne dira jamais rien, et pour faire croire à tout le monde qu'elle est débile !

Et il y avait cette altercation que j'avais eue avec Merryn Cotten. Sa violence, sa terreur quand j'avais mis en lumière son petit manège des iris blancs déposés là où Mme Farrell était morte.

Ce secret qui suintait par tous les pores de sa peau.

Cory vint vers moi.

— Ça ne tient pas debout. Tu m'as dit toi-même que Durning avait certainement été engagé par quelqu'un qui a du fric. Sinon, ce tocard n'aurait jamais pu se payer le voyage jusqu'à New York pour suivre Sorvino et te retrouver. Et puis ça ruinerait ton hypothèse selon laquelle Sorvino serait arrivé jusqu'à Mary Beth avec l'aide de Merryn.

Ébranlé, je me tournai vers Evan.

— Désolé, Zeke, mais je crois que Cory a raison.

Le silence qui s'installa devint lourd et je me dirigeai vers la grande porte-fenêtre du séjour qui donnait sur l'arrière de la maison. L'herbe était verte, tondue au millimètre. Le vent du soir y laissait une empreinte à peine perceptible en la caressant.

— Même si Cotten n'est pas son complice, il ment, c'est obligé.

Greenberg acquiesça.

— C'est possible, mais on ne peut pas le prouver. Pas sur la base de tes souvenirs, ni si longtemps après.

L'ancien shérif approcha de moi et posa sa main sur mon épaule.

— Et je ne veux pas que tu ailles le voir pour lui tirer les vers du nez, c'est compris ? Quelles que soient les raisons pour lesquelles il a décidé de protéger Waldman, on en sait trop peu pour nous permettre de le braquer ou de l'inciter à protéger son pote encore plus. Et avec le bol que tu sembles avoir, il y aura toujours quelqu'un pour témoigner que tu lui as rendu une visite.

Sans compter que Cotten appellerait le bureau du shérif dès qu'il m'apercevrait à quelques mètres de chez lui.

Je me tournai vers Cory. Il m'interrogeait du regard. Je soupirai, exaspéré.

— Ça va ! Soyez tranquille. Je n'irai pas le voir…

— OK. Je te crois. Sache seulement que je suis de ton côté, même si ça semblait pas évident, au départ, et que je t'ai soupçonné de tout un tas de trucs pas très chouettes. Mais je veux trouver qui est le fils de pute qui a éclaté le crâne de ce gamin.

Il me désigna sa poitrine, livide.

— C'est une saloperie qui me ronge depuis toutes ces années.

— Ce n'était pas votre faute.

— C'est moi qui avais insisté pour la voir, ce jour-là… Si j'avais été au poste, c'est moi qui serais allé au chalet. J'aurais été plus prudent que Dave. Lui, il voulait seulement rentrer au plus vite au bureau du shérif et aller à la fête avec Chelsea. Il s'attendait à trouver quoi, là-bas ? Des gamins en train de fumer des joints, ou de baisouiller à plusieurs ? Putain !

Il se mit à pleurer et se détourna de moi.

— Cory, je…

— C'est la vérité ! Ils sont morts à cause de moi ! Tous les deux ! Et même cette pauvre Tonto ! C'est pour ça qu'Eileen a fini par se foutre en l'air, j'en suis sûr ! C'est pour ça !

Il s'essuya les yeux et je lui donnai une petite tape dans le dos.

— Écoutez… On a trouvé un fil. Il est fragile, mais si on arrive à tirer dessus, on finira par débrouiller tout ça. Ayez confiance.

Il ne dit rien, n'était plus que fureur et chagrin.

— On ne va pas abuser de votre temps, maintenant. On va rentrer chez Kostas.

— OK. Je vais voir ce que je peux faire de mon côté par rapport à l'identité du deuxième témoin de Waldman. Je te tiens au courant quel que soit le résultat.

— Merci…

Je ne sus pas quoi ajouter ; il n'y avait plus qu'à partir. Avant de saluer Cory, je pensai au *Dave Dollinger Memorial Day*.

— Vous irez à la cérémonie en hommage à Dave, demain soir ?

— Oui, comme tous les ans. Ça m'a toujours fait du bien. Chaque fois, j'ai l'impression qu'il va débarquer, remercier tout le monde pour ces belles paroles, et qu'il va me proposer un billard et une ou deux bières avant de rentrer à la maison… Vous y serez aussi ?

— J'y tiens beaucoup, oui.

— Très bien. Alors, à demain.

Quand nous fûmes arrivés chez Kostas, je demandai à Evan de m'accorder une seconde et de rentrer sans moi. Pour toute réponse, j'eus droit à un regard inquisiteur. Je lui montrai mon téléphone en souriant.

— Juste un coup de fil à passer, mon petit cœur. J'ai promis à Cory de ne pas aller chez Cotten et je n'ai pas l'intention de lui téléphoner non plus.

— OK. Je vais préparer à manger en attendant.

Dès qu'il fut rentré, je me mordis la lèvre. Je tergiversai un instant, puis composai le numéro de téléphone malgré l'heure déjà avancée de la soirée, et j'attendis.

On décrocha, j'hésitai à parler avant de me lancer :

— Bonsoir, je… C'est Zeke McKay à l'appareil et… Non ! Ne raccrochez pas, je vous en prie ! C'est à vous que je veux parler… Seulement à vous…

Il y eut un moment très fragile où tout allait se décider. Un grand silence hostile. Finalement, on ne me raccrocha pas au nez. Après cette première et minuscule victoire, je parlai plus librement.

Quelques minutes plus tard, je rejoignais Evan dans la cuisine. Il était aux fourneaux.

— Kostas a préparé une soupe au cresson dont il est très fier. Ça te va ? En plus, ça lui fera plaisir. Je crois qu'il l'a faite juste pour toi, pour se faire pardonner de t'avoir presque tué avec sa suerie.

— Va pour la soupe au cresson.

Je me mis à table, et sentis le poids de toute la fatigue, toute la lassitude du monde.

Evan baissa le gaz et vint près de ma chaise. Il me passa la main dans les cheveux et attira ma tête contre son torse.

— Tu as l'air d'être complètement vidé.

— J'ai peur. Je suis crevé. Il y a des moments où j'ai l'impression que je ne sais plus qui je suis…

— Détends-toi. On va bien finir par découvrir le fin mot de cette histoire. Et après, tu pourras dire adieu à cet endroit…

— Tu seras avec moi quand je quitterai Deil River ? Même si on échoue ?

— Parce que tu crois que je vais rester tout seul dans cette ville diabolique ? Et chez Kostas, en plus ?

Il posa un baiser sur mon front puis retourna près de la cuisinière où la soupe finissait de chauffer. Il me fit remarquer que ça sentait bon.

Je ne savais pas si j'avais faim ou non. Chaque mouvement, chaque pensée m'épuisait. Le temps me donnait l'impression de piétiner, hésitant sur la direction qu'il devait prendre. Je n'avais rien en tête, sinon le rendez-vous que je venais de fixer au lendemain – et qui pourrait tout changer.

Mme Kurland n'avait vu sa fille qu'une seule fois – lorsqu'elle vint au monde.

Dans les jours précédant la mort de Tonto, elle avait pris le bus jusqu'à Henry Akeley, mais une peur mêlée de culpabilité l'avait empêchée d'aller au bout de sa démarche. Elle avait erré toute la journée dans les environs parce qu'elle avait raté le bus du retour. Elle revenait de là le soir où nous avions dîné avec elle.

Tout le temps que dura son recueillement auprès de la dépouille de Tonto, elle ne versa pas une larme ; j'eus tant de mal à retenir les miennes. Elle était au-delà du chagrin. Ses sentiments étaient perdus quelque part dans un néant sombre et froid, là où rien ne gît que le silence et l'incompréhension.

Avant de partir, elle déposa un baiser furtif et sec sur le visage froid et cireux de sa fille. En quittant l'Institut Henry Akeley, sa voix n'était que colère et déception.

— Je n'ai pas senti quand elle est partie. C'est bizarre, non ? J'étais sûre qu'une mère savait ces choses-là…

Je ne répondis rien et la reconduisis chez Kostas. Là-bas, comme je ne descendis pas de la voiture ni ne coupai le moteur, elle s'étonna.

— Vous allez quelque part ?

— J'ai un rendez-vous de dernière minute. Dites à Evan que je serai rentré pour le déjeuner.

— Très bien. Alors je ne vous reverrai sans doute pas. Je quitte la ville en début d'après-midi…

— Vous n'assisterez pas aux obsèques d'Andrea ?

— Non. Ça ferait jaser. Ce moment, il lui appartient, à elle, et à ceux qui l'aimaient.

— Je vois, mais… Et la vérité sur toute cette histoire, ça ne vous intéresse pas ?

Elle réfléchit une seconde.

— J'en ferais quoi, de cette vérité, Zeke, une fois que je la connaîtrais ? Elle m'aiderait à réparer le passé ?

Je voulus dire quelque chose avant de comprendre qu'il n'y avait pas de réponse. Je lui adressai de rapides adieux et je partis.

Quelques minutes plus tard, je sonnai chez Caitlin Paige. Quand elle entrouvrit la porte, elle était sur la défensive. Je levai les mains en signe d'apaisement.

— Ne vous inquiétez pas. Je vous ai promis de ne pas déranger Mary Beth et ça n'arrivera pas. Je veux seulement vous parler, à vous.

Un silence.

— Très bien. Tu peux entrer.

Elle ouvrit en grand et se dirigea dans le salon où je la suivis. Elle ne me proposa rien à boire, resta sur ses gardes ; elle s'installa et, du bout des lèvres, elle m'invita à m'asseoir. Je pris place dans le même fauteuil que lors de ma précédente visite. Après quelques instants empreints de malaise, elle prit la parole, exaspérée :

— Écoute, Zeke, je crois savoir pour quelles raisons tu es là, mais est-ce que je peux *vraiment* faire quelque chose pour toi ? Si Mary Beth est…

— Est-ce que le nom de Grace McCaslin vous dit quelque chose ?

Toute sa colère s'évanouit. Ses traits ne trahissaient plus que l'incompréhension et une pointe de curiosité.

— Grace McCaslin ? Bien sûr que je la connaissais. Elle a quitté Deil River avec sa famille depuis des années. C'était avant… Plus de vingt ans, en tout cas. C'était la meilleure amie de Mary Beth.

— Sa meilleure amie, vous dites ?

Elle hocha la tête puis elle pointa l'index dans ma direction tout en se levant. Elle se dirigea vers une étagère et prit un album de photos qu'elle feuilleta. Dès qu'elle eut trouvé ce qu'elle voulait, elle me tendit l'album ouvert avant de venir se poster derrière moi.

Sur le cliché, deux petites filles d'environ sept ans riaient aux éclats. Leurs vêtements étaient maculés de boue – elles en avaient jusque sur les joues. Un sourire naquit dans la voix de Caitlin.

— Elles venaient de se disputer. Je sais que c'est bizarre à imaginer, mais elles se battaient dehors comme des chiffonniers à cause de je ne sais plus quoi… Il avait plu, et le jardin était plein de gadoue. Elles en avaient partout. Quand je les ai surprises, j'étais estomaquée et je me suis mise à crier. Ça les a littéralement paralysées. Ensuite elles ont éclaté de rire. Ça a dissipé toute ma colère et je me suis dépêchée de prendre une photo…

Elle en pointa une autre. Grace et Mary Beth y étaient côte à côte, avec un groupe d'enfants et le révérend Farrell.

— Là, c'était pendant le cours d'éducation religieuse. Elles étaient inséparables, tu vois…

Il y avait de la mélancolie dans sa voix. Elle reprit l'album pour le ranger.

— Il y a des tas d'autres photos d'elles mais je les regarde toute seule, d'habitude. Ça me chamboule toujours un peu…

Elle reprit place en face de moi et je jetai un œil à l'heure sur mon écran de téléphone : 9 h 35.

— Il faut que je vous explique en vitesse pourquoi j'ai besoin de votre aide.

Quand j'eus terminé, Caitlin fut d'abord sans voix, puis elle me fixa, désemparée.

— Pourquoi ? Pourquoi est-ce qu'il aurait menti ?

— Pourquoi est-ce qu'il *a menti*, vous voulez dire. Cory Greenberg se souvient très bien de cette blessure que Waldman avait à la joue, et il est catégorique : il y a plus de chances que ce soit le résultat d'un coup de crosse de revolver que d'une chute, comme il l'a prétendu…

Il était près de 10 heures, désormais. Caitlin était encore un peu perdue. Brusquement, son regard courut vers l'escalier qui menait à l'étage, et elle blêmit.

— Zeke… Est-ce que Merryn aurait pu… Avec Waldman ?

— Non. Je l'ai cru moi aussi, dans un premier temps, mais il y a eu l'épisode de cette « intrusion » de Sorvino chez vous.

— Qu'est-ce que tu veux dire ?

— Je crois que Cotten a laissé à Sorvino une chance de parler à Mary Beth. Ça peut paraître fou, mais il a peut-être eu des doutes à propos de Waldman. Je suppose que Sorvino a dû le convaincre, d'une manière ou d'une autre, grâce à l'évolution de son enquête. Il l'a fait dans votre dos et il a prétendu que Sorvino s'était introduit chez vous en douce, mais reconnaissez que ça n'a aucun sens.

Caitlin soupira et se passa la main sur le front, désemparée.

— C'est une histoire de fous… Je ne comprends pas ce que je peux faire pour toi, Zeke…

— C'est très simple : à cause de l'injonction d'éloignement que Cotten menace de demander contre moi, je risque gros si je vais chez lui. En bref, il n'y a qu'ici, chez vous, que je peux le rencontrer « fortuitement », vous me suivez ?

— Je n'y vois pas d'inconvénient, mais… Quand Merryn verra ta voiture, qui te dit qu'il ne comprendra pas quelque chose et que…

— Aucun risque : je ne me suis pas garé dans la rue, j'y avais pensé.

Elle acquiesça.

— Alors, tu crois que…

Elle n'alla pas plus loin. Ce fut à ce moment que Merryn Cotten entra dans la maison et que sa voix joviale parvint jusqu'à nous.

— Bonjour, Caitlin ! Je suis là !

Il était pile 10 heures. Un voile de détresse assombrit le visage de Caitlin. Elle me considéra avec sévérité.

— J'espère que tout ça va aboutir à quelque chose, Zeke.

Cotten arriva, affichant un bon sourire paternel qui s'effaça dès qu'il découvrit ma présence. Je ne perçus aucune trace de colère ni de haine chez lui, contrairement à la dernière fois où nous nous étions vus. Il adressa un regard fataliste et dénué de reproche à Caitlin.

— Si ça ne te dérange pas, je crois que j'aimerais être seul avec lui pour discuter. Je m'occuperai de Mary Beth après…

Derrière le visage fermé de Caitlin, je devinai le regret de m'avoir laissé entrer. Elle se retira sans un mot.

Cotten s'installa en face de moi et j'ouvris le feu aussitôt.

— Vous savez pourquoi je suis là ?

— Oui… Oui, j'ai ma petite idée là-dessus.

— Cette histoire d'injonction d'éloignement, c'était plus pour protéger Waldman que vous, je me trompe ?

Il baissa les yeux.

— Tu sais, jamais Sanborn n'aurait pu en réclamer une sans que les flics trouvent ça louche. Il est trop marqué par son casier pour ça…

— Et ça aurait peut-être incité les flics à chercher ce qu'il avait à cacher. Ce jour-là…

Le vieil homme secoua la tête.

— Non, Zeke, tu n'y es pas…

Je me penchai vers lui, tremblant de rage.

— J'y étais, Cotten. Je sais que Waldman était présent au moment du meurtre de Silas Farrell, tout comme je sais qu'il revenait du chalet de McPherson, là où il venait juste de violer Mary Beth…

Il sursauta.

— Non ! Jamais Sanborn n'a touché un cheveu de la petite ! Jamais !

— Parce que vous allez me faire croire que la présence de ce pédophile dans le secteur, au moment même où la gamine a subi ces horreurs, c'était une putain de coïncidence ? À d'autres ! Je suis sûr que c'est pour ça que vous faites fleurir le lieu du suicide de Mme Farrell. Dans le fond, vous êtes conscient de protéger celui qui a été complice de la mort de Silas…

— Tu parles sans savoir, fils… Jamais Sanborn n'a abusé d'une fillette. Ni de personne au monde. Ce n'est pas le type qu'on imagine à Deil River.

— Mais merde, à la fin ! Vous êtes quelqu'un d'intelligent ! Vous n'allez pas me faire croire que vous vous êtes laissé embobiner par cette épave… Et puis pourquoi prendre sa défense comme ça ? Il n'est rien, pour vous, ce mec ! Qu'est-ce que vous cachez ?

— Il n'est pas rien pour moi, Zeke. Sanborn est mon frère.

Je demeurai interdit un instant. Cet homme devant moi était blanc ; Waldman, noir.

— Que… Qu'est-ce que c'est que ces conneries ? Vous vous foutez de moi ?

— Sanborn est le fils que ma mère a eu avec son second mari. Mon beau-père, Edgar Waldman. C'était un homme brillant, un peu plus âgé qu'elle, qui était professeur dans un lycée d'Orangeburg, en Caroline du Sud, pas loin de là où on vivait…

— Votre famille n'est pas originaire de Deil River ?

— Non ! Grâce à Dieu, mes racines ne se trouvent pas dans cet enfer à ciel ouvert ! Maman était de

Caroline du Sud. Comme mon père. Deux Blancs bien sous tous rapports. Papa est mort dans un accident en 1953. Le tramway lui a coupé les deux jambes et son cœur a lâché. Il n'y avait plus que maman et moi. C'était une jeune veuve qui n'avait aucune envie de se remarier. Pourtant, un jour, quelques années après, il y a eu une manif pour les droits civiques. Elle, elle regardait ça de loin, sans trop comprendre. Tout ça, c'était une remise en cause de son univers, et sans être particulièrement raciste, elle n'était pas enthousiaste. Je sais que des tas de Blancs ont eu conscience du caractère historique de la chose, mais maman, comment dire ? Elle était plutôt dans le genre « femme normale ». On ne se pose pas de questions, on bosse, on paye le loyer et on nourrit le gosse. Mais pendant cette manif, donc, il y a eu des débordements. C'était pile au moment où maman faisait ses courses. Elle était à l'épicerie quand dehors, il y a eu des cris et des protestations. Ça n'a pas vraiment dégénéré, mais il y a eu des blessés légers, comme ce Noir en costume, bien propre sur lui mais qui saignait à la tête à tel point que maman a failli tourner de l'œil. Il est entré dans la boutique pour se protéger des coups de la Garde nationale. Un grand bel homme d'environ quarante-cinq ans, et qui présentait bien, à part sa blessure à la tête. Le patron de l'épicerie a pas trop apprécié cette intrusion et il lui a demandé de partir en des termes que je te laisse imaginer…

— Écoutez, c'est bien beau tout ça, mais je ne vois pas…

— Tais-toi. Tu es venu ici pour comprendre l'histoire, non ? Alors maintenant, tu *vas* m'écouter.

C'est clair ? Si tu refuses les détails de l'histoire, si tu rechignes à prendre le temps nécessaire pour en connaître les tenants et les aboutissants, elle t'échappera toujours, et tu ne seras jamais qu'un crétin comme les autres.

Je ne répondis rien et il reprit :

— Maman a été outrée par le comportement de l'épicier. D'un seul coup, elle a pris conscience d'un certain nombre de choses qui étaient là, sous son nez, depuis des années. Elle a abandonné ses achats sur le comptoir sans adresser un mot à l'épicier et elle a proposé à l'homme de venir avec elle pour qu'elle puisse le soigner. Tu n'imagines pas le scandale, à l'époque : une femme qui ramène un homme chez elle, c'était louche, mais une Blanche qui rentre avec un Noir qu'elle ne connaît ni d'Ève ni d'Adam ! Je te la fais courte, Zeke : maman est tombée amoureuse de cet homme, Edgar, et lui aussi l'a aimée. Le problème, c'est qu'il était marié. Leur liaison a scandalisé tout le monde et de tous les côtés : les Blancs, les Noirs, sa famille, celle de maman. Finalement, ils se sont retrouvés seuls avec moi. Edgar a divorcé mais il n'a pas pu épouser maman à cause des lois qui interdisaient le mariage interracial. On n'était pas encore en 1967… C'est pour ça qu'ils ont cherché à faire leur vie ailleurs, d'autant plus que maman est tombée enceinte de Sanborn. Dans l'État de New York, ils ont pu se marier, après avoir tous les deux trouvé du travail. Moi, j'ai fait des études pour devenir infirmier et j'ai fini par rencontrer une fille qui était de passage du côté de New York. Elle s'appelait Rita et elle venait de Deil River. J'étais jeune et bête et je l'ai suivie jusqu'ici sur un coup de tête, sans le regretter.

Eh bien, là où je vis, c'était la maison des parents de Rita. La suite de ma vie, tu la connais…

— Et Waldman, alors ? Et cette histoire de viol ?

— J'y viens… Sanborn est resté là-bas, dans l'État de New York, près d'Edgar et de ma mère. Il voulait enseigner, comme son père, et il donnait des cours particuliers à des enfants noirs dont les parents ne pouvaient pas payer de cours particuliers. Il aurait fait un professeur exceptionnel, tu sais. Il avait la patience, la motivation… Le portrait craché d'Edgar. Il avait même une petite amie, Vivien, avec laquelle il aurait espéré se marier. Il donnait des cours à la petite sœur de celle-ci. Elle avait quinze ans, et elle s'appelait Ana Mae. Un jour, le père de Vivien et d'Ana Mae a porté plainte pour viol contre Sanborn. D'après lui, mon frère aurait abusé de la petite Ana Mae. La gamine était en état de choc, complètement bouleversée. Impossible de ne pas la croire. Tu sais quelle a été la chance de Sanborn, Zeke ? C'étaient des Noirs qui s'agressaient entre eux. On avait beau être dans un État plus libéral que la Caroline du Sud, il y a des choses qui ne changent pas, et quand je regarde les infos, je me demande si elles changeront un jour. Sanborn a nié avec la force du désespoir. Il a écopé de « seulement » six mois de prison. Mais pour le reste de sa vie, il avait pris perpétuité : adieu ses projets professionnels, adieu Vivien… À sa sortie de prison, il était détruit. Il a vécu un peu grâce à l'aide de maman et d'Edgar mais il s'est mis à boire et il a fini par devenir un fainéant. C'est alors que maman m'a contacté pour savoir si je pouvais l'héberger un moment, pour qu'il se remette sur pied. Le plus terrible, c'est que j'ignorais tout de cette histoire. Quand j'avais maman au téléphone, elle me disait toujours que Sanborn allait bien, qu'Edgar allait bien... Tout était pour le mieux dans le meilleur des mondes, quoi ! J'ai tout appris d'un coup : les accusations de la gamine contre mon frère, son refus d'avouer, la prison, la bagarre avec un codétenu qui l'avait privé de l'usage normal de sa jambe gauche. Ça faisait beaucoup en une seule fois. Dans un premier temps, j'ai été dans le déni, et puis fou de rage contre Sanborn. Pour maman et Edgar, j'ai accepté qu'il vienne ici, à Deil River. Mais je lui en voulais. Quand il est arrivé et que je suis allé le chercher à la gare routière, toute ma rage s'est envolée. Si tu avais vu le type qui est descendu du car ce jour-là, Zeke, tu aurais vu un mort. Et ce mort, c'était mon frère. Je l'ai pris dans mes bras et on n'a rien dit. Lui, il est resté raide comme tout, et c'était comme étreindre un mannequin. Il s'est installé chez moi. Pour ne pas me faire de tort, étant donné que sa réputation finirait par le rattraper, on avait convenu, avec Edgar et maman, que Sanborn serait officiellement locataire de mon ancien débarras aménagé. Personne ne saurait qu'on était frères. Sanborn n'a rien dit : il allait où je lui disais d'aller, comme s'il était encore en taule. Ma Rita, elle, elle a rien dit non plus. Elle a accepté l'histoire sans broncher. Elle a essayé de nouer une sorte d'amitié avec Sanborn et ç'a plutôt pas mal fonctionné étant donné le caractère taciturne qu'il avait chopé en prison. À sa mort, il a pleuré presque autant que moi. D'ailleurs, c'est pas tellement longtemps après que notre pauvre Rita nous a quittés que Sanborn a reçu une lettre, ici, à Deil River, et même que ça nous a pas mal étonnés. Maman et Edgar n'étaient plus de ce monde, et mon frère ne connaissait personne. Ça lui a fait un tel choc qu'il n'a pas osé ouvrir l'enveloppe. Une nuit, alors que je dormais, Sanborn est venu me réveiller dans ma chambre. Tu l'aurais vu, Zeke, c'était pire que le jour de la descente du car… J'avais l'impression que tous les muscles de son visage étaient à la torture, comme si son chagrin était trop grand, trop violent pour exploser, et que la moindre larme versée aurait pu le tuer… À la main, il tenait cette foutue lettre. Il me l'a tendue sans un mot et j'ai mis mes lunettes pour la lire. Quand j'ai eu fini, je chialais comme un môme. C'était une lettre d'Ana Mae, la « victime » de mon frère. Elle était une femme, à présent, mariée et mère de deux gamins. Tu sais pourquoi elle écrivait, Zeke ? Pour s'excuser d'avoir accusé Sanborn alors qu'il n'avait rien fait…

Cotten pleurait.

— À l'époque, elle avait fait l'amour avec un jeune homme de dix-sept ans, et quelques semaines après, elle a cru qu'elle était enceinte. Sa famille, c'étaient des gens très croyants, et ils auraient exigé du mec qu'il épouse Ana Mae. C'est à lui qu'elle en a parlé d'abord, et il a paniqué, parce qu'il avait des ambitions et voulait aller à la fac. Ça aurait ruiné ses rêves, de se marier et d'être père si tôt. Il a pensé à Sanborn. Ana Mae a refusé, mais son copain l'a menacée. Elle avait peur et elle était amoureuse de ce type, et finalement elle a fait ce qu'il lui a ordonné de faire. Ensuite, elle a découvert qu'elle n'était pas enceinte, et il était trop tard pour faire machine arrière. Mon frère n'a presque rien dit quand je lui ai rendu la lettre. Rien, sauf cette phrase : « Maintenant, Merryn, t'auras plus aucun doute me concernant. » Ça m'a foudroyé,

Zeke, cette poignée de mots. Parce qu'il avait raison, et que malgré tout l'amour que j'éprouve pour mon petit frère, il y avait toujours dans ma tête une pensée que je n'osais pas formuler, et cette pensée étouffée, elle avait sans doute empoisonné l'amour de maman pour Sanborn, et l'amour d'Edgar, aussi, mais aucun d'eux n'était plus là pour faire taire cette voix pour de bon.

Le silence était lourd autour de nous – tangible. Les minutes stagnaient, prisonnières d'un passé terrible, injuste, irréparable.

— Monsieur Cotten, je suis…

— Je peux te montrer cette lettre, tu sais. Sanborn la conserve chez lui. Je ne mens pas !

— Ce n'est pas ce que je voulais dire. C'est juste que… Votre frère aurait pu demander réparation.

Il eut un rictus d'impuissance.

— J'ai parlé à Sanborn de réhabilitation et il a seulement dit : « Non. De toute façon, je serai toujours coupable aux yeux des gens. » Et on n'en a jamais reparlé jusqu'au 5 juillet 2000… Tu as quand même raison sur un point : Sanborn a tout vu. Quoi exactement ? Je ne le sais pas. Il a été trop choqué pour le dire. Je sais seulement qu'il a assisté au meurtre de Silas Farrell. Et oui, il s'est battu avec Nolan Remick. Oh ! Pas bien méchamment, mais ce mec, tu sais, c'était un sacré emmerdeur. Dès qu'il voyait Sanborn, il l'interpellait : « Salut, le pervers ! », « Hé, vieux pédophile ! Comment ça va ? » Sanborn l'ignorait, la plupart du temps, mais un jour, il a surpris Nolan qui s'était introduit chez lui pour fouiller dans ses affaires. Là, mon frère a pensé à la lettre et il a pété les plombs. Il lui a carrément collé une beigne ! Remick a saigné du nez et a eu un œil au beurre noir. Je le sais : je l'ai croisé en ville un ou deux jours après… Sanborn a eu la trouille de sa vie. Il pensait que le mec porterait plainte. Ça n'a pas eu lieu, Dieu merci. Pourtant, Nolan n'avait pas digéré la trempe que Sanborn lui avait mise. Mais alors, pas du tout ! Ce 5 juillet, pendant que Sanborn et moi on changeait une vitre cassée, chez lui, Remick est arrivé. Il a remis ça avec Sanborn. C'était la ritournelle habituelle et on l'a ignoré. Mais il avait un instinct diabolique et il a lancé : « J'espère que ta pauvre mère est plus de ce monde ! De toute façon, avoir engendré un type comme toi, je suppose que ça a dû la tuer ! »

Il ferma les yeux, très fort.

— J'étais en haut de l'escabeau, et j'ai pas pu retenir mon frère. À peine Remick avait fait référence à notre mère, Sanborn se lançait à sa poursuite, malgré sa jambe. L'énergie de la haine et du chagrin, je suppose. Quand il est revenu, des heures plus tard, tout Deil River était sens dessus dessous. Lui, on aurait dit une loque, et c'était comme s'il venait de voir le diable en personne. Il était trempé jusqu'aux os à cause de l'averse, plein de boue et blessé à la joue. Tout de suite, je me suis mis dans tous mes états. Je lui ai demandé ce qui lui était arrivé et il a secoué la tête, avec son regard halluciné. « Le shérif est mort… Le petit garçon est mort… Le petit garçon est mort… Sa tête… Sa tête, Merryn, il en reste plus rien du tout… » Après ça, impossible de lui arracher un mot. C'était un cauchemar. Comme si on venait de le lobotomiser. Moi, j'étais de plus en plus inquiet. Pas un jour sans que le *Deil*

River Chronicles publie son lot d'horreurs à propos de ce qui s'était passé dans cette putain de forêt. Quand ils ont retrouvé le cadavre du gosse Farrell avec la fille Goodwin, ç'a été le point de non-retour. J'ai pris mon frère entre quat'z'yeux et je lui ai gueulé dessus comme jamais. Je *voulais* qu'il me raconte tout. Comme un zombie, il m'a décrit la course-poursuite avec Remick. C'était un piège, en fait, parce que l'autre voulait se venger de Sanborn. Dans la forêt, Nolan a cessé de courir pour lui faire face. Le hic, c'est qu'il avait un flingue. Si mon frère avait appris quelque chose des histoires qu'il avait écoutées en prison, c'est qu'il n'y a rien de plus dangereux qu'un ado attardé en colère avec un flingue... Ça l'a calmé illico. Il a laissé Nolan le pourrir mais c'était pas suffisant. Mon frère a eu l'impression qu'il allait vraiment le buter. À un moment, il y a eu une explosion au loin, dans Deil River. C'était une machine à pop-corn qui avait explosé et foutu la trouille à tout le monde, je ne sais pas si tu te souviens. L'attention de Nolan a baissé un quart de seconde. Sanborn en a profité pour se jeter sur lui et essayer de le désarmer mais Remick était plus costaud que lui. Tout ce que mon frère a retenu du combat, c'est le coup de crosse que Remick lui a donné en pleine face. Après, ç'a été le noir total pendant un bon moment. Quand il est revenu à lui, il pleuvait. Il était plein de boue et il avait mal au crâne, mais au moins, Nolan ne l'avait pas tué. Il allait rebrousser chemin pour rentrer à la maison et il a entendu un coup de feu, assez près de l'endroit où il se trouvait. Et puis un cri. Un cri déchirant. Il a voulu aller voir ce qui se passait. Il avait compris que tout ce bazar venait du chalet de McPherson. Il est arrivé là-bas en moins de deux et il n'en a pas cru ses yeux. Le reste, il n'a pas voulu en parler. Je lui ai dit qu'il n'avait rien fait, que je témoignerais en sa faveur, mais il fallait qu'il me raconte l'histoire jusqu'au bout… Il a toujours refusé. « C'est pas possible, Merryn, il a dit. Si je raconte ce que j'ai vu, personne le croira, même toi, et on prétendra que c'est un vieux nègre pervers qui cherche à fuir ses responsabilités… » Qu'est-ce que tu veux que je te dise, Zeke ? Il avait raison sur toute la ligne, et ça vaut encore pour aujourd'hui. Si Sanborn dit ce qu'il a vu, il y a de grandes chances pour que personne ne le croie, comme personne ne l'a cru à propos d'Ana Mae.

Il se tut et me regarda bien en face.

— Alors c'est pour ça que vous avez témoigné en sa faveur ?

— Oui. J'ai menti pour que mon frère ne subisse pas la pire des injustices pour la deuxième fois de sa vie. Ici, on l'aurait condamné à mort, et tu sais aussi bien que moi qu'il aurait fini exécuté un jour ou l'autre…

— Je sais, oui. Mais il y a un truc qui m'échappe…

— Quoi donc ?

— Il y a deux témoignages qui permettent de disculper votre frère des crimes du 5 juillet… On sait que c'était du pipeau. Je comprends que vous ayez voulu protéger Sanborn, et j'aurais fait pareil. Mais pourquoi quelqu'un d'autre l'aurait voulu ?

— Je l'ignore… J'étais persuadé qu'on incriminerait Sanborn et lui aussi, il était convaincu qu'il était cuit, même s'il m'avait demandé de témoigner pour lui. Les jours qui ont suivi, il était terrorisé du matin au soir. Finalement, on ne l'a accusé de rien, mais il était toujours sur ses gardes, comme une bête traquée… Ce qu'il a vu dans cette forêt, ça l'a anéanti un peu plus qu'il ne l'était déjà.

— Il faut absolument que je lui parle. Il peut tout raconter, maintenant.

— Non, je suis navré. Il a mis les voiles. Où ? Je ne sais pas… Il reviendra dès que tout ça se sera calmé, si les choses se calment… Il a refusé de lui parler, mais je le tenais au courant des progrès de l'enquête de Sorvino et Sanborn lui faisait tellement confiance pour faire éclater la vérité ! Quand il a compris qu'il ne reviendrait pas, ça l'a tué, et il est devenu plus craintif et plus méfiant que jamais ! Tu sais, Sorvino, lui, il avait compris qui était impliqué dans les morts du 5 juillet et dans l'agression de Mary Beth. C'est pour ça que je…

Il rougit et se tut. Je le rassurai.

— Ne vous inquiétez pas. Je sais que c'est avec votre complicité que Sorvino a essayé de parler à Mary Beth. Cette histoire d'intrusion, je n'y ai jamais cru.

— C'est pour aider la petite que j'ai fait ça, tu dois me croire. Elle est comme un fantôme, là-haut, dans sa chambre. C'est comme si elle avait peur de voir revenir l'ordure qui lui a fait subir tout ça… Même si elle est handicapée, elle devrait pouvoir sortir et profiter de la lumière du soleil, du grand air…

— C'est elle qui a insisté pour qu'on dise qu'elle était devenue handicapée mentale à cause de l'accident ?

— Pas au début. C'était l'idée de Caitlin, pour qu'on laisse la petite tranquille. Une fois adulte, Mary Beth n'a pas voulu revenir en arrière.

— Donc elle n'a rien pu dire à Sorvino…

— Non. Pourtant, avant de partir pour New York, il m'a dit une chose étrange. Mary Beth a pleuré comme prise d'hystérie dès qu'il a commencé à lui parler, mais quand il a lui a donné un nom, elle s'est figée. Elle était tétanisée, vraiment, et après, Caitlin est arrivée. Il a compris qu'il avait vu juste, et il n'avait plus qu'à te trouver, toi, parce qu'il était persuadé que le nom qu'il possédait, tu l'avais aussi…

À cet instant, Cotten darda sur moi un œil empli d'espoir. Je détournai le regard.

— Je ne me souviens de rien. Si Sorvino avait eu le temps de me détailler son hypothèse, j'aurais peut-être retrouvé des lambeaux de souvenirs, mais sans lui…

— Alors, mon garçon, nous sommes coincés. Retour à la case départ…

Je ne répondis rien, quittai mon fauteuil et fixai l'escalier qui menait à la chambre de Mary Beth. La vérité était là-haut, dans son corps disloqué et meurtri.

Avant de partir, j'avais encore une question pour l'infirmier.

— Monsieur Cotten. Les iris blancs…

— Ce n'est pas de ma part qu'on les dépose là-bas. C'est pour Sanborn. Il ne m'a pas expliqué précisément, mais je comprends pourquoi il tient à faire ce geste…

— Je vois… Vous savez, vous devriez parler avec Caitlin. Elle tient à vous et elle comprendra. J'en suis persuadé…

Il acquiesça mollement et je me dirigeai vers l'entrée. Je n'attendis pas que Caitlin Paige redescendît au rez-de-chaussée – je n'aurais peut-être pas eu la force de la croiser sans lui demander une dernière fois de parler à sa fille.

Pendant tout le récit de ma rencontre avec Cotten, Evan était resté allongé en silence, avec Watergate lové contre lui. Moi, j'avais parlé assis au bord du lit, face à la fenêtre, les yeux rivés sur l'extérieur et le dos tourné à Evan et au chat.

Evan soupira.

— Greenberg va être en pétard que tu sois allé parler à Cotten, mais ça valait le coup… Cela dit…

Il n'acheva pas sa phrase.

— Cela dit, quoi ?

— Ben… T'aurais pu m'en toucher un mot, à moi, au lieu de faire ton coup en douce…

Je souris.

— Écoute, je suis désolé de t'avoir laissé en dehors de ça, parce que ça s'est bien passé, finalement, mais imagine que Cotten ait été un putain de psychopathe et qu'il ait pété les plombs en écoutant tout ce que j'avais à lui dire. Mieux valait être seul. Inutile de te mettre en danger toi aussi…

Il se redressa d'un coup. Effrayé, Watergate bondit du lit pour se réfugier dans la salle de bains. Evan approcha son visage tout près du mien et explosa.

— Et toi tout seul là-bas ! C'était pas une connerie sans nom, peut-être ?

— Evan, je ne voulais pas…

— Tu dis que tu m'aimes mais tu te fous complètement de ce que je ressens en retour ! C'est de l'égoïsme à l'état pur ! Qu'est-ce que je faisais sans toi si ça tournait mal avec Cotten ?

Il continua de me fixer un instant avec ce regard d'enfant déçu, trahi, à la beauté d'ange ténébreux. Je posai doucement la main sur sa joue. Il eut un bref mouvement de recul puis se laissa faire. Il piquait un peu.

— C'était la dernière fois que je te faisais ça. Je te le promets.

Je le pris dans mes bras.

Une dizaine de minutes plus tard, nous étions de nouveau concentrés sur la mort de Silas et tous les mystères qui l'entouraient encore.

Evan croyait Merryn Cotten sur parole, lui aussi.

L'après-midi fila ensuite à toute allure jusqu'au moment où il fallut nous rendre, comme prévu, au *Dave Dollinger Memorial Day*. Pendant le trajet qui nous menait à l'hôtel de ville où aurait lieu la cérémonie, je pestai contre tous ces gens qui se taisaient depuis si longtemps.

— Le pire, c'est que même *moi* j'aurais dû parler, à l'époque. Qui sait ? Si Mary Beth et les autres m'avaient su derrière les barreaux alors que je n'ai rien fait, ça les aurait peut-être incités à sortir du silence, non ?

— Pas sûr. Celui qui leur a fait ça, à Silas, à Mary Beth, à Dave Dollinger, à Grace McCaslin et aux autres, ça doit être quelqu'un qui a un fort pouvoir de nuisance, quelqu'un qui les effraie. Il doit être inattaquable symboliquement, je suppose. Dans ces cas-là, même le fait de savoir un innocent enfermé n'est pas assez insupportable pour que les langues se délient…

Nous attendions à un feu rouge. Un couple de vieillards traversa. De colère, je tapai un grand coup sur le volant.

— Merde, à la fin ! Mais qu'est-ce qui cloche dans cette putain de ville pour que tout le monde ferme les yeux alors qu'une saloperie de pervers sévit ici depuis des années ?

— C'est partout pareil : à force de nier le mal plutôt que d'y faire face, on finit par se persuader que rien de tout ça n'existe, ou que ce n'est pas si grave. On se dit que c'est comme ça que le monde fonctionne depuis le départ et qu'il n'y a pas de raison que ça change…

Le feu passa au vert. Je jetai un regard furtif en direction d'Evan.

— Et tu en déduis quoi, de tout ça ?

— J'en déduis que les gens sont en majorité des putains de lâches depuis que le monde est monde, et malgré tout, je ne peux pas m'empêcher d'avoir pitié d'eux plus souvent que je ne voudrais…

— En bonne voie pour la canonisation… saint Evan.

Il me donna une bourrade en arborant un rictus vexé et je me fendis d'un sourire amer.

Nous avions une bonne vingtaine de minutes d'avance quand nous pénétrâmes dans le hall de l'hôtel de ville, et pourtant, les lieux bruissaient déjà de mille murmures.

On avait dissimulé derrière de lourds rideaux en velours bleu roi les murs du hall, trop décrépits pour rester nus. Au fond de la pièce, devant la porte de la salle du conseil municipal, on avait installé une estrade sur laquelle se trouvait un pupitre surmonté d'un petit micro. Juste derrière, déposé sur un chevalet, un portrait drapé de crêpe noir de feu le shérif de Deil River.

Dave Dollinger. Sa bouille ronde et sa moustache fournie, son air franc et rigolard de premier flic de la ville. On avait réalisé ce portrait d'après une photo prise peu avant sa mort. Il était légèrement dégarni aux tempes, et on distinguait dans sa chevelure quelques fils argentés. Son souvenir me remua plus que je ne l'aurais cru, et Evan le remarqua. Je le rassurai en caressant sa joue avant de considérer la salle autour de nous.

On avait recouvert de nappes d'un blanc immaculé de longues planches posées sur des tréteaux. Sur ces tables qui rappelaient les banquets de mariage, des petits-fours, des canapés, des corbeilles remplies de fruits divers ou de petites tomates cerises. Plusieurs bouteilles, aussi : jus de fruits, champagne, vin. Des saladiers pleins d'un cocktail rouge rosé.

Rien de fastueux. C'était simple, presque campagnard – tout ce que Dave aurait aimé.

Je vis Chelsea Burroughs près de l'estrade. La maire jeta un œil ému sur le portrait de Dave puis elle m'aperçut. Elle m'adressa un sourire et s'engouffra dans la salle du conseil municipal.

Le shérif Schieber arriva, son étoile brillante épinglée à sa chemise. Ses hommes l'accompagnaient, mais pas encore Gwen qui les rejoindrait plus tard avec Charlie.

Une silhouette accrocha mon regard. À une dizaine de mètres de nous, le révérend Farrell, solitaire et renfrogné, lorgnait une bouteille de vin. Cela m'écœura.

— Dites-moi que je rêve ! Il disparaît des jours entiers et il revient comme une fleur pour picoler ici !

Evan partagea ma consternation.

— Est-ce qu'il va vraiment se torcher la gueule ce soir ? Alors que tout le monde veut seulement rendre hommage à son beau-frère ?

Je ne pouvais plus lâcher des yeux cet homme que j'avais tant admiré dans mon enfance et mon adolescence. Il saisit la bouteille et un verre, après une lutte très brève contre la tentation. Aussitôt, je me précipitai vers lui.

Evan me suivit sans un mot. Arrivé près du révérend, je lui arrachai la bouteille des mains et la reposai sur la table. Il me dévisagea, outré.

— Zeke, comment oses-tu…

Je l'attrapai par le bras.

— Qu'est-ce que vous croyez, hein ? Que vous allez vous saouler ici, ce soir ? Pour cette occasion ?

Il pleurnicha.

— Tu me fais mal, Zeke…

Je le serrai d'autant plus, me sentis à deux doigts de le frapper. Autour de nous les gens continuaient d'affluer. J'avisai la porte des toilettes et me tournai vers Evan sans lâcher Farrell.

— Attends-moi là. J'ai deux mots à dire au révérend.

Je traînai ce dernier jusqu'aux toilettes où je le fis entrer d'un geste vif. Il était tôt et personne n'était venu se soulager. Je tirai le loquet de la porte principale. Terrifié, le révérend recula jusqu'aux lavabos.

— Mais qu'est-ce que tu me veux, à la fin ? Tu n'as pas le droit de me faire ça !

Je m'approchai en pointant l'index sur lui.

— Et vous, vous n'avez pas le droit de garder pour vous tout ce que vous savez sur la mort de votre fils et sur ce qu'a subi Mary Beth…

Il devint très rouge et tenta de bomber le torse.

— Je ne vois pas de quoi tu parles. Tu n'as pas le droit de me torturer avec la mort de mon fils de cette façon… Cette épreuve… Elle m'a anéanti, et je…

— Oh, ça suffit ! Personne ne remet en cause votre douleur ! Ce qui est dégueulasse, c'est tout ce que vous infligez à votre propre fille depuis que vous êtes revenu.

Il ne répondit rien et ravala ses larmes. Je poursuivis d'une voix sourde.

— Mme Kurland m'a tout raconté de vos combines. Les filles que vous avez essayé de joindre, cette histoire de statistiques… Et Grace McCaslin, comment vous avez appris ce qu'elle a subi ? Pourquoi vous n'en avez parlé à personne ?

Il se détourna de moi.

— Je ne peux rien te dire, Zeke, désolé.

J'éclatai d'un rire cruel.

— Bien sûr que vous ne pouvez rien dire. Comme tout le monde dans cette ville de merde.

J'approchai de lui et nos visages ne se trouvèrent plus qu'à quelques centimètres l'un de l'autre. Il luttait pour ne pas baisser le regard, et ne faillit pas. J'insistai.

— Que savez-vous au sujet de Grace McCaslin ?

— Je te répète que je ne peux pas te le dire.

Mon poing s'abattit sur le mur à côté du lavabo, Farrell sursauta, et je hurlai.

— Assez ! Assez de ces conneries ! Il vous faudra combien de morts pour vous décider à parler !

Passé son premier mouvement de surprise, le révérend réunit ce qui restait de dignité en lui et il me toisa.

— Je ne te dirais rien que tu ne saches déjà, Zeke. Alors ne me force pas à rompre le serment qui me relie à Grace... J'ai juré sur la Bible que je ne la trahirais pas. J'ai été un mauvais père et un mauvais mari. Accorde-moi l'illusion de ne pas avoir été un trop mauvais ministre du Seigneur...

Je pouffai.

— Un ministre du Seigneur ? Sans blague, révérend, vous croyez encore à ces fables après ce qui vous est arrivé ? Après ce qui est arrivé à Deil River ?

— Si je ne crois plus en Lui, contre qui est-ce que je pourrais retourner ma haine pour avoir laissé faire toutes ces immondices à ces enfants ? À mon fils ?

Il y eut un silence de douleur pure. Je m'en voulus d'avoir été si dur et je tentai de recouvrer un peu de calme.

— Que ce soit à cause d'une promesse, de la peur ou d'un ordre qu'on nous a donné, on a tous eu une bonne raison de nous taire, et on s'y est accrochés comme des fous... Et voilà où on en est, maintenant...

Je m'éloignai de Farrell pour m'adosser à la porte d'une des cabines ; lui, il n'abandonna rien de sa raideur. Je baissai les yeux sur le carrelage blanc cassé.

— Elle s'est confiée à vous, c'est ça ? Elle vous a dit qu'un homme l'avait violée…

Il ne prononça pas un mot et ne se départit pas de sa posture marmoréenne. Pour la première fois depuis mon retour à Deil River, j'avais le sentiment de retrouver le véritable révérend Farrell, droit comme un « i », presque rigide sur certains de ses principes. Je soupirai.

— De toute façon, vous n'avez pas besoin de le confirmer. Je sais que c'est de ça qu'il s'agit… J'espère seulement que vous n'avez pas le nom du type qui a fait ça et que vous le protégez pour une connerie de serment sur la Bible.

Il me dévisagea.

— Faut-il que tu aies une piètre opinion de moi pour imaginer une telle ignominie ? Si j'avais eu un nom et pas le moindre doute à son sujet, j'aurais tué cet homme de mes mains, quitte à me condamner à l'enfer.

Je plantai mon regard dans le sien.

— Est-ce que d'autres gamines vous avaient parlé de ce genre d'agression avant Grace ?

— Jamais. J'ai cru… J'ai prié de toute mon âme pour que cette chose ne se soit produite qu'une seule fois. Je ne suis pas resté les bras croisés à ne rien faire, je te le promets. J'ai mené une enquête, seul, et j'ai commis une terrible erreur…

— Quelle sorte d'erreur ?

Il parut très las, s'assit par terre, en tailleur, avant de reprendre :

— Je ne sais pas si tu te souviens de lui, mais, en plus de Charlie qui s'occupait surtout de la chorale, j'avais un assistant qui m'aidait pour les offices et pour les cours d'éducation religieuse, un garçon qui avait trois ou quatre ans de plus que lui. C'était un jeune homme d'à peine vingt ans qui s'appelait Gareth…

— Gareth Simmons. Ça me revient, oui… Il était très attaché aux gamins.

Farrell m'offrit un sourire doux.

— Il était assez exceptionnel, en effet. Dès que je me suis mis en quête du pervers qui s'attaquait aux fillettes, tout un tas de gestes de Gareth me parurent suspects, des paroles, des regards… Une façon de se tenir avec les filles. Il était beau garçon, en plus, et il n'aurait pas été étonnant que les gamines s'amourachent de lui. C'est une situation délicate à gérer pour un jeune homme : une adolescente pas encore pubère qui semble amoureuse de vous. La chair est faible et l'illusion de susciter un vrai désir chez une âme pourtant innocente peut vite faire perdre la tête à certains garçons… J'ai été aveuglé par la peur et la colère que j'ai ressenties en apprenant ce qui s'était passé… J'avais besoin de trouver un coupable, de parler avec lui… De l'éloigner du troupeau. J'ai pris le temps de convoquer Gareth. Il a nié farouchement, et il a fondu en larmes en apprenant les soupçons que je nourrissais à son égard depuis des semaines. Je n'ai pas eu besoin de le renvoyer… Il était tellement anéanti qu'il a démissionné. Par la suite, j'ai appris qu'il quittait Deil River pour une ville plus au sud de l'État. Moi, j'ai voulu voir dans cette fuite un aveu et j'ai été soulagé de savoir mes enfants hors de portée du loup. Hélas, il y a eu…

Il ne put terminer sa phrase qui mourut dans un début de sanglots, et je l'achevai à sa place.

— Il y a eu Mary Beth…

Il acquiesça, les yeux fermés.

— Le plus terrible, c'est que je n'ai pas pensé immédiatement à Gareth. J'étais à tel point accablé par ce qui était arrivé à Silas que j'ai presque occulté l'agression dont Mary Beth avait été victime... Ce n'est que bien après que j'ai mesuré l'étendue de mon erreur. J'ai eu peur du scandale. Je n'ai pas osé insister pour avoir le nom de son agresseur auprès de... Je voulais faire ça en douceur et j'en ai payé le prix fort... Il y a quelques années, j'ai trouvé le courage d'aller rendre visite à Gareth pour lui présenter des excuses... Je suis allé sur son lieu de travail. Il s'occupait d'enfants handicapés, et il était très doué pour ça, de l'avis général. Quand il m'a vu, j'ai compris que ma présence n'était pas des plus souhaitables. Il n'a même pas voulu entendre ce que j'avais à lui dire. Il a cru que je voulais encore « bousiller sa vie ». « Bousiller sa vie »... Tu te rends compte, Zeke ? Je lui avais fait *ça*... Tu comprendras mieux pourquoi je préfère y aller doucement, à présent, avec toute cette histoire...

— Vous avez essayé de contacter à nouveau Grace McCaslin, après tout ça ? Personnellement, je veux dire.

— Non... Je n'ai pas pu. Je n'ai pas pu, Zeke...

L'heure avançait. La cérémonie commencerait d'ici peu et on ne pouvait plus s'attarder dans cet endroit. Plusieurs personnes avaient déjà toqué à la porte et remué la poignée en vain deux ou trois fois.

— Vous ne savez rien de plus qui pourrait nous aider à démêler tout ça ?

— Non. Je n'ai que mes regrets, et ce qui ne concernait que ma femme et moi. Ne me demande pas de te raconter tout ça, s'il te plaît. Ça me fait trop de mal et je jure devant Dieu que ça ne t'aiderait en rien…

— Et son suicide ? Vous l'interprétez comment ?

Il parut surpris, puis il afficha un demi-sourire.

— L'enquête a conclu à un accident, mais personne n'est dupe, par ici. Même pas moi… Elle s'est tuée à cause du chagrin et de la culpabilité, je ne vois pas d'autre explication… Mais pour les détails, je te le répète, c'était entre elle et moi.

Je laissai quelques secondes s'écouler.

— Et Tonto ?

Il baissa les yeux.

— Sorvino m'a fait comprendre qu'elle n'y était pour rien. Aller lui demander pardon et lui dire que je la savais innocente étaient la moindre des choses que je pouvais faire pour elle.

Je me dirigeai vers la porte d'entrée des toilettes et en retirai le loquet. Avant d'ouvrir, je lui posai une dernière question, sans le regarder.

— Vous avez l'intention de boire, je suppose ?

— Je n'en ai pas l'intention, mais je vais boire, oui…

— Alors rentrez chez vous. Gwen sera là et vous lui avez fait assez de mal comme ça. Vous trouverez un autre moyen de rendre hommage à Dave, seul, et sans vous donner en spectacle…

Je l'entendis se relever avec un soupir douloureux.

— Tu sais, Zeke, cette ville, c'est du poison, et je ne me suis jamais autant saoulé que depuis mon retour. Mais par moments, c'est ça ou mourir.

Je ne répondis rien, et je rejoignis le hall de la mairie.

Tout le monde était là, désormais, et je venais de rater la prière à la mémoire de Dave. Dans cette masse bruissant de bavardages, je cherchai Evan : il était avec Cory Greenberg. Du côté de l'estrade, Gwen était là, aux côtés de Charlie. Elle ne me vit pas ; Charlie, quant à lui, me repéra sans daigner répondre au signe de tête que je lui adressai.

Quand j'arrivai auprès d'Evan et de Cory, ce dernier observait lui aussi Charlie et Gwen. Je désignai le couple d'un coup de menton.

— Le cher M. Abbott tire une tronche d'enterrement.

Cory acquiesça.

— Mouais, et ça ne me dit rien de bon…

À cet instant, le révérend Farrell sortit des toilettes et quitta la salle en toute discrétion. Cela rassura Evan.

— Tu l'as convaincu de partir ? C'est bien, autant éviter un scandale.

Comme Cory ne comprenait pas, je lui expliquai brièvement la situation. Il ne cacha pas son exaspération.

— Putain, McKay ! Qu'est-ce que t'as pas pigé dans ce que je t'ai dit ? Discrétion maximale et pas un mot à ceux qu'on soupçonne de savoir un truc avant d'en avoir parlé entre nous ! Et si le vieux cachait autre chose que cette histoire avec son ancien assistant ?

— Parlez moins fort, bon Dieu. Farrell dit vrai. Il ne sait rien que nous ne sachions déjà.

Cory soupira, se massa les paupières et reprit avec un sourire des plus artificiels :

— Bon, passons ! De toute façon, ce n'est pas sur Farrell qu'on va diriger toute notre attention, mais sur Charlie Abbott.

— Sur Charlie ? Pourquoi ça ?

— Tu te souviens du deuxième témoin qui a innocenté Sanborn Waldman ? C'était Abbott, le mineur qui a témoigné.

— Charlie ? C'est pas possible… Comment est-ce que vous avez eu cette info ?

— Pour ça, il a fallu que je ruse. Impossible de m'adresser au premier venu que je connaissais là-bas, ça aurait paru trop louche. Le neveu d'une de mes ex, un gars d'une vingtaine d'années, est entré il y a peu au bureau du shérif. C'est par lui que j'ai obtenu ce qu'on cherchait. C'est un bon gamin, et c'était la discrétion assurée… Maintenant, si on parvient à démontrer que Waldman était bien présent sur le lieu du meurtre de Silas, il va falloir découvrir pourquoi Abbott et Cotten ont menti…

À ce moment, Evan baissa les yeux et je me sentis rougir.

— Cory, je dois vous dire quelque chose…

Il se décomposa.

— Seigneur Jésus, McKay… Quelle connerie est-ce que t'es encore allé faire dans mon dos ?

En deux mots, je lui racontai ma visite chez Caitlin Paige et ma rencontre fortuite avec Merryn Cotten.

Pendant mon récit, Chelsea prit la parole en tant que maire. À ses côtés se trouvaient les membres les plus importants de l'actuel bureau du shérif, dont Gwen, forcément, ainsi que de vieux collègues en retraite de Dave Dollinger venus lui rendre hommage, eux aussi.

Tout le temps de mon compte rendu, pas un muscle du visage de Cory ne trahit la moindre émotion. Quand j'en eus terminé, il me lança un regard perplexe et murmura à son tour :

— Vérifier que Waldman et Cotten sont frères, ça ne sera pas difficile. Pareil pour cette histoire de fausse accusation de viol, grâce à la lettre de la gamine.

— Alors vous croyez Cotten ?

— Oui. Je te le dis : Cotten est un emmerdeur mais c'est un type droit, et ça l'a toujours été. Du coup, c'est le rôle de Abbott qui est plus que sombre…

Je tressaillis et une image revint à ma mémoire.

Si la suerie de Kostas avait été un demi-échec, elle m'avait tout de même révélé un élément qui avait fait naître en moi un malaise inexplicable : l'assassin de Silas portait un sweat à capuche floqué d'un logo. Sur le moment, je n'y avais pas pris garde, mais désormais, j'en avais la certitude, c'était celui des Sturnelles de l'Oregon, l'équipe dont Charlie suivait les matches avec passion.

Je levai les yeux, hagard, en direction des personnes massées au pied de l'estrade. Tout le monde buvait les paroles de Chelsea, y compris Charlie. Je bouillais.

— Nom de Dieu, alors il…

Cory m'exhorta au silence.

— Plus tard. Quand on sera seuls.

Je pris la main d'Evan, le considérai un instant avec gravité. Pour donner le change, j'essayai de me concentrer sur le discours de Chelsea au moment où elle se tournait vers le portrait de Dave Dollinger, émue.

— … et cela va faire vingt ans déjà qu'il est parti. Vingt ans, mais pas un de vous ne l'a oublié. À cette occasion, je tiens à vous faire part d'une proposition du conseil municipal : est-il envisageable de renommer le collège de Deil River Collège Dave Dollinger ? Le résultat fut un oui franc et massif. Je vous annonce donc ce soir que le changement de nom est entériné !

Des applaudissements nourris accueillirent cette annonce, et quelques larmes coulèrent dans l'assistance. D'instinct, mon regard glissa sur Charlie qui applaudissait lui aussi à tout rompre et affichait un sourire factice.

Dès que la clameur diminua un peu, Chelsea reprit, grave et bouleversée :

— Comme vous le savez, j'étais officier au bureau du shérif, ce 5 juillet 2000, et je suis la dernière personne à avoir vu Dave en vie, avant qu'un être lâche ne l'arrache à notre affection…

À mes côtés, Cory gémit.

— J'adore Chelsea mais elle fait le même discours tous les ans, c'est déprimant… Tout Deil River connaît l'histoire par cœur et la répète comme si on avait tous assisté à la scène.

Pour moi, c'était la première fois, et j'écoutai Chelsea avec solennité. Sa voix tremblait un peu.

— … et chaque minute, chaque seconde de mes derniers instants avec Dave resteront à jamais gravées dans ma mémoire. Jamais je n'oublierai son air las et fatigué quand il est venu m'annoncer qu'il se passait quelque chose du côté du chalet de M. McPherson. Est-ce qu'il avait l'intuition du danger qui l'attendait ? Je me suis longtemps posé la question. Il a pris ses clefs, vérifié s'il avait son arme de service, et il a ouvert la porte du bureau. Il faisait tellement beau… Il a levé le visage vers le ciel et plissé les paupières en disant sur un drôle de ton : « Ah, mon petit lapin… Ce soleil, cette canicule… C'est cette chaleur qui rend les gens fous… » Puis il m'a regardée en souriant et il a ajouté : « Je devrais être vite rentré pour la fête, mais te fais pas de bile si j'ai du retard, d'accord ? » Et il est parti… Dave… Tu connaissais bien les gens mais tu étais loin de te douter du degré qu'allait atteindre leur folie… Ça faisait à peine trois quarts d'heure que tu étais parti quand le téléphone a sonné pour signaler qu'un crétin avait mis le feu à une machine à pop-corn et l'avait fait exploser… Je me suis dit que la journée serait longue. Tu n'étais probablement déjà plus de ce monde, Dave. Et c'est à partir de ce moment que des nuages noirs ont commencé à s'amonceler au-dessus de Deil River, au propre comme au figuré…

J'eus le plus grand mal à me concentrer sur la suite du discours de Chelsea Burroughs dès l'instant où elle avait précisé les dernières paroles de Dave.

Ce soleil, cette canicule… C'est cette chaleur qui rend les gens fous…

Est-ce que Charlie ne m'avait pas dit quelque chose du même genre ? Tout s'embrouillait dans ma tête, et j'étais en proie au plus grand malaise lorsque Evan murmura :

— À la fin de son speech, il faut absolument que j'aille dire un mot à Chelsea.

— Pourquoi ?

— Elle a dit quelque chose qui me semble bizarre. Il faut que je lui demande si elle est bien certaine de tout ce qu'elle vient de dire…

— À quel propos ?

— J'en parlerai avec Cory et toi dès que je serai sûr.

Cory acquiesça.

— Fais comme ça, mon grand, ça évitera à McKay de se jeter sur le micro pour hurler ton hypothèse à tout Deil River…

Sur l'estrade, le discours de Chelsea Burroughs parvint à son terme et les gens applaudirent encore. Je les imitai, comme en pilotage automatique, tandis que cette phrase se répercutait en moi en un écho magnétique.

Ce soleil, cette canicule… C'est cette chaleur qui rend les gens fous…

Chelsea quitta l'estrade, bouleversée. Aussitôt, Evan s'éclipsa pour aller à sa rencontre.

Ce fut le tour de Gwen de prendre la parole. Son émotion était patente, mais elle avait assez de force en elle pour témoigner à la foule de l'amour et de la tendresse qu'elle conservait intacts pour le souvenir de Dave, son oncle et modèle, dont elle avait choisi de suivre les traces au bureau du shérif.

Une chose attira mon attention : au pied de l'estrade, Charlie avait disparu. Gwen était placée de telle façon qu'il lui était impossible de s'en apercevoir. Je donnai un léger coup de coude à Cory et désignai du menton la place où se trouvait Charlie quelques instants auparavant. Il serra les dents.

— Le fils de pute… Est-ce qu'il essaye de nous jouer une entourloupe ?

— Mais comment est-ce qu'il aurait su ? On a à peine eu le temps de parler de lui entre nous.

Je scrutai la foule avec Cory et je vis Evan en pleine discussion avec Chelsea Burroughs. Cette dernière l'écoutait attentivement et secouait la tête avec une résolution calme tout en lui répondant. Je perçus soudain la consternation d'Evan.

Cory ne tenait plus.

— Écoute, je vais voir aux chiottes, des fois que notre ami Abbott ait été saisi d'une irrépressible envie de pisser…

— OK, de mon côté, je vais faire le tour du hall…

Au bout de quelques minutes, il n'y avait toujours aucune trace de Charlie. Cory était bredouille, lui aussi.

Lorsque Gwen eut terminé son hommage, j'errais encore dans cette salle immense parmi les citoyens de Deil River. Je sortis alors voir si Charlie n'était pas dehors. Le temps avait un peu fraîchi, et le ciel rosissait à mesure que le soleil déclinait.

Ce soleil, cette canicule…

Il n'y avait personne ou presque sur la place. Rien qu'un petit vieux en veste de velours gris, massif comme un cube. S'il n'avait pas eu les cheveux aussi blancs, j'aurais presque pu croire qu'il s'agissait de Sorvino.

Sorvino…

Ce soleil, cette canicule, Zeke… C'est cette chaleur qui rend les gens fous…

Ce fut une violente épiphanie.

La phrase de Dave Dollinger était presque mot pour mot celle qu'avait prononcée le fantôme de Sorvino pendant la suerie, et lui aussi avait levé les yeux au ciel.

Une main puissante me saisit par le bras et m'arracha à mes réflexions. Je m'en dégageai d'un coup sec et découvris le visage de Charlie, les traits tendus par une colère froide.

— Charlie ? Qu'est-ce que…

— Je t'avais prévenu ! Je t'avais dit de laisser ma femme en dehors de tout ça ! Mais t'as pas pu t'empêcher de foutre la merde !

À cet instant, il me dégoûta. Tout en lui suintait quelque chose de répugnant. Malgré mon envie de tout lui balancer et de le mettre devant le fait accompli, je jouai l'innocent.

— Qu'est-ce que tu racontes ? Je n'ai jamais rien dit à Gwen à propos de quoi que ce soit ! Jamais !

— Ah ouais ? Alors pourquoi elle est rentrée bouleversée, aujourd'hui ? À peine une heure avant cette putain de cérémonie ! J'ai voulu la faire parler mais impossible de lui faire cracher le morceau. Quand j'ai demandé si ça avait un rapport avec Silas, elle a refusé de répondre !

Il me prit par le col. Quelques personnes de l'assistance, derrière les portes vitrées du hall, s'étaient tournées vers nous.

— Espèce de connard !

À mon tour, je le saisis par le revers de sa veste.

— Je te préviens, Charlie, tu n'as *aucune* envie de jouer à ça avec moi.

Une lueur d'inquiétude brilla dans son regard et ses poings se desserrèrent. Moi, je le tenais toujours fermement.

— Ou bien quoi, Zeke ? Tu vas me défoncer le crâne à coups de tuyau ?

Quelqu'un poussa un cri à l'intérieur de l'hôtel de ville et un homme surgit près de nous. Il plaqua la main sur mon torse et m'ordonna de reculer. Face à moi, Charlie gisait sur le sol en se tenant la mâchoire. Il cracha du sang qui lui coula sur le menton.

— Ah, l'enfoiré… Il m'a pas loupé…

Je n'avais même pas eu conscience de le frapper et je levais encore mon poing serré, prêt à récidiver. Quelques curieux avaient quitté la cérémonie et nous observaient.

Lorsque l'homme voulut l'aider à se relever, Charlie repoussa sa main d'un geste agacé.

— Ça va, ça va ! Mon vieux copain et moi on a eu un mot malheureux, c'est tout. Pas de quoi en faire un drame…

Il épousseta son pantalon et retourna à l'intérieur. Plusieurs personnes me considéraient d'un sale œil.

Cory et Evan arrivèrent, et ce dernier paraissait inquiet. Puis je vis Gwen sortir du hall, blanche de colère. Elle se dirigea vers moi d'un pas ferme et les yeux brillants, et elle pointa du doigt l'hôtel de ville.

— *Ça* ! C'est toi qui viens de faire *ça* à mon mari !

— Je… Je suis navré, Gwen, je…

Il y avait de plus en plus de monde sur le perron de la mairie. Gwen ne s'en soucia pas, qui reprit d'une voix sourde :

— Pourquoi tu es revenu à Deil River ? Et ne me réponds pas une de ces conneries sur les racines et les souvenirs, s'il te plaît. Je crois que tu m'as suffisamment prise pour une conne comme ça !

— Je suis désolé, Gwen, ne te mets pas des idées en tête… Tu sais comment peut être Charlie, par moments. Un mot plus haut que l'autre, et… Ça dérape, quoi…

— Et quelle sorte de mots il aurait pu prononcer ? Des mots à propos de ce qui est arrivé à Silas ?

Je ne répondis rien ; pour elle, j'étais devenu un étranger.

— *Démoniaque(s)*, de Liam Willer, ça te dit quelque chose, Zeke ? Pourquoi j'ai reçu un mail anonyme qui mentionne ton nom et ce bouquin ?

— Gwen, je…

Elle leva la main vers moi.

— Réponds à ma question, s'il te plaît.

— Gwen, tu ne dois pas imaginer que…

— Que quoi ? Mon meilleur ami un temps suspecté d'avoir massacré mon petit frère a remis sur les rails un romancier à la mode en lui fournissant comme sujet de roman l'histoire d'un type qui a éclaté le crâne d'un gamin dans une forêt, et je devrais croire que ce n'est qu'une coïncidence ? Une certaine Fran Gorecki m'a confirmé que tu en as fourni la trame à l'auteur.

— Tu ne peux pas tirer des conclusions d'un roman, Gwen, je n'ai jamais…

— Et ce nom, Nathan Kendall, ça veut dire quoi ? Ça pue les faux papiers à plein nez, Zeke !

— Gwen, je…

— Où est-ce que tu te trouvais au moment où Kerry Durning a été assassiné ?

— Tu le sais bien. J'étais avec Kostas et…

— Ne te fous pas de moi ! J'ai recueilli quelques témoignages qui laissent penser que tu t'es introduit chez lui plusieurs fois, dont le jour de sa mort.

— Je n'ai pas tué Durning, Gwen, ce serait absurde !

— Est-ce que tu as rencontré Joseph Sorvino à New York ? On l'a assassiné là-bas, alors qu'il enquêtait sur la mort de mon petit frère, figure-toi ! C'est encore une coïncidence ?

Je jetai un œil vers Evan et Cory. Celui-ci secoua lentement la tête, et je me tus. Gwen attendait, furieuse et désespérée. Son ton se fit presque suppliant.

— Dis quelque chose, Zeke, bon Dieu ! Défends-toi !

La bonne vieille phrase éculée qui ressort dans toutes les séries policières ou les bouquins à suspense résonnait fort dans un coin de ma tête : « Tout ce que vous direz pourra être retenu contre vous… »

Elle se détourna de moi et considéra avec une stupeur muette Evan et Cory qui demeuraient figés. Lentement, elle se dirigea vers le hall de l'hôtel de ville avant de me lancer d'une voix mal assurée :

— Je vais parler à Travis des possibilités de rouvrir le dossier. Je te demanderai de ne pas quitter la ville d'ici là…

Elle poussa une des portes vitrées derrière laquelle l'attendait Charlie. Il l'enlaça puis ils disparurent à l'intérieur.

Accompagné d'Evan, Cory vint à moi.

— Heureusement que tu ne lui as pas dit qu'on soupçonnait Charlie. Elle t'aurait peut-être cru, au début, avec beaucoup de chance, mais après, il aurait eu tout le temps de lui retourner la tête à propos de toi…

— Je crains que ce ne soit déjà fait. C'est lui qui a orienté Gwen dans la direction de ma culpabilité. Il sentait qu'on commençait à se rapprocher de lui…

Evan hocha la tête.

— Oui. Il craignait qu'on découvre un truc capital à propos de cette affaire. Maintenant qu'on a cet élément, les dominos vont tomber les uns après les autres…

Non sans appréhension, je plongeai mon regard dans le sien.

— Ta conversation avec Chelsea a porté ses fruits, on dirait.

— Oui. Ils étaient bien deux à avoir abusé de Mary Beth ce jour-là, et je sais pourquoi elle a toujours préféré faire croire qu'elle était devenue débile plutôt que de raconter la vérité… Et pareil pour Sanborn Waldman ! Je me serais tu aussi, parce que personne ne l'aurait cru, connaissant son histoire. Je comprends pourquoi Sorvino répétait souvent qu'un effet ne pouvait pas précéder la cause qui l'engendre. Il avait compris que la chronologie des événements n'était pas la bonne… Dave Dollinger n'a jamais été abattu parce qu'il avait surpris quelqu'un en train de violer Mary Beth. Il a été abattu parce que c'était lui qui la violait.

Cory proposa d'aller chez lui pour discuter de tout ça. Chacun de nous prit sa voiture pour nous y rendre. En conduisant, je n'osai pas en demander plus à Evan sur sa théorie. Je connaissais Dave Dollinger. C'était un citoyen modèle, un shérif respecté. Mon père lui faisait confiance, s'était réjoui de le voir lui succéder. On allait rebaptiser le collège de la ville en son honneur. J'avais deviné dans le regard de Cory que pas plus que moi il n'acceptait cette idée. C'était pourtant d'une logique impitoyable : Silas surprenait son oncle et Charlie en train d'abuser de Mary Beth dans le chalet du vieux McPherson. Effrayé, il courait en quête de secours dans la forêt et rencontrait Nolan, qui avait toujours son arme. Nous étions certains de ça grâce aux témoignages de Tonto et de Sanborn Waldman. C'était bien Nolan qui avait tué Dave Dollinger d'une balle, probablement avant de lutter avec Charlie. D'une façon ou d'une autre, ce dernier avait eu le dessus mais s'était inquiété de la présence de Silas, et c'était la raison pour laquelle il l'avait poursuivi dans les bois pour le tuer… Pendant ce temps-là, Nolan avait dû recouvrer ses esprits et s'enfuir avec Mary Beth. Si la gamine était hystérique dans la voiture, c'était à cause de ce qu'elle venait de vivre, tout simplement.

Ce scénario m'effrayait tant il était clair.

Dave Dollinger. Le bon Dave. Notre shérif aimé et futur maire.

Je pensai à Grace McCaslin, à toutes les filles contactées par le révérend Farrell, et je ressentis une violente nausée lorsque nous arrivâmes chez Cory. Il était, lui, dans un état de nerfs indescriptible. Dès que nous fûmes à l'intérieur, il pointa Evan du doigt.

— Bon ! Je te préviens, il va falloir que tu sois *très convaincant*, parce que c'est une bombe nucléaire que tu m'as balancée à la gueule y a pas dix minutes.

Alors que je me laissais choir sur le canapé, Evan s'installa à la table de la salle à manger et joignit les mains.

— Vous vous souvenez du déroulement des faits, le 5 juillet 2000 ?

Cory afficha un rictus consterné avant de prendre place en face d'Evan.

— Petit, ce jour-là, je le connais mieux que celui de mon dépucelage…

— Très bien. Vous avez entendu ce que Chelsea Burroughs a dit ? Vous n'avez aucune raison de remettre son témoignage en cause ?

— Non. J'ai confiance en Chelsea, c'était un excellent flic et elle assure comme maire.

— Quand on a « appelé » Dave Dollinger pour lui signaler des trucs louches du côté du chalet de McPherson, il n'y avait pas eu la moindre détonation dans tout Deil River, et c'est bien après son départ que la machine à pop-corn a explosé, n'est-ce pas ?

— Oui, je me souviens… C'est ce qu'elle a dit.

— Bien. Vous diriez qu'il fallait combien de temps pour se rendre du bureau du shérif au chalet de McPherson ?

Cory secoua la tête. Pendant un moment, il donna l'impression d'être un suspect sous le feu d'un interrogatoire dont l'issue ne faisait plus aucun doute.

— Je sais pas… Vingt minutes, grand maximum. Un quart d'heure ce jour-là vu que la route devait être dégagée de ce côté de Deil River, à cause de la fête où tout le monde se trouvait…

— Donc, Dave Dollinger était depuis longtemps arrivé là-bas quand la machine a explosé. Et si on se fie aux témoignages de Zeke, de Sanborn, et même de Tonto, le coup de feu qui a tué Dave Dollinger est encore postérieur à cet événement…

À ce moment, j'intervins d'une voix blanche :

— Et il pleuvait…

Evan et Cory tournèrent la tête vers moi, sans un mot.

Anéanti, je répétai :

— Il pleuvait. C'est ce qui a mis la puce à l'oreille de Sorvino. Quand Dave a quitté le bureau du shérif, il devait s'écouler près d'une heure et demie avant l'orage qui s'est abattu sur la ville. Il n'y avait donc aucune explication logique pour qu'il soit tué alors que l'averse battait son plein depuis au moins dix bonnes minutes. Nolan lui a bien tiré dessus pour sauver Mary Beth…

Evan acquiesça avant d'ajouter :

— Autre chose m'a troublé pendant le discours de Chelsea. À la façon dont elle a parlé, j'ai eu l'impression qu'on n'avait pas appelé le standard du bureau du shérif mais directement sur le téléphone portable personnel de Dave Dollinger, et elle me l'a confirmé. Pourquoi faire ça ?

Cory ne pipait mot. Je me pris la tête entre les mains, consterné.

— Parce que c'est Charlie qui l'a prévenu que Mary Beth était prête pour lui. Comme il s'occupait de la chorale, il avait la possibilité d'approcher les filles. Elles avaient confiance en lui, c'était une sorte de grand frère pour elles toutes.

Evan approuva.

— Et ce jour-là au bureau du shérif, Dollinger s'est arrangé pour être le seul à pouvoir s'éclipser grâce au coup de fil de Charlie sans que ça paraisse suspect. Il y avait la fête de Deil River qui accaparait pas mal de ses hommes et il a généreusement autorisé presque tous les autres à y assister... C'est démoniaque.

Un silence de mort s'abattit sur nous.

Cory ne protesta pas, ni ne défendit la mémoire de Dave. Sorvino avait raison : tout était une question de chronologie, et celle sur laquelle avaient travaillé en toute hâte les autorités de l'époque n'était pas la bonne.

Evan reprit :

— Quand Sorvino est allé voir Mary Beth, c'est à coup sûr le nom de Dave Dollinger qu'il lui a balancé. Et la réaction qu'elle a eue lui a confirmé qu'il avait mis dans le mille.

Cory frémit.

— Tu crois qu'il avait démasqué Charlie Abbott aussi ?

— D'une manière ou d'une autre, il devait avoir de gros doutes à son sujet, et c'est pour ça qu'il a eu besoin de te retrouver, Zeke : il voulait que tu identifies Charlie comme étant le meurtrier de Silas…

Il regarda Cory droit dans les yeux.

— Est-ce que vous avez un ordinateur, s'il vous plaît ?

— Oui, bien sûr. Je le garde dans ma chambre…

Il se leva, quitta la pièce et revint bientôt avec un portable qu'il tendit à Evan.

— Ouvre, il n'y a pas de mot de passe…

Cory et moi observâmes Evan pianoter à toute vitesse sur le clavier. Je quittai le canapé pour m'approcher d'eux.

— On peut savoir ce que tu fais ?

— J'écris à Grace McCaslin, sur son compte Facebook. Je lui dis que nous avons tout découvert à propos de Dave Dollinger et Charlie Abbott mais qu'elle pourrait être la seule personne que Mary Beth accepterait de rencontrer pour enfin témoigner. Voilà, c'est envoyé. Grace est comme tout le monde dans cette histoire, elle est persuadée que personne ne la croirait si elle accusait un homme aussi honorable que Dave Dollinger de lui avoir fait subir de telles horreurs. Je pense qu'il y a des chances pour qu'elle réponde, cette fois…

Cory quitta sa chaise, fit quelques pas de long en large en joignant les mains au-dessus de sa tête.

— Eh bien, mes petits potes ! On va nous faire crouler sous des tonnes de merde quand on va rendre tout ça public ! Dave était un type apprécié, presque un saint depuis sa mort… Nom de Dieu ! Même moi, je suis conscient que tout ça est vrai, maintenant, et que ça ne fait plus aucun doute, mais je n'arrive pas à y croire. Dave… C'est pire qu'une trahison.

Dehors, la nuit était complète, désormais. J'avais le sentiment d'entendre des murmures dans la rue déserte, les rires étouffés de mille et un fantômes moqueurs qui n'en revenaient pas de notre aveuglement. Des masses noires hostiles dansaient en un ballet obscène. On avait glorifié un monstre et cloué au pilori tant d'innocents : Nolan, Tonto, Sanborn Waldman – moi.

Evan interrogea Cory du regard.

— Qu'est-ce qu'on fait, maintenant ?

— On prie pour que Gwen ne se soit pas laissé manipuler trop méchamment par son connard de mari, mon grand. Parce que même si on est sûrs de ce qu'on avance, nos preuves sont presque… inexistantes. Je vous rappelle qu'on a pu rétablir la chronologie des faits grâce au témoignage de Zeke et à celui de Waldman qui n'étaient pas connus à l'époque. Si l'idée venait à Gwen de te faire mettre au trou pour le meurtre de Durning ou celui de Silas, ça sentirait très mauvais…

Il allait ajouter quelque chose quand mon téléphone sonna. Incrédule, je le tournai vers Evan et Cory.

— Bon sang, c'est Grace…

Aussitôt, je décrochai en prenant soin d'activer le haut-parleur.

— Grace ? Vous avez eu notre message ?

Au bout du fil, elle ne parvint pas à aligner deux mots. Elle hoquetait, secouée par des sanglots violents. Cory baissa les yeux, Evan demeura figé. J'eus le plus grand mal à parler sans céder à l'émotion.

— Prenez votre temps, Grace. Je suis là…

Au bout de plusieurs minutes, d'une voix étranglée, elle s'exprima enfin :

— Ce... Cette ordure... Il disait que jamais personne ne croirait une petite pute comme moi face à un type tel que lui... J'avais dix ans, mon Dieu... J'avais dix ans...

*

Elle resta avec nous plus d'une heure au téléphone, et elle raconta tout. La façon dont il l'avait approchée, un jour que sa classe rendait visite au bureau du shérif. Tous les enfants avaient adoré Dave Dollinger et la façon qu'il avait eue de leur décrire son métier. Il avait pris plusieurs d'entre eux dans ses bras pour leur montrer un stand de tir où ses hommes s'entraînaient. Grace avait eu la chance de faire partie de ceux qu'il avait soulevés en leur prêtant son arme, si lourde, et les laisser viser la cible. Il avait eu un bon rire de géant quand, après l'avoir reposée, il avait dit à son institutrice que la petite avait l'air très habile de ses mains. Puis ç'avaient été des rencontres fortuites, et il l'avait emmenée au chalet de McPherson.

À partir de là, c'était comme si Grace avait dû faire face à un autre homme que le Dave Dollinger qu'elle connaissait depuis qu'elle était toute petite.

Elle n'entra pas dans les détails de ce qu'il lui avait fait subir et ne put confirmer la présence de Charlie avec lui.

— Oui, je me souviens qu'il s'occupait de nous à la chorale, mais à l'époque où j'ai été agressée, Charlie était hospitalisé parce qu'il s'était cassé la jambe. Chaque fois, Dollinger était seul...

Elle nous promit de venir à Deil River dès le lendemain pour essayer de parler avec Mary Beth – cette dernière ne la rejetterait pas.

Ce fut tout.

Après que j'eus raccroché, Evan ne tenait plus en place.

— On touche au but. Grace a enfin parlé, et elle va peut-être convaincre Mary Beth d'en faire autant. Ça permettra à Gwen et au shérif Schieber de mettre Charlie sous les verrous, non ?

Cory hocha la tête.

— Oui. Deux témoignages concordants et celui de Mary Beth pour Abbott, ça suffira dans un premier temps. Mais il faudra certainement qu'elle accepte une expertise psychiatrique après tant d'années où elle a préféré passer pour une handicapée mentale. Le mieux, ce serait aussi de recontacter les filles agressées pour qu'elles témoignent à leur tour. Zeke, tu crois que le révérend Farrell acceptera de te donner sa liste ?

— Sans doute, oui… Maintenant que la vérité est connue, elles auront peut-être une réaction similaire à celle de Grace, pour un certain nombre d'entre elles, en tout cas.

Evan tapotait la table du bout des doigts, le regard perdu et les sourcils froncés.

— Si Grace vient demain, les choses vont aller très vite, mais elle risque de ne pas arriver avant au moins la fin de la matinée. Ça fait un paquet d'heures au cours desquelles Charlie va avoir l'occasion de bourrer le mou de Gwen ou de déguerpir, s'il sent que le vent a tourné pour lui… On doit agir.

Cory jeta un œil à sa montre.

— Je suis d'accord. Mais là, ne serait-ce que pour appeler Gwen, il est trop tard. Abbott rôdera forcément près d'elle, à cette heure-ci, et demain, la tension sera peut-être un peu retombée de son côté à elle. Elle sera seule chez elle, je pense, parce que Charlie se rend au *Possum* chaque jour aux aurores. J'ai confiance. Gwen est une fille intelligente, et en plus, elle a toujours tenu à toi, Zeke. Je suis certain qu'elle n'attend qu'une chose : la preuve de ton innocence dans tout ça…

Evan abonda dans son sens.

— C'est vrai. Et il y a un truc tout simple : c'est forcément Charlie qui a payé Durning pour suivre Sorvino à New York et le faire tuer, et je suis persuadé que ça n'a pas été gratuit. Elle pourra vérifier facilement s'il manque de grosses sommes d'argent sur leur compte en banque ou dans leur coffre s'ils en ont un au *Possum*. On lui donnera les dates auxquelles Charlie aura eu besoin de tout ce fric et avec un peu de chance, ça fera tilt…

Cory acquiesça.

— Et même si elle ne s'est aperçue de rien, ça fait trop d'infos très détaillées pour ne pas la convaincre. C'est un flic, et j'en ai été un moi aussi, je sais qu'elle ne pourra pas réagir autrement.

Je les écoutais sans un mot. Longtemps, cette histoire avait été comme un marécage plongé dans une brume épaisse et vénéneuse. On ne pouvait y faire un pas sans risquer de se trouver enlisé, et bientôt prisonnier, promis à une mort certaine. Désormais, le brouillard s'était levé, et le sol n'était plus qu'un banc de sable sec, dans lequel les squelettes d'animaux morts depuis des lustres étaient figés dans des positions douloureuses. Nous pouvions avancer, nous en avions le devoir – quelque chose m'en empêchait.

Evan vint s'asseoir sur le canapé, tout près de moi, et m'embrassa. Cory me considérait avec inquiétude. Il s'approcha, se pencha vers moi.

— Je comprends ce que tu ressens.

Je levai les yeux vers lui, implorant.

— Tout son univers va voler en éclats, pour la deuxième fois de sa vie… Pourquoi ? Pourquoi est-ce que le sort s'acharne sur elle comme ça ?

Il soupira.

— Je vois où tu veux en venir, mais tu dois garder à l'esprit que c'est *maintenant* qu'elle est en danger. Regarde un peu tout ce bordel : Sorvino, Durning… Il les a tués ou fait tuer sans hésiter. Qui sait ce qu'il serait capable de lui faire, à elle ? Sans compter qu'il faudra enquêter pour voir s'il n'a pas poursuivi ses petits jeux pervers sur d'autres gamines de Deil River… On n'en est peut-être qu'au début de l'horreur, il faut en être conscient. Et puis merde ! Il a tué ce gosse ! Il a tué Silas !

Il se figea, incapable d'ajouter un mot, accablé par l'émotion qui brûlait en lui.

Quelques minutes plus tard, il avait recouvré tout son sang-froid et sa détermination. Nous décidâmes de nous retrouver ici à la première heure le lendemain pour appeler Gwen quand Charlie serait au *Possum*, puis Evan et moi rentrâmes chez Kostas pour dormir un peu. À notre arrivée, celui-ci ronflait sur son canapé devant un film en noir et blanc. Sur l'écran, Bette Davis toisait Joan Crawford. Nous montâmes à l'étage. Watergate somnolait sur le lit. Tout était silencieux et paisible dans la grande maison.

Evan se glissa près de moi sous le drap.

— Le calme avant la tempête.

Dans la semi-obscurité troublée par un rayon de lune doux et laiteux, je lui caressai les cheveux.

— Je suis désolé. J'aurais dû te parler du bouquin que j'ai écrit pour Liam, et de ce qu'il y avait dedans… Cette histoire de gamin assassiné… J'étais terrorisé à l'idée que tu me croies coupable. Ce roman, c'était une façon d'essayer de purger ça.

— Je te comprends. Mais ça ne m'aurait jamais fait douter de toi.

Quelques minutes s'écoulèrent au cours desquelles j'eus l'illusion d'être seul au monde avec lui. Le sommeil ensuite s'empara de nous comme par surprise, et nous sombrâmes tels deux soldats profitant de leur dernière nuit avant la guerre.

Le matin suivant, dans le séjour de Cory, ce dernier proposa d'appeler lui-même Gwen.

— Toi, elle ne te répondrais pas, Zeke. Déjà qu'elle risque d'être glaciale avec moi parce que je fraye avec vous…

Il composa le numéro du domicile de Gwen et Charlie, et elle décrocha.

Comme Cory s'y était attendu, elle accueillit son appel plutôt fraîchement. L'ancien shérif parvint pourtant à l'amadouer et elle l'écouta. Cory n'entra pas dans les détails et fit comprendre à Gwen que nous avions découvert un élément capital qui remettait tout en question dans l'affaire du meurtre de Silas et du viol de Mary Beth, et que nous devions lui parler de toute urgence. Elle voulut en savoir plus, mais Cory demeura ferme, et au bout d'une dizaine de minutes, il réussit à lui arracher un rendez-vous, seule et chez elle. Il raccrocha en arborant une grimace qui ne me dit rien de bon. D'un regard, je l'interrogeai, et il soupira avant de répondre.

— La convaincre, ça ne va pas être de la tarte. Mais bon, le positif, c'est qu'elle accepte de nous recevoir chez elle, dans une heure. Elle doit absolument passer au bureau du shérif avant parce que Travis voulait la voir pour régler un problème particulier. Maintenant, on n'a plus qu'à prier, mes petits potes.

J'attendis un instant avant de me décider à poser la question qui me rongeait.

— D'après vous, elle va nous croire ?

Il y eut un silence, et il se mordit la lèvre, choisit ses mots avec soin.

— On va lui apprendre que son oncle violait des petites filles avec la complicité de son mari, Zeke…

Une heure plus tard, comme convenu, nous étions devant la maison de Gwen et de Charlie. Après avoir sonné, leur porte resta close. Cory grimaça.

— Ça pue, les amis. Ça pue vraiment.

Je sonnai de nouveau. Cory s'éloigna en jurant et en inspectant les environs. J'allais sonner pour la troisième fois. Evan retint mon bras.

— C'est inutile, il n'y a personne ici…

Je levai les yeux vers la fenêtre de la chambre de Gwen et de Charlie. Une colère noire monta en moi.

— Merde ! Merde ! Merde ! Merde !

Cory me dévisagea tout en prenant son téléphone.

— Hé là ! Pas la peine d'ameuter tout le quartier. Je vais essayer de la joindre…

Il composa le numéro de Gwen et se heurta au répondeur. Il appela ensuite le bureau du shérif et se décomposa quand on lui répondit qu'on ne l'avait pas vue ce matin.

Il raccrocha et je levai les bras au ciel.

— Mais qu'est-ce qu'on va faire ?

— On va commencer par garder la tête froide. Je vais tenter le coup au *Possum*, sait-on jamais…

Au bout de deux sonneries, une réceptionniste jeune et aimable lui répondit. Hélas, non, M. Abbott n'était pas là, contrairement à ses habitudes.

Consterné, Cory la remercia puis rangea son téléphone.

— Il était encore chez lui tout à l'heure. Et je parie qu'il a tout entendu de ma conversation avec Gwen…

Je blêmis.

— Il va la tuer… Mon Dieu, c'est peut-être déjà fait…

Cory secoua la tête.

— Non, je ne pense pas. Les types comme lui veulent à tout prix sauver leur peau, négocier. Il va monter une combine ou je ne sais trop quoi…

À ce moment, mon téléphone vibra.

— C'est lui ! C'est un message !

Je le montrai à Evan et à Cory. Il était laconique.

RDV aux chutes de la Deil River. Seul. Pas de flics ou elle meurt.

Je courus aussitôt vers la voiture et m'y installai.

— Je dois y aller. C'est à cause de moi qu'elle est dans ce pétrin alors je dois la sortir de là.

Evan se dirigea vers la portière passager.

— Je viens avec toi.

— Pas question. Tu restes avec Cory. Je vais trouver un moyen de le raisonner et ça ne fonctionnera pas s'il croit qu'on lui tend un piège. Vous devez vous préparer à accueillir Grace et à l'accompagner chez Caitlin et Mary Beth. C'est notre seule chance d'avoir son témoignage pour faire tomber Charlie. C'est clair ?

Evan secoua la tête.

— Non. Ce n'est pas négociable. Si c'est lui qui te tend un piège et que tu y vas seul, il va trouver le moyen de s'en sortir, et toi, tu vas y laisser la peau… Je dois au moins couvrir tes arrières.

Atterré, je cherchai un soutien du côté de Cory qui m'observait d'un air perplexe.

— Désolé de m'en mêler, mais Evan a raison. Aller là-bas tout seul, c'est quasiment du suicide. Charlie s'est débarrassé de trop de monde pour qu'on lui fasse confiance.

Il mit la main sur l'épaule d'Evan et prit une expression toute paternelle.

— Cela dit, petit, sauf ton respect, il vaut mieux que j'accompagne Zeke et que tu restes ici, toi.

— Certainement pas. Moi, je suis un inconnu à Deil River, et si par malheur quelque chose devait vous arriver, à vous et à Zeke, qui est-ce qu'on croirait ? Moi ou Charlie ?

Cory se mordilla les lèvres, me jeta un œil puis leva les mains en l'air en signe de reddition.

— Tu marques un point. Je vais m'occuper d'accueillir Grace McCaslin pour l'accompagner chez Caitlin. Vous deux, tâchez d'être joignables à tout moment. Enfin, au moins toi, Evan, parce que notre ami Abbott exigera sûrement de Zeke qu'il se débarrasse de son portable.

Evan grimaça.

— Le problème, c'est que je n'ai pas de téléphone.

Cory lui tendit le sien.

— Prends-le, et une fois là-bas, envoyez un message au shérif Schieber pour lui dire à quoi on doit s'attendre. Son numéro est dans mon répertoire. Je serai avec eux pour les prévenir et les convaincre de me suivre aux chutes. En espérant qu'ils me croient. Oh, une dernière chose…

Il saisit l'arme qu'il avait à sa ceinture et la donna à Evan.

— Ça aussi, tu pourrais en avoir besoin…

Evan prit le flingue sans hésiter et remercia Cory après avoir procédé aux vérifications de base. Il monta ensuite à mes côtés dans la voiture et je démarrai.

Un quart d'heure plus tard, nous étions dans la forêt, aux abords du petit sentier qui menait au sommet des chutes d'eau. J'expliquai à Evan comment accéder au même endroit que moi par un chemin opposé.

— Tu verras, ça débouchera sur une sorte de petite construction : c'est l'abri de Mme Fergusson. Ça te permettra d'avoir un point de vue sur Charlie et moi. OK ?

Il acquiesça, et il partit. Je ne perdis pas de temps et entrepris l'ascension qui m'amènerait jusqu'à Charlie et, je l'espérais, jusqu'à Gwen, saine et sauve.

Quelques longues minutes après, alors que grondait la Deil River se précipitant dans son lit, j'arrivai sur les lieux de la confrontation. Près du garde-corps, je vis bientôt la silhouette de Charlie, épaisse et, de là où j'étais, gigantesque. Je frémis en voyant Gwen agenouillée en face de lui, tête baissée, les mains jointes devant elle comme s'il les lui avait attachées. Charlie était très pâle, et ouvrait de grands yeux hallucinés.

Dans sa main gauche, il tenait une masse qui traînait sur le sol. Des visions d'horreur m'assaillirent.

J'avançai vers eux les mains ouvertes et levées vers le ciel.

— Je ne suis pas armé, Charlie ! Et je suis tout seul. C'est toi et moi, maintenant. Tu peux la laisser partir !

Le regard perdu, les mains tremblantes, il me répondit d'une voix mal assurée :

— Ton téléphone, Zeke ! Je veux que tu le jettes ! Maintenant ! Dans le vide !

Il marqua une pause, ravala sa salive et ajouta sur un ton théâtral :

— Et pas de connerie avec moi, ou sinon… elle va passer un sale quart d'heure !

Pour ajouter au poids de ses menaces, il agita mollement la masse qui frotta le sol caillouteux avec un grincement agaçant.

Quelque chose clochait. Pourtant, je ne pris pas le risque de le provoquer et sortis mon téléphone de ma poche.

Charlie hurla.

— Lentement ! Pas d'embrouilles, je te dis !

J'avais l'impression qu'il allait éclater en sanglots.

Avec beaucoup de précautions, je jetai mon portable d'un coup sec et précis en direction du vide. Il s'abîma dans la rivière. Charlie hurla :

— Maintenant lève les bras et montre-moi que tu n'as pas d'arme !

J'obtempérai, soulevai mon pull et mon tee-shirt, fis un tour sur moi-même puis levai les bras.

— Tu vois, Charlie ? Pas d'arme ni de téléphone…

— Ouais !

Après, il ne sut plus quoi dire. Je le sentis plus que jamais fragile et hésitant – si j'avais une chance de le déstabiliser et l'acculer, c'était le moment.

— Je sais tout, Charlie, c'est terminé, maintenant. Je sais que c'était toi dans la forêt, avec Silas. Tu portais le sweat de ton équipe de basket, je t'ai vu...

— Mon... Mon sweat ? Mais qu'est-ce que tu racontes ?

— Tu as voulu te débarrasser de Silas parce qu'il a tout vu, au chalet, avec Mary Beth. C'était sous le coup de la panique, j'en suis sûr, mais si tu touches à Gwen, aujourd'hui, tu vas aggraver ton cas, et on ne pourra plus rien pour toi.

— C'est quoi ce tissu de conneries, putain ? Je comprends rien à...

Il s'interrompit soudain, fronça les sourcils, déconcerté, puis une détresse subite le tétanisa, et ses lèvres s'entrouvrirent sans qu'il fût capable de prononcer le moindre mot. Ses yeux tombèrent sur Gwen et, aussitôt, elle leva la tête, dégaina un revolver caché entre ses cuisses en direction de Charlie, lui tira deux coups dans la gorge. Charlie lâcha la masse dont le manche en bois chut sur le sol avec un bruit creux tandis que résonnaient encore les deux coups de feu dans le ciel bleu et pur qui couvrait la forêt de Deil River avec bienveillance. Charlie, le regard stupéfié, porta les mains à son cou pour retenir le flot irrésistible de son sang. Gwen l'observa, interdite, se releva et le fit basculer par-dessus le garde-corps.

Je hurlai :

— Gwen ! Non !

En même temps, j'aperçus Evan qui guettait près de l'abri, l'arme au poing.

Gwen se pencha vers le vide où avait disparu son mari. Je secouai la tête pour qu'Evan ne fît rien pour le moment. Je ne savais plus quoi penser.

Défaite, Gwen se tourna vers moi, tenant toujours fermement son flingue. J'eus du mal à reconnaître sa voix.

— Le sweat, tu sais, il me l'avait prêté, avant la fête.

— Quoi ?

Je voulus avancer vers elle. Elle me mit en joue.

— Mais qu'est-ce que tu fous ? C'est quoi, ces conneries, Gwen ?

— Ce jour-là, il était venu me voir… Charlie, je veux dire. Tu sais à quel point il était collant. Moi j'avais d'autres choses à faire, mais tu le connais : qu'est-ce que Charlie Abbott pouvait bien avoir à foutre de ce que les *autres* voulaient ? Il m'avait dit : « Gwen, je rigole pas, va y avoir de l'orage, tu vas être trempée ! » Et c'était vrai… Tu te souviens, Zeke, comme il pleuvait dans cette putain de forêt ? On voyait pas à cinq mètres devant nous… C'est pour ça que tu as cru que c'était lui. À cause de ce putain de sweat… Et aujourd'hui, tu as tué Charlie, parce qu'il a découvert que tu lui as mis sur le dos le meurtre de Silas, alors que c'est *toi* qui as fait ça… Et moi, je n'ai pas eu le temps de sauver mon mari avant de t'abattre.

Ma vue se brouillait. Je secouais la tête, refusant l'évidence, la voix brisée.

— Non… Non, c'est pas vrai… C'était pas toi… Ça peut pas avoir été toi…

(*Et tu vois la terreur dans les yeux de Silas, Zeke, la terreur, et aussi la surprise et l'incompréhension et le refus de recevoir la mort de la main de cet être aimé, chéri, cette personne pour laquelle il mourrait, s'il le fallait… Et il t'aperçoit, Zeke, et son regard traduit quelques mots seulement, et ceux-ci ne sont pas : « Au secours » ni « Sauve-moi » mais : « Ce n'est pas réel. Ce n'est pas en train d'arriver… Elle ne va pas me tuer… »*)

— Il était malade, Zeke… Il allait mourir. Maman me l'avait dit. « Ton petit frère va certainement mourir, mais on va essayer le traitement de la dernière chance. » Et tu sais quoi ? Le traitement de la dernière chance, ça voulait dire partir loin d'ici, partir loin de lui…

— De lui ? Mais de qui, lui ?

— Silas allait m'éloigner de Dave… Tu sais, j'avais fini par m'attacher à Charlie, parce que c'était quand même quelqu'un de bien, et il m'a apporté la sécurité, un toit, et tout ça, mais… C'est le côté bénéfique de ton retour et de ton obsession à remuer la merde. Grâce à toi, j'ai pris conscience qu'il était là par défaut et qu'il ne valait rien, comparé à Dave…

Pendant quelques secondes, je ne dis rien. Les pensées s'entrechoquaient dans ma tête. La voix de Gwen se fit doucereuse au point de me donner la nausée.

— Ça faisait cinq ans qu'on nageait en plein bonheur. Il… Il m'avait tout appris… Il me protégeait… Il était tout pour moi…

— Gwen… C'est de la folie… C'était un violeur…

Les muscles de son visage se tendirent et elle secoua la tête.

— Non, c'est faux… Il m'aimait vraiment… Il m'aimait…

— Non ! Il ne t'aimait pas ! Il t'a violée ! Comme il a violé Mary Beth ! Grace McCaslin ! Et toutes les autres ! Grace vient à Deil River aujourd'hui pour tout raconter, et Mary Beth va témoigner ! Mais on peut t'aider, si tu veux ! On peut…

— *Tais-toi !*

Elle ferma les yeux et ses lèvres se tordirent, puis ce fut un hurlement atroce.

Ce cri – l'écho, à vingt années de distance, de celui qu'elle avait poussé alors que Dave Dollinger, son bourreau, était tombé sous les balles après avoir violé une petite fille.

À ce moment, Evan intervint, même si je lui avais envoyé le signal de ne surtout rien faire. Je pouvais ramener Gwen à la raison. Je le devais. Il leva l'arme en direction de Gwen tout en avançant vers elle, buta sur une racine qui sortait à moitié du sol et le fit trébucher. Il retrouva son équilibre, mais Gwen l'avait entendu. Elle se retourna aussitôt, eut le temps d'éviter le tir d'Evan et répliqua. Il recula, elle tira plusieurs fois et l'atteignit à la cuisse. Un cri de douleur déchira ce ciel si tranquille. Je courus vers Gwen. Elle se tourna de nouveau, me mit en joue. J'évitai plusieurs balles ; la dernière me toucha au bras. Le choc du coup de feu me propulsa en arrière et ma tête heurta le sol. Il y eut un éclair blanc éblouissant et, pendant un bref instant, je ne sus plus où j'étais ni ce que je devais faire.

Je me redressai et vis Gwen tenter de tirer à nouveau sur Evan, mais son arme était vide. Elle avança dans sa direction, lentement, tandis qu'il rampait vers son revolver. (*Le monstre approche de Silas qui tente de reculer sur le sol boueux, le regard aimanté par l'être qui avance jusqu'à lui en toute tranquillité...)* Elle prit la masse, la souleva avec une aisance stupéfiante (*et le monstre brandit le tuyau ruisselant de pluie au-dessus de l'enfant*) et l'abattit sur Evan (*et l'enfant meurt aussitôt et avec lui le cri d'horreur que personne jamais ne pourra pousser*).

J'avais des vertiges et la bouche pâteuse, j'étais incapable de crier.

— Non...

Evan parvint à éviter le coup en roulant sur le côté. Gwen reprit son élan et la masse atterrit sur le genou d'Evan (*le monstre encore veut tuer l'enfant mort*). La douleur lui arracha un autre cri, plus atroce que le premier. Le visage impassible, Gwen leva de nouveau la masse. J'avais réussi à me mettre debout et à courir, mais elle semblait si loin (*et le monstre, souverain, soulève de son bras puissant le lourd tuyau qui, avec la vitesse de l'éclair, vient frapper une troisième fois la tête de l'enfant qui finit d'éclater*).

— Gwen ! Non !

Je me jetai sur elle au moment où elle allait asséner un coup fatal sur la tête d'Evan et la masse s'abattit finalement sur le sol.

À l'instant où je me plaquai contre elle, Gwen tourna vers moi un visage dévoré par la haine et le chagrin où brillait un regard d'une noire incandescence, dénué d'humanité, déjà mort.

(*Ce regard que tu as déjà vu, Zeke, que tu as fixé quelques secondes avec la même terreur folle que Silas. Et comme lui, tu n'as pas voulu croire que Gwen venait de le tuer, tu n'as jamais voulu te le rappeler, tu n'as pas voulu essayer, préférant te souvenir de Sanborn Waldman qui assistait à ce spectacle formidable avec la même impuissance que toi…)*

Je tombai avec elle, et notre lutte nous fit rouler jusqu'au garde-corps. Mon bras blessé n'était que douleur pure. Gwen parvint à prendre le dessus, et elle me saisit les cheveux, tapa ma tête plusieurs fois contre le sol, et les mots baignés de larmes déferlaient et brisaient sa voix, la rendaient méconnaissable.

— *Pourquoi tu es revenu ? Pourquoi ? Pourquoi ?*

Je trouvai la force d'écraser mon poing contre sa tempe. Elle parut sonnée. Les coups cessèrent. J'étais groggy, et elle se remit de son étourdissement, m'empoigna par le col pour me relever. Elle venait de me coller contre la rambarde, me frappa à l'estomac puis dans la mâchoire, et s'apprêtait à m'asséner un autre coup quand je lui enfonçai le genou dans le ventre et écrasai mon front sur sa tête. Elle hurla, et sans m'en rendre compte, je la fis basculer par-dessus le garde-corps. Elle eut le réflexe d'attraper le rebord métallique inférieur et de s'y agripper, les jambes pendant dans le vide où la rivière noire glissait sur les rochers et tombait dans son lit en un tourbillon colérique et bouillonnant.

Épuisé par la lutte, je voyais Gwen dont la vie ne tenait plus qu'à un fil.

Je me baissai, catastrophé, et lui tendis la main, secoué de sanglots.

— Je t'en prie, Gwen… Je t'en supplie, on peut te sauver…

Il y eut une lueur de terreur dans ses yeux lorsqu'elle avisa l'immensité dangereuse qui s'étendait au-dessous d'elle et engloutirait comme de rien son corps, brindille si fragile à la merci d'un courant violent.

— On peut te sauver… Gwen… Par pitié… On t'écoutera…

Elle plongea son regard dans le mien et je pus y lire, écrit dans une langue indicible ancienne comme le malheur des hommes, une douleur, une folie, une absence de compréhension de tout ce qui nous avait menés ici, non seulement nous mais tous les autres qui nous avaient précédés et viendraient après nous, là, au bord d'un gouffre promesse de mort parce que nous n'avions pas su parler, pleurer, hurler quand il le fallait.

Je perçus son hésitation. Elle lâcha prise. À jamais j'ignorerai si cette main ouverte voulait se tendre vers la mienne pour la saisir ou si elle m'adressait un adieu désespéré avant de choisir d'embrasser le néant.

Le temps cessa sa course pour moi, et pour le reste de l'univers tout autour. L'image de Gwen s'éloigna, son pied heurta un rocher saillant et sous le choc son corps bascula, se retourna, et l'arrière de son crâne s'écrasa contre la paroi suintante sur laquelle pleurait la Deil River. Elle disparut dans le tumulte, et refit surface plus loin.

Une traînée rouge se mêlait à l'écume blanche de l'eau noire.

Je rejoignis Evan qui gémissait. Au loin, Cory Greenberg apparut, accompagné de quelques officiers du bureau du shérif.

Je me penchai vers Evan. Il était pâle, en sueur, et respirait très fort. Je caressai son visage.

— Ça va aller, ça va aller…

— Zeke… Est-ce qu'elle…

— Tout est fini.

Cory arriva près de nous, haletant, et il me fixa, horrifié par la blessure profonde et ensanglantée de mon bras gauche. Je ressentis de nouveau la douleur, brûlante et vive, pareille à une lame fouaillant ma chair meurtrie et je manquai de défaillir.

Quelques instants plus tard, des ambulances nous éloignaient de ce lieu maudit.

— On peut dire qu'on fait la paire, tous les deux !

Evan comparait nos plâtres – lui pour son genou salement amoché, moi pour mon bras dont la balle avait endommagé l'os en le traversant.

Nous étions tous les deux allongés sur le grand lit de la chambre d'ami du rez-de-chaussée, chez Cory. Il avait proposé de nous accueillir car sa maison était de plain-pied, contrairement à celle de Kostas où il y avait trop d'escaliers pour Evan.

Cory s'était chargé d'aller chercher nos affaires et Watergate mais, à son retour, il affichait une mine embarrassée. Le chat avait disparu. Kostas, qui s'en était pourtant occupé, jurait ses grands dieux que Watergate n'était pas sorti de notre chambre une seule fois. En apprenant la nouvelle, je ressentis d'abord une vague inquiétude vite chassée par une pensée irrationnelle et pourtant évidente.

— Laissez tomber. Tout est résolu, maintenant, alors il est parti. C'est tout.

Evan partagea mon avis ; Cory, lui, m'observa avec une curiosité amusée.

— McKay, je crois que je m'étais trompé sur beaucoup de points te concernant, sauf un : tu as toujours été complètement tapé !

Il n'avait sans doute pas tout à fait tort.

Tout est résolu, avais-je dit. Et j'étais sans doute allé un peu vite en besogne : restait le témoignage de Mary Beth.

Grace McCaslin avait tenu parole. Elle était venue frapper à la porte de Caitlin Paige. Grace lui raconta toute l'histoire, puis Caitlin gravit l'escalier qui menait à la chambre de Mary Beth en demandant à Grace de bien vouloir l'attendre.

Mary Beth accepta avec émotion de revoir son ancienne amie et de parler avec elle.

Cory avait pris soin de demander à Grace d'enregistrer leur conversation, si Mary Beth n'y voyait pas d'inconvénient.

La voix surgie du dictaphone me bouleversa. Malgré les années passées, c'était comme si Mary Beth n'avait pas vieilli. Cela ne fit qu'ajouter au caractère insupportable de sa confession.

Ce jour-là, Mary Beth devait aller à la fête avec plusieurs de ses copines de classe. Depuis l'année précédente, Caitlin avait accepté de la laisser s'y rendre seule. Mais Mary Beth était mélancolique : son amie Grace n'était pas là, et la fête de Deil River ravivait la douleur de son absence.

Depuis le début de la matinée, quelqu'un surveillait le groupe des petites filles. Alors que Mary Beth se trouvait à l'écart, pendant que les autres s'achetaient de la barbe à papa, Gwen vint près d'elle et lui demanda ce qui n'allait pas. Mary Beth connaissait bien Gwen : la fille du révérend Farrell l'avait gardée plusieurs fois quand elle était toute petite. C'était pour elle une sorte de grande cousine qu'on aime bien, même si on la voit peu.

Pour lui changer les idées, Gwen proposa à Mary Beth de faire une balade rien qu'avec elle, pour parler de Grace, par exemple. La gamine accepta. Tout plutôt que rester aux abords de cette fête qui la déprimait au plus haut point.

Elles marchèrent, encore et encore, sans but précis, croyait Mary Beth qui s'épancha auprès de Gwen comme elle l'avait rarement fait avec quiconque auparavant – y compris avec Grace. Elle lui parla de son amie, et combien elle la regrettait. Elle évoqua aussi son père qu'elle n'avait jamais connu et qui pourtant lui manquait tout autant. C'était peut-être bête, de ressentir une telle chose pour quelqu'un dont on ne possède même pas une photo, mais c'était bien ce sentiment qui gisait dans le cœur de Mary Beth. Elle se souvint d'avoir ri, à ce moment, parce qu'elle éprouvait une sorte de honte à s'ouvrir ainsi auprès de Gwen. Celle-ci ne réagit pas. Mary Beth leva les yeux vers elle – Gwen était grande, plus que les autres adolescentes de son âge – et elle l'observa. Elle était très pâle, et inexpressive, comme aimantée par un obscur pôle magnétique.

Mary Beth se rendit compte qu'elles avaient beaucoup marché. Elles pénétraient dans la forêt, désormais. Il y faisait plus frais, mais elle se sentit un peu mal à l'aise de se trouver aussi loin de la maison alors que maman lui avait répété de ne pas quitter ses petites copines. Cela dit, Gwen était une grande de quinze ans, et Mary Beth se savait en sécurité avec elle. Par réflexe, elle prit Gwen par la main. Cette dernière tressaillit, et ce fut comme si elle émergeait d'une sorte de sommeil éveillé, telle une somnambule. Sans ralentir la marche, elle étudia Mary Beth d'une façon qui fit naître une légère appréhension chez la petite. Elle se sentit scrutée, évaluée comme lorsque maman soupesait la viande et les légumes avant de se décider à les acheter.

Enfin, la voix de Gwen s'éleva.

— Tu vas être parfaite.

— Parfaite pour quoi ?

Gwen regarda de nouveau droit devant elle sans ajouter un mot et Mary Beth n'eut pas la force de rien demander d'autre.

C'est dans un silence angoissé qu'elles arrivèrent au chalet de M. McPherson. Maman avait interdit à Mary Beth de s'attarder ici. Elle disait que les grands venaient y faire des choses sales et qu'il y avait des tas de seringues qui devaient traîner partout, là-bas. Si elle se piquait avec l'une d'elles, elle attraperait le sida. Et « sida » était un mot qui faisait tellement peur que Mary Beth s'était juré de ne jamais mettre les pieds ici.

Elles entrèrent dans le chalet et là, la peur de Mary Beth fut à son comble. Elle chercha un prétexte pour s'éloigner de Gwen et se sauver, lui demanda si elle pouvait aller faire pipi dans les buissons. Elle ne connaissait pas les bois et se serait perdue, mais quelque chose en elle lui murmurait que mieux valait errer sans but dans la forêt que rester sagement ici auprès de Gwen à attendre un événement terrible.

Gwen ne répondit pas et sortit son téléphone.

— Allô, mon amour ? On y est, tu peux venir… Je t'aime…

Et elle raccrocha. Elle avait parlé comme ces actrices dans les feuilletons que maman regardait en fin de journée.

Mary Beth était installée sur un vieux canapé défoncé et qui sentait mauvais. Elle se demandait quel plaisir avaient les grands à venir dans un endroit aussi répugnant. Elle se tordait les doigts plus fort encore qu'aux moments où son institutrice s'apprêtait à désigner quelqu'un pour l'interroger.

Gwen vint s'asseoir près d'elle et reprit le fil de son monologue bizarre.

— Il va t'aimer. Et toi aussi, tu vas l'aimer. C'est un grand honneur qu'on te fait, tu sais. Celle qu'on avait choisie avant toi a été stupide, et elle s'est comportée comme un bébé. T'es pas un bébé, Mary Beth ?

Mary Beth répondit que non, même si elle mourait d'envie de répondre le contraire.

Ensuite, les minutes s'égrenèrent, insupportables.

Mary Beth eut une violente envie de pleurer. Elle se retint, de peur de mettre Gwen en colère. Quand la porte du chalet s'ouvrit, Mary Beth crut sa délivrance imminente : c'était le shérif Dollinger. Maman avait dû apprendre qu'elle n'était plus avec ses amies à la fête et il était parti à sa recherche. Elle était sauvée !

Il entra, affichant son éternel sourire bon et paternel, et vint caresser la joue de Mary Beth. À cette seconde précise, la petite fille comprit. Quoi exactement ? Elle n'aurait su le dire. Tout ce qu'elle vit dans le regard du shérif, dans la façon dont sa grande main poilue était passée sur sa joue, c'est qu'elle était perdue.

Gwen se leva, et, à la plus grande horreur de Mary Beth, elle embrassa le shérif sur la bouche, comme le font les grandes personnes amoureuses. Il lui murmura de rester dans le coin et de surveiller les environs. Il l'appellerait dès qu'il aurait fini. Gwen, les larmes naissant au bord des yeux, acquiesça en s'enfonçant dans les oreilles des écouteurs qui criaient de la musique triste. Mary Beth pensa à ce que maman disait toujours à propos des jeunes qui écoutent leurs chansons : *Ils poussent trop le volume, ils seront sourds à trente ans*…

Elle quitta la pièce et le shérif ferma la porte, donna un tour de clef dans la serrure.

Prisonnière.

La suite, même vingt ans après, Mary Beth n'arrivait pas à la traduire en mots.

C'étaient des pleurs, des ahanements, la nudité grasse et velue du shérif qui débordait de sous sa chemise et son maillot de corps, et cette partie de lui, indescriptible, qu'il frottait contre elle, et ses lèvres, et cette langue qui lui donna envie de vomir.

C'était le cri qu'elle avait poussé à cause d'une douleur bien particulière, à cause des mots d'amour laids comme des mensonges, et cette peur de mourir qui se muait peu à peu, dans le cerveau tourneboulé de la petite fille, en désir de mourir. Parce qu'elle refusait de revoir maman après ça.

Au début, elle avait hurlé, appelé Gwen au secours. Celle-ci, sa musique à fond dans les oreilles, avait décidé de ne pas l'entendre. Mary Beth s'absenta alors d'elle-même, morte sans l'être tout à fait, et le temps s'abolit. Il reprit son cours lorsque la fillette vit un œil horrifié dardé sur elle derrière la fenêtre du chalet qu'obstruait imparfaitement un rideau répugnant, noir et graisseux. Elle ne réagit pas, ne fut pas heureuse de savoir quelqu'un tout près susceptible de la délivrer ; elle se contenta de fuir ce regard et de fermer les yeux. Quand elle les rouvrit, il n'y avait plus personne derrière la fenêtre.

Enfin Dave Dollinger se retira, souriant comme un ogre repu après un festin d'enfants, chuchota des remerciements obscènes à la petite et se releva, remit sa chemise dans son pantalon, se reboutonna. Mary Beth se sentait vide, crut qu'elle était morte, finalement, et cela ne lui fit presque pas de chagrin.

Au moment où Dollinger tournait la clef dans la serrure, il y eut un vacarme de verre brisé et le shérif se figea, terrifié.

Une pierre avait cassé le carreau de la fenêtre, qui s'ouvrit en grand en arrachant les rideaux, et Nolan Remick atterrit au milieu de la pièce, arme au poing. Mary Beth ne prononça pas un mot, ne remua pas un cil.

Défiguré par la haine et le dégoût, Nolan hurla au shérif :

— Espèce d'enculé de porc ! Je vais te saigner !

Avec des trémolos dans la voix, Dollinger désigna l'enfant.

— C'est pas ce que tu crois, Nolan… Je viens d'arriver, je l'ai trouvée comme…

— Ta gueule ! Ferme ta putain de gueule, enfoiré !

Nolan tremblait plus que Mary Beth n'avait jamais vu trembler un humain. Son regard ne cessait d'aller du shérif à la petite fille étendue, inerte, sur le canapé. Dave Dollinger, lui, levait les mains bêtement en rentrant la tête dans les épaules. Mary Beth voulut se redresser un peu, mais son corps refusait de bouger. Elle éclata en sanglots. À ce moment, Nolan se tourna vers elle.

— Mary Beth ! T'inquiète pas, ça va aller…

Vif comme l'éclair, le shérif en profita pour se jeter sur Nolan. Il lui agrippa les cheveux et le tira en arrière. Nolan atterrit sur le sol et, dans sa chute, laissa échapper son arme. Le shérif voulut sortir la sienne de son holster mais Nolan se redressa et chargea droit dans le ventre mou de Dave Dollinger. Ce dernier poussa un cri étouffé tout en donnant de violents coups de poing dans le dos du jeune homme.

Pendant ce temps, Silas apparut à la fenêtre et se glissa à l'intérieur du chalet. Il rougit, recouvrit la nudité de Mary Beth en rabattant sa robe et lui souffla, après lui avoir pris la main :

— Viens, vite !

— Je peux pas… Je peux pas…

Au même moment, le shérif parvint à saisir la tête de Nolan et il l'envoya heurter un mur. Le jeune homme perdit aussitôt connaissance.

Essoufflé et en sueur, Dollinger contemplait sa victime, désormais à sa merci. Il approcha la main de son arme de service.

— Navré, Remick. Mauvais endroit, mauvais moment…

Il posait la main sur son holster lorsque la voix de Silas retentit.

— Arrête ça !

Ensuite, le bruit mécanique d'un revolver qu'on amorce.

Doucement, et tenant ses mains devant lui, Dollinger se retourna pour se trouver face à son jeune neveu qui faisait barrage entre lui et Mary Beth qui observait la scène, terrorisée. L'ironie, c'est que c'était lui qui avait appris au gamin à se servir d'une arme – contre l'avis du révérend Farrell.

Dollinger se fit mielleux.

— Tout doux, Silas… Ne va pas imaginer des trucs qu'un petit garçon comme toi peut pas comprendre.

Il désigna Nolan du doigt sans lâcher Silas des yeux.

— Je suis arrivé et je l'ai trouvé qui faisait des choses à cette pauvre petite…

Mary Beth s'agita, paniquée.

— C'est pas vrai… C'est un menteur…

Dollinger secoua la tête en essayant de sourire.

— La pauvre… Elle dit n'importe quoi, mais c'est parce qu'elle est choquée. Tu dois me croire, Silas.

Le petit garçon tint l'arme plus fermement.

— Menteur. J'ai tout vu : c'est moi qui ai prévenu Nolan…

Dollinger abandonna son sourire hypocrite et serra les dents. Il laissa retomber ses bras le long de son corps.

— Maintenant, Silas, ça suffit. Tu baisses ce flingue et tu arrêtes de jouer aux imbéciles immédiatement.

Silas ne bougea pas.

— Je vais le dire à maman.

Dollinger sembla stupéfait, et finalement se mit à rire, et Mary Beth sentit que cela désarçonna brièvement Silas.

— Parce que tu penses qu'elle te croira, mon grand ? Avec ta maladie ? Ton traitement qui te fait dérailler ? Tu penses que quelqu'un va te croire parmi mes hommes ? Tout le monde fait comme moi, là-bas, Silas. Et certains le font avec des petits garçons comme toi. J'ai tous les droits, moi, Silas. Je peux tout, dans cette ville, et toi, rien… Un jour, je serai le maire de Deil River…

Il avança d'un pas vers son neveu qui cria de sa voix fluette :

— Bouge pas !

Dollinger fit un autre pas.

— Tu vas pas tirer sur ton vieux tonton, Silas. Et même si tu le faisais, tu passerais à la chaise électrique dans pas longtemps, gamin ou pas, parce qu'on déteste les tueurs de flics, dans ce pays…

— Arrête-toi, j'te dis !

— … alors tu vas gentiment me donner ce flingue, d'accord ? Avant de faire une bêtise…

Mary Beth ne pouvait pas supporter de voir la silhouette ogresque du shérif s'approcher d'elle de nouveau.

— Arrête-le, s'il te plaît ! Empêche-le de recommencer ! Silas !

Dollinger tendit la main vers son neveu.

— Sois raisonnable, mon…

Le coup partit.

La force du tir projeta le shérif en arrière, qui s'écroula vers l'entrée. Silas tomba sur le cul en laissant échapper l'arme au canon fumant.

Pendant quelques secondes ce fut comme si l'univers s'était figé. Silas, assis devant Mary Beth, respirait bruyamment tandis que le shérif, le regard exorbité, tentait de se redresser avec difficulté. Il y avait un trou dans sa chemise sur laquelle une tache de sang s'étendait à une vitesse folle. Un spasme secoua Dave Dollinger, qui bava, émit un borborygme effrayant. Ses yeux se révulsèrent puis sa tête tomba de nouveau sur le sol avec un bruit sourd.

Silas se releva, fixant avec horreur le corps mort.

La porte du chalet s'ouvrit et Gwen apparut. Elle était trempée par l'averse qui sévissait dehors. Seul le bruit du coup de feu avait franchi la bouillie larmoyante des chansons d'amour qu'elle écoutait bien trop fort et que ni les appels au secours de Mary Beth ni le tapage de la lutte entre Dollinger et Nolan n'avaient pu traverser. Ses traits se pétrifièrent aussitôt qu'elle vit le corps sans vie de Dave Dollinger. Elle demeura quelques secondes interdite avant de s'effondrer à genoux en poussant un hurlement terrible qui venait du plus profond de ses entrailles.

Mary Beth crut qu'elle ne pourrait jamais reprendre sa respiration.

Silas ne bougeait pas, incapable de détacher les yeux du cadavre. Cet homme – son oncle –, c'était lui qui venait de le tuer, d'une seule balle dans la poitrine.

— Je… Je voulais pas. Il était en train de faire des trucs à Mary Beth et…

Gwen lui jeta un regard glaçant. Silas, effrayé, se leva, sauta par la fenêtre et s'enfuit. L'adolescente se lança aussitôt à la poursuite du petit garçon.

Mary Beth était seule désormais, encore incapable de bouger, paralysée par la terreur. Elle avait peur de voir revenir Gwen ici, dans le chalet. Elle allait tuer Silas, c'était évident, et dès qu'elle en aurait terminé avec lui, elle reviendrait pour régler son compte à

Mary Beth. La gamine ne voulait plus mourir, à présent, et surtout pas dans cet endroit.

Soudain, un grognement lui arracha un cri. Et s'il n'était pas mort ? S'il revenait à lui tel un monstre indestructible ?

C'était Nolan qui reprenait connaissance. Il geignait en se massant l'arrière du crâne.

— Ma tête…

En voyant le corps de Dave Dollinger, il se releva, épouvanté.

— Putain de Dieu ! Mais qu'est-ce que…

Mary Beth se mit à pleurer à chaudes larmes et Nolan vint à elle.

— Ça va aller, ma puce. On va se tirer d'ici…

Il aperçut son arme qui gisait sur le sol et la ramassa, secoua la tête et s'approcha de Mary Beth. Il tendit les bras vers elle et, sans comprendre elle-même sa réaction, elle poussa un hurlement horrifié.

Nolan recula, bouleversé.

— Mary, pleure pas ! Je vais juste te prendre dans mes bras et t'emmener dans ma voiture pour qu'on quitte cet endroit, OK ? Je te ferai rien, je ferai pas comme ce gros porc… Je le jure.

Il disait vrai. Elle le sentait. Il y avait de la bonté dans sa voix. La vraie bonté généreuse, gratuite et innocente, pas celle qui suintait le mensonge comme quand le shérif était sur elle et la souillait.

Elle acquiesça. Avec beaucoup de délicatesse, il prit la petite fille dans ses bras. Elle s'y sentit bien aussitôt et noua les siens autour du cou de Nolan.

Dehors, sous l'orage et l'averse déchaînés, il courut à travers la forêt en protégeant Mary Beth de la pluie du mieux qu'il pouvait. Elle fermait les yeux, serrée contre lui, indifférente à l'eau glacée qui fouettait son petit corps. Elle aurait presque souhaité rester ainsi pour toujours.

Une dizaine de minutes plus tard, Nolan installait la petite à l'avant de sa voiture. Elle était perdue, ne savait plus où elle se trouvait. Elle se mit à raconter tout ce qu'elle venait de subir, comme si elle était prise d'une sorte de délire furieux, et elle parla de Silas, de Gwen, du coup de feu, du danger si Gwen revenait…

Nolan ne comprenait rien, demandait à Mary Beth de se calmer alors que lui-même semblait gagné par la panique.

La petite divaguait, et elle remarqua à peine que Nolan parlait avec quelqu'un non loin de la voiture. Il demanda à Tonto de partir à la recherche de Silas, dans les bois, parce qu'il avait tout vu, et qu'il risquait de lui arriver quelque chose, à lui aussi.

Ensuite, la voiture démarra, et Mary Beth poursuivit son monologue dément jusqu'au moment où elle ne dit plus un mot et reconnut la route : Nolan ne la ramenait pas chez elle.

— Où tu m'emmènes ? Nolan, où on va ?

— Au bureau du shérif. Ils pourront appeler une ambulance pour t'emmener à l'hôpital, et il faut qu'on leur dise ce que cet enfoiré t'a fait avant qu'ils trouvent son corps.

Alors elle se souvint des paroles de Dollinger : ses hommes, ils étaient tous comme lui, et il y en avait qui auraient aimé faire des choses avec Silas, et peut-être qu'on accuserait aussi Mary Beth d'avoir tué le shérif, et elle passerait sur la chaise électrique.

Comme folle, elle se mit à hurler que Nolan ne devait pas faire ça, parce que tout ce cauchemar recommencerait et qu'on la tuerait à la fin. Nolan ne comprenait pas et répondait que c'étaient des gens bien, là-bas, contrairement à ce qu'il disait d'habitude, et qu'on écouterait ce qu'avait à dire Mary Beth, qu'on la protégerait, qu'on la soignerait. Telle une furie, elle se jeta sur lui, le griffa, mordit son bras, saisit le volant pour le forcer à prendre une autre direction.

— Je veux rentrer chez moi !

— Tu vas nous tuer, Mary Beth !

Il eut le mauvais réflexe de la repousser trop fort et lui donna un coup de crosse de l'arme qu'il avait toujours en main. Cela assomma la fillette qui eut l'impression de plonger dans un gouffre de ténèbres profond et sans fin.

De loin, la voix catastrophée de Nolan lui parvenait encore, qui se confondait en excuses jusqu'au moment où il jura après avoir aperçu quelque chose au milieu de la route. Par réflexe, il braqua à droite, hurla de nouveau, puis il n'y eut plus rien qu'un fracas de tôle, de verre brisé, et l'impression de glisser doucement, avec félicité, dans une mort muette et bienveillante, une poche de néant confortable dans laquelle les images, les sensations de cet horrible après-midi disparaîtraient. Dans laquelle Mary Beth ne serait plus rien.

Au départ, la petite fille avait réellement tout oublié. La chose la plus récente dont sa mémoire conservait la trace, c'était avant d'aller à la fête de Deil River : sa mère lui avait conseillé de prendre un petit chapeau à cause du soleil, et Mary Beth avait refusé. Caitlin lui avait crié depuis la cuisine :

— Alors pense à te mettre à l'ombre !

— Oui, maman !

Et c'était tout.

Au fil du temps, les souvenirs avaient fini par émerger, comme des statues piégées sous une épaisse couche de neige dont on devine les formes à mesure que la glace fond sans toutefois parvenir à les identifier. À sa demande – et en cachette de sa mère –, Merryn Cotten avait accepté de lui lire les comptes rendus des journaux qui retraçaient le déroulement des événements du 5 juillet 2000. Pendant que l'infirmier lisait d'une voix mal assurée, elle demeurait stoïque, incapable de comprendre comment les gens avaient pu se tromper à ce point.

Elle voulut parler, hésita. Les semaines, les mois, les années se succédaient, et en Mary Beth se forgeait la conviction qu'elle avait trop attendu, et que la légende du 5 juillet était trop puissante pour qu'on acceptât la vérité laide et insoutenable qu'elle seule détenait.

Elle garda le silence. Nolan et Silas étaient morts. Tonto était en sécurité dans un établissement spécialisé. Et sa vie à elle était brisée de toute façon. Morte avant l'heure, elle n'avait plus qu'à attendre le jour où ses yeux se fermeraient pour de bon – ses yeux qui jusqu'à son dernier souffle ne s'ouvriraient plus que sur une forme de brume cotonneuse d'une couleur indéfinissable qui mêlait le mauve au marron.

Mais il y avait eu cet homme, Sorvino, qui s'était introduit dans sa chambre en apportant avec lui le nom et le fantôme de Dave Dollinger. Elle avait ressenti une panique proche de celle qui l'avait assaillie dans la voiture avec Nolan. C'était irrationnel, comme si on la violait une autre fois.

Elle avait fait des cauchemars, beaucoup, dans lesquels Gwen, devenue shérif adjoint, revenait la chercher pour livrer son pauvre corps couvert de cicatrices, son visage lacéré d'aveugle aux yeux laiteux à d'autres hommes avides de satisfaire leurs besoins répugnants avec elle.

À la fin de l'enregistrement, elle ne cessait de répéter combien elle était désolée, combien elle s'en voulait d'avoir abandonné Silas, Nolan, et Tonto.

C'est dans un silence religieux que nous avions reçu la vérité, Evan et moi. Nous étions sur le lit, c'était le soir, et cela faisait plus d'une heure que le dictaphone était éteint. Evan n'avait pas bougé, ni moi non plus. Comme s'il était trop difficile de se dire que tout était fini, que la chose qui avait empoisonné ma vie pendant vingt ans avait disparu.

On ne donna pas le nom de Dave Dollinger au collège de Deil River.

Comme elle avait été la dernière compagne du shérif criminel, on considéra d'un œil suspect Chelsea Burroughs. Sous pression, elle démissionna de son poste de maire. Son prédécesseur, le vieux Raymond Oldman, accepta de sortir de sa retraite pour assurer l'intérim, tandis que, Gwen disparue, Travis Schieber se résolut à accomplir un nouveau mandat de shérif. Tout rentrerait vite dans l'ordre.

Les jeunes filles que le révérend Farrell soupçonnait d'avoir été les victimes de Dave Dollinger témoignèrent qu'il les avait bel et bien agressées. Parfois,

Gwen avait joué le rôle de rabatteuse ; dans d'autres cas, comme celui de Grace McCaslin, cela n'avait pas été nécessaire.

Sanborn Waldman finit par revenir. Il livra son témoignage sur toute cette histoire et nous apporta quelques pièces manquantes du puzzle. Un soir qu'il l'avait trouvé dans un état second et avait pris soin de le ramener dans sa caravane, Kerry Durning s'était plaint auprès de Waldman de l'enfer qu'était devenue sa vie à cause du shérif adjoint Gwen Abbott. Elle le tenait par les couilles, disait-il, et elle l'avait contraint à tuer un type dans le Bronx, parce qu'elle le lui avait ordonné. Quand Waldman lui avait demandé pourquoi il obéissait à Gwen au doigt et à l'œil, Durning avait répondu que c'était elle qui lui refilait ses pornos pédophiles et sa came en piochant dans les doses que les flics stockaient au bureau du shérif après les avoir confisquées. Durning avait cru être plus malin que Gwen en gardant pour lui l'ordinateur et la clef USB dérobés à Sorvino après l'assassinat de celui-ci : une assurance vie, avait-il dit à Waldman. Son crâne éclaté à coups de pierre dans la forêt prouvait que cela n'avait pas servi à grand-chose.

Naturellement, c'était Durning qui avait maculé ma voiture de sang et se trouvait derrière la tête de porc tranchée.

Waldman élucida également le mystère du second témoin qui l'avait innocenté le jour de la fête. Cela consterna Cory.

— Le pire, c'est que j'aurais pu comprendre qu'elle nous avait manipulés pour ça aussi !

Si nous avions pensé à vérifier, nous aurions constaté que Charlie avait un alibi solide ce 5 juillet 2000 : il aidait le révérend Farrell à diriger la chorale.

Ce n'est pas la nouvelle recrue du bureau du shérif qui avait cherché l'identité du second témoin. Le jeune homme que Cory connaissait nous confia avoir demandé l'aide de Gwen car il ne savait pas où trouver l'information réclamée par l'ancien shérif. Ayant compris pourquoi celui-ci en avait besoin, elle lui avait donné le nom de Charlie à la place du sien. Quand Gwen, encore armée près du corps de Silas, avait vu Sanborn, paralysé par le meurtre auquel il venait d'assister, elle n'avait rien dit. Pâle à faire peur, elle lui avait jeté le tuyau sanglant qu'il avait rattrapé avant de le lâcher, horrifié, puis elle avait simplement quitté la forêt sous l'averse, tel un zombie, abandonnant derrière elle les cadavres de son oncle et de son frère. Sanborn avait fui aussi, persuadé qu'elle lui collerait ce meurtre sur le dos. Il ignorait que Gwen prétendrait l'avoir vu à la fête de Deil River, dans l'après-midi et pendant plus d'une heure, alors qu'elle dégustait un soda à quelques mètres. Elle était devenue son alibi tout en s'en inventant un pour elle-même – alibi que personne n'aurait l'idée de remettre en cause.

Charlie aimait Gwen à la folie, si bien qu'il avait renoncé pour elle à toute vie sexuelle. Un soir de désespoir, il s'était ouvert à sa mère du refus qu'avait toujours eu Gwen de coucher avec lui. Ç'avait été difficile, mais il avait tenu à lui prouver qu'il était prêt à ce sacrifice pour elle. Le seul point qui restera obscur sera le rôle exact qu'il pensait jouer dans la mise en scène grotesque montée par Gwen en catastrophe au sommet des chutes de Deil River. L'étau se resserrait, et dans sa panique, elle avait été incapable d'accepter que la fin approchait, et qu'elle aurait bientôt des comptes à rendre pour ses crimes. Quoi qu'elle eût raconté à Charlie pour le convaincre de l'aider à me tuer, il l'a crue, et l'aura finalement payé de sa vie.

Étrangement, c'est à elle que je ne manque pas de penser avec le plus de chagrin. J'aurais voulu entendre son histoire de sa propre bouche. À jamais ses mots manqueraient, et une part de ténèbres demeurerait à cause de ça. J'aurais voulu comprendre par quel processus elle avait fini par croire que son oncle n'avait fait que l'aimer – un amour qu'elle s'était persuadée d'éprouver en retour.

Evan m'invita à la résignation.

— Tu ne sauras jamais. Et tu dois en faire ton deuil. Elle-même, elle ne le savait pas. C'est une sorte de réflexe de préservation. Comme quand maman disait que mon père souffrait du mal qu'il lui infligeait en la battant… Si on voit notre douleur et les horreurs qu'on a subies dans leur nudité, on n'a plus qu'à se laisser mourir… C'est aussi pour ça qu'elle a tué Silas, consciemment ou non : si le gamin parlait, tout le monde finissait par connaître son histoire à elle, en tant que complice et en tant que victime.

Quoi qu'il en fût, je verrais longtemps ce regard où brillait le feu dément d'un sentiment inconnu de moi à ce jour, cette lueur indéfinissable qui a brûlé dans les yeux de Gwen juste avant que la Deil River ne l'engloutît.

Pour les besoins de l'enquête, on fouilla les affaires de Charlie et de Gwen, dans leur grande maison vide encore pleine à craquer de secrets et de non-dits.

On récupéra le téléphone et la clef USB de Sorvino.

Dans les courriels de ce dernier, des messages échangés avec nombre de protagonistes de cette affaire, dont Eileen Farrell. Sorvino affirmait à celle-ci que Tonto n'avait pas tué Silas, et Mme Farrell fut la seule à qui il révéla le rôle de son frère, le shérif Dollinger, dans le viol de Mary Beth. D'après l'enquêteur, Eileen Farrell était susceptible de posséder des informations capitales au sujet de Dave Dollinger, car elle connaissait sans doute mieux que quiconque celui qu'il avait été durant leur enfance et leur adolescence. Elle ne répondit pas à Sorvino. Ce fut dans les courriels de Gwen, cette fois-ci, que l'on trouva des messages d'Eileen Farrell à sa fille. Elle la suppliait de lui parler, d'arrêter de l'éviter, de répondre au téléphone. Son ultime message tenait en quelques mots étouffants.

Est-ce que ton oncle t'a fait du mal ?

Il n'y eut pas de réponse.

Deux jours après, Eileen Farrell rendit visite à Tonto, et elle mourut.

Sanborn Waldman comprit le premier qu'elle s'était tuée, et le silence qu'il observait depuis vingt ans fit naître en lui une insupportable culpabilité. C'était pour cela qu'il avait demandé à Merryn de faire fleurir le lieu de l'accident. Au cimetière de Deil River, les iris blancs auraient suscité trop de questions.

S'il n'y avait eu que les témoignages de Mary Beth et de Sanborn Waldman, il y a fort à parier que personne n'aurait accepté de croire quels genres de monstres avaient réellement été Dave Dollinger et Gwen

Abbott. Plusieurs femmes et quelques hommes manifestèrent leur soutien aux victimes à l'occasion d'une marche dont le parcours débuta à l'hôtel de ville pour s'achever devant les bureaux du shérif. Nombreux furent ceux qui considérèrent cependant avec perplexité la révélation de toutes les agressions qu'avaient subies Mary Beth, Grace et tant d'autres petites filles.

Pourquoi si tard ? avais-je entendu dire à la table d'un groupe d'amis, un soir, au *Manitou*, où nous dînions avec Evan et Cory.

« Pour l'argent », « Pour se rendre intéressantes », « Elles ont juste envie de nuire », « À quoi ça sert de remuer toute cette merde sinon à faire une mauvaise pub à la ville ? Faut apprendre à tourner la page », « Et puis, si c'était vrai, elles se seraient pas tues si longtemps, je vous le dis… »

On mit un terme au *Dave Dollinger Memorial Day*. On refusa d'instaurer un jour de commémoration pour Nolan – il avait un casier, tout de même. En fin de compte, on jugea bon de supprimer aussi le *Silas Farrell Memorial Day*, juste au cas où, parce que, après tout, si Mary Beth disait vrai, ce gosse avait tué Dave Dollinger, et en dépit du lourd passif – présumé – de ce dernier, célébrer la mémoire d'un gamin qui avait descendu un représentant des forces de l'ordre n'était pas un bon signal envoyé à la jeunesse de Deil River.

Je devais apprendre par Kostas, au début de l'année suivante, que le conseil municipal avait décidé à l'unanimité de rétablir la fête de la ville le 5 juillet.

NOVEMBRE 2019

C'était le matin du deuxième jour de novembre, et il faisait frais.

Pour la première fois de ma vie, je quittais Deil River sans la fuir. Une chose était sûre : jamais plus je ne reviendrais dans cette ville.

Prêt à prendre la route, je remerciai Cory pour son hospitalité. Les événements des dernières semaines avaient cassé quelque chose en lui et il envisageait de quitter la région si l'occasion se présentait. S'il ne s'était pas excusé pour m'avoir persécuté après la mort de Silas, l'aide qu'il nous avait apportée avait scellé notre réconciliation, et l'étreinte virile et chaleureuse qu'il échangea avec moi lors de notre départ me fit du bien. Alors qu'Evan, à cause de sa jambe plâtrée, était déjà installé sur le siège passager, je fis mes adieux à Cory. Ses yeux brillaient.

— On se reverra probablement jamais, McKay, mais quelque chose me dit que je risque pas de t'oublier…

— Pareil pour moi, Cory. Si vous décidez de voir du pays, évitez quand même de retourner dans la police : vous êtes un enquêteur à chier.

Il éclata de rire tandis que je prenais place derrière le volant, et il se pencha vers Evan.

— Tu es sûr que tu vas assurer pour le copilotage, gamin ?

Evan essaya d'afficher une assurance factice qui ne trompa personne.

— Je saurai faire. Zeke m'a entraîné…

Cory, perplexe, hocha la tête et grimaça, puis il tapa sur le toit de la voiture.

— Allez ! En route, les jeunes ! Que la vie vous soit douce !

Je claquai la portière, attachai ma ceinture et fixai Evan, moqueur. Il rougit quelque peu.

— Je suis prêt ! Je le jure !

Comme j'avais toujours mon bras en écharpe, je n'avais qu'une main pour conduire. J'avais donc appris à Evan comment passer les vitesses à mon signal tout en lui promettant d'investir le plus vite possible dans une boîte automatique.

— J'espère bien que tu es prêt. Sans toi, je ne vais nulle part.

Il me sourit, et je pris un ton solennel.

— Première.

Avec le plus grand sérieux, il s'exécuta.

— Maintenant, en route…

Quelques minutes plus tard, après une joyeuse série de coups de klaxon, la rue s'éloignait dans le rétroviseur, avec Cory Greenberg, qui avait hanté mes nuits longtemps lors de séances d'interrogatoire qui n'en finissaient pas et qui désormais agitait le bras dans notre direction pour des adieux non dénués d'émotion. Lui comme moi avions perdu ceux que nous aimions le plus au monde, à cause de la folie perverse d'êtres qui n'étaient plus là pour rendre compte de leurs crimes.

Evan s'acquitta de sa tâche avec brio et nous approchâmes de la sortie de Deil River, où un panneau nous salua :

DEIL RIVER VOUS SOUHAITE BONNE ROUTE
ET ESPÈRE VOUS REVOIR TRÈS VITE !

Je secouai la tête.

— C'est ça, compte là-dessus…

— J'ai l'impression qu'on a franchi ce panneau il y a une éternité.

— C'est tout comme, en fait…

Juste au moment de quitter la ville, Evan s'exclama :

— Oh ! Regarde !

Sur le bord de la route, assis sagement, Watergate nous observait. Je ralentis. Quand la voiture passa tout près de lui, il cligna des yeux dans notre direction et chacun de nous eut le temps de le voir se lever pour se diriger, d'un pas nonchalant, dans les buissons.

Evan était ému.

— Il va retourner dans la forêt.

— Oui. C'est à ce monde qu'il appartient…

En silence, chacun de nous fit ses adieux à Watergate, puis Evan se tourna vers moi.

— Où est-ce qu'on va ?

— Pas New York, et pas le Kansas. On repart de zéro. Je me disais qu'on pourrait aller du côté de la Californie du Nord, pour voir le Pacifique… Ils doivent avoir des coins sympas, là-bas, et j'ai encore des économies de côté.

— OK pour la Californie du Nord, alors…

La route fila à toute allure.

Derrière nous, je laissai une horde de démons hurlants. Certains étaient pourris par le vice ; d'autres avaient choisi d'épouser la cause de ceux qui les avaient martyrisés. En fin de compte, les uns comme les autres étaient aussi dangereux et néfastes.

Evan changea à nouveau de vitesse et je sentais que je respirais de mieux en mieux. Nous échangeâmes un regard. Je n'avais besoin de rien de plus.

La vie à laquelle nous avions droit commençait, et enfin le temps reprenait son cours normal pour nous – après un si long séjour parmi les morts.

Note sur Deil River

La ville de Deil River se situe dans le nord-ouest de l'Oregon, dit l'État du Castor, dans le comté de Morker, à environ 400 kilomètres de l'océan.

Le nom de Deil donné à la rivière puis à la forêt puis à la ville était celui d'un jeune émigrant gallois arrivé aux États-Unis aux balbutiements du XIXe siècle. Il s'appelait Macsen Deil, et il débarqua du *Gwydion* avec des Britanniques (et une famille de Portugais) du côté du Massachusetts, où il rencontra une sorte de bandit de grand chemin d'une vingtaine d'années accompagné d'un chat tout gris, Spöke. Le jeune homme venait de Scandinavie et se nommait Svart Sjel. Svart Sjel voulait se rendre dans le Nord-Ouest, où se trouvait déjà une partie des siens, mais il ne voulait pas voyager seul. Macsen non plus ne voulait pas être seul. Leur périple fut riche en rebondissements. Si vous souhaitez connaître les détails des aventures de Macsen Deil, Svart Sjel et Spöke dans leurs pérégrinations vers l'Oregon, vous pouvez lire la relation de voyage qu'en fit Macsen[1] (vous y

1. Macsen Deil, *Chroniques du voyage qui mena un Gallois, un Viking et un chat depuis un port du Massachusetts jusqu'en Oregon et contenant les*

ferez la connaissance de Josie, la loutre qui chante, héroïne d'une anecdote célèbre au Kansas). Touchant au but après trois années à traverser les territoires du Nouveau Monde, ils arrivèrent dans l'Oregon où seul l'enfant de la sœur de Svart Sjel les attendait. La jeune femme avait disparu en laissant derrière elle le fruit de ses amours avec un Chinook. Tout le reste de sa famille était passé de vie à trépas à cause d'une méchante épidémie. Le bambin, de toute évidence, était doté d'une solide constitution et n'avait pas toussé une seule fois quand autour de lui chacun des siens avait succombé au fléau. Svart Sjel éprouva un amour immodéré pour ce petit garçon magnifique, tout comme Macsen. Les deux jeunes hommes l'élevèrent comme leur fils. Ils le prénommèrent Adam et vécurent heureux avec lui. Macsen était médecin et instituteur, et Svart Sjel une force de la nature qui mit son énergie et ses talents d'administrateur au service de la fondation du village, qui deviendrait une si belle ville. Une poignée d'années plus tard, Svart Sjel, bien que jeune encore, tomba malade et mourut, laissant veuf Macsen qui éleva seul Adam. Dépité par la mort de Svart Sjel, le chat Spöke se sauva et disparut. À l'adolescence, Adam devint un exceptionnel maréchal-ferrant qui fit la fierté de son second père. Un jour, alors qu'ils se promenaient tous les deux le long de la rivière qui traverse la forêt, Adam se jeta à l'eau pour, cria-t-il, y sauver un adolescent qui se noyait et appelait à l'aide. Macsen ne vit ni n'entendit

---

récits de plusieurs cambriolages, nombre de passages à tabac, deux meurtres, moult facéties, deux résurrections et une messe noire, traduit de l'anglais par Sylvère Leyris, éd. Cecil Kâh, 1978 (épuisé).

rien et supplia Adam de ne pas se précipiter à la merci de ce courant violent. La rivière ne rendit jamais Adam à Macsen. Les habitants du village cherchèrent longtemps le corps du jeune homme et ils ne le retrouvèrent pas. Macsen demeura inconsolable. On crut le réconforter en baptisant la rivière Deil River en mémoire du jeune homme. Il accueillit cette idée avec horreur et maudit le démon qui l'avait amputé de son garçon chéri en suscitant une illusion d'adolescent qui se noyait. Chacun prit pourtant l'habitude de ce nom qui déborda du lit de la rivière pour désigner la forêt, et puis la ville. Macsen Deil mourut à quatre-vingt-huit ans après un long célibat hanté par le souvenir de Svart Sjel et le fantôme d'Adam. Il repose depuis auprès de Svart, son unique amour, dans le cimetière de Deil River. Dans la nécrologie du *Deil River Chronicles* du 23 novembre 1873, au lendemain de son décès, on peut lire qu'il a donné son nom à la ville qui lui a pris son fils. Ce n'était pas tout à fait la vérité – mais ça s'en approchait.

REMERCIEMENTS

Je ne sais pas ce que vous en pensez, mais je trouve que les remerciements, c'est un peu comme les adieux à la scène : si on les multiplie, les gens finissent par ne plus les prendre au sérieux, ni même les lire. De plus, soyons honnêtes : la page de remerciements qui clôt mon précédent livre est particulièrement excellente – jamais je ne pourrai faire mieux. Pour *Écoutez le bruit de ce crime* (et les romans qui suivront, je l'espère) je renvoie donc les lecteurs à la dernière page de *Que les ombres passent aux aveux*. On y trouve les gens qui comptent (Caroline Vallat de la FNAC Rosny 2, Jean-Claude Deteix et Nadia Oulès du Talon d'Achille à Montluçon, toute l'équipe des éditions Préludes, le personnel de la médiathèque Léo Ferré de Désertines, les blogueurs – qui sont surtout des blogueuses, d'ailleurs –, etc.). Toutefois, il me faut ajouter une personne à cette liste, et dont les remarques et conseils furent précieux durant la correction de ce roman : Zoé Bellée. Mille fois merci à toi pour ta patience, ta lecture avisée et ton grand professionnalisme.

Je me dois aussi de remercier mon cher Rustin Cohle, de l'excellente série *True Detective* de Nic

Pizzolatto, qui m'a fourni l'une des épigraphes de ce roman. De la même manière, il me faut citer le poète Jacques Darras, auteur de la traduction du chef-d'œuvre de Walt Whitman, *Feuilles d'herbe,* disponible dans la collection de poche Poésie/Gallimard. Ce recueil m'accompagne depuis l'adolescence et je suis heureux d'avoir pu le citer dans ce roman.

Enfin, comment ne pas répéter à ma famille que j'aime tant, que sans elle, il me manquerait quelque chose d'essentiel pour écrire. D'ailleurs, j'ai corrigé ce texte pour la dernière fois chez ma sœur et mon beau-frère, Aurore et Thomas, à Chaumont, où se trouvait aussi mon frère, Dorian, durant un séjour qui fut une bouffée d'air frais au cœur de la canicule. Je le dis à chacun de vous ainsi qu'à mes parents : ce roman, encore, est le vôtre.

UNE VIEILLE FERME ISOLÉE RELIE L'HISTOIRE TRAGIQUE DE DEUX FAMILLES

DANS LES ANGLES MORTS

ELIZABETH BRUNDAGE

N° 35235

Février 1979, Chosen, localité agricole étriquée et appauvrie, en passe d'être repeuplée par de riches New-Yorkais. George Clare rentre chez lui et trouve sa femme assassinée. Leur petite fille, seule dans sa chambre, est saine et sauve. Pour le shérif Travis Lawton, George est le premier suspect. Huit mois plus tôt, le couple avait acheté la ferme des Hale pour une bouchée de pain, George omettant de dire à sa femme que les anciens propriétaires, acculés par les dettes, s'y étaient suicidés, laissant trois orphelins, Eddy, Wade et Cole. Dans les angles morts *est aussi l'histoire des frères Hale, et celle de la maison de leur enfance.*

LE MYSTÉRIEUX PROJET D'UN PERSONNAGE ÉNIGMATIQUE DE RETOUR CHEZ LUI APRÈS PLUSIEURS ANNÉES D'ABSENCE

LES DÉMONS

DOSTOÏEVSKI

N° 32005

Ce n'est pas seulement sa mère, la générale Stavroguine, ce n'est pas seulement son ancien précepteur, Stépane Trofimovitch, c'est toute la ville qui attend la venue de Nicolas, ce jeune homme séduisant, fascinant, inquiétant. Il a vécu dans la capitale, il a parcouru l'Europe ; on raconte sur lui d'étranges choses. Il arrive. De quels démons est-il accompagné ?
Avant même la parution du roman en 1873, l'éditeur avait refusé de publier un chapitre jugé choquant, « La confession de Stavroguine ». Afin de mieux préserver l'architecture de l'ensemble, on l'a réintégré ici à la place qui était prévue pour lui au cœur du roman. On n'en comprend que mieux à quel point Les Démons *est une formidable méditation sur Dieu et le suicide, sur le cabotinage et l'inaccessible authenticité, mais aussi sur le crime et la volonté de domination.*

PAPIER À BASE DE FIBRES CERTIFIÉES

Le Livre de Poche s'engage pour l'environnement en réduisant l'empreinte carbone de ses livres. Celle de cet exemplaire est de :
1,2 kg éq. CO_2
Rendez-vous sur www.livredepoche-durable.fr

Composition réalisée par PCA

Achevé d'imprimer en mars 2021 en Espagne par
Rodesa – 31132 Villatuerta-Estella
Dépôt légal 1re publication : avril 2021
LIBRAIRIE GÉNÉRALE FRANÇAISE
21, rue du Montparnasse – 75298 Paris Cedex 06

87/6519/9